Udo Recktenwald _ Sonnenfinsternis

UDO RECKTENWALD

Sonnenfinsternis

EIN FALL FÜR MEISTERDETEKTIV ROSSO
UND SEINEN SPÜRHUND MISTER MOPS

EDITION SCHAUMBERG

Die Handlung und alle handelnden Personen sind frei erfunden. Jegliche Ähnlichkeit mit lebenden oder realen Personen wäre rein zufällig.

Bibliografische Informationen der Deutschen Nationalbibliothek:
Die Deutsche Nationalbibliothek verzeichnet diese Publikation in der Deutschen Nationalbibliografie; detaillierte bibliografische Daten sind im Internet abrufbar über: http://dnb.d-nb.de

ISBN 978-3-941095-76-2

Brunnenstraße 15, 66646 Marpingen, Telefon 06853 502380
info@edition-schaumberg.de, www.edition-schaumberg.de

1. Auflage, März 2021

Lektorat, Korrektur: Linda Frutiger
Gestaltung, Satz: Thomas Störmer, Marpingen
Schrift: Janson Text
Druck, Verarbeitung: bookpress.eu

Besonderer Dank gilt meiner Frau
für ihre Inspirationen und Ideen.

Artur Silva: Der Name des Detektivs
steht für das Team Andrea & Udo Recktenwald.

1

Zögernd fällt sie, schwarze Nacht
Ihr Glanz vergilbt, ihr Schein verglimmt
Versteckt, verdeckt hinter grauer Wand.
Der Tag, er geht, er ist vollbracht,
Sein Durst gestillt, sein Licht gedimmt
Verschwindet, dunkel, abgewandt.

»Oh, Entschuldigung«, sagte der schüchterne Junge und hob die Bücher vom Boden auf.

Ilias von Homer für den Griechischunterricht. Griechische Mythologie. Mittelhochdeutsch. Hartmann von Aue. Erec und Iwein, Lieblingsgestalten der Deutschlehrerin Friederike Liebig. Er dachte aufgeregt an das, was Hartmann von Aue schrieb: »Manch einer macht die Ohren auf, wenn er es aber nicht mit dem Herzen aufnimmt, dann hat er nichts als leeren Schall.«

Verstohlen sah er sie an, als er ihr die Bücher in die Hand drückte.

»Macht nix«, lachte sie unbekümmert. Sie schien sich den Satz von Hartmann von Aue zu eigen zu machen. »Ich bin übrigens Susanne aus der 12.«

»Freut mich, ich bin Jo.«

»Ich habe dich noch gar nicht in den Oberstufenkursen gesehen«, sagte sie und deutete auf Homer und von Aue.

»Ich stehe eher auf Zahlen. Die alten Sachen sind nicht so meine Nummer«.

Susanne lachte. Sie gingen ein paar Schritte über den Schulhof. Fasziniert erzählte sie von griechischen Sagen und Mythen. »Weißt du, das ist schon Tausende von Jahren alt und doch so neu und aktuell.«

Jo hörte nicht das Gezerre und Gurren der anderen Schüler, die auf dem Hof tobten und die große Pause nutzten, um einander nachzulaufen. »Ja, aber was nutzen dir die alten Geschichten. Mit denen kannst du keine Heizung reparieren und kein Haus bauen.« Er hatte seinen Schritt verlangsamt, um den Weg mit Susanne zu verlängern.

Ihre Nähe gefiel ihm und tat ihm gut. Er hatte sie noch nicht bewusst gesehen.

Als habe sie seine Gedanken verstanden, sagte sie: »Ich bin zu Beginn des Schuljahres erst hier zum Senninger Schloss gewechselt. Meine Familie ist umgezogen, mein Vater arbeitet hier in der Stadt. Eigentlich kommen wir aus dem hohen Norden, aus Stadtkirchen. Kennst du das?«

»Ja, schon einmal gehört«, log er und nahm sich vor, gleich nachzublättern, wo das denn liegen mag. »Aber ich war noch nie im hohen Norden«, fügte er hinzu.

»Ich habe in den ersten Wochen noch nicht so viele Freunde hier gefunden«, sagte sie. »Vielleicht können wir uns ja mal zum Lernen treffen.«

»Ja, gerne«, sagte Jo aufgeregt und schaute sie verstohlen an.

Sie verließ den Hof und ihm schien, als träumte er. Mein Gott, war er etwa verliebt? Susanne aus dem hohen Norden. Stadtkirchen. Hoch oben an der Nordsee. Das war weit weg von hier.

»Natürlich brauchst du kein Griechisch, um Häuser zu bauen«, tröstete sie ihn. »Es ist gut, wenn es Menschen wie dich gibt, die Mathe mögen.«

Er lachte. »Es ist aber auch gut, wenn man die Menschen verstehen kann, die Mathe mögen.« Er schaute sie fragend an. »Von den alten Philosophen kann man lernen, die Menschen zu verstehen. Warum sie sind, wie sie sind.« Er nickte und war beeindruckt.

»Glaubst du«, fragte sie, »dass die Menschen von Natur aus gut sind?« Er wusste nicht recht und hörte gar nicht das Klingelzeichen über den Schulhof raunen. »Ich weiß nicht.

Es gibt gute und schlechte Menschen, böse und liebe. Ist ein Mensch nur gut oder nur schlecht?«

»Als die ersten Menschen auf die Welt kamen, waren sie zunächst einfach ein Mensch. Waren sie da schon veranlagt, gut oder schlecht zu sein? Oder kam das erst durch den Einfluss anderer Menschen?«

»Mmh. Das hing sicher von den Umständen ab.«

»Klar, aber es ist ein Unterschied, wie ich auf diese Umstände reagiere. Wenn ich ein guter Mensch bin, dann gehe ich nachsichtiger und verständnisvoller damit um, als wenn ich ein böser Mensch bin. Die Sozialisation prägt den Menschen. Aber wie er sich prägen lässt, liegt an seiner Veranlagung.«

»Du bist bestimmt ein guter Mensch«, sagte er.

Susanne schenkte ihm ein bezauberndes Lachen. »Wieso denn das?«

»Du versuchst, einem Zahlenmenschen geduldig zu erklären, wer gut und wer schlecht ist. Zahlen sind immer gleich.«

»Ja, aber auch Zahlen können unterschiedliche Wirkung haben, je nachdem wo sie stehen.«

Während er darüber nachdachte, was sie sagte, klingelte es erneut. »Wenn du in der Arbeit eine Fünf hast, dann ist das sicher nicht gut.«

»Stimmt«, ging ihm ein Licht auf. »Wenn ich aber fünf Freunde habe, dann ist das auf jeden Fall besser, als wenn ich nur einen Freund habe.«

Sie lachte. »Wir müssen in die Klasse«, rief sie und lief davon.

Jo wollte ihr noch nachrufen, doch zu spät.

Sie strahlte ein warmes und weiches Lachen aus, war ihm sofort sympathisch. Ja, und praktisch war das doch auch. Er, der eher Mathe und Physik mochte, und sie, die Griechisch und Deutsch liebte. Besser konnte man sich doch gar nicht in der Oberstufe aufs Abitur vorbereiten. Als er an diesem Nachmittag verträumt im Schulbus nach Hause fuhr, dachte er an die bevorstehende Klassenfahrt. Ob sie wohl mitfährt?

Die schriftlichen Abiturarbeiten gingen vorüber. Der lang ersehnte Ausflug an die Nordsee kam.

Aufgeregt reihte sich Jo in den Pulk der Schüler ein, die am Bahnsteig auf den Zug warteten. 35 Abiturientinnen und Abiturienten, dazu drei Lehrer, versammelten sich zur letzten Reise dieses Schuljahrgangs. Jo stand eng umringt von seinen Freunden, die Schabernack trieben und übermütig die Zeit nach den schriftlichen Abiturprüfungen genossen.

»Ich war so nervös im Mathe-Abi«, erzählte gerade der rotgelockte Artur, »dass mir die Wurzel aus 25 nicht mehr einfiel.«

»Die hast du doch noch nie gewusst«, rief Felix dazwischen. »Beim Stichwort Wurzel hättest du etwas über Bäume erzählen können, da kennst du dich doch besser aus.«

»Ich jage dich gleich auf einen Baum, dann wird nix aus der Nordsee.«

»Ich kann dir auch eine kleben, dass dir die Lippen anschwellen. Dann kannst du im mündlichen Abi nicht mehr reden.«

»Dann absolviere ich mein Mündliches mit Mimik und Gestik«, wehrte Felix ab.

»Kein Problem. Pantomime im mündlichen Abi, das wäre mal was Neues.« Artur ließ nicht locker. »Im schriftlichen konnte ich ja wenigstens noch spicken, aber …«

»Hört, hört«, rief Reiner. »Das werde ich mal direkt dem Schulleiter erzählen.«

»Untersteh dich. Was hätte ich tun sollen? Das Buch lag zufällig unter der Bank und dass Achim neben mir eine so große Schrift hat, dass man gar nicht anders kann, als alles zu lesen, dafür kann ich doch nichts.«

»Zufälligerweise saßest du neben Achim, unserem Streber. Dass ich nicht lache.«

Jo hörte gar nicht zu, sondern blickte stumm durch die Schülergruppe. Bis er sie endlich sah. Sie stand bei zwei anderen Mädchen in angeregter Unterhaltung. Jo traute sich nicht, zu ihr zu gehen. Er wollte gerade den anderen Jungs zum einlaufenden Zug folgen, als er aus dem Augenwinkel sah, wie sie ihm zuwinkte. Jo lächelte, ließ die anderen ziehen und wartete, bis die Mädchen sich der Tür näherten.

»Hallo Jo«, sagte Susanne. »Schön, dich zu sehen.«

»Ich freue mich auch. Das wird für dich bestimmt ein ganz besonderer Schulausflug. Zurück in die alte Heimat.«

»Ja«, sagte sie aufgeregt. »Ich freue mich, euch meine Heimat zeigen zu können. Kommst du mit?«

Er folgte den Mädchen in den Zug und setzte sich neben einen Jungen, mit dem er nie viel Kontakt gehabt hatte, nur um nicht allzu weit von Susanne weg zu sitzen.

»Wo bleibst du denn, alter Junge?«, hörte er Artur rufen, seinen besten Freund. »Lange halte ich den Platz neben mir nicht mehr frei, Little Jo.«

Widerwillig stand er auf, schenkte Susanne einen Blick, den sie warmherzig erwiderte, und setzte sich ein Abteil weiter neben seinen besten Freund, der ihn verdutzt anschaute. »Ich dachte schon, du wolltest nicht mehr neben mir sitzen. Ich habe mich doch extra geduscht und parfümiert.«

Jo gab seinem Freund einen Klaps hinter den Kopf und schon waren die Jungs wieder in Erinnerungen ans Abitur vertieft. Jo aber lugte hin und wieder zu den Mädchen, beobachtete Susanne und ließ sie nicht mehr aus den Augen.

Gemächlich und gemütlich tuckerte der Zug durchs Land. Der Weg war weit von Senningen nahe der schweizerischen Grenze bis hoch an die Nordsee. Zweimal musste die Schulgruppe umsteigen. Die Lehrer ließen den frisch gebackenen Abiturienten, die in wenigen Wochen ihr Abiturzeugnis erhalten würden, eine lange Leine und sie den letzten gemeinsamen Urlaub genießen.

Irgendwann war es ruhig geworden im Zug. Ein leichtes Schnarchen konkurrierte mit dem gleichmäßigen Rattern des Zuges über die Gleise. »Hallo Jo«, hörte er plötzlich eine Stimme und fühlte eine Hand, die ihn an der Schulter berührte. Erschrocken schlug er die Augen auf und bemerkte Susanne, die sich seinem Sitz genähert hatte.

»Hast du Lust, ein wenig im Zug herumzulaufen und die Landschaft zu beobachten?«

Sofort war Jo hellwach. Und so strichen beide durch den Zug, blieben am Fenster stehen, beobachteten die vorbeifliegende Landschaft, verloren sich in vielsagendem Schweigen, ließen die Schulzeit Revue passieren und vertieften sich in Zukunftspläne. Die Zeit verflog im Nu und als der Abend dämmerte, zeugte die Durchsage des Zugbegleiters vom nahenden Ziel.

»Wir sind gleich da«, sagte Susanne. »Ich freue mich auf die Tage an der Nordsee.«

»Ich auch«, flüsterte Jo. »Endlich können wir den Lernstress mal hinter uns lassen.« Gerne hätte er seinen Arm um sie gelegt, doch er traute sich nicht.

Die Tage an der Nordsee waren unbeschwert. Jungs und Mädels genossen die Zeit unter freiem Himmel, tobten durch den von der Flut befeuchteten Sand, bauten Burgen, tranken heimlich Bier, zogen an Zigaretten und gaben bei kurzen Ausflügen in die Umgebung die Kulturbeflissenen. Sonne und Regen gaben im Wechsel den Ton an, Sommerwolken zogen eifrig über den blauen Himmel, bevor ein kurzes Gewitter den Himmel verdunkelte.

Der letzte Tag dieser unvergesslichen Zeit blieb allen in Erinnerung. Eine Sonnenfinsternis. Zum Glück gab der Himmel die Sonne frei, um diesem ungewöhnlichen Naturschauspiel zu folgen. Leise und wie ein Vorhang zog sich der Mond über die Sonne, tauchte in den glühenden Himmelskörper und machte den Tag zur Nacht. Gebannt verfolgte die Schülergruppe am Strand die Sonnenfinsternis. Jo, Artur, Felix, Susanne, Elisabeth. Einige Meter weiter andere Schüler. Sie sahen sich glückselig an und schwiegen feierlich.

›Welch ein besonderer Moment in meinem Leben‹, dachte Jo, als plötzlich im Dunkel des Tages Susannes Hand wie unbeabsichtigt die seine im weichen klebrigen Sand berührte und sich die Finger ineinander schlossen. Ein Kribbeln schoss ihm durch den Körper, auch in der Dunkelheit strahlte dieses Mädchen neben ihm und erhellte seinen ganz persönlichen Tag.

Als die Gruppe am nächsten Tag am Bahnhof auf die Rückfahrt nach Hause wartete, stand Jo nicht bei den Jungs am Gleis. Wie selbstverständlich stand er bei Susanne, stieg mit ihr ein, saß neben ihr und ließ die verdutzten Blicke der Kameraden und die frechen Bemerkungen der Freunde lächelnd an sich vorbeiziehen.

»Herz, mein Herz, warum so fröhlich / so voll Unruh und zerstreut / als käm über Berge selig / Schon die schöne Frühlingszeit?«, übertönte er das Stimmengewirr und Susanne sah ihn verträumt an, während ihre Wangen erröteten, als sie ohne Zögern seine Zeilen fortführte: »Weil ein liebes Mädchen wieder / herzlich an dein Herz sich drückt / schaust du fröhlich auf und nieder / Erd und Himmel dich erquickt«.

Nach einer kurzen Ewigkeit der Stille mussten beide lachen. »Für einen Mathematiker kennst du dich in der deutschen Lyrik erstaunlich gut aus«, sagte Susanne.

Jo lächelte. »Joseph von Eichendorff. Wie du weißt, muss auch ich Abitur in Deutsch machen. Die Interpretation eines Gedichtes von Eichendorff war für mich die Höchststrafe. Jambus, Trochäus, Daktylus, Hexameter, Paarreim, was weiß ich. Aber zum Glück hat mich die Beschäftigung mit Eichendorff über dieses Liebesgedicht stolpern lassen. Ich habe es auswendig gelernt, weil ich wusste, dass dieser Moment kommen wird.«

Ruhig tuckerte der Zug über die Gleise der Heimat entgegen und ließ Landschaften und Dörfer gleichmäßig an ihnen vorbeiziehen. Der Himmel färbte sich rosarot. Die Landschaft glich einer zarten, grünen Moosdecke. Wie ein weißer Brautschleier zog der Rauch, den der Zug ausblies, an ihrem Fenster vorüber und ließ sich im leichten Wind schwerelos treiben. Schäfchenwolken lachten den beiden zu, und selbst das Stimmengewirr im Zug hörte sich an wie das sibyllinische Summen der Sirenen, geheimnisvoll und rätselhaft. Sind dies die berühmten Schmetterlinge im Bauch, die flatternd kitzeln und den Verliebten mit Leichtigkeit abheben und in das sanfte Weiß der Wolken kuscheln?

Was in den nächsten Tagen auf den Schulausflug und die Sonnenfinsternis folgte, war eine romantische Verliebtheit zwischen griechischen Mythen und mathematischen Formeln. Lange Lernnachmittage fürs Mündliche bei Tee, Spaziergängen und Gesprächen. Ja, das erste Händchenhalten, ein zaghafter Kuss. Jo hatte nur noch Augen für Susanne. So gerne hatte er noch nie fürs Deutsch-Abi gelernt, nur um bei ihr sein und sich von ihr abhören zu lassen.

Nach dem Abitur trennten sich ihre Wege.

»Ich will reisen, bevor der Ernst des Lebens beginnt«, sagte sie bestimmt. Beide schwiegen sich an. »Ja, und was wird dann aus uns?«, fragte er betroffen.

»Ach Jo«, sie zog ihn am Ohrläppchen. »Das Leben ist noch so lang. Ich brauche meine Freiheit, ich will die Welt sehen, wissen, wohin meine Reise geht.«

»Ich würde dich ja gern begleiten durch die Welt.«

»Du weißt doch, dass das nicht geht. Dein alter Herr wird dir die Leviten lesen, wenn du nicht in die Firma einsteigst.«

Sie hatte natürlich recht. Sein Vater hatte eine klare Vorstellung davon, was sein Sohn tun sollte.

»Sei nicht traurig«, nahm sie seine Hand. »Das Leben geht weiter. Und wer weiß? Vielleicht führen uns unsere Wege eines Tages wieder zusammen.«

»Vielleicht …«

»Unsere Studieninteressen sind leider sehr unterschiedlich. Ich habe von der Uni Freiburg eine Zusage bekommen, um Philologie und Bibliothekswesen zu studieren. Im nächsten Semester fange ich dort an. Bibliothekarin. Das wäre mein Traum. Hast du auch schon eine Zusage?«

»Ja klar, ich gehe in die Schweiz. Betriebswirtschaft. Was sonst? Ich werde parallel im Betrieb meines Vaters arbeiten, wenn ich nicht gerade studiere.«

»Schweiz? Wow! Das ist sicher reizvoll. Außerdem nicht aus der Welt«, sagte sie tröstend. »Wir treffen uns in Freiburg oder in den Semesterferien hier in Senningen. Abgemacht?«

»Abgemacht«, sagte Jo und beide drückten sich innig, als ginge die Welt in den nächsten Minuten unter.

Dann gingen sie auseinander, nicht ahnend, dass aus den geplanten Treffen so schnell nichts werden würde. Nicht ahnend, dass sie sich jahrelang nicht mehr sehen würden.

2

Als der Wecker klingelte, schreckte Artur wie ertappt hoch und stieß sich heftig den Kopf am Querbalken, der über seinem Bett durchs Dachzimmer führte. Bedröppelt rieb er sich den Kopf und richtete sich auf. Die Sonne warf erste Strahlen durchs verdreckte Glas des Dachfensters an diesem wunderschönen Frühsommermorgen. Artur Silva schlich aus seinem Bett, setzte sich Kaffee auf, nachdem er die leere Bierflasche zur Seite geräumt hatte. Verschlafen kämmte er sich mit den Fingern durchs Haar, besah seine Stoppeln im Spiegel und lächelte sich trotzig zu.

Zwischen alten Zeitungen raschelte es schläfrig. »Moin, Mimo«, rief Artur erfreut. Nein, Artur führte keine Selbstgespräche. Ein kleiner, schwarzer Vierbeiner kroch emsig aus der Ecke hervor, in der sich die Zeitungen der letzten Woche zum schiefen Turm stapelten und schließlich der Erdanziehungskraft nachgaben. Mister Mops. So hieß der kleine Mops, den das Zischen der Kaffeemaschine offenbar geweckt hatte und der ihn nun mit großen Augen ansah.

Eigentlich wollte Artur den Vierbeiner Nero nennen. Sozusagen als Hommage an seine eigene italienische Herkunft und seine Vorfahren. Der römische Feldherr Nero gehörte allerdings – glücklicherweise – nicht zu seinen Vorfahren, zumindest nicht nachgewiesen. Mit dem Feuer spielen, das konnte Artur auch, aber eine ganze Stadt in Brand setzen, dazu ein Saiteninstrument spielen und talentfrei singen – damit wollte er sich nun doch nicht in Verbindung bringen lassen. Und so hieß der kleine Kläffer nun Mister Mops. Mimo. Ein Name, den er zumindest nicht vergessen konnte.

Er war ihm im wahrsten Sinne des Wortes zugelaufen, streunend auf der Straße, und hatte ihn mit großen Augen angesehen. Zugelaufen? Na ja. Die Besitzerin kam dem Vierbeiner offenbar nicht schnell genug hinterher. Da konnte Artur nicht widerstehen, nahm ihn mit in seine Bude, und seitdem waren sie unzertrennlich. Und wer weiß? Vielleicht avancierte der kleine Weggefährte irgendwann zu seinem Mister Watson? Wenn er ihn bei seinen Einsätzen lange genug trainierte, konnte aus dem Hund ein echter Ermittler werden.

Mister Mops. Wie das kleine Kettchen am Halsband verriet, ein echter britischer Gentleman. Englischer Vater, deutsche Mutter. An wessen Seite wohl Vater Mops stolziert war? Vielleicht war sein Herrchen Mitglied im britischen Oberhaus? Aber wie kam er an die deutsche Mutter? Offenbar war des Vaters Herrchen mit ihm nach Deutschland gereist, und dort war es passiert. Vater Mops verliebte sich in eine deutsche Hundedame. Mimo war das Ergebnis der Liebschaft. Detektiv mit italienischem Blut und Spürhund mit britischer Noblesse – und das alles im beschaulichen Senningen. Na dann, prost.

Es war schon ein trauriges Leben, das Artur hier in seiner Mansarde führte. Aber er hatte sich dieses Leben gesucht. Dummerweise hatte er es auch gefunden. Ach, was sollte das Jammern! Gerne dachte er, wenn er allein vor dem Fenster saß, an alte Zeiten zurück. Zeiten, in denen er hier die Schule besucht hatte. Eine Internatsschule, weit weg von seinen Eltern. »Junge, du musst erwachsen werden«, hatte sein Vater stets betont, wenn Artur fragte, warum er denn nicht zu Hause bleiben und dort eine Schule besuchen konnte. Nein, die alte Klosterschule in Senningen musste es sein.

Am liebsten mochte er Schwester Berta, die etwas zu rundlich geratene Küchenfee in der Schule. Sie hatte ein Gefühl für seinen Hunger entwickelt und vergaß nie, ihm eine Schippe mehr auf den Teller zu laden. Ja, irgendwie war es eine schöne Zeit dort oben auf dem Berg. Die Lehrer waren streng und duldeten keine Unaufmerksamkeit im Unterricht. Nie vergaß er das Bild, wie einer seiner Mitschüler nach einer gehörigen Ohrfeige zusammengeklappt zu Boden sank und von ihm und einem weiteren Schüler abtransportiert wurde.

Das Lernen war ihm leichtgefallen. Da konnte er sich manchen Ausbruch von Faulheit durchaus leisten. Anstatt Logarithmen und die Konjugation an die Tafel zu pinseln, tollte Artur daher lieber draußen zwischen Hecken und Bäumen, entdeckte geheimnisvolle Spuren und nahm die Verfolgung auf, nach wem auch immer.

Regelmäßig überhörte er den Gongschlag zum Ende der Pause und hetzte auf den letzten Drücker in die Klasse. Mehr als einmal mussten seine Freunde ihn decken, weil er sich mal wieder mit irgendwelchen Funden rund um die mysteriöse Schulanlage beschäftigte. »Hier ist früher im Mittelalter mal was ganz Schlimmes passiert«, flüsterte er seinem besten Freund Jo ins Ohr.

Er und Jo, das waren eineiige Zwillinge. Nicht biologisch, versteht sich. Bei Wind und Wetter streiften sie durchs Gelände, wenn nach dem Unterricht und dem Mittagessen endlich Freizeit auf dem Stundenplan stand. Beide trugen einen Colt. Aus Holz, versteht sich.

Mehr als einmal nahmen sie Aufstellung zum Duell. ›High Noon. 12 Uhr mittags‹. Die legendäre Western-Szene. Artur kannte sich aus mit Revolvern und Gewehren, er konnte sie beim Namen nennen. Stundenlang referierte er darüber, wie das Gewehr aufgebaut war, welche Marke welche Eigenschaften hatte. Darüber vergaß er alles um sich herum. Er musste schmunzeln, als er daran dachte, wie er einmal mit dem Blasrohr dem Deutschlehrer ein Loch in die Zeitung geschossen hatte. Einzelunterricht war die Folge. Das ging ja noch. Aber der Stubenarrest, der ihn in die kalten Gemäuer des Internats zwang. Igitt.

Ja, ja, die Schulzeit.

Ja, ja. Einmal hatte er es richtig übertrieben. Eigentlich war sein Plan genial. Beim abendlichen Rundgang des Rektors, ob denn alle artig in ihren Betten lagen und schliefen, konnte nichts schiefgehen. Der Rektor warf stets einen prüfenden

Blick auf die dunklen Umrisse in den Etagenbetten, zählte durch und verschwand wieder. Doch ausgerechnet an jenem Abend war alles anders.

Während Artur sich aus dem Fenster des ersten Stocks in die Wiese abseilte und im dunklen Tann verschwand, um sich im Dorf mit ein paar Leuten zu treffen, hatte sein Freund Jo, der artig und pünktlich Schmiere stand und anschließend das Bett hütete, offenbar vergessen, das Fenster richtig zu schließen.

Als der Rektor die Tür öffnete, schlug der Fensterrahmen auf und zu. Der Rektor stutzte, ging zum Fenster, schaute nach unten, schloss das Fenster und ging zurück zur Tür, wobei ihm auffiel, dass die Bettdecke in der oberen Etage neben der Tür vom Luftzug heruntergerutscht war. Als er sie ins Bett zurückzog, merkte er, dass in dem Bett keiner lag. Es war das Bett von Artur Silva, dem Jungen mit den italienischen Vorfahren, die in grauer Vorzeit nach Deutschland ausgewandert waren.

Am nächsten Morgen hieß es: Antreten. Mit gesenktem Kopf schlich Artur ins Zimmer des Rektors. Die sonst gut gelaunte Sekretärin schaute finster drein und sprach kein Wort. Sie öffnete vorsichtig das Zimmer zum Rektor und Artur verschwand in der Hölle. Laute Stimmen drangen von dort ins Sekretariat. Falsch. Eine laute Stimme.

Als Artur das Büro des Rektors wieder verließ, sah er aus wie vom Sturm zerzaust. Eine harte Strafe erwartete ihn für den nächtlichen Ausflug. Der Rektor hatte ihm eröffnet, dass der Orden noch eine zweite Internatsschule hatte. Weit weg von hier. Im Saarland. In St. Wendel. Artur hatte nie davon gehört. Das musste irgendwo in Frankreich liegen. Es glich einer Verbannung, dass ihn das Lehrerkollegium einstimmig für ein Schulhalbjahr dorthin schickte. Weg von seinen Freunden, weg von Senningen, noch weiter weg von seiner Heimat. Wo er doch gar kein Französisch konnte.

Bilder tauchten vor seinen Augen auf. Bilder dieser Internatsschule in St. Wendel, die ebenfalls auf einem Berg lag, umgeben von Wäldern. Zwillingsschule. Zu Füßen lag eine kleine aparte Stadt, nicht größer als Senningen. Die Menschen waren nett, sprachen aber so merkwürdig. Immer musste er nachfragen, wenn er sonntags im Gasthaus »Zum Ochsen« einkehrte, um ein wenig Freizeit zu genießen.

Eigentlich eine schöne Zeit, trotz der Verbannung. Er hatte sogar einen Freund gefunden, den Manfred. Der war aus dieser Gegend und sprach auch so merkwürdig. Es hatte ihn immer amüsiert, dem Manni, wie er ihn nannte, zuzuhören und mit ihm zu plauschen. Jeder in seinem Dialekt. Herrlich.

Ja, ja, die Schulzeit.

Er dachte gern daran zurück, als er nach der Schulzeit endlich den hölzernen Colt gegen eine echte Pistole tauschte. Ausbildung bei der Polizei, das war sein Ding. Die Ausbildung in der Polizeischule forderte den ganzen Mann. Dass sich Artur bei dem mehrstufigen Eignungsauswahlverfahren durchsetzen konnte, war schwer zu begreifen. Auch wenn ihm schon in der Schule das Lernen nie leichtgefallen war, so ließ er sich doch von der Vorstellung, eines Tages eine Polizeiuniform zu tragen, zu Höchstleistungen anspornen. Den Intelligenztest bestand er mit viel Mühe und für den Sporteignungstest hatte er extra wochenlang trainiert, abgespeckt und Kraftübungen absolviert. Er überzeugte seine Ausbilder offenbar mit Leidenschaft und Enthusiasmus, ja irgendwie wahrscheinlich auch mit seiner zwar etwas tölpelhaften, aber sympathischen Art.

Uniform, große Wumme, strenger Blick. Das war sein Ding.

Sein Ding war es allerdings nicht, irgendwann nach der Ausbildung bei der Verkehrspolizei zu landen, um Knöllchen zu verteilen. Ihm war heute noch nicht klar, wie er die Sportprüfung hatte bestehen können. Im Sportunterricht konnte er manchmal schummeln, aber bei der Polizei? Vielleicht war aber auch genau das der Grund, warum er gemütlich Falschparkern hinterherspazieren sollte anstatt gefährliche Verbrecher zu jagen. Da war ja die Schulzeit aufregender als das Überwachen des Parkraums.

Jetzt war es schon zehn Jahre her, dass er sich als Detektiv in Senningen selbstständig gemacht hatte und mit seiner Agentur hier im Hinterhof residierte. »Du musst mitten im Geschehen sein«, sagte er, wenn er sich auf ein Bier in der Eckkneipe mit flüchtig Bekannten traf, um zu begründen, warum ein Mensch mit Abitur, Ausbildung und Beruf im sozialen Brennpunkt von Senningen arbeitete und lebte. »Mittendrin statt nur dabei. Versteht ihr?«

Die Bekannten nickten und tranken ihr Bier.

»Ich war sogar in meiner Jugend ein halbes Jahr im Saarland«, fügte er wichtigtuerisch hinzu. »Da wirst du abgehärtet fürs Leben. Tolle Menschen, tolle Gegend, aber du verstehst kein Wort. Das lehrt dich, auf jede Bewegung, jede Geste zu achten.«

Die anderen nickten ihm ehrfurchtsvoll zu. Vom Saarland hatten sie noch nicht viel gehört. Der Artur, ja, der war weit gekommen. Schließlich war er Nachfahre einer Auswandererfamilie, die den weiten Weg über die Alpen gemeistert hatte. Das nötigte ihnen Respekt ab.

Senningen war eine kleine Stadt, unweit der schweizerischen Grenze. Gemütlich, verschlafen. Eigentlich ein Nest, in das sich keiner freiwillig verirrte. Seit ein paar Jahren gab es einen schmucken Dorfplatz mit Brunnen, an dem hin und wieder Musik spielte. Ein paar alte Fachwerkhäuser verliehen der Altstadt den Charme der Geschichte. Vereinzelt ragten Einzelhandelsgeschäfte in die Gegenwart. Die Menschen ließen das Leben geschehen. Sie trotteten versonnen über das Altstadtpflaster, blieben hier und da zum Plaudern stehen, trabten weiter. Die Zeit schien anzuhalten.

Dennoch hatte auch Senningen soziale Probleme. Das Pflaster war kein heißes Pflaster, nein. Man konnte problemlos barfuß übers Pflaster laufen, ohne sich die Zehen zu verbrennen. Aber dennoch. Die florierende Industrie der Nachkriegszeit war Geschichte. Damals hatten sich mutige Unternehmer hier angesiedelt. Die Nähe zur Schweiz schien ihnen ein guter Standort, um Stahl zu kochen, Maschinen zu bauen und den Straßenbau voranzubringen. Dann kam die Wirtschaftsunion, die Europäische Union, der Binnenmarkt. Ohne die Schweiz.

Senningen war nicht in der Neuzeit angekommen. Verkommene Gebäude, moosbedeckte Mauerreste zeugten stumm davon. Die Natur hatte sich manche Flächen im Industriegebiet zurückerobert. Vogelgezwitscher ersetzte den Baulärm von einst. In den Mauerresten nisteten und brüteten sie. Er konnte sich gut daran erinnern, als über tausend Industriearbeiter für ihren Arbeitsplatz demonstrierten. Senningen war dank der Industrie ein blühender Fleck geworden.

Dann standen plötzlich die Räder still. Das größte Werk beugte sich dem billigen Weltmarkt, Zulieferbetriebe folgten, viele Menschen wurden arbeitslos, anderen wanderten ab. Es blieben Ruinen und Sozialwohnungen, in denen die nach Hause geschickten Arbeiter ihren Frust im Alkohol ertränkten.

Artur Silva fühlte sich trotz allem wohl in Senningen. Es war seine Heimat geworden in all der Zeit. All das war lange her. Inzwischen nahmen zögernd Dienstleister den Platz der alten Industriedenkmäler ein. Auch Artur hatte seine Nische gefunden mit seiner Detektei. Die Gegend war nicht so verrucht, dass es hätte gefährlich werden können, aber es gab genug zu tun, damit auch er leben konnte. Kleine Warenhausdiebstähle zum Beispiel. Das große Warenhaus in der Stadt hatte ihn sogar einige Zeit als Detektiv angeheuert.

Doch mit der Zeit war ihm das zu langweilig geworden. Einen Dreikäsehoch hochgehen lassen, weil er einen Büstenhalter aus dem Geschäft schmuggeln wollte? Weihnachtsgeschenk für die Mama, was?

Nein, die Selbstständigkeit war schon abwechslungsreicher. Trickbetrüger, die an Haustüren klingelten, um alte Damen auszunehmen. Die Beschattung untreuer Ehemänner. Oh Pardon, meine Herren. Natürlich gab es auch untreue Damen.

Die eine oder andere Schlägerei am Stadtfest. Nichts Großes, nichts Kleines. Das Leben eben. Dinge, um die sich die Polizei nicht kümmern konnte oder wollte.

Im Sonnenlicht spiegelten sich Arturs Erinnerungen an die unbeschwerte Schulzeit. Er dachte an die Schulausflüge, etwa an die Nordsee in der 13. Klasse. Das Abitur hatten sie in der Tasche. An einen außergewöhnlichen Tag erinnerte er sich besonders intensiv.

Gemeinsam mit seinem besten Freund Jo, mit Felix, Susanne und Elisabeth war er am Strand entlanggelaufen, hatte den rauschenden Wellen gelauscht und getobt, wie übermütige Teenager dies unbeschwert und unbekümmert tun. Gespannt und fasziniert hatten sie auf ein besonderes Ereignis an diesem Nachmittag gewartet.

Eine Sonnenfinsternis.

»So oft in deinem Leben hast du nicht die Chance, so etwas zu sehen, zumal bei dem strahlenden Sonnenschein heute«, hatte Jo ihm zugerufen.

»Pah«, hatte Artur zurückgerufen. »Du weißt doch gar nicht, wie alt ich werde. Bei der nächsten Sonnenfinsternis bin ich 113. Na und?«

»Du bist wahrscheinlich unsterblich, wie ich dich einschätze. Komm Rosso, alter Haudegen. Schwing die Hufe!« Rosso? Ja, seine Freunde in der Schule nannten ihn Rosso. Das lag, wie unschwer zu erkennen war, an seinen roten Haaren.

Noch hatte der helle Planet vom Himmel gestrahlt, als würde nichts geschehen. Rosso war durch den Sand gerannt, hatte in die Sonne geblinzelt und ein ruhiges Plätzchen für dieses Naturereignis gesucht, das nicht jeder erleben konnte. Ob zu Hause in Senningen der Tag so klar gewesen war, dass man die Sonnenfinsternis sehen konnte?

Plötzlich hatte er sich unverhofft umgedreht. Nur Susanne war ihm gefolgt. Von den anderen keine Spur mehr. Beide hatten sich japsend in den Sand fallen lassen. Rosso konnte sich noch gut an den Augenblick erinnern. Ein Augenblick, im wahrsten Sinne des Wortes. Susanne hatte ihn angesehen mit ihren blauen Augen. Zum ersten Mal in seinem Leben hatte er so etwas wie Verliebtheit gespürt. Beide waren eng beieinander gesessen und hatten zugeschaut, wie die Sonne sich zunehmend verfinsterte. Es war gespenstisch dunkel geworden am helllichten Tag. Rosso hatte nicht gewusst, ob er sich mehr mit der finster werdenden Sonne am Himmel oder mit der strahlenden Sonne an seiner Seite beschäftigen sollte. Eine Sonnenfinsternis ausnutzen, um ein Mädchen anzumachen? Eine komische Vorstellung. Na ja, hatte er gedacht, wenn ich mit 113 die nächste Sonnenfinsternis beobachten werde, wird wahrscheinlich kein junges, hübsches Ding neben mir im Sand liegen. Er, der schon als Jugendlicher gar nicht so der Typ gewesen war, auf den die Mädchen standen. Er, mit seinem roten Lockenschopf, der pummeligen Gestalt und der komischen Brille. Aber trotzdem hatten sie ihn gemocht, weil er ein lustiger, netter Kerl war. Ein Kerl, mit dem man Spaß haben konnte, über den und mit dem man viel lachen konnte.

Auch Susanne hatte übers ganze Gesicht gelacht, als er ihren Blick erwiderte. Ihm war es durch Mark und Bein gefahren. Mein Gott. Susanne war ein besonderes Mädchen gewesen. Schön, nett, genau die Richtige für die ersten Erfahrungen. Für den ersten Kuss.

Er hatte seinen ganzen Mut zusammen genommen und die Brille in den klebrigen Sand geworfen, hatte sich gerade zu ihr beugen, ihr vielleicht einen zaghaften Kuss auf die Lippen hauchen wollen, als lautes Geplärre aus dem Gebüsch sie hatte aufschrecken lassen. Jo und die anderen waren aufgetaucht und hatten sich zu ihnen in den Sand gewälzt. »Erwischt, Rosso!«, hatte Jo scherzhaft gerufen und war seinem Spezi durchs gelockte Haar gefahren. »Konzentrier dich auf dein mündliches Abi, alter Freund«, hatte er ihn flapsig gescherzt. »Biologie ist nichts für dich. Es sei denn, es geht um Wurzeln von Bäumen.«

Susanne hatte sich wieder ins Gespräch mit ihrer besten Freundin Elisabeth vertieft. »Little Jo«, hatte Rosso streng gesagt. »Das schreit eindeutig nach einem Duell.«

»Jetzt warte mal ab, bis es wieder hell wird, Hoss«, hatte Jo seinen Freund besänftigt.

»Hoss Ross – das hatte sich traumhaft angehört.« Jo hatte gelacht.

Einige Minuten hatte schwarze Dunkelheit über diesem sonnigen Nachmittag gelegen. Die Nordsee hatte gerauscht, sehen konnte man sie nicht mehr.

Artur alias Rosso schreckte auf.

Leichtes Knurren riss ihn aus seinen Erinnerungen. Sein Hund hatte offensichtlich Hunger und musste Gassi. Aus der Gischt in seiner Erinnerung war wieder eine milchig schmutzige Fensterscheibe in seiner Wohnung geworden. Rosso glaubte, die Wellen der Nordsee immer noch zu hören. Oder war es Tinnitus? Er lachte still vor sich hin. Ja, schade. Mit ihm und Susanne hätte vielleicht was werden können.

In den Wochen nach dem Schulausflug an die Nordsee, der Heimat von Susanne, hatte er immer wieder versucht, sich mit ihr zu verabreden. Ob sie nur mit ihm gespielt hat, als sie mit ihm auf dem Schulhof gestanden, mit ihm am Flussufer entlang spaziert ist oder sich mit ihm getroffen hatte, um gemeinsam über den Schulaufgaben zu brüten, war ihm heute noch nicht klar. Immer mal wieder hatte er versucht, ihr näherzukommen. Doch er war nicht schlau aus ihr geworden. Verträumt hatte sie ihn angesehen, mit ihren Augen gelacht, die langen blonden Haare durch die Luft geworfen, hatte ihn gedrückt, dann wieder von ihm abgelassen und war verschwunden.

Bis er eines Tages seinen Freund Jo mit Susanne Hand in Hand auf der Abifeier gesehen hatte, eng umschlungen tanzend. Das hatte weh getan. Sein bester Freund hatte abrupt seine Träume beendet.

Apropos Träume.

Es war Zeit, wach zu werden. Artur Silva löste seinen verträumten Blick vom glitzernden Sonnenstrahl, trank einen kräftigen Schluck vom inzwischen kalt gewordenen Kaffee und wechselte den karierten Schlafanzug. Eigentlich hätte der seinem britischen Hund besser zu Gesicht gestanden. Mit seiner zerschlissenen Jeans und dem gepunkteten Lieblingshemd, das sich über der etwas zu engen Hose wölbte – »ich bin nicht zu dick, ich bin einfach zu klein«, pflegte er sich zu trösten – setzte er seine Mütze auf und verließ die Wohnung. Eigentlich hätte er die Mütze nicht gebraucht, denn um von der Mansardenwohnung in sein Büro zu gelangen, musste er nicht vor die Tür.

Aber Mister Mops musste Gassi. Artur überwand die drei Etagen, vorbei an vier Sozialwohnungen, aus denen Kinderlärm drang, über die ächzenden Treppenstufen, hielt sich am wackligen Geländer fest und erreichte im Erdgeschoss seine Detektei. Bevor er aufschloss, führte er die lange Leine mit dem kurzen Hund dran einmal um den Block, ließ den Hund das Bein beim Nachbarn heben und ging zurück. Ja, die Mütze hätte er nicht gebraucht, aber was ein richtiger Sherlock Holmes ist, der braucht seine Mütze und – seine Pfeife natürlich.

Im Büro angekommen, die Kaffeetasse in der Hand, steckte er sich die verglühte Pfeife vom Vorabend in den Mund, lutschte daran und wartete, was der neue Tag an aufregender Arbeit wohl bringen würde.

Derweil suchte sich der vierbeinige Watson ein kuscheliges Plätzchen am Fenster und legte sich auf den weichen Flokati, der vor langer Zeit sicher mal weiß gewesen war.

Es schien ein geruhsamer Tag für die beiden zu werden. Die Sonne erwachte zögernd und lugte vorsichtig über den Horizont. Leise wehte der Wind durch den Morgen und vertrieb die letzten Wolken der Nacht. Eine Sonnenfinsternis war für heute jedenfalls nicht angesagt.

3

Anfang der Siebzigerjahre gründete Paul Schuster das Sanitätshaus. Sein Sanitätshaus. Das erste Haus dieser Art in der Region. Als gelernter Schuhmacher und Orthopädiemeister wollte er nicht länger das tun, was andere von ihm verlangten. Er machte sich selbstständig. »Ich vertreibe, repariere und rüste Hilfsmittel für Behinderte und Pflegebedürftige um«, hatte er eines Morgens beim Frühstück verkündet. So als lese er die Überschrift aus der Zeitung vor. »Ein richtiges Sanitätshaus mit Werkstatt«, frohlockte er.

Paul hatte immer schon davon geträumt, Schuhmacher zu werden. Schon als Kind hatteer seine alten Schuhe geflickt, eine neue Sohle darunter gewerkelt, wenn die alte durchgelaufen war, hatte Flickstücke eingesetzt, wo die Zehen drückten.

Schuhe faszinierten ihn. Oft beobachtete er Menschen, die in ihren Schuhen nicht gehen konnten. Sie waren zu eng, zu klein, zu schwer, zu unbeweglich. Dann fiel ihm auf, dass manche Menschen trotz guter Schuhe Beschwerden beim Gehen verspürten. Ja, dachte sich Paul, da müsste man was in die Schuhe reinlegen. Er schnippelte Einlagen aus Pappe, dann aus Schaumgummi. Während andere Cowboy und Indianer spielten, spielte Paul mit Schuhen, klaute aus dem Keller Opas alte Arbeitsschuhe und reparierte sie. Stundenlang konnte er sich dafür begeistern.

Es war folgerichtig, dass er nach der Schule eine Lehre als Schuhmacher begann. Lehrjahre sind bekanntlich keine Herrenjahre, doch Paul arbeitete oft länger als er musste und fühlte sich wohl zwischen all den Schuhen, Sohlen und Werkzeugen. Er machte die beste Gesellenprüfung und auch seinen Meister. Für seinen Chef war die Schuhmacherei sein Zuhause, und als dieser im hohen Alter starb, lag die Verantwortung für den kleinen Laden und die Handvoll Beschäftigten bei Paul.

Doch immer mehr verdrängten Billigschuhe das ehrbare Handwerk. Nur noch langjährige Stammkunden verloren sich in seine Werkstatt, um sich ihre Schuhe neu besohlen zu lassen.

Emilie war nicht begeistert, als ihr Mann zwischen Kaffee und Marmeladenbrot von seiner Selbstständigkeit und einem Sanitätshaus fabulierte. Sie schaute ihn entgeistert an. »Aber Paul, gefällt dir deine Arbeit nicht mehr?«

»Doch, das ist gar nicht die Frage. Aber soll ich immer nur als kleiner Schuhmacher- und Orthopädiemeister rumkrebsen? Die Leute kaufen lieber neue Billigschuhe. Wer lässt sich noch für wenig Geld die Schuhe besohlen?«

»Uns geht es doch gut. Wir haben hier in Weidental unser Häuschen, wir wollen mal ein Kind haben. Wir machen Urlaub, wenn auch keine Fernreisen. Wir haben gemeinsame Wochenenden.«

Paul schaute von seinem Frühstück hoch. »Ich brauche eine neue Herausforderung.«

Seine Frau Emilie strich Butter aufs Brot, langsamer als sonst. Sie schien zu überlegen, wie sie mit der neuen Situation umgehen solle. »Das verstehe ich ja«, räumte sie ein. »Aber hast du dabei auch an uns gedacht?«

Paul ging gar nicht auf die Frage ein. Stattdessen nahm er einen Ordner, öffnete ihn und entnahm ein Blatt Papier. Auf dem Blatt war die Aufnahme einer Halle zu sehen.

»Wo ist das denn?« »Das ist die Halle der ehemaligen Firma von Max Weiß im Stadtteil Berghausen. Seit der Insolvenz der Firma steht die Halle leer, samt der Bürogebäude. Das wäre ein optimaler Standort für mein Unternehmen.«

»Du willst das alles kaufen? Wovon denn?«

»Kein Problem«, war sich Paul seiner Sache sicher. »Der Insolvenzverwalter ist froh, wenn er einen Käufer findet. Die Stadt will die Hallen nicht. Noch sind sie einigermaßen in Schuss und es genügen ein paar Schönheitsreparaturen. Ich habe auch schon mit der Bank gesprochen. Sie wird mir als vertrauenswürdigem Kunden ein Darlehen gewähren, damit ...«

»und wir bürgen mit unserem Haus«, glaubte Emilie ein neues Argument gefunden zu haben.

»Na und?« Paul war sich seiner Sache sicher.

Ihr war klar, dass sie in diesem Stadium ihren Mann nicht mehr von seiner Idee abbringen konnte. Wenn er sich etwas in den Kopf gesetzt hatte, dann war er nicht umzustimmen. Nicht als es um den Tag der Hochzeit ging. Nicht, als es um den Kauf des Grundstückes zum Bau des Wohnhauses ging. Nicht, wenn es ihm wichtig war.

Dieses Vorhaben war ihm verdammt wichtig.

»Wie kommst du eigentlich auf Hilfsmittel für Menschen?«

»Das ist ein Thema mit Zukunft. Die Menschen werden älter. In den nächsten Jahren wird die Pflege zu Hause an Bedeutung gewinnen. Noch ist das kein Wirtschaftszweig. Aber ich habe mich nicht zum Orthopädiemeister ausbilden lassen, um ewig an Schuhen herumzubasteln. Ich will neue Dinge entwickeln, Hilfsmittel für die Menschen.«

Er schien eine klare Vorstellung von dem zu haben, was ihn umtrieb. »Es ist bei meiner Ausbildung und meiner praktischen Erfahrung doch ein Leichtes, etwa Rollstühle umzurüsten, um behinderten und pflegebedürftigen Menschen Erleichterungen im häuslichen Umfeld zu schaffen. Nicht jeder will ins Altersheim. Oder noch bessere Einlagen und Beinprothesen.«

Was sich anhörte wie eine soziale Wohltat, war klares wirtschaftliches Kalkül.

»Aber die älteren Menschen leben doch in der Familie zu Hause und werden von ihren Angehörigen betreut«, warf Emilie ein. Sie hatte noch nicht aufgegeben. »Meist ist doch jemand zu Hause, der sich darum kümmert.«

Paul schüttelte den Kopf. »Schau dir mal an, was in unserer Gesellschaft los ist«, antwortete er. »Die 68er haben ganz schön Staub aufgewirbelt.«

»Was hat das denn mit den 68er zu tun?«

»Sehr viel, Emilie. Die Frauen begehren auf. Sie wollen sich nicht länger von ihren Männern vorschreiben lassen, was sie zu tun oder zu lassen haben.«

Emilie erstaunte. »Ja schön, ich bin verwundert, dass du dich um die Belange der Frauen kümmerst. Seit wann interessiert dich das? Meine Belange haben dich nie interessiert.«

Paul ließ sich nicht irritieren. »Schon bald werden auch mehr Frauen arbeiten. Die Menschen werden älter. Es wird also mehr ältere Menschen geben, und die Familien haben weniger Zeit, sich um sie zu kümmern. Irgendwann wird es Heime geben, in denen die Alten leben. Aber am liebsten wollen sie doch zu Hause bleiben, solange es geht.«

Zum ersten Mal schien auch Emilie nachzudenken.

»Dann sind die Alten froh, wenn sie ein Hilfsmittel haben, um sich zu bewegen, wenn keiner zu Hause ist, der ihnen hilft.«

Emilie schwieg. Sie wusste, dass sie keine Chance hatte, ihren Paul von seinem Vorhaben abzubringen. Vielleicht hatte er ja den richtigen Riecher und seine Idee war gar nicht so schlecht. »Und was ist, wenn wir Kinder haben? Sehen die ihren Vater dann überhaupt?«

Paul hatte die letzten beiden Fragen nicht mehr gehört. Er klemmte seinen Ordner unter den Arm und verließ den Raum mit einem letzten Schluck schwarzen Kaffees im Mund.

Emilie blieb mit ihren Fragen zurück. Es war wie immer. Warum hatte sie sich eigentlich in diesen störrischen und selbstherrlichen Mann verliebt?

Nur wenige Wochen nach diesem Frühstücksgespräch kaufte Paul Schuster das Gelände in Berghausen. Es war ein feierlicher Moment, als er seine erste eigene Firma eröffnete.

SCHUSTEREI. DAS SANITÄTSHAUS.

So nannte er augenzwinkernd das Unternehmen. Stolz blickte er auf die großen Buchstaben, die an der Front des Backsteingebäudes in der Sonne golden schimmerten. Er hatte es geschafft. Anders als seine Schwester. Seine Stiefschwester. Ungern schweifte er in seinen Gedanken ab. Er hatte seine Stiefschwester nie als Schwester akzeptiert. Sie war einige Jahre jünger als er, ein Nachkömmling seines Vaters. Nicht seiner Mutter. Für Paul bedeutete dies einen Unterschied.

Jahrelang hatte sein Vater ein Verhältnis mit einer jüngeren Frau. Das war in der Familie ein offenes Geheimnis. Seine Mutter hatte dies still ertragen und ihre Schmerzen nicht gezeigt.

Paul, der seine Mutter abgöttisch liebte, hatte nur Verachtung für seinen Vater übrig.

Irgendwann hatte dessen Liebschaft ein Kind bekommen.

Ein kleines Mädchen. Katja. Viele Jahre hatte er sie nicht zu Gesicht bekommen. Er erinnerte sich noch mit Schaudern daran, als sein Vater eines Tages mit dem Mädchen an der Hand zu ihm kam und sie ihm als seine Schwester vorstellte. Pauls leerer Blick ging an dem schüchternen Mädchen vorbei, das sich in der Hand seines Vaters fest krallte. »Hallo Paul«, hatte sie gesagt. Eine Begrüßung, die er nicht erwiderte. Dann war sie wieder aus seinem Leben verschwunden. So schnell wie sie gekommen war. Paul ging konsequent seinen Weg, beruflich wie privat. Seine Schwester Katja spielte dabei keine Rolle. Er hatte sie aus seinem Leben gestrichen. Sie war und blieb das schwarze Schaf der Familie.

Nomen est omen. Paul Schuster, der Schuhmacher. Ein Handwerker mit Leib und Seele. Er wollte mit seinen Hilfsmitteln den Menschen wieder Beine machen und ihnen die Fortbewegung erleichtern. Nichts anderes als das, was auch ein Schuster tat. Er hätte auch in der Werbebranche landen können. So war es kein Wunder, dass die ersten Anzeigen lauteten: »Schusterei. Das Sanitätshaus – Wir machen Ihnen Beine« und »Schusterei. Das Sanitätshaus – Wir halten Sie auf Trab«. Wer da nicht neugierig wurde.

In den Siebzigerjahren wurden viele Menschen arbeitslos. Die Zeit des Wirtschaftswunders war vorbei. Es ging nicht mehr aufwärts. Selbst die Zahl der Geburten ging zurück. Fast drei Millionen ausländische Arbeitskräfte waren in Deutschland tätig. Diese sogenannten Gastarbeiter wurden zu einem festen Bestandteil in den Betrieben. Dienstleistungen nahmen zu, Industriebeschäftigung ging zurück. Traditionelle Milieus lösten sich zunehmend auf, aber Frauen mussten immer noch ihre Männer fragen, ob sie arbeiten durften. Doch die 68er und die Hippiebewegung hatten Deutschland verändert.

Paul Schuster fiel es daher nicht schwer, willige Mitarbeiter für sein Sanitätshaus zu finden. Schnell erweiterte er sein Sortiment, von Rollstühlen über Rollatoren bis zu Badewannenliftern. Die Menschen in Senningen waren neugierig geworden, erste Aufträge flatterten ein.

Paul strahlte über beide Ohren, als er am Frühstückstisch die Zeitung aufblätterte. In großen Lettern las er genüsslich den Artikel über das erfolgreiche Sanitätshaus, daneben ein Interview samt Foto mit dem Firmeninhaber.

»Paul, Telefon«, riss ihn Emilie aus seinem Triumph.

»Um diese Uhrzeit?«, ärgerte er sich, dass es jemand wagte, diesen besonderen Moment zu stören. »Wer ist es denn?«

Emilie sagte nichts, sondern hielt ihm mit einer besonderen Geste das Telefon entgegen.

»Ja, bitte?«, bellte Paul in die Muschel.

»Paul, ich bin es.«

»Ich?«

»Ja, deine Schwester.«

»Warum rufst du mich in aller Frühe an. Was willst du?«

»Ich brauche deine Hilfe. Es geht mir nicht gut. Bitte.«

»Du bist ein hoffnungsloser Fall. Hätte Vater dich nur nicht in die Familie geschleppt. Du taugst nichts, hast nichts, liegst mir auf der Tasche.«

»Mensch, Paul. Du bist doch mein Bruder.«

»Stiefbruder, bitte schön. So viel Zeit muss sein.«

»Ich will nur mit dir reden. Gib mir eine Chance.«

»Na gut«, gab sich Paul gnädig. »Vegetierst du noch in dieser Baracke?«

»Ich bin froh, dass es diese Sozialwohnung gibt, sonst säße ich auf der Straße.«

»Ich komme nachher vorbei. Aber lüfte vorher die Bude, damit der Gestank abzieht.« Paul legte auf.

»Was will sie?«, fragte Emilie.

»Ach, was will sie? Immer das Gleiche, denke ich.«

»Ach, Paul«. Emilie legte ihre Hand auf die Schulter ihres Mannes. »Uns geht es gut. Hab doch ein wenig Nachsicht mit deiner Schwester.«

»Nachsicht? Sie hat nichts gelernt, immer nur meinem Vater auf dem Geldbeutel gesessen. Jetzt streunt sie sinnlos durch die Stadt und blamiert die ganze Familie.«

»Hilf ihr, bitte.« Paul hatte sich wieder die Zeitung gegriffen. Emilie wusste, dass damit das Gespräch beendet war.

Sein Benz passte kaum durch die schmale Gasse, die in der Innenstadt von Senningen rechts abbog in Richtung Park. Diese Gegend hatte sich noch nicht erholt vom Krieg. Verkommene Gebäude, schlechte Straßen, ein vergessener Stadtbezirk. Paul stoppte sein Fahrzeug vor einem mehrstöckigen Gebäude. Im obersten Stockwerk fehlten die Fenster. Die Eingangstür schloss nicht mehr richtig und rappelte im Wind. Er hob den Türgriff, lehnte sich dagegen und die Tür quietschte nach innen. Paul ging durch einen halbdunklen Flur und klopfte an der ersten Tür. Spinnweben wiegten sich im Sonnenstrahl, der durch die geöffnete Haustür in den Flur fiel. Eine Frau öffnete ihm.

»Hallo, Paul. Schön, dass du gekommen bist.« Sie schlurfte zurück in die Einzimmerwohnung und ließ Paul eintreten.

»Was willst du?«, machte Paul keine Umstände.

»Kannst du mir nicht einen Job besorgen?«

Paul runzelte die Stirn und trat nahe an seine Halbschwester heran. »Job? Du willst arbeiten?«

Sie griff seine Hand. »Du weißt genau, warum ich meine Arbeit verloren habe. Ich will nicht von der Sozialhilfe leben. Ich will auf eigenen Beinen stehen.«

»Auf eigenen Beinen?«, höhnte er. »Schau dich doch mal im Spiegel an.«

Mit einer abrupten Bewegung riss er sich los, so dass sie nach hinten torkelte und auf die alte Couch fiel, die sie auffing.

Pauls Augen funkelten. »Nun, du willst einen Job. Dann zieh dich aus.«

»Wie bitte?«

»Ja, zieh dich aus. Für diesen Job kriegst du zwanzig Mark von mir.«

»Spinnst du? Ich bin doch keine Hure! Außerdem bin ich deine Schwe…«

»Halbschwester«, unterbrach er sie und beugte sich herab. Dann ging alles ganz schnell. Er riss ihr die Kleider vom Leib. Sie wehrte sich nach Kräften, schrie, doch niemand konnte sie hören.

»Du bist wenigstens jünger als Emilie, wenn man dich auch für sonst nichts gebrauchen kann«, sagte er schließlich, zog sich die Hose hoch, stieg von ihr ab und warf ihr zwanzig Mark auf den nackten Bauch. »Wenn du dich ein wenig geschickter anstellst, könnte das ein Job für dich sein«, lachte er dreckig und verließ die Wohnung.

Seine Halbschwester blieb wie Trance auf der Couch liegen und heulte. Sie lag schon lange in der Gosse, doch noch nie war sie so erniedrigt worden.

4

Joachim kamen Bilder in den Sinn. An seine ersten Lebensjahre erinnerten ihn nur alte Fotos. Schemenhaft wanderten Fetzen von Bildern durch seinen Kopf. Er sah ein lustiges, wohl behütetes Kind in der Wiese tollen, umgeben von Spielzeug auf ersten tastenden Schritten unterwegs. Er sah eine Frau, seine Mutter wohl, beherrscht, ruhig, Zuversicht ausstrahlend. Er erinnerte sich an kein böses Wort von ihr, keinen Klaps auf den Po, vielleicht ab und an einen strengen Blick, der schnell einem versöhnlichen Lächeln und einem Streichen mit der Hand über den Kopf wich.

Die Erinnerungen an seinen Vater waren dunkel. Er sah ihn selten. Er erinnerte sich nicht daran, dass sein Vater jemals mit ihm gespielt oder Unsinn gemacht hätte. Sein Vater war ein ernsthafter, strenger Mann. Wenn er zu Hause war, verlor Mutter ihre Leichtigkeit. Sie wirkte angespannt, unter Druck.

Irgendwann kam die Zeit, dass sein Vater ihn mitnahm zur Arbeit. Offenbar musste Mutter allein sein. Joachim war gekränkt. Warum kümmerte sich seine Mutter nicht mehr um ihn?

Er erinnerte sich, dass er es sich als kleiner Junge mit seinem Spielzeug in der Ecke des Sekretariats seines Vaters bequem gemacht hatte, als er erstmals Mariannchen sah. Sie hatte einen fürchterlich lauten Streit mit einer anderen Dame, die der kleine Junge nicht kannte. Irgendwann war Vater aus dem Büro gekommen, hatte deutlich und bestimmt seine Meinung gesagt. Daraufhin hatte die andere Dame schluchzend den Raum verlassen und sie drei zurückgelassen.

Mariannchen hatte sich gleich dem Jungen zugewandt, als sei nichts gewesen. Sie hatte ihn merkwürdig angelächelt, aber er war froh gewesen, dass jemand mit ihm spielte, während sich sein Vater wieder seiner Arbeit gewidmet hatte und Mutter nicht da gewesen war.

Vaters Vorzimmerdame war so etwas wie seine zweite Mutter geworden in der Kindheit. Er hatte als Kind nicht verstanden, warum seine Mutter Emilie nicht mit ihm gespielt hatte. Sie war doch zu Hause gewesen und hatte Zeit.

»Deiner Mutter geht es heute nicht so gut«, hatte Paul dann zu ihm gesagt und den kleinen Joachim mit ins Büro genommen. Er hatte nicht gewusst, dass seine Mutter unter Depressionen litt und diese Zeit allein in ihrem Zimmer verbracht hette. Gern hatte er Mariannchen zugeschaut, wenn sie Briefe in die Schreibmaschine hämmerte. Manchmal hatte auch er auf dieser eigenartigen Maschine die Buchstaben bedienen dürfen, solange, bis ihm der kleine Finger zwischen die Tasten rutschte.

»Joachim«, hatte Paul Schuster eines Tages nach dem Mittagessen gesagt, »setz dich bitte kurz zu mir.«

Dass sein Vater »bitte« gesagt hatte, war schon ungewöhnlich. Er hatte Platz genommen, während Mutter die Teller abräumte.

»Du hast ein beachtliches Abitur abgelegt«, hatte er gesagt, obwohl dies jetzt schon Wochen her war. »Insbesondere in Mathematik und Physik sind deine Noten bemerkenswert.«

Stolz hatte Joachim zu ihm aufgeschaut. Ja, sein Vater hatte immer streng darauf geachtet, dass er ordentlich lernte und frühzeitig auf das Berufsleben vorbereitet wurde. Er hätte sich durchaus auch einen anderen Berufsweg vorstellen können, doch sein Vater hätte mit ihm gebrochen, wenn er ihm nicht eines Tages versprochen hätte, in die Firma einzusteigen.

»Du weißt, mein Sohn, was mir diese Firma bedeutet!«

Ja, Joachim wusste das. Er kannte die Litanei. Joachim hatte sein Studium an der Hochschule in der Schweiz begonnen, während seine Jugendliebe Susanne zu den alten Griechen und Römern reiste, ehe sie ihr Studium in Freiburg begann.

So waren die Jahre ins Land gezogen. Der Kontakt zu Susanne war abgebrochen. Joachim hatte öfters versucht, sie zu erreichen, hatte aber nicht ihre Adresse in Freiburg gekannt.

Bald schon war sie aus seinen Gedanken verschwunden. Er hatte sich ganz auf seine Arbeit konzentriert und war sehr schnell in die Rolle seines Vaters hineingewachsen.

Es war ihm auch keine Zeit geblieben, darüber nachzudenken. Mit großer Zielstrebigkeit und Perfektion hatte er sein BWL-Studium absolviert und hatte die vorlesungsfreien Zeiten genutzt, um im Sanitätshaus von Paul Schuster die einzelnen Bereiche zu durchlaufen. Wann immer die Zeit es zugelassen hat, hatte er sich mit den Prozessen in der Pflege befasst und die Zusammenhänge zwischen Erkrankungen und Hilfsmitteln kennengelernt. Insbesondere die praktische Arbeit in der Firma hatte ihm dabei sehr geholfen.

Außerdem hatte er ein paar Grundsemester Jura studiert, wenn auch ohne Abschluss. Immerhin hatte es ihm geholfen, rechtliche Fragen einzuordnen, anders als sein Vater, der immer der Praktiker gewesen war und die Firma aus dem Nichts aufgebaut hatte. Dadurch war er nach und nach in die Führungsrolle gewachsen. Joachim hatte ein gut aufgestelltes Unternehmen vorgefunden, das er leiten sollte.

Nach Abschluss des Studiums hatte ihn sein Vater zum Prokuristen gemacht und sich nach und nach aus der Verantwortung zurückgezogen. Paul hatte seinem Sohn die geschäftlichen Angelegenheiten überlassen und sich auf repräsentative Aufgaben beschränkt, wenn es galt, das Unternehmen als Sponsor auf einer Wohltätigkeitsveranstaltung zu vertreten, bei den Rotariern der Stadt eine Rede zu halten oder gesellschaftliche Anlässe von Senningen zu besuchen.

Paul Schuster war trotz aller Ecken und Kanten ein angesehener Geschäftsmann in der Stadt geworden. Er wurde gefürchtet, er wurde geliebt. Viele verdankten ihm ihren Arbeitsplatz. Er hatte die Zeitenwende in Senningen eingeleitet nach dem Sterben der Industrie, der hohen Arbeitslosigkeit mit all ihren sozialen Verwerfungen. Sein Sanitätshaus hatte neuen Wohlstand gebracht, neue Arbeitsplätze und weitere Betriebe, die sich im Umfeld der Gesundheitswirtschaft hier ansiedelten. Senningen hatte wieder einen Namen, der positiv besetzt war.

Nach seiner Rückkehr aus der Schweiz hatte sich Joachim Schuster in der Stadt eine Wohnung eingerichtet. Drei Zimmer, Küche, Bad, ein kleiner Abstellraum, ein Balkon, auf dem er abends gerne saß und in den Feierabend blickte. Er war nicht zurück nach Weidental gezogen, schon gar nicht ins Elternhaus. Zwar hatte er im Unternehmen seines Vaters erste berufliche Gehversuche unternommen, doch wohnen wollte er dort nicht. So war er in die kleine Mietwohnung in der Senninger Innenstadt gezogen. Weit genug weg, um sich von seinen Eltern emanzipieren zu können. Nah genug, um sie nicht aus den Augen zu verlieren.

Hier, mitten in der Stadt, beobachtete er die Menschen, die über den Asphalt schlenderten, Arm in Arm, lärmend, lachend, gestikulierend. Menschen mit einem ganz anderen Leben. Ihm ganz nah und doch weit weg. Eine entspannte Atmosphäre, während von der nahen Kirche die Glocken zum Abendgebet läuteten. Ab und an hupten Autos von der angrenzenden Straße, Geschäfte boten in der Fußgängerzone ihre Waren feil und warben um Kunden. Mal geschäftiges und hektisches Treiben, mal entspanntes und erholsames Nichtstun.

Sein Blick schweifte über den Kirchturm hinaus, das Glas Rotwein in der Hand. Im Glas spiegelte sich eine andere Kirche, das Münster in Freiburg.

Er lächelte, als ihm die Bilder jenes Tages gewahr wurden, an dem er sich spontan in sein Auto gesetzt hatte und nach Freiburg gefahren war. Aufgeregt hatte er Susannes Mutter angerufen, von der er ihre Adresse erhalten hatte. Mit klopfendem Herzen war er durch die hektische Innenstadt gestrichen, hatte die Menschen beobachtet, die an ihm vorbeizogen, und hatte eine bestimmte Wohnung in einer bestimmten Straße gesucht.

Die Wohnung lag abseits vom Treiben der City, dort, wo

die Mietpreise günstiger waren. Aufgeregt hatte er geklingelt, bis eine zarte Frauenstimme ihn durch die Sprechanlage gefragt hatte, wer denn da sei.

»Ich bin's«, hatte er freudig gerufen, als würde sie ihn an seiner Stimme erkennen.

»Wer ich?«, kam die Stimme aus dem Kasten.

»Ich«, wiederholte er. »Jo.«

Erst hatte die Anlage geschwiegen, dann war ein leises Surren zu hören.

Er hatte gegen die Eingangstür gedrückt, die sich öffnete und ihm den Weg ins Haus ebnete. Er hatte zwei Stufen auf einmal genommen, um keine Zeit zu verlieren. Dann war er vor ihr gestanden.

»Hallo Susanne«, hatte er gesagt.

»Hallo Jo«, hatte sie geantwortet. »Das ist aber eine Überraschung. Komm rein.«

Das Wochenende war wie im Flug vergangen. Sie hatten geredet, erzählt, gelacht, diskutiert, geschwiegen, gescherzt, waren durch die Stadt geschlendert, hatte die chinesische Küche genossen, in der Bar um die Ecke getanzt und sich des Lebens gefreut.

»Ein herrliches Wochenende«, hatte er geschwärmt, als er sie verließ. »Das müssten wir öfters machen.«

Susanne hatte ihn angestrahlt. »Ja, eine echte Überraschung. Eigentlich wollte ich am Wochenende lernen. Zum Glück hast du mich davon abgehalten.«

»Mach's gut«, hatte er gesagt und ihr einen Kuss auf die Wange gedrückt. »Bis bald mal wieder.«

Dieses spontane Treffen, an das sich Joachim so gerne erinnerte, lag lange zurück. Die Bilder im Rotweinglas verschwammen. Er hatte sie erneut besuchen wollen. Doch offensichtlich war Susanne umgezogen.

Joachim blickte hoch. Die Glocken im Kirchturm schlugen zehn Mal. Er genoss den letzten Schluck Rotwein, als könne er sich damit die Erinnerungen an die Begegnung mit Susanne einträufeln. Dann ging er niedergeschlagen und allein zu Bett.

Er schlief unruhig, wälzte sich hin und her. In seinen Träumen sah er Susanne auf ihn zulaufen. Plötzlich riss die Straße zwischen ihnen auf und verschlang Susanne für immer. Er blieb zurück in seiner Leere. In seinem schwarzen Loch, durch das er fiel und fiel und fiel, bis er vor einem großen Tor stand. Doch sobald er das Tor ins Leben öffnen wollte, wurde das Tor kleiner und kleiner, bis er vor einem Mauseloch stand.

Schweißgebadet wachte er auf.

In diesem Moment wusste er nicht, ob er sie jemals wiedersehen würde.

5

»Mama, was ist mit dir?«

Die Kleine schaute ihre Mutter mit großen Augen an, als sie an ihr vorbeiging mit tränengeröteten Augen. Sie starrte durchs verschmutzte Fenster.

»Schon gut, mein Kind«, schluchzte sie. »Mach deine Hausaufgaben.«

Sie ging in die Küche, nahm sich ein Glas Wasser und verschwand im Schlafzimmer.

Das schwarz gelockte Mädchen traute sich nicht, ihr zu folgen. Wird schon alles nicht so schlimm sein, tröstete sie sich und zog sich in ihre Nische zurück, um an ihren Hausaufgaben zu tüfteln. Konzentrieren konnte sie sich freilich nicht. So kannte sie ihre Mutter gar nicht.

Das Mädchen wohnte mit seiner Mutter in einer Sozialwohnung. Die trostlose Hochhaussiedlung im Osten der Stadt war Heimat für die Hiergebliebenen.

Ihre Mutter war immer schon gegen den Strom geschwommen. Da war ihr die Hippie-Bewegung der Endsechziger- und Siebzigerjahre gerade recht gekommen. Wenn irgendwo gegen den Staat und das Establishment demonstriert worden war, war sie dabei gewesen. Sie hatte sich bunte, knallige Klamotten angezogen, hüllte sich in dichten Zigarettenrauch und verschwand in ihrer Clique, mit der sie um die Häuser gezogen war. Mehr als einmal war es dabei zu Schlägereien mit Schlipsträgern gekommen, die zufällig des Weges gekommen waren oder in der Kneipe um die Ecke an der falschen Stelle gesessen hatten.

In der Clique hatte sie nur Mary geheißen. Ihr richtiger Name lautete Maria Weiherstätt. Ein komischer Name. Mary hatte ungern von der verunglückten Hochzeit mit ihrem Schulfreund Peter Weiherstätt geredet. Er war nicht aus Senningen, seine Familie zugezogen, doch Mary war fasziniert von dem jungen, frechen Mann, der ihr ständig aufgelauert hatte. Ihre Clique hatte von Peter nichts wissen wollen. »Er passt nicht zu uns«, hatte Katja gesagt. »Ein Streber, der die Nase sehr hoch trägt.«

»Aber ein gut aussehender«, hatte Mary geantwortet.

Eines Tages waren die beiden ein Paar und die Clique hatte erstaunt reagiert, als Mary erklärte, sie wolle Peter heiraten. Die Ehe hatte nicht lange gehalten. Peter hatte Wert auf Etikette gelegt. Er hatte mit den Spät-68ern und ihrer Ideologie nichts anfangen können. Immer öfter war es zum Streit gekommen. Die beiden hatte sich auseinandergelebt und immer weniger Zeit miteinander verbracht. Mary hatte keine Lust auf die feine Gesellschaft, in der sich Peter tummelte mit dem Sektglas in der Hand und der Krawatte um den Kragen. Mary hasste diese Gesellschaft, in der sie ausbeuterischen Kapitalismus sah, Manager und Geschäftsführer, die nur ihr eigenes Interesse im Blick hatten, mit Oliven auf Zahnstochern in der Hand schlaue Gespräche führten und Beschäftigte ausnutzten.

Eines Tages war Peter verschwunden. Wortlos. Ohne Nachricht.

Aber Mary blieb Maria Weiherstätt. Sie legte den Namen dieser verunglückten Lebensepisode nicht ab. Sie wurde, vielleicht mehr aus Trotz als aus Überzeugung, wieder der Mittelpunkt der Clique. Wo etwas abging, war sie mittendrin. Sie hatte nichts zu verlieren. Aufgewachsen in einem schwierigen sozialen Milieu, ihr Vater ehemals Bergmann, bevor die Eisenerzzeche im Wallis schloss und er alkohol- und nikotingeschwängert starb.

Sie vergaß nie das Summen des Steigerliedes, das er auf den Lippen trug. *Glückauf, Glückauf, der Steiger kommt / und er hat sein helles Licht bei der Nacht / und er hat sein helles Licht bei der Nacht / schon angezündt', schon angezündt'.*

Wahrscheinlich war es nicht nur die Silikose, die sein

schnelles Sterben beschleunigte, sondern auch die Tatsache, dass er die siebte Strophe des Steigerliedes allzu wörtlich genommen hatte.

Die Mutter brachte die Kinder mit wenig Rente mehr schlecht als recht durch. Maria war die Jüngste und während ihre Geschwister nach der Schule das Weite suchten und offenbar auch fanden, blieb sie bei Mutter zurück, bis auch diese ihre Augen für immer schloss. Maria war noch zu jung gewesen, um allein zu wissen, wie das Leben funktionierte. Allein hatte sie in der Sozialwohnung der Eltern gelebt, aus der längst eine Hippiebude geworden war. Zum Glück gab es Katja, die eines Tages bei ihr einzogen war. Ihre beste Freundin, wertvolle Hilfe und Ersatz für ihre Geschwister.

Eines Tages war Maria schwanger. Sie konnte sich noch an jenen 5. Januar 1971 erinnern, an dem sie stutzig wurde, weil ihre Regel ausblieb. Der Schwangerschaftstest war positiv. Offene Liebe war in der Clique Ausdruck von Freiheit gewesen. Sie wusste auch nicht so recht, wer denn nun der Vater des Kindes war, das neun Monate später das Licht der Welt erblickte.

Oder war das Kind das Ergebnis jenes verhängnisvollen Abends, an den sie ungern zurückdachte?

Die ausgelassenen Abende in ihrer Hippiebude wurden seltener. Ihr runder werdender Bauch machte ihr zu schaffen.

»Du musst doch wissen, wer der Glückliche ist«, machten sich die anderen über sie lustig und versuchten ihr zu entlocken, wer denn nun der Vater des Kindes sei.

Letztlich war es ihr gleichgültig, wer der Vater war. Sie freute sich auf ein gesundes Kind. Weiherstätt? Nein, diesen Namen würde ihr Kind garantiert nicht tragen.

Mary hatte sich verändert, seitdem sie schwanger war. Sie mied die ausgelassenen Feten der anderen und wollte nicht mehr viel wissen vom exzentrischen Hippiedasein, von dröhnender Musik, Alkohol und freier Liebe. Mehr und mehr zog sie sich zurück, pflegte ihre Schwangerschaft und wartete aufgeregt auf die bevorstehende Geburt. Zum Glück bekam sie für ihr Baby Geld vom Amt, denn ein Vater war nicht zu ermitteln.

Katja, selbst vom Leben benachteiligt, blieb in dieser Zeit ihre wichtigste Stütze. Oft saßen sie abends zusammen in der Bude, redeten von Gott und der Welt. Wenn Mary mehr wissen wollte über Katjas Familie, dann wurde diese schweigsam und antwortete nicht. Sie wollte darüber nicht reden.

Mary bedrängte sie nicht. »Du bist meine beste Freundin, egal woher du kommst, was du erlebt hast und was dich bedrückt«, nahm sie Katja in den Arm. »Du kannst immer zu mir kommen, wenn du Hilfe brauchst.«

Die Jahre gingen ins Land. Von der kleinen Rente ihrer Mutter war Mary nicht viel geblieben, und so war sie froh über den Job im Sanitätshaus, den ihr Paul Schuster gegeben hatte.

Über ihren Job redete Mary nie. Wenn Katja wissen wollte, wo sie denn arbeitete, lenkte Mary ab. Es war ihr offenbar unangenehm und die Freundin ließ sie mit ihrem Geheimnis in Ruhe.

Mary kaufte ihrer Tochter öfter mal neue Kleider, sie leisteten sich die eine oder andere Neuanschaffung für die Wohnung, gingen sogar ins Kino.

Mutter war erwachsener geworden. Aus Mary wurde Maria. Kein Wunder. Nach der Schicht kam sie meist müde nach Hause. Ihre Hippieclique verlor sie zunehmend aus den Augen. Bis auf Katja. Nie vergaß sie, woher sie kam. Ihre kleine Tochter kannte das Steigerlied, mit dem ihre Mutter sie des Öfteren in den Schlaf gesummt hatte. Glückauf, Glückauf.

6

»Heute ist mal wieder eine richtige Sause«, sagte sie eines Tages. »Katja geht auch mit. Du kannst bei deiner Freundin schlafen.«

Ihre Tochter freute sich riesig. Bei Katharina schlafen, das hieß lange aufbleiben, fernsehen, Cola trinken und Chips essen. »Au ja«, umarmte sie ihre Mutter. »Ich treffe mal meine alten Freunde aus der Clique. Morgen ist Sonntag. Da kannst du schlafen und ich hole dich später ab. Es ist ja nur um die Ecke.«

Unter allen Kindern, mit denen die Kleine ihr halbes Kinderleben auf der Straße verbrachte, war ihr Katharina am meisten ans Herz gewachsen. Ein ruhiges, freundliches Mädchen, das erst abseitsstand und mit den raufenden Jungs nicht so viel anzufangen wusste. »Komm doch zu uns, wir spielen gemeinsam.«

Nur zögerlich kam Katharina dazu. »Mensch, Jungs, hört doch mal auf mit der Klopperei. Das hier ist Katharina, meine Freundin. Ich will, das sie auch zu unserer Gruppe gehört, klar?«

Die Jungs nickten. Vor der kessen Zwölfjährigen hatten sie Respekt. Die wusste sich zu wehren.

Seit diesem Tag waren beide Mädchen unzertrennlich. Die gleichaltrigen Mädchen saßen in der Schulbank nebeneinander, lachten über die gleichen Witze und spielten mit den gleichen Spielsachen.

Mary und Katja verließen fröhlich und unbeschwert das Haus. An der Ecke warteten schon Ralf, Klaus, Lene und Kurt auf sie. »Hi Mary, hast du Kippen?«

Mary nahm Zigaretten hervor und verteilte sie.

»Mit Stoff?«

»Kein Geld.«

»Das besorgen wir uns heute.«

Wie übermütige Gören und Lausbuben strichen sie um die Häuser, wähnten sich in alten Zeiten.

»Wisst ihr noch, wie wir uns früher hier hinter den Hecken verkrochen haben?«, raunte Kurt keck.

»Ja, ja, du warst ein Angsthase. Bist gar nicht mehr raus gekommen«, lachte Lene.

»Stimmt doch gar nicht«, wehrte sich Kurt. »Einer musste doch Schmiere stehen und auf euch aufpassen.«

Mary nahm ihn in den Arm. »Ach Kurti, was waren wir unbekümmert. Nichts hat uns Sorgen gemacht. Und heute?«

Kurt winkte ab. »Die Zeiten ändern sich. Klar, nicht für jeden von uns war es einfach, in der Welt anzukommen. Am liebsten würde ich wieder in der WG wohnen.«

»Du?«, staunte Katja. »Willst du deine zwei Gören von uns erziehen lassen?«

»Schon gut«, sagte Kurt. »Jeder hat sein Leben. Aber heute lassen wir die alte WG aufleben.«

Als sie um die Ecke bogen, hatte bereits die Dämmerung eingesetzt. An der Imbissbude nahmen sie eine Currywurst zu sich und schluckten sie mit einem Bier und einem Schnaps runter.

»Ah, das tut gut«, sagte Klaus, als sei er seit Jahren Antialkoholiker. »Was ist mit dir, Ralf?«, boxte er seinem Tischnachbarn an den Oberarm. »Du bist so ruhig und trinkst gar nichts?«

Ralf sah traurig aus.

»Nun erzähl schon, raus mit der Sprache.«

»Jeder hat sein Leben, ja«, sagte Ralf. »Da habt ihr Recht. Aber mein Leben ist nicht so toll.«

»Du hast doch deinen Job?«

»Ja, klar. Aber irgendwie bin ich in der Welt nicht angekommen.«

Lene legte ihren Arm um ihn. »Der arme Ralf hat eine gescheiterte Ehe hinter sich und wohnt allein. Ganz schön einsam, oder?«

Ralf nickte. »Deshalb ist es schön, euch alle mal wiederzusehen. Das müssen wir öfters machen.«

»Warum eigentlich nicht? Wir müssen ja keine Häuser mehr besetzen und Demos anzetteln, aber einmal im Monat durch die Straßen ziehen, wäre doch toll?«

Mary und Katja lachten ihm zustimmend zu. »Das wäre schön«, sagte Mary. »Jetzt, wo meine Tochter größer ist, warum nicht?«

Katja spielte an dem kleinen, goldenen Amulett, das sie um den Hals trug. Während die anderen übermütig vorauseilten, hielt sie ihre Freundin zurück. »Du, Mary, ich habe was für dich.«

Mary blieb verwundert stehen.

Katja nahm eine kleine Schachtel aus ihrer Jackentasche.

Als Mary sie öffnete, kam ein kleines goldenes Amulett zum Vorschein.

»Für dich, meine beste Freundin«, sagte Katja und strahlte.

Mary wusste gar nicht, was sie sagen sollte. »Aber das ist doch dein Amulett!«

»Nein«, sagte Katja und zeigte auf das Amulett, das ihren Hals zierte. »Es sind Yin und Yang. Ich trage die eine Hälfte, du die andere. Gemeinsam ergänzen wir uns, sind eins. Ich trage das weiße Yang, du das schwarze Yin.«

Mary antwortete nicht. Stumm und ergriffen drückte sie ihre Freundin und ließ sich das Amulett von ihr anlegen. Dann eilten beide Hand in Hand den anderen hinterher, die sie fast aus den Augen verloren hätten.

Neben der Stammkneipe ihrer wilden Zeit sahen sie einen etwas zu klein geratenen Mann, in einen Mantel gehüllt, der ihm viel zu lang war, die Hutkrempe tief in die Augen gezogen. Sein Gesicht war nicht zu erkennen. Er wollte gerade Geld in den Zigarettenautomaten stecken, als ihm Ralf den Geldbeutel aus der Hand schlug. Mary erschrak. Doch sie konnte nichts sagen.

»Na, kleiner Mann, darfst du schon rauchen?«, grölte die

Clique. Sofort entstand ein Handgemenge, bei dem die Jungs auf den Mann einschlugen und ihn zu Boden rissen.

»Hier Mary, nimm.« Klaus reckte ihr den Geldbeutel entgegen und fast mechanisch nahm ihn Mary an sich.

»Jetzt nichts wie weg.«

Für einen Moment sah Mary die Augen im aschfahl gewordenen Gesicht des Mannes. Doch es blieb keine Zeit. Die Clique rannte weg und ließ den Mann am Boden zurück.

»Schaut, da ist genug Geld für heute Abend. Da können wir uns einen Joint drehen und ein paar Bier hinterherkippen. Ganz wie früher.«

Mary hatte den Vorfall schnell vergessen, als sie in einer Kneipe einkehrten. Die ersten Biere lockerten die Stimmung. »Lene, erzähl mal, wie geht es dir?«, fragte sie ihre Tischnachbarin, während die Jungs mit den Spielautomaten beschäftigt waren.

»Ja, soweit«, wich Lene der Frage aus.

Zigarettennebel zog durch den Raum. Ihre Stammkneipe war nie zur Nichtraucherkneipe geworden. Es liefen noch die alten Hits. An der Theke lungerten ein paar Übriggebliebene.

Lene nippte an ihrem Glas Sprudel.

»Du bist so anders in letzter Zeit«, versuchte Mary ihr Einzelheiten zu entlocken.

Lene antwortete nur zögerlich. »Du kennst mein Leben. Ein Teufelskreis. Ein Mann, der mehr anderen Frauen hinterherschaut als nach mir. Zwei Kinder, die mir mit ihren Schulproblemen über den Kopf wachsen. Ein Haushalt, der mich anödet. Mir fehlt die Perspektive im Leben«, sagte sie. Verloren schaute sie in den vernebelten Raum.

Katja nickte verständnisvoll. »Das kenne ich. Ich war nah dran, mich umzubringen.«

Lene schaute sie entsetzt an. »Aber Katja, warum?«

Mary nahm Katjas Hand, die verlegen unter sich blickte.

»Willst du mir nicht alles erzählen?«, fragte Lene.

Katja blickte sie an und schüttelte den Kopf.

»Lass sie«, sagte Mary. »Seit sie bei mir wohnt, ist alles gut. Wir beide sind eine gute Stütze füreinander. Richtige Freunde.«

Die Musik wurde lauter, dichte Rauchschwaden zogen an ihnen vorbei. Die Jungs torkelten mit ihren Biergläsern auf der Bühne im Takt der Musik.

Erst spät in der Nacht kehrten sie schwankend und noch vom Joint vernebelt nach Hause zurück. Müde fiel Mary ins Bett. Schön, mal wieder die alten Zeiten zu erleben.

Den beklauten Mann in dem viel zu langen Mantel hatte sie längst vergessen.

7

»Frau Weiherstätt, Frau Weiherstätt, bitte zum Büro«, drang die blecherne Durchsage durch die Lautsprecherbox in der Produktionshalle. Maria schreckte hoch. Die Kolleginnen sahen sie eindringlich und vorwitzig an. Für kurze Zeit war der dumpfe Klang des Radios verstummt, der die Beschäftigten bei Laune hielt. Das war ja noch nie passiert. Sie wurde ins Büro gerufen? Sie legte ihr Merkblatt zurück, auf dem sie die einzelnen Kassenbestände mit den Waren abglich, wischte die Hände an einem Tuch ab und ging unter neugierigen Blicken, die wie Blei auf ihren Schultern hingen, ohne Zögern zu ihrem Chef ins Büro.

»Hier bin ich, Herr Bauer. Was gibt es?«

»Schließen Sie die Tür.«

Herr Bauer hatte offenbar keine guten Nachrichten.

»Sie wissen, dass wir hier wichtige Produkte herstellen, auf die viele Menschen angewiesen sind.«

Maria nickte.

»Wir sind ein seriöses Unternehmen, auf das sich die Menschen verlassen können.«

Maria nickte erneut. Was sollten diese rhetorischen Fragen?

»Deshalb können wir nicht dulden, dass sich Mitarbeiter nicht an die Ordnung halten.«

Er machte eine Kunstpause. Zwischen ihnen stand unangenehm warme Luft.

»Seit einigen Tagen verschwindet Bargeld aus der Kasse im Laden. Das Geld, das man Ihnen, Frau Liebermann, zur Einzahlung auf der Bank anvertraut, kommt nicht immer vollständig auf den Konten an.«

Maria sah ihn überrascht an. »Das ist natürlich nicht in Ordnung. Aber was hat das mit mir zu tun?«

»Was das mit Ihnen zu tun hat?«, wiederholte Bauer und

fügte wissend hinzu: »Sehr viel, denke ich. Deshalb hat mich unser oberster Boss heute Morgen zu sich in die Chefetage gerufen.«

Ihm schien dies nicht unangenehm zu sein. Ganz im Gegenteil. Der Chef hatte ihn zu sich gerufen. Wie wichtig er doch war, der Herr Bauer.

»Er hat mir gegenüber den begründeten Verdacht geäußert, dass Sie etwas mit dem Verschwinden des Geldes zu tun haben.«

Fassungslos schaute sie ihn an. »Ich? Wie sollte ich? Warum denn? Ich habe mir doch nie etwas zu Schulden kommen lassen! Die Kasse ist doch stets in Ordnung.«

»Ist sie seit einiger Zeit eben nicht. Es gibt offensichtlich Beweise, Frau Weiherstätt.«

»Beweise?«, sagte sie verstört.

»Die Rechnungsprüfung hat genau festgehalten, wer wann welchen Bestand gemeldet hat. Immer dann, wenn Sie die Meldung abgaben, stimmten die Angaben nicht überein. Auch Frau Liebermann hat genau Buch geführt, welche Summe sie Ihnen jeweils gegeben hat. Die Summe stimmt nicht mit dem Eingang auf den Konten überein. Können Sie mir das erklären?«

»Äh, nein. Ich verstehe das nicht. Vielleicht hat Frau Liebermann sich geirrt.«

»Sich geirrt? Frau Liebermann? Sie wollen sagen, dass diese ehrwürdige Mitarbeiterin, die seit Jahren die engste Vertraute unseres Chefs ist, lügt?«

»Nein, ganz sicher nicht. Aber ihr kann doch auch ein Fehler unterlaufen sein.«

»Ein Fehler? Frau Liebermann?« Herr Bauer nahm tief Luft. »Wir wollen nicht drumherumreden. Wir beide gehen nun zum Chef. Dort können Sie ja Ihre Version loswerden.«

»Aber …« Maria hatte keine Chance. »Aber das muss ein Fehler in der Bestandserfassung sein.«

Bauer schaute sie missmutig an. »Jetzt beschuldigen Sie nicht nur Frau Liebermann, sondern auch noch andere Mitarbeiter, was?«

»Nein, aber ...«

»Nichts aber. Der Chef wird sich freuen, das zu hören. Kommen Sie.«

Schweren Schrittes schlich Maria Weiherstätt an der Seite von Herrn Bauer die Treppen hoch. Ihre Glieder schmerzten. Der Kopf tat ihr weh. Offenbar noch von der Sause am Wochenende. Sie traten ins Büro, wo eine lächelnde Sekretärin sie empfing, obwohl es zum Lächeln gar keinen Grund gab.

»Hallo Marianne«, grüßte Herr Bauer freundlich, während Maria tonlos danebenstand.

»Gehen Sie nur durch«, sagte Marianne. »Der Chef wartet schon.«

Als sich die Tür öffnete, trat ihnen ein groß gewachsener Mann entgegen.

Paul Schuster sah sie sekundenlang schweigend an, mit einem stechenden Blick, ohne etwas zu sagen.

Maria sah unter sich.

Herr Bauer durchbrach die Stille. »Sie will von nichts wissen«, sagte er lapidar.

Nun räusperte sich Paul Schuster. »Nun, Frau Weiherstätt, die Beweise sind eindeutig. Wie lange arbeiten Sie nun bei uns?«

Da sie kein Wort herausbrachte, antwortete Herr Bauer. »Sie ist schon viele Jahre bei uns und hat eigentlich gute Arbeit geleistet. Deshalb verstehe ich das nicht. Was machen Sie eigentlich mit dem Geld?«

»Ich stelle hier die Fragen«, sagte der Chef. Er setzte sich, bot den beiden anderen aber keinen Platz an. »Sehen Sie mir genau in die Augen, Frau ...«

»... Weiherstätt«, ergänzte Bauer übereifrig.

»Ja, sehen Sie mich an. Was glauben Sie, sollte ich mit einem überführten Dieb in meiner Firma tun?«

Maria schwieg und errötete. Sie konnte nicht fassen, dass

er so tat, als fiele ihm ihr Name nicht mehr ein. »Aber Paul, äh Herr Schuster, ich versichere Ihnen …«

»Sie wurden beobachtet. Es gibt Zeugen.«

Sie blickte ihn fassungslos an. Es konnte keine Zeugen geben für etwas, was sie nicht getan hatte. Andererseits konnte sie auch nicht das Gegenteil beweisen. Sie saß in der Falle.

Paul Schuster hüstelte. »Herr Jäckel, kommen Sie bitte?«

Vom Sofa stand ein kleinerer Mann auf, den Maria bisher gar nicht wahrgenommen hatte. Als er sich näherte, stockte ihr das Blut. Das Gesicht kannte sie. Schlagartig kamen ihr die Bilder vom Samstagabend in den Sinn, als sie den Mann im Mantel am Geldautomaten beraubt hatten. Genau dieser Mann, der stand jetzt vor ihr und sah sie feindselig an. Der Mann, den sie beraubt hatten. Oh Gott. Er war offenbar ein Kollege von ihr.

Paul Schuster unterbrach ihre Gedanken. »Herr Jäckel hat alles gesehen. Er wird bezeugen, dass sie mit dem Verschwinden des Geldes zu tun haben. Wir sollten kein großes Aufsehen machen. Unsere Firma kann sich keinen schlechten Ruf leisten. Sie packen jetzt auf der Stelle still und leise Ihre Sachen und verschwinden. Das war's dann.«

»Aber, meine Arbeit … «

»Das hätten Sie sich vorher überlegen müssen. Dafür ist es jetzt zu spät. Herr Bauer.«

Jetzt ergriff Herr Jäckel das Wort. »Ja«, sagte er mit fester Stimme, als hätte er den Satz auswendig gelernt. »Ja, das ist die Mitarbeiterin, die …«

»Schon gut, Herr Jäckel. Das reicht, denke ich.«

»Ich kenne Herrn Jäckel doch gar nicht.«, protestierte Maria.

»Aber er kennt sie.«

»Herr Jäckel, wenn das mit dem Überfall am Samstag zu tun hat, ich kann alles erklären.«

»Welcher Überfall? Lenken Sie nicht ab.«

»Es, es war nicht meine Idee, glauben Sie mir. Ich bringe

Ihnen das Geld zurück.«

»Es reicht jetzt«, sagte Schuster und blickte nickend zu Herrn Bauer.

Dieser salutierte freundlich, schritt zur Tür, öffnete sie und bedeutete Frau Weiherstätt, den Raum durch selbige zu verlassen.

Maria wollte noch einmal etwas sagen, doch Paul Schuster hatte seinen Blick von ihr abgewandt, raschelte in seinen Unterlagen und griff zum Telefonhörer.

Sichtlich zufrieden schaute Paul aus dem Fenster, beförderte Herrn Jäckel mit einer kurzen Handbewegung aus seinem Büro. Endlich hatte sich eine gute Gelegenheit ergeben, sich von dieser lästigen Frau zu trennen. Er hatte ihr nur zu diesem Job verholfen, weil sie behauptete, er sei der Vater ihrer schreienden Göre.

Maria Weiherstätt schlich wortlos aus dem Büro, vorbei an einer triumphierenden Marianne Liebermann, nahm ihre Habseligkeiten und verließ unter erstaunten Blicken ihrer Kolleginnen das Gebäude. Mit dumpfen Schritten ging sie die Treppe hinab, blieb vor dem Gebäude stehen und blickte minutenlang ins Leere. Viele Augen folgten ihr. Hinter einer verschmutzten Scheibe sah sie schemenhaft Augenpaare, die ihr folgten.

Noch am Wochenende hatte sie mit der alten Clique herumgealbert, sich gefreut, einen guten Job zu haben. Nun so etwas! Der Mann, der geklaute Geldbeutel. Das Gesicht. Oh, mein Gott! Aber warum hatte Paul Schuster so getan, als sähe er sie zum ersten Mal? Dieser Scheißkerl!

8

Paul Schuster war ein Patriarch. Was er wollte, nahm er sich. Der Mut, sich selbstständig gemacht zu haben und nun mit seinem Sanitätshaus viel Geld zu verdienen, schien ihm dazu das Recht zu geben. Als Maria Weiherstätt mit Herrn Bauer sowie Herr Jäckel sein Büro verlassen hatten, blickte er aus seinen Unterlagen auf und suchte durchs Fenster die Vergangenheit.

Bilder tauchten auf. Erinnerungen wurden wach.

»Gute Musik«, hörte er sich sagen, als er, elegant gekleidet, zum Feierabendbier in die Kneipe um die Ecke eingekehrt war. Zufrieden mit sich und der Welt hatte er den Blick der anderen genossen, die in ihm den erfolgreichen Unternehmer sahen und bewundernd an ihm vorbeigingen.

»Na, darf ich Sie zu einem Drink einladen?« Gönnerhaft hatte er die jüngere Frau angesehen, die neben ihm an der Theke saß. Sie hatte ihn zögernd angeblickt.

»Sie wollen mich zu einem Drink einladen? Wir kennen uns doch gar nicht!«

»Na und? Heute wird gefeiert.«

Er hatte nach dem Kellner geschnippt, eine Flasche Schampus mit zwei Gläsern kommen lassen und eingeschenkt.

»Ich bin der Paul«, hatte er fröhlich gerufen und sein Glas in die Höhe gehalten.

»Ja, ja, ich weiß,« hatte sie schüchtern gesagt und mit ihm angestoßen. Im Laufe des Abends löste sich auch ihre Zunge.

»He Mary, willst du den ganzen Abend an der Theke sitzen bleiben?«, hatte ihr jemand zugerufen, der gar nicht bemerkte, wie Paul Schuster den Arm auf ihre Beine legte.

»Nee, nee, Katja, schon gut. Ich komme gleich.«

Doch Mary war nicht gekommen.

»Ich muss jetzt gehen«, hatte sie plötzlich gesagt, ihr Glas geleert und wollte aufstehen.

»Das kommt gar nicht in Frage«, hatte er ihr angetrunkener ins Ohr gegluckst.

Sie hatte versucht sich zu wehren, doch er hatte sie übermütig zur Tanzfläche geführt, ihre Hände genommen und sie an sich gepresst.

Mary hatte sich suchend umgeschaut, doch ihre Freunde waren nicht mehr zu sehen. Ihr Kopf hatte sich mit jedem Tanzschritt mitgedreht. Ihr war schwummrig geworden.

»Oh, ich muss zur Toilette«, hatte sie gehauchte und war der Treppe in den Keller entgegengestrebt.

»Ich helfe dir, warte«, hatte er gesagt, der zum Du übergegangen war. Er hatte sie untergehakt und sie hatte sich zu den Toiletten führen lassen. Er hatte ihr seinen Atem in den Nacken gepresst.

»Du brauchst doch Geld? Einen Job? Ich kann dir helfen.«

Seine Hände waren unter ihre Bluse gewandert und hatten den BH mit geschickten Fingern geöffnet. Mary wollte schreien, doch sie hatte keinen Ton herausbekommen. Er hatte sie begrapscht, seine Hand in den Slip geschoben und ihr den Reißverschluss aufgerissen. Mit hechelnder Stimme hatte er ihr unverständliche Worte ins Ohr geflüstert. Mary war schwarz vor Augen geworden, sie schien das Bewusstsein zu verlieren. Mechanisch hatte sie einen Männerkörper über und in sich gespürt, klebrigen Schweiß an ihrer Haut und stechende Schmerzen in den Lenden.

Als Maria zu sich gekommen war, drehte sie sich verwirrt um. Sie saß am Boden der Toilettenkabine, die Tür halb offen.

»Ist Ihnen nicht gut?«

Eine junge Bedienung lugte durch die halb geöffnete Tür. Mary schaute sie entgeistert an.

»Ist, ist …«, hörte sie sich sagen. »Alles gut. Ich habe nur zu viel getrunken.«

»Und der Mann?«

»Keine Sorge.«

Die Frau war offenbar dankbar, wieder ihrer Arbeit nachgehen zu können und verschwand. Langsam stand Mary auf, schob ihre Bluse in die Hose, knöpfte sie zu und wankte zum Spülbecken. Ihr war speiübel. Sie musste sich übergeben. Eiskaltes Wasser rieb sie sich durchs Gesicht, minutenlang. Es kam ihr vor wie Stunden. Dann fuhr sie sich durchs zerzauste Haar, schlich an der Wand entlang nach oben, schaute zum Boden. Ein stechender Schmerz durchzog ihren Bauch. Zwei helfende Hände zogen sie hoch und schleppten sie auf dem kürzesten Weg aus der Kneipe. Nur schemenhaft nahm sie wahr, dass eine Frau sie stützte und auf sie einredete. Sie verstand kein Wort, merkte schließlich, dass sie in einem weichen Bett lag und in einen Albtraum fiel.

Paul Schuster nahm seinen Blick vom Fenster und versuchte, in die Gegenwart zurückzukommen. Es war höchste Zeit gewesen, sich von Maria Weiherstätt zu trennen. Sie mochte eine gute Arbeiterin sein, aber ihre Nähe konnte er unmöglich weiter ertragen. Und wieder glitten seine Gedanken zurück zu dem Tag, als sie ihn in seinem Büro aufsuchte.

»Was ist denn das für ein Termin?«, hatte Paul eines Tages seine Sekretärin gefragt.

»Eine junge Dame hat angerufen«, sagte Mariannchen verlegen, die ahnte, was ihr Chef in seiner Freizeit trieb. »Sie hat wohl die Stellenanzeige gelesen.«

»Und?«, brummte Paul mürrisch. »Dann soll sie sich bewerben und mit der Personalleitung reden. Was will sie bei mir?«

»Sie ließ sich nicht abwimmeln. Sie sagte, sie kenne dich und wollte persönlich ihre Bewerbung abgeben.«

»Mich kennen? Das glauben viele.«

Marianne zuckte mit den Schultern, brachte einen frischen Kaffee und schloss die Tür. Eine Stunde später klopfte es.

»Ja, bitte?«

Marianne steckte vorsichtig den Kopf durch den Türrahmen.

»Die junge Dame ist da«, flüsterte sie kaum hörbar. Paul schaute nicht auf.

»Dann soll sie in Gottes Namen reinkommen.« Als Paul Schuster aufblickte, ruhte sein Blick auf einem hübschen Gesicht, das ihm irgendwie bekannt vorkam.

»Guten Tag. Maria, mein Name. Maria Weiherstätt.«

Sie sah ihn eindringlich an, als müsste die Nennung ihres Namens bei ihm Klick machen.

Doch Paul zuckte nicht, sondern sah sie mürrisch und genervt an. Mit einer Handbewegung bot Paul ihr einen Platz in der Sitzecke an. Er fragte nicht, ob sie etwas trinken wolle. Dann würde dieser unnötige Termin noch länger dauern. »So, so, Frau …«

»Weiherstätt, Maria Weiherstätt.«

»Ja, Frau Weiherstätt. Was kann ich für Sie tun. Brauchen sie Sanitätshilfen für Ihre Mutter oder Ihren Vater?«

»Nein, nein. Sie können sich sicher nicht mehr an mich erinnern?« Ihr Blick war stechend und bohrte sich in seine ahnungslosen Augen.

»Wissen Sie, ich sehe so viele Menschen«, wehrte Paul ab. »Wenn Sie einen Job wollen, gehen Sie am besten zur Personalabteilung. Aber wir haben viele Bewerbungen. Versprechen kann ich Ihnen nichts.«

Maria fasste den Mut der Verzweiflung.

»Erinnern Sie sich noch an den Besuch in der Kneipe um die Ecke?«

Paul schwieg. Er tat so, als würde ihn das nicht interessieren. »Kneipe? Ich gehe öfters in die Kneipe. Was soll da? Ich kann mir nicht jedes Gesicht merken.« Genervt schaute er auf seine Uhr.

»Sie haben mich zum Sekt eingeladen. Dann haben wir getanzt. Dann sind wir zur Toilette. Sie sind mir gefolgt und haben …«

Paul stand auf und sah sie mit weit aufgerissenen Pupillen an. »Sie wagen es, hierher zu kommen, und mir solch einen Unsinn zu erzählen?«

Maria blieb erstaunlich ruhig. »Sehen Sie meinen Bauch?«, fuhr sie mit der Hand über die unübersehbare Wölbung.

»Diäten bieten wir nicht an«, meinte er flapsig, lachte krampfhaft. Doch sein Lachen erstarb sofort wieder.

»Sie haben mich vergewaltigt, Herr Schuster.«

»Raus hier!«, rief er so laut, dass Marianne die Tür öffnete. »Die Dame will gehen.«

»Moment noch, Herr Schuster.« Maria war ebenfalls aufgestanden. »Dann sind sie sicherlich mit einem Vaterschaftstest nach der Geburt einverstanden.«

»Marianne, begleiten Sie diese unverschämte Person zur Tür.«

Maria verließ das Büro. Tage und Wochen vergingen. Ihre Schwangerschaft war nicht zu übersehen. Kein Vater weit und breit. Ihre Erinnerung hatte Lücken, denn offene Liebe war in der Clique nichts Außergewöhnliches, aber sie hätte sich erinnert, wenn sie einem ihrer Freunde aus der Clique nähergekommen wäre. Deshalb konnte nur Paul Schuster der Vater ihres kleinen Mädchens sein.

Es war schon dämmrig, als Paul Schuster die Firma verließ. Die unliebsame Begegnung in seinem Büro hatte er längst vergessen. Als er sich seinem Wagen näherte, blieb er verdutzt stehen. Am Auto lehnte eine Person, die etwas auf dem Arm trug. Als er näher kam, erkannte er sie. Es war Maria, die er vor langer Zeit aus seinem Büro geschmissen hatte. Er braucht eine Weile, um sich an den unliebsamen Besuch zu erinnern. Sie trug ein kleines Mädchen auf dem Arm.

»Hallo Paul«, sagte sie in ruhigem Ton.

»Willst du deiner Tochter nicht Hallo sagen?«

Paul wollte in den Wagen steigen, doch sie stellte sich ihm in den Weg.

»Hören Sie. Das ist doch alles verrückt. Ich lasse mir doch hier keine Vaterschaft andichten. Wir waren in der Kneipe ziemlich angetrunken und haben rumgemacht, ja. Aber ich habe Sie nicht vergewaltigt!«

»Aha, du kannst dich also doch noch an den Abend erinnern? Dann steht einem Vaterschaftstest ja nichts mehr im Wege.«

»Es gibt keinen Vaterschaftstest. Lassen Sie den Unsinn. Hören Sie auf, mich zu duzen. Was fällt Ihnen ein, mich derart zu belästigen?«

Maria griff nach seinem Arm. »Ich kann schweigen.«

»Na schön, dann schweigen Sie und lassen mich in Ruhe.«

»Unter einer Bedingung«.

»Sie stellen mir Bedingungen?« Paul pfiff durch die Zähne.

»Geben Sie mir einen Job.«

»Hören Sie, wenn Sie einen Job suchen, bewerben Sie sich. Mit einer kleinen Göre auf dem Arm wird das aber nicht einfach.«

»Job oder Vaterschaftstest.«

Ihre Hartnäckigkeit hinterließ Spuren bei ihm. Was, wenn das stimmte, was sie sagte? »Lassen Sie mich nachdenken«, sagte er und wandte sich von ihr ab. Bilder jener Nacht tauchten auf. Was, wenn es doch mehr war als nur ein Rumgemache? Er hatte so viel getrunken. Sicher konnte er nicht sein.

Als er sich zu ihr beugte, klang Paul versöhnlicher. »Nun gut. Ich weiß nicht, ob das alles stimmt, was Sie hier erzählen. Aber ich bin kein Unmensch. Sie haben ein Kind zu ernähren und offenbar keinen Vater, der das tut. Wenn Sie ordentlich arbeiten können, habe ich auch was davon. Kommen Sie morgen in mein Büro, wir werden schon einen passenden Job finden.«

Maria lächelte triumphierend, trug das Baby-Bündel provokant an ihm vorbei und verschwand in der Nacht.

Mariannchen traute ihren Augen nicht. »Paul«, sagte sie leise. »Da ist schon wieder diese impertinente Person von letztens. Jetzt hat sie auch noch ein Kind dabei.«

»Ja, ja«, wiegelte Paul ab. »Ich weiß. Lass sie rein.«

Mariannchen verstand die Welt nicht mehr.

»Wie ich Ihren Unterlagen entnehmen kann, haben Sie nicht viel gelernt«, sagte Paul abfällig.

Maria hatte Tränen in den Augen. »Mein Vater war Bergmann, starb früh an Silikose. Ich habe bei meiner Mutter in der Sozialwohnung gelebt, sie gepflegt bis zum Schluss. Da war keine Zeit für Schule und Ausbildung.«

Paul schien so etwas wie Gewissensbisse zu bekommen, falls er überhaupt wusste, was das ist.

»Aber ich kann anpacken und arbeiten.«

»Nun gut, wir werden es probieren. Ich denke, in der Werkhalle wird immer jemand gebraucht, um die sanitären Anlagen zusammenzustecken und das Fließband zu bedienen. Ich werde Herrn Bauer, den Werkstattleiter, rufen. Er kann Ihnen alles zeigen.«

Maria nickte. Dankbar konnte sie ihrem Vergewaltiger nicht sein. Es war ein Stück Wiedergutmachung. Wenn das überhaupt möglich war.

»Ja und das Kind?«, fragte Paul.

Maria sah ihr Baby an. »Du interessierst dich plötzlich für das Kind?«, fragte sie verwundert und lachte abfällig.

»Hören Sie auf, mich zu duzen, erst recht in Gegenwart anderer Mitarbeiter«, drohte Paul. Unter keinen Umständen sollte jemand wissen, dass er diese Frau näher kannte.

»Lass das Kind mal meine Sorge sein«, ignorierte sie seine Drohung und verschwand ohne weiteren Ton aus seinem Büro, ging ohne Blick an Frau Liebermann vorbei, drehte sich an der Tür noch einmal um und fragte: »Wo finde ich das Personalbüro?«

Frau Liebermann rief ihr eine Zimmernummer zu.

Maria verschwand ohne Wort des Dankes und ließ eine perplexe Vorzimmerdame zurück.

»Paul! Telefon!« Die Stimme riss ihn aus seinen Erinnerungen. Er schreckte hoch. Die Wirklichkeit hatte ihn wieder.

Er wusste nicht, was aus dem kleinen Balg geworden war, den diese Frau ihm anhängen wollte. Widerwillig hatte er ihr den Job gegeben, damit Ruhe einkehrte und diese impertinente Person nicht auf einem Vaterschaftstest bestand. Schlechte Schlagzeilen und Ärger zu Hause konnte er nicht gebrauchen. Paul schmunzelte. Glücklicherweise kam ihm der Überfall auf Herrn Jäckel gerade recht, um sich dieser Frau ein für alle Mal zu entledigen.

»Paul, Telefon.«

Frau Liebermann flötete durch die offene Bürotür und riss Paul Schuster aus seinen Erinnerungen. Schon bald hatte er die Geschichte mit Maria Weiherstätt vergessen. Abgeheftet, wie er zu sagen pflegte, wenn er sich nicht mehr mit unangenehmen Details beschäftigte.

9

Joachim war der glücklichste Mensch gewesen, als ihm Annchen, wie er seine Frau nannte, mit feuchten Augen eines Tages von ihrer Schwangerschaft erzählte. Sie war zu ihm in seine Stadtwohnung gezogen. Endlich. Ja, endlich war er nicht mehr allein. Endlich hatte er ein richtiges Zuhause. Eine Frau, die ihn liebte, die er liebte. Und nun war sie schwanger. Sie würde ihm ein Kind schenken. Vielleicht einen Sohn fürs Unternehmen? Ach was, egal. Junge, Mädchen. Völlig gleich. Er hätte Bäume ausreißen können vor Glück. Heiraten, ja klar, das wollten sie auch. Doch irgendwie ergab es sich bisher einfach nicht.

»Hauptsache, wir fühlen uns wohl«, hatte Annchen den Hochzeitstermin immer wieder vor sich hergeschoben. »Wir brauchen doch keine schriftliche Bestätigung für unsere Liebe.«

Ja, sie liebten sich. Die Liebe ihres Lebens. Bald schon war sie schwanger und sah noch reizender aus. Voller Vorfreude bereitete sie sich auf die Geburt vor. Joachim ließ keine Gelegenheit ungenutzt, sie zum Arzt zu begleiten, ihr schwere Arbeit abzunehmen, sich um sie zu sorgen. Dann war es endlich soweit.

Als die kleine Maus zur Welt kam, stand die Welt für ihn still. Er betrachtete das kleine Mädchen, als sei ein Wunder geschehen. Tina. Für diesen Namen hatten sich die beiden schon zu Beginn der Schwangerschaft entschieden, als sie noch gar nicht wussten, dass der neue Erdenbürger ein Mädchen wird. Fasziniert vergaß er die Zeit, wenn er die Neugeborene bei ihren ersten Bewegungen auf dieser Welt beobachtete, sie an sich drückte und ihre strahlenden Pupillen sah, die aufgeregt und neugierig in die Welt blickten.

Joachim wäre am liebsten gar nicht mehr von ihrer Seite gewichen. Sein Job ließ ihm jedoch selten Freiräume. Schon als Juniorchef hatte ihm sein Vater mehr und mehr Verantwortung abgegeben und sich aus der Firma zurückgezogen. Die Geschäfte liefen derzeit allerdings alles andere als rosig. Die Konkurrenz war groß, die Produktpalette nicht mehr zeitgemäß, die Preise im Keller. Mit Mühe und Not hatte er einen Streik der Beschäftigten abwenden können, indem er dem Betriebsrat weitreichende Zugeständnisse machte. Bessere Bezahlung, mehr Urlaub. Die Kosten schnellten in die Höhe. Mehr als einmal musste er bei der Hausbank antanzen, um Übergangskredite zu beantragen. Er profitierte vom Leumund seines Vaters, doch sein Freund und Bankberater Frank Schumacher ließ keinen Zweifel daran, dass es so nicht weiterging. Schwere Zeiten für den Betrieb. Dennoch nahm er sich vor, Freiräume in seinen prall gefüllten Terminkalender einzutragen, um sich seiner Familie mehr widmen zu können.

Als Annchen ihm eröffnete, für die kleine Tina zu Hause bleiben zu wollen, war er überrascht. Sie hing so sehr an ihrem Beruf, dass er das eigentlich gar nicht wollte.

»Kein Problem«, lächelte sie seine Bedenken weg. »Ich habe mit Horst schon alles geklärt. Die Arbeiten kann ich von zu Hause machen, oder auch mal zwischendurch. Wichtig ist, dass unser kleiner Schatz eine Mutter hat, die sich um ihn kümmert. Der wissenschaftliche Dienst der Uni will, dass ich ein paar alte Schinken katalogisiere. Das kann ich am besten in aller Ruhe, sofern Tina mich lässt.«

Das klang überzeugend. »Sie braucht aber auch einen Vater«, hob sie den moralischen Zeigefinger, der so viel bedeutete wie: Du arbeitest zu viel und solltest dich künftig mehr um deine Familie kümmern.

Seine Frau gab nach der Geburt von Tina ihren Job in der Buchhandlung auf. Sie arbeitete von zu Hause aus und schaute gelegentlich bei Horst, ihrem Chef, vorbei. Dann nahm sie die kleine Tina im Kinderwagen mit, genoss den Spaziergang durch die Stadt und den Austausch mit anderen. »Ich will mich ganz um unser kleines Mädchen kümmern, bis sie zur Schule geht«, hatte sie gesagt. Sie liebte ihren Beruf.

Er war froh, weil sein Job in der Firma keine Ruhepause zuließ. Er erinnerte sich daran, als sie ihm vorschwärmte davon, zwischen meterhohen Bücherregalen zu stöbern, in alten Wälzern zu blättern und Kunden zu beraten, welches Buch sie denn als nächstes lesen sollten.

Gerne erinnerte er sich an die unbeschwerte Zeit zu zweit vor Tinas Geburt. Wenn er Annchen in einer kurzen Mittagspause in der Buchhandlung überraschte, saß sie wie abwesend zwischen Büchertürmen, sortierte hier, las dort, führte fein säuberlich das Register.

»Du Horst«, hörte er sie sagen, als er die Buchhandlung betrat.

Aus einem Nebenzimmer trat ein Mann mit Nickelbrille heraus. »Ja? Was gibt's?«

Horst war der Buchhändler, dem der Laden gehörte. Als er damals Unterstützung gesucht hatte für sein Geschäft, hatte sich seine Frau Elisabeth an ihre alte Schulfreundin erinnert. Für die Buchhandlung war sie ein Glücksgriff. Belesen, neugierig, interessiert, empathisch. Die beiden Frauen hatten sich seit der gemeinsamen Schulzeit nicht aus den Augen verloren. Beide hatten nach der Schule in unterschiedlichen Städten studiert. Beim Studium lernte Elisabeth ihren Horst kennen und lieben. Beide waren schon einige Zeit verheiratet. Horst ging nach dem Studium mit Elisabeth nach Senningen und begann in einer Buchhandlung zu arbeiten, die hier in der Stadt eine lange Familientradition und damit einen guten Namen besaß. Als der Inhaber starb, bot seine Witwe Horst an, das Geschäft zu übernehmen. Beide hatten keine Kinder und konnten die Familientradition nicht fortführen.

Horst war stolz, dass ihm dieses altehrwürdige Geschäft angeboten wurde. Die Witwe hatte sich in ihm nicht getäuscht. Er führte das Geschäft erfolgreich weiter und begann auch damit, das Online-Geschäft aufzubauen.

»Viele Menschen lesen leider keine Bücher mehr«, erzählte er bedauernd, als sich Annchen bei ihm vorstellte, obwohl längst klar war, dass er sie einstellen würde. »Die Freundin meiner Frau ist auch meine Freundin«, sagte er frohen Mutes. »Natürlich nur im eigentlichen Sinn«, errötete er sofort.

Joachim, Annchen und Elisabeth mussten lachen. Horst war ein Gemütsmensch. Gesellig, fröhlich, gern unter Menschen.

»Dabei ist das Lesen eines Buches, dieses haptische Gefühl, das Spüren der Buchseiten, das eine oder andere Eselsohr – das ist doch was ganz Besonderes«, warb er weiter fürs Lesen von Büchern, um gleich hinzuzufügen: »Aber wir halten die Zeit nicht auf. Wir müssen mit der Zeit gehen. Deshalb geht es heutzutage nicht mehr ohne E-Books.«

Mit dieser Doppelstrategie hatte er Erfolg. Bücher für Liebhaber und Online-Angebote für den schnelllebigen Zeitgenossen, verbunden mit persönlicher Beratung – sein Erfolgsrezept. Annchen passte gut in diese Strategie. Sie beherrschte alte Sprachen und konnte dadurch auch für die Uni und für wissenschaftliche Dienste arbeiten.

»Dieses Buch hier ist noch gar nicht registriert«, sagte sie und hörte gar nicht, wie Joachim den Laden betrat.

Nach ihrem Germanistikstudium hatte sie den Weg der Bibliothekarin eingeschlagen, wenn es auch schwer war, einen Job zu finden. Nebenbei bildete sie sich zur Übersetzerin weiter für alte Sprachen, was ihr jetzt zugutekam. Bücher waren ihre Welt. Wenn sie mit einem neuen Schmöker am Kamin saß, vergaß sie die Welt um sich herum. Sie tauchte ab in andere Welten und legte das Buch nur ungern aus der Hand.

Horst stutzte. »Ja, stimmt. Das wurde gestern geliefert. Gut, dass es dir aufgefallen ist«.

»Hallo ihr beiden. Na, wieder am Lesen?« Joachim betrat mit einem ironischen Blick den Laden.

»Hallo Joachim«, sagte Horst. »Du bist nur neidisch«, neckte Joachims Frau, die angelaufen kam und ihm einen Kuss auf den Mund drückte. »Das ist mal eine Überraschung.

Kommt dein Betrieb ohne dich aus?«, gab sie die Ironie zurück.

»Wenn ich nur lesen würde, bestimmt nicht«, sagte Joachim. »Ich wollte dich zum Mittagessen abholen. Mal eine Stunde ohne Buch und ohne Stützstrümpfe.«

Sie lachte.

»Geht nur«, sagte Horst. »Ich registriere das Buch und mache auch Pause.«

Ausgelassen saßen sie beim Italiener, scherzten über das Leben und genossen ihre junge Liebe. Er, der Unternehmer. Mann der Zahlen. Betriebswirt, Kaufmann. Rational. Sie, die Geisteswissenschaftlerin. Frau der Bücher. Emotional. Ein ungleiches Paar? Nein, ein Paar, das sich gut ergänzte. Beide hatten das Gefühl, schon immer füreinander bestimmt zu sein. Eine Liebe, die wie selbstverständlich in ein gemeinsames Leben überging.

Während er einen Espresso schlürfte, sah Joachim verträumt seiner Frau zu, die sich nach der scharfen Pizza ein Eis zum Nachtisch gönnte.

Sie wünschten sich Nachwuchs. Annchen redete gern darüber, wie es sein würde, eine eigene Familie zu haben. Als sie zurück zur Buchhandlung schlenderten, fiel es ihm schwer, ihre Hand loszulassen. »Ich bin schon eifersüchtig«, flüsterte er ihr ins Ohr.

Sie schaute ihn überrascht an. »Eifersüchtig? Auf Horst?«

Joachim lachte. »Nee, auf deine Bücher. Sie haben mehr von dir als ich.«

Sie lachte zurück, fuhr ihm durchs Haar, drückte ihm einen Abschiedskuss auf den Mund und lief winkend in die Buchhandlung zurück.

»Bist du immer noch eifersüchtig auf meine Bücher?«, erinnerte ihn Annchen an diesen Tag. Sie trug die kleine Tina im Arm und kam auf ihn zu. Joachim lächelte verliebt. »Nein, wie kann man mit zwei so tollen Frauen eifersüchtig sein? Ich bin der glücklichste Mensch der Welt!«

10

Das Telefon klingelte.

Rosso richtete sich auf, nahm den Hörer in die Hand und räusperte sich. Bevor er seinen Spruch aufsagen konnte, kläffte Mister Mops in die Muschel. Artur gab ihm einen Klaps aufs Maul und der Hund zog sich beleidigt zurück.

»Äh, Entschuldigung. Hier ist Artur Silva. Detektei Rosso in Senningen. Sie rufen, ich komme – egal bei welchem Wetter und zu welchem Anlass. Was kann ich für Sie tun?«

Es war eine lange Begrüßungsformel, aber sie schoss aus ihm heraus, als würde ihn alle zwei Minuten jemand anrufen. Ja, er hatte zu tun. Eine Beschattung hier, ein Diebstahl dort. Er konnte davon leben, mehr aber auch nicht.

Am anderen Ende meldete sich eine dunkle Stimme. Rosso hörte zu. Lange hörte er zu und ließ sein Gegenüber reden. Mimo kläffte verärgert dazwischen, weil sich sein Herrchen von ihm abgewandt hatte.

»Halt die Klappe, du Köter«, rief Rosso. »Nein, nicht Sie natürlich.«

Er gab Mimo einen Klaps, so dass dieser mit hängendem Kopf davontrottete.

»Hören Sie«, sagte er dann ins Telefon, »und Sie sind sich sicher?« Er überlegte. »An welcher Raststätte?«

Er nahm Papier und Stift, kritzelte einen Namen und hielt wieder inne.

»Kennen Sie das Kennzeichen des LKW? Ein rumänisches Kennzeichen? Okay. Weißer Lieferwagen.«

Wieder machte er sich Notizen.

»Gut, hören Sie. Ich werde heute Abend an der Raststätte sein und mir das ansehen. Wenn etwas an der Sache dran ist, kommen wir ins Geschäft. Wie kann ich Sie erreichen?« Sein Gesprächspartner gab keine Telefonnummer preis.

»Gut, dann melden Sie sich morgen früh bei mir um die gleiche Zeit, dann sehen wir weiter.«

Rosso legte auf und grübelte. ›Das wäre ja ein Ding‹, sagte er zu sich selbst. ›Wenn das stimmt, bin ich einem großen Skandal auf der Spur‹. Aber konnte er dem anonymen Anrufer überhaupt trauen? Nun, zu verlieren hatte er nichts. Etwas Anderes zu tun hatte er auch nicht. Außerdem musste Mister Mops mal wieder an die frische Luft. Mehrere Fliegen mit einer Klappe sozusagen. Wenn die Fährte falsch war, dann verbrächte er wenigstens einen schönen Abend an der Raststätte Neustedt, nur wenige Kilometer von der Grenze entfernt. Auch ganz nett.

Am späten Nachmittag stieg Detektiv Artur Silva in seine kleine, unauffällige Rostlaube, setzte seinen gefährlichen Spürhund angeschnallt auf den Beifahrersitz, verließ Senningen und tuckerte über die Landstraße, aber nicht ohne vorher in seinem Wunderschrank – wie er ihn nannte – nach passender Kleidung zu suchen. Ein kleiner Oberlippenbart, eine Mütze, dunkles Hemd, Jeans, mehr musste gar nicht sein.

Es hatte begonnen leicht zu regnen. Die Scheibenwischer quietschten, Rosso pfiff ein Lied und bog auf die Autobahn ab. Von den abgenutzten Scheibenwischern wurden die Fenster schmutziger als vorher. Er rieb sich mit der Handinnenfläche ein kleines Sichtfenster in die Scheibe, die auch innen beschlagen war. An diesem Freitagnachmittag herrschte noch wenig Verkehr. Der würde zunehmen, je näher das Wochenende rückte. Berufspendler und Wochenendurlauber würden den Asphalt bevölkern, für Stau und für schlechte Laune sorgen.

Nach kurzer Zeit erreichte er die besagte Raststätte nahe Neustedt. Er parkte, stieg aus, die Mütze schützte gegen den leichten Regen und verbarg sein Gesicht. »Du bleibst erst einmal im Auto«, sagte er, und der Mops ließ traurig den Kopf auf den Sitz fallen und ergab sich in sein Schicksal. Rosso nutzte die Toilette – ein nach Menschen aus der ganzen Welt riechendes Klo ohne Spülung – und setzte sich gemütlich ins Restaurant. Bei einem Kaffee und einem Stück Kuchen beobachtete er die Menschen, die ein- und ausgingen. Manche kauften Kekse und Getränke für die weitere Reise, andere zahlten die Tankrechnung oder nahmen mit einer Zeitung bewaffnet Platz für eine kurze Pause. Die Welt ging ein, ging aus. Menschen aller Art gaben sich die Türklinke in die Hand. Kinder forderten laut plärrend Spielzeug und damit Ablenkung für die weitere Reise.

Rosso wurde langweilig. Er dachte an den merkwürdigen Anruf. Da konnte doch jeder anrufen und irgendwelche Fantasien in die Muschel nuscheln. Aber warum sollte das jemand tun? Warum ausgerechnet ihn anrufen? Nur, um sich einen Spaß zu erlauben? Oder ihn aus seiner Wohnung zu locken? Na ja, etwas zu klauen gab es bei ihm zu Hause bestimmt nicht. Es wäre ja schön, wenn einer einbrechen und mal richtig aufräumen würde.

Ein fremdländisches Stimmengewirr ließ ihn aufmerksam werden. Es dämmerte bereits, als er mehrere Männer an der Eingangstür in hektische Gespräche vertieft sah. Ihre Stimmen klangen osteuropäisch. Sie setzten sich abseits an einen Tisch. Rosso stand auf und verließ das Restaurant. Zügig lief er zum LKW-Parkplatz. Fahrzeuge aller Art aus aller Herren Länder säumten die eingezeichneten Parkbuchten. Hunderte. Er war ratlos und wollte umdrehen, als er glaubte, dumpfe Stimmen zu hören. Je näher er einem weißen Lieferwagen kam, desto lauter wurden die Geräusche. Ein Fahrzeug mit rumänischem Kennzeichen. Rosso wurde blass. Der Oberlippenbart bebte. Es waren Frauenstimmen, die aus dem Fahrzeug drangen. Der LKW war verschlossen. Er zerrte am Türgriff, als plötzlich die Stimmen verstummten.

»Hallo, ist da wer?«, rief er. Was tun? Er konnte nicht einfach das Fahrzeug aufbrechen oder die Polizei rufen.

»Was tun Sie hier?«, schlug ihm plötzlich von hinten eine Stimme entgegen.

Er erschrak, drehte sich um und sah eine Faust auf sich zu fliegen. Er torkelte, während die Männer den weißen Wagen bestiegen. Dann wurde ihm schwarz vor Augen.

Nein. Das war ganz sicher keine Sonnenfinsternis.

11

Die Straßen waren dicht an diesem Montagmorgen. Im Radio spielten sie sein Lied, doch der schlechte Empfang zwang ihn, einen anderen Sender einzuschalten. Der Verkehr lief sehr zähflüssig. Die erste Mail surrte auf seinem Handy. Sie kam aus dem Vorzimmer. »Denken Sie bitte an das Essen mit Herrn Schumacher von der Bank. Terminunterlagen liegen in der Mappe«, war da zu lesen. Hinter ihm hupte jemand. Ja, die Ampel war auf Grün gesprungen. Ist ja schon gut. Nur die Ruhe!

Gegen acht erreichte Joachim das Büro. Aus dem Studenten mit Betriebspraktika war der Juniorchef und nun der Geschäftsführer geworden. Eine reife Leistung. Nicht jeder gönnte ihm diesen Aufstieg. Neid muss man sich eben erarbeiten. Jeder dachte, dies sei nur möglich gewesen, weil er der Sohn des Alten war. Nun gut, ein wenig Wahrheit lag schon in dieser Mutmaßung. Sein Vater hätte aber nicht geduldet, wenn er nur als Sohn die Firma übernommen hätte. Er hatte immer schon Leistung von ihm abgefordert.

Anfangs war Paul noch tagtäglich in der Firma, sah nach dem Rechten, gab Joachim Hinweise, sprach mit der Belegschaft, traf sich mit engen Vertrauten. Joachim registrierte dies argwöhnisch. Es gefiel ihm nicht, dass sein Vater ihm zwar die Geschäftsführung übertragen hatte, aber sich immer noch als Seniorchef einmischte. Erst, als ein leichter Schlaganfall den Senior in die Knie zwang, wurden seine Besuche seltener.

»Hallo, Frau Liebermann«, rief Joachim im Vorbeigehen und betrat sein Büro. »Ha-ha-, hallo Chef«, stotterte Marianne Liebermann ihm hinterher, während sie unter lautem Getöse aus ihrem Stuhl hervorkroch. Die Vorzimmerdame hatte schon bessere Zeiten gesehen. Sie sah aus, als habe sie nach dem Aufstehen vergessen, im Bad vor dem Spiegel einen Zwischenstopp einzulegen. Altmodisch gekleidet trug sie immer die gleiche unscheinbare Bluse und Weste. Nur nicht auffallen. Kein Wunder, war sie doch schon längst im Rentenalter. Die rüstige Rentnerin war natürlich nicht die Chefsekretärin. Nicht mehr. Sie ließ es sich aber nach wie vor nicht nehmen, als Krankheits- oder Urlaubsvertretung einzuspringen. So wie heute.

»Was soll ich allein zu Hause sitzen«, hatte sie damals gesagt. »Ich tue es gern, ich kenne die Firma besser als jeder andere und es hält meinen Geist jung.« Argumente, denen Joachim nicht hatte widerstehen können. Außerdem: Keiner kannte sich besser aus als Mariannchen, niemand kannte besser die Fallstricke in der Firma, keiner konnte ihm bessere Tipps geben.

So saß sie vor ihm. Nein, sie kniete vor ihm, Papierfetzen aufhebend. Unvorstellbar, dass sie dies irgendwann einmal nicht mehr tun würde oder tun könnte. Ihr Gesicht zeigte trotz des vorgerückten Alters immer noch auffallend schöne Züge. Kleine, dunkle Augen, keine Falten, dichtes, dunkles Haar. Ja, sie war eine Schönheit gewesen und ihm war bis heute nicht klar, warum sie keinen Kerl gefunden hatte. Unverheiratet und ohne Kinder.

»Ich habe mit mir genug zu tun«, pflegte sie früher stets zu sagen, wenn er sie darauf ansprach. »Das Leben ist schwierig genug. Da lade ich mir doch nicht noch mehr Schwierigkeiten auf.«

Keiner wusste, ob sie damit nur scherzte oder es ernst meinte. Paul, ihr ehemaliger Chef, erfuhr auch von der einen oder anderen vermeintlichen Affäre, er sah sie auch mal im örtlichen Tanzclub. Herausgeputzt und lebensfroh. Vielleicht beschränkte sie ihre Unsichtbarkeit auch auf die Arbeit. Doch die Zeiten waren lange vorbei.

Auf ihrem Schreibtisch sah es wüst aus, als käme sie nicht nach zwischen dem Öffnen der Post, dem Sortieren der Akten und dem Abheften der Rechnungen. Aber immerhin. Seine

Terminmappe des heutigen Tages lag gewissenhaft auf dem ansonsten kaum berührten Schreibtisch. Mariannchen war zuverlässig. Sie vergaß keine Termine, keine Unterlagen, trotz mancher Eselsohren. Zerstreut, aber liebenswert.

Marianne Liebermann war eine Koryphäe in der Firma gewesen.

Bereits seinem Vater hatte sie nicht nur das Büro gemanagt, nein, sie war zur Vertriebsleiterin aufgestiegen und hatte sich ein großes Netzwerk aufgebaut. Kontakte, von denen Joachim heute noch profitierte, denn Mariannchen kannte die halbe Welt.

Er konnte sich noch gut entsinnen, als kleiner Junge in ihrem Sekretariat spielen zu dürfen, während sein Vater drinnen dringende Geschäfte erledigte. Sie liebte es, für ihren Chef den Kinderbetreuer zu spielen. Vielleicht, weil sie keine eigenen Kinder hatte oder haben konnte. Vielleicht, weil sie ihrem Chef imponieren wollte. Der kleine Joachim jedenfalls saß oft mit seinen Bauklötzen in der Ecke des Zimmers und sah all die wichtigen Leute ins Büro des Vaters hineingehen und auch wieder aus dem Büro herauskommen, manche mit guter Laune, andere eher missmutig. Nur Vater hatte immer das eine gleiche Gesicht, aus dem sie nicht lesen konnten, ob er nun zufrieden war oder nicht. Pokerface. Aber ein sehr charmantes Pokerface, das die Frauen anhimmelten. Er strahlte Ruhe und Gelassenheit aus, aber auch Bestimmtheit und Durchsetzungsstärke. Das mochten sie.

Mariannchen war immer zum Scherzen aufgelegt. Joachim musste laut lachen, als er sich daran erinnerte, wie sie ihn im Rollstuhl durch den Flur kutschiert hatte. Sein Vater hatte dies gar nicht lustig gefunden.

»Aber Paul«, hatte sie gesagt. »Wir müssen doch unsere Rollstühle testen.« Vater hatte die Augen verdreht und sie machen lassen.

Nun saß sie immer noch in diesem Vorzimmer, das nun zu

Joachims Büro führte, gelegentlich als Aushilfe. Aber sie kam auch vorbei, wenn keine Aushilfe gebraucht wurde. Was sollte sie auch allein zu Hause sitzen? Die Firma war ihr Zuhause.

Manchmal nutzte auch sein Vater die Gelegenheit, Mariannchen unterzuhaken und zum Mittagessen zu entführen. Seit Joachim die Geschäfte führte, leistete Paul sich solche Auszeiten und machte sich im Betrieb immer rarer.

Paul Schuster war ein guter Lehrmeister für seinen Sohn gewesen. ›Junge, wenn du was Ordentliches lernst, kannst du später Firmenchef werden‹, sagte er stets, wenn er spürte, dass Joachim keine Lust zum Lernen hatte. Er war es auch, der ihn im Senninger Schloss anmeldete. Joachim musste aufs Gymnasium, auch wenn Mutter davon nicht überzeugt war. Aber wenn Vater sich etwas in den Kopf gesetzt hatte, dann war er davon nicht abzubringen.

Joachim erinnerte sich an die Praktika in der Firma seines Vaters. Ihm schauderte, als manche Bilder vor ihm wieder lebendig wurden.

In der großen Werkhalle dröhnten die Maschinen. Rollstühle wurden auseinandergenommen und zusammengeschraubt.

»Joachim«, hatte einer der Vorarbeiter gerufen, »steh nicht staunend in der Gegend rum, auch wenn du der Sohn vom Chef bist, gib mir lieber die Einzelteile für den Rollator.«

Sein Vater ließ nicht zu, dass es für ihn Extrawürste gab. Er wurde behandelt wie jeder andere Arbeiter auch.

Er nahm aus dem großen Lager die notwendigen Einzelteile, aus denen der neue Rollator zusammengebaut wurde, gab sie dem Vorarbeiter und schaute ihm interessiert zu. Mit viel Geschick legte er die Teile vor sich auf den Tisch, ordnete sie fachgerecht an und nahm die unterschiedlichen Schraubenzieher und Schraubenschlüssel zur Hand, um daraus ein Ganzes zu machen. Vater hatte dafür gesorgt, dass Joachim in den Semesterferien in alle Bereiche eingearbeitet wurde.

»Du sollst zu deinem Vater kommen«, rief der Vorarbeiter plötzlich und Joachim eilte ins Büro seines Vaters.

»Schau hier«, hielt er ihm die Zeitung unter die Nase.

Während Joachims Studium zu Beginn der Neunzigerjahre nahm die politische Diskussion über die Einführung einer Pflegeversicherung mehr und mehr an Fahrt auf. Längst hatten sich die Menschen nicht nur in Senningen, sondern in der ganzen Region an die Hilfsmittel gewöhnt, die Pauls Firma produzierte.

»Die Pflegeversicherung ist genau das, worauf ich gewartet habe«, triumphierte er, ließ die Zeitung fallen und sah seinen Sohn mit leuchtenden Augen an. »Das war schon vor 20 Jahren meine Vision und ich habe recht behalten. Jetzt kannst du die Früchte dessen ernten, was ich gesät habe.«

Joachim sah seinen Vater mit Bewunderung an. Paul Schuster war stolz auf sein Lebenswerk. Und stolz darauf, dass sein Sohn dieses Lebenswerk fortführen würde.

Mariannchen begleitete Joachim durch sein ganzes Leben. Erst waren es die Bauklötze, dann die Schularbeiten, schließlich der gemeinsame Kaffee, den er als studentische Hilfskraft in den Pausen gern bei ihr genoss. Am liebsten dann, wenn Vater nicht da, sondern im Außendienst war. Da vergaß sie gern die Büroarbeit, ließ den Schreibtisch in seinem Chaos zurück.

Joachim riss sich aus den Gedanken an die Vergangenheit und lächelte Frau Liebermann zu. Büropost, Rücksprachen mit Mitarbeitern wie an jedem Montag, das besagte Essen mit Herrn Schumacher von ihrer Hausbank. Nachmittags Sitzung mit den Vorstandskollegen, dann Aktenarbeit. Ja, die Tage hatten ihre Routine, aber auch ihre Herausforderungen. Joachim konnte keiner mehr was vormachen.

Die Firma stand allerdings vor großen Herausforderungen. Die Zeit war vorbei, in der das Sanitätshaus von Paul und nun Joachim Schuster Marktführer und Monopolist in der Region für Pflegeprodukte war. Der Kampf am Markt war hart geworden. Wenn sie bestehen wollten, mussten sie etwas tun. Der Mief der Gründerjahre musste ausziehen, die Fenster geöffnet werden, auch wenn Vater Paul dies nicht wahrhaben wollte.

»Vater«, hatte Joachim eines Tages beim familiären Abendessen gesagt. »Ich bin dein Sohn und jetzt Geschäftsführer. Die Zeiten haben sich geändert. Du musst mir vertrauen, dass ich das Richtige tue.«

Mit Hilfsmitteln für Pflegebedürftige hatten sie längst kein Alleinstellungsmerkmal mehr, viele weitere Betriebe dieser Art waren entstanden und machten Schuster das Leben schwer. Sie mussten sich etwas Neues einfallen lassen.

Hinzu kam, dass Pflegeheime inzwischen wie Pilze aus dem Boden schossen; eigentlich eine Chance, aber auch Nährboden für Konkurrenz beim Bedarf an Hilfsmitteln. Pflegeheime waren schwierigere Verhandlungspartner als eine Familie, die sich freute, wenn das ihnen bekannte Sanitätshaus Schuster Hilfe und Unterstützung anbot.

Leben kommt, Leben geht.

Während die kleine Tina laufen lernte, hörte sein Vater damit auf. Paul raubte auch der zweite Schlaganfall nicht die Lebenslust. Er war selbst auf pflegerische Hilfsmittel angewiesen, erst der Rollator, jetzt der Rollstuhl. Ironie des Schicksals. Aber auch im Rollstuhl nahm er Anteil am Leben, erfreute sich an der Enkelin, besuchte öffentliche Veranstaltungen und war eines Tages auf einem Empfang der Stadt im Rollstuhl in sich zusammengesunken. Die eilig herbeigerufenen Rettungssanitäter konnten ihm nicht mehr helfen. Paul Schuster starb wie er sich am liebsten sah: auf offener Bühne. Müde und altersschwach. 86 Jahre alt nach einem langen, arbeitsreichen Leben.

Joachim hielt seine Hand, hörte seine letzten Atemzüge, ehe auch diese im Nichts verschwanden und ihn und seine Mutter Emilie zurückließen auf dieser Welt.

Seit dem Tod seines Vaters hatte auch Mutter merklich abgebaut. Schleichend merkten sie bei ihren seltenen Besuchen, dass sie vergesslich geworden war. Ihm schien alles über den Kopf zu wachsen. Der Tod des Vaters, das schwankende Unternehmen, die eigene Familie, die demente Mutter.

Als Paul Schuster das Sanitätshaus aus der Taufe hob, war das eine Sensation. Aber er bewies Weitblick mit dieser Geschäftsidee. Nun, die Konkurrenz war inzwischen groß. Allerdings wuchs auch die Zahl der Kunden, die das Angebot eines Sanitätshauses in Anspruch nehmen mussten.

Während Joachim oft bis spät in den Abend mit Abrechnungen, neuen Produkten und Ideen kämpfte, schmiss seine Frau den Buchladen von Horst. Dank ihrer Kenntnisse hatte sie die Buchhandlung auf Vordermann gebracht. Während Horst derjenige war, der sich am liebsten zwischen den Regalen versteckte und die Buchführung übernahm, hatte Annchen ein großes Talent, Kunden das neueste Buch schmackhaft zu machen. Wie schwer musste es ihr gefallen sein, nach der Geburt von Tina zu Hause zu bleiben? Er bewunderte sie. Ohne große Diskussionen hatte sie gesagt, für die Tochter ihre Arbeit reduzieren zu wollen, wiewohl sie auch zu Hause Bücher lesen, bewerten und bibliografieren konnte.

Nun kam ein neues Problem auf die kleine Familie zu. Mutter. Sie konnte nicht mehr allein bleiben.

Was nun? Pflegeheim?

Als Unternehmer verdiente Joachim gut, aber er wollte nicht sein ganzes Geld im Pflegeheim lassen. Schließlich wusste er auch nicht, wohin die Reise seiner Firma ging. Vieles hing am seidenen Faden. Diese Ungewissheit ließ ihn mutlos zurückschrecken.

Bilder seiner Mutter tauchten auf, als sie ihm erstmals von ihrer Krankheit erzählte und ihre Depressionen andeutete. Dunkle Wolken waren aufgezogen, als sie sich nach dem Tod des Vaters in die Einsamkeit schlich. In Weidental, diesem idyllischen Stadtteil von Senningen. Unhörbar und unheilbar war diese Krankheit über Mutter hereingebrochen. Eine Krankheit, die nicht zu greifen war, nicht zu fassen. Immer mehr zog sich die Dämmerung zusammen, die Lücken riss in ihrem Gedächtnis. Ihr leerer Blick verlor sich mehr und mehr im Nachthimmel, so wie seiner an diesem Abend. Depressionen, die er sich damals nicht erklären konnte, und Demenz gingen eine eigenwillige Verbindung ein, entfremdeten seine Mutter von ihm, sorgten dafür, dass sie ihn nicht mehr an sich heranließ. Solange Vater noch lebte, hatte sie eine Aufgabe. Die beiden alten Herrschaften waren mit sich zufrieden in ihrem bescheidenen und überschaubaren Leben.

Aus Senningens ruhigem Stadtteil Weidental wollte Mutter nie raus. Doch seit Vaters Tod vor zwei Jahren zog sie sich zunehmend zurück. Sie lebte in ihrer eigenen Welt. Wie mochte dort das Wetter sein, in dieser Welt? Schwebte man dort über den Wolken? Wie sah diese Welt aus zwischen Leben und Tod? Ging die Sonne unter oder auch wieder auf? War die Sonne verfinstert? Gab es eine dauerhafte Sonnenfinsternis? Was war am Ende der Sonnenfinsternis?

12

»Wir können Mutter nicht allein lassen«, sagte Joachim eines Tages, schloss die Tür hinter sich und zog die Jacke aus.

Annchen saß mit Tina am Küchentisch. Wissend sah sie auf.

»Es war klar, dass es eines Tages soweit kommen musste.« Er setzte sich und nahm die kleine Tina auf seinen Schoß, die ihn mit großen Augen ansah. »Ja, was sollen wir tun?«

Seine Frau blickte wissend und nahm seine Hand. »Die Erkrankung deiner Mutter schreitet voran. Wir sollten ihr einen Pflegeplatz suchen.«

Das war nicht die Antwort, die er erwartete und erhoffte. Doch er traute sich nicht, ihr zu widersprechen. Er konnte ihr nicht auch noch seine Mutter zumuten. Aber sie war seine Mutter. »Pflegeplatz? Du meinst ins Heim?«

»Ja, mein Schatz. Dort wird rund um die Uhr für sie gesorgt.«

»Das wird aber ganz schön teuer.«

Annchen schaute erstaunt. »Aber Joachim. Deine Firma läuft gut, ich arbeite bei Horst. Wir haben doch Geld genug, um uns das leisten zu können.«

»Der Eigenanteil im Heim ist enorm hoch, das ist dir schon klar?«

»Deine Mutter hat doch einige Ersparnisse und das Haus hier. Notfalls verkaufen wir das Haus. Für uns reicht auch eine Wohnung.«

Einige Minuten schwiegen sie sich an. So gut, wie sie dachte, lief die Firma längst nicht mehr. Das Haus verkaufen? Sein Elternhaus? Joachim war nicht wohl bei dem Gedanken. Ein Heimaufenthalt als Ultima Ratio, ja. Aber doch nicht schon jetzt. »Unsere Wohnung hier … Jetzt, wo Tina …«

Sie sah auf. »Du meinst?«

Er wehrte ab. »War nur so ein Gedanke. Vielleicht funktioniert es mit einem Pflegedienst.«

Seine Frau schwieg.

Joachim spürte ihr Unwohlsein und lenkte ein. »Wir sollten mit ihr erst einmal ins Krankenhaus«, sagte er mechanisch.

»Ins Krankenhaus?«

»Ja, zur Untersuchung. Wir haben doch hier eine erstklassige Psychiatrie. Die wissen am besten, was zu tun ist.«

Sie nickte, während Tina sich auf dem Boden mit ihrer Puppe die Zeit vertrieb und ihre Eltern in Ruhe ließ. »Vielleicht hast du recht. Bevor wir einen teuren Heimplatz suchen, müssen wir erst einmal klären, wie schlimm es wirklich ist.«

»Sie vergisst immer mehr. Manchmal, wenn sie mich ansieht, habe ich das Gefühl, sie überlegt, wer ich bin. Ich mache mir Sorgen, dass sie irgendwann den Herd anlässt und das Haus abfackelt. Hast du bemerkt, wie aggressiv sie geworden ist? Sie beschimpft jeden, ob er da ist oder nicht, redet wirres Zeug von der Firma meines Vaters und von alten Zeiten. Sie redet von sich, als handele es sich dabei um zwei verschiedene Personen. Die Emilie ist tot, hat sie neulich gesagt.«

»Außerdem ist sie allein«, ergänzte seine Frau. »Elisabeth und Horst wohnen zwar nicht weit, aber sie können sich ja auch nicht um sie kümmern. Horst hat mir neulich erzählt, dass sie im Nachthemd auf der Straße stand und leer durch die Gegend blickte.« »Gut, dass Horst und Elisabeth einen Schlüssel haben.«

»Ja, er hat sie ins Bett gebracht. Wer weiß, was sie angestellt hätte, wenn er es nicht bemerkt hätte. Sie muss unter ärztliche Kontrolle.«

Joachim stand auf. »Du hast sicherlich recht. Wenn sie allein im Haus unterwegs ist, dann ist sie unberechenbar. Der Garten, der Teich. Nicht auszumalen, wenn sie irgendwann in den Teich fällt.«

»Teich« rief Tina wie auf Kommando, als Joachim von dem

romantischen Gewässer hinterm Haus sprach, wo sich Libellen tummelten, Seerosen genüsslich übers Wasser trieben, Frösche quakten und Bienen durch die Blumen am Teichrand summten. Ein idyllischer Ort, den sein Vater errichtet hatte, als Joachim ein kleiner Junge war. Seine Mutter hatte immer Angst um den kleinen Jungen. »Paul, mach einen Zaun um den Teich.«

»Ach was«, wehrte er ab. »Der Junge ist alt genug. Ein Sprung ins kalte Wasser hat noch keinem geschadet«, prahlte er mit seinem Entschluss zur Selbstständigkeit und ließ Emilie mit ihrer Angst allein.

Joachim hatte immer Respekt vor dem dunklen, undurchdringlichen Teich und hatte gebührend Abstand gehalten.

Sein Vater hatte das Problem, der Junge könnte in den Teich fallen, dadurch gelöst, dass er ihm von finsteren Wassergestalten fabulierte, die sich angeblich dort aufhielten. »Sie lauern besonders auf kleine Jungs«, hatte er seinem Sohn Angst gemacht. »Sie riechen es, wenn man dem Teich zu nahekommt, wachen aus ihrem Wasserschlaf auf und suchen mit ihrem messerscharfen Blick nach ihrem Opfer.«

Sein Vater hätte Märchenerzähler werden können, wenn das Sanitätshaus bankrottgegangen wäre.

Es ging nicht bankrott und Vater Paul erzählte auch keine Märchen mehr. Aber für Joachim behielt der Teich ein dunkles Geheimnis.

»Teich«, rief die kleine Tina erneut, ließ ihre Puppe fallen und lief zur Terrassentür.

Joachim schreckte aus seinen Gedanken auf.

»Bleib hier, kleine Maus«, rief Annchen, stand auf und nahm das kleine Mädchen auf den Arm.

»Du bist eine tolle Mutter«, sagte Joachim, legte seinen Arm um ihre Schulter und fügte nachdrücklich hinzu: »und eine tolle Frau.«

13

Vor fast einem Jahr waren die ersten Anzeichen der rasch fortschreitenden Demenz über seine Mutter hereingebrochen. Vater war erst wenige Monate zuvor gestorben. Nun war sie allein in dem großen Haus. Ohne Aufgabe, ohne Mann, ohne Gesellschaft. So fuhren sie eines Tages in die nahe Psychiatrie des Krankenhauses in Hellstadt. Er konnte sich noch gut an diesen grauen Tag erinnern.

Sie hakten Mutter unter, die eher den Eindruck erweckte, es ginge zu einem Ausflug. Glücklicherweise war ihr nicht bewusst, dass die hohen Wände mit den zahllosen Fenstern kein Hotel, sondern ein Krankenhaus waren. An der Anmeldung wurden sie aufmerksam begutachtet.

»Sie wünschen?«, sagte eine junge Auszubildende, die gelangweilt in ihr Handy tippte.

»Wir haben einen Termin bei Dr. Lochner.«

»Dem Chefarzt?«, fragte sie, als sei es unmöglich, jetzt um diese Uhrzeit an diesem Tag einen Termin beim Chefarzt zu erhalten, weil er dienstags um 15 Uhr entweder golfte, Tennis spielte oder angesichts des regnerischen Wetters beim Kaffeeplausch saß.

»Ja, dem Chefarzt«, antwortete Joachim kurz und entschieden.

»Moment, ich bin gleich zurück.«

Nach wenigen Momenten kam sie zurück und führte sie in einen weiß gekachelten Besprechungsraum. Ein schlichter Tisch mit vier Stühlen genügte, um den Zweck des Raumes zu erfüllen.

Mutter nahm Platz, ohne sich um die Details zu scheren. »Schön hier«, sagte sie ohne zu wissen, was sie sagte. »Wann kommt das Essen?«

»Gleich, Mutter. Erst müssen wir noch ein paar Formalitäten erledigen.«

Sie sah ihn nichtssagend an. »Vielleicht ist der Otto auch da.«

»Otto hat heute frei«, log Joachim, denn Otto, der Besitzer ihres Ferienhotels lebte schon länger nicht mehr.

»Urlaub ist einfach was Schönes«, schwärmte sie. »Allerdings sah der Empfangsraum auch schon mal besser aus. Es wird Zeit, dass ich hier mal durchputze.«

Sie wollte gerade aufstehen, als Dr. Lochner durch die Tür trat und den Raum mit seiner Anwesenheit füllte. Ein groß gewachsener, braun gebrannter Mittvierziger, glattrasiert, kurzes dunkles Haar, stechender Blick.

»Hallo Paul«, sagte Mutter und freute sich. Dr. Lochner ähnelte seinem Vater ein wenig, vielleicht sogar so etwas wie die jüngere Version, aber verwechseln konnte man die beiden beim besten Willen nicht. »Komm Paul«, streckte sie ihm die Hand entgegen, »jetzt fahren wir heim.«

Freundlich gab er allen die Hand. »Was kann ich für Sie tun, Herr.«

»Schuster. Joachim Schuster. Das ist meine Frau und meine Mutter. Wegen ihr sind wir hier.«

»Wegen ihrer Frau oder ihrer Mutter?«, scherzte der Chefarzt. Keiner lachte. Nur Mutter strahlte ihn an. »Paul?« Dr. Lochner ging nicht darauf ein. »Klar, ihre Mutter.«

Joachim versuchte ihm zu schildern, wie sich ihr Zustand in den letzten Wochen verändert hatte. »Manchmal frage ich mich, ob sie nicht in verschiedenen Welten und Zeiten lebt.«

»In gewisser Weise tut sie das auch. Sie redet mit anderen Personen, die gar nicht da sind. Sie lebt in einer anderen Welt. Ihr Leben zieht an ihr vorbei. Zeiten spielen keine Rolle.«

Mutter war aufgestanden.

»Wir sollten sie zur Beobachtung hierbehalten.«

»Zur Beobachtung? Als Versuchskaninchen?« Annchen hatte Mitleid mit Mutter, die, ohne es zu ahnen, auf den Abgrund zusteuerte. »Mutter, bleib hier«, rief sie ihr nach.

Sie hatte fast die Tür erreicht, als diese sich öffnete und eine junge Frau den dunkelhaarigen Kopf hereinstreckte. »Herr Dr. Lochner, Notfall. Wir brauchen Sie auf Zimmer 12.«

»In Ordnung, Natalie. Ich komme sofort.«

Im Aufstehen nahm er Joachim zur Seite. »Herr Schuster. Ihre Mutter hat eine schwere Demenz. Das würde ich nach der ersten Inaugenscheinnahme behaupten. Nichtsdestotrotz müssen wir sie untersuchen. Wir werden Tests machen. Der medizinische Dienst muss die Schwere der Erkrankung feststellen, damit sie einen Pflegegrad bekommt. Hatten Sie bisher noch nicht an Pflege gedacht? Sie wird ins Pflegeheim müssen.«

»Nein, doch. Nicht wirklich. Deshalb sind wir hier. Die schleichende Erkrankung der letzten Wochen und Monate haben wir teilweise gar nicht mitbekommen. Glücklicherweise ist nicht mehr passiert«, erwiderte er zögernd. Natürlich war ihnen bei gelegentlichen Besuchen aufgefallen, dass Emilie unruhig durchs Zimmer lief, Sachen mehrmals suchte und auf normale Fragen unnormale Antworten gab. Oder gar keine. Etwa, als ihr Sohn sie verwundert darauf hingewiesen hatte, warum sie denn an einem Sonntag die Fenster putzte, und sie antwortete: »Wann Sonntag ist, entscheide immer noch ich.« Ihr Lachen ließ ihn die ungewöhnliche Antwort schnell vergessen. Klar, sie hatten schon daran gedacht, einen Pflegedienst einzuschalten. Die Putzhilfe, die einmal die Woche kam, und der fahrbare Mittagstisch schienen zu genügen. Bis jetzt.

»Ja, wir werden sie vorerst hierbehalten. Wir müssen auch testen, welche Medikation die beste ist. Informieren Sie bitte Ihre Krankenkasse. Mit dem medizinischen Dienst reden wir.« Dr. Lochner spulte sein Programm ab. So wie wahrscheinlich an jedem Tag.

»Medikation?« Die Frage blieb unbeantwortet.

Der Chefarzt ließ keine Zweifel aufkommen, dass er wusste, was zu tun war. »Frau Schuster, wann sind Sie geboren?«

Seine Mutter bäumte sich auf. »Das geht Sie überhaupt nichts an. Ständig will einer wissen, wann ich geboren bin. Paul, wo bist du? Wir gehen.«

Dr. Lochner musste zum Notfall. Er überließ die irritierte alte Frau einem anderen Arzt, der zufällig des Weges kam und aussah, als wolle er Kaffeetrinken gehen. »Herr Kollege, übernehmen Sie die Familie Schuster. Zeigen Sie Ihnen alles. Ich komme später wieder dazu.« Ehe der Kollege etwas erwidern konnte, war Dr. Lochner verschwunden.

Missmutig ob des entgangenen Kaffees ging der Arzt mit ihnen durch unendlich lange Flure, einer wie der andere, ehe sie ein Fahrstuhl zwei Stockwerke nach oben beförderte. Mutter schien aufgeregt, ob denn das Hotelzimmer das gleiche war wie immer. Sie begutachtete die Tasten im Fahrstuhl und wollte schon beliebig drücken, als der Fahrstuhl ruckartig anhielt und sich vor ihnen ein weiterer Flur öffnete. Hektisches Treiben strömte ihnen entgegen.

Die Wände waren grau. Keine Farbe erhellte den endlos öden Flur. In der Ferne hörte Joachim Gemurmel. Eine merkwürdige Welt. Eine andere Welt. Weit weg von seinem Alltag. Weit weg vom Leben. Er drosselte seinen Schritt. Seine Frau folgte unhörbar. Ein Mann mittleren Alters in weißem Kittel ging vorbei in Zimmer 12. Er grüßte nicht. Dies war nicht der Ort, sich zu grüßen. Wer hierher kam, der wusste, dass er am besten klammheimlich ohne großen Aufwand durch die Flure schlich. Ein Kittelmann trug ein Tablett in der Hand, darauf neben einer dünnen Scheibe Brot – belegt mit Streichwurst – eine mit Tee gefüllte Tasse, der bei seinem leicht wippenden Gang überschwappte, ein Plastikschälchen mit zwei Pillen und ein Gläschen mit violetter Flüssigkeit.

»Ein Schnäpschen am Abend …« flüsterte er Joachim erklärend, da er ihn offenbar hilflos ansah, und petzte ein Auge zu. Joachim nickte. Klar, ein violettes Schnäpschen. Das war garantiert kein Apfel-, Birnen- oder Schlehenschnaps. Hinter ihm fiel die Tür ins Schloss. Nur ein kurzer Blick in Zimmer 12 genügte, um zu sehen, dass ein leerer Blick nach ihnen rief.

»So, Heinz, jetzt trinken wir zwei unseren Schnaps. Schließlich ist Feierabend. Da geht doch ein Kurzer«, log der Kittelmann. Doch Heinz freute sich über die Lüge. Warum der Aufwand?, sagte Joachim zu sich selbst. Er hätte den Schnaps auch in den Tee gießen können, dann wäre er nicht aufgefallen. Vielleicht aber übergeschwappt. Übergeschwappt und übergeschnappt, das passte hier gut zusammen. Joachim lächelte über sein Wortspiel, obwohl es hier nichts zu lächeln gab.

Von übergeschwappt zu übergeschnappt ist der Weg nicht weit.

Diese Welt hier war übergeschnappt. Ein nackter Mann huschte über den Flur, verfolgt von einem Mann im weißen Kittel. »Bleib stehen, Erich«, rief der Pfleger erfolglos. »Du musst dir was anziehen, es ist zu kalt.«

Erich huschte weiter ohne Scham.

Ein lautes Rufen aus der Ecke entführte Joachims Blick aus Zimmer 12. Die Tür war ohnehin ins Schloss gefallen. Er folgte dem Rufen. Eine alte Dame saß auf ihrem Rollator vor dem Blumenstock am Fenster und schien die Blüten zu zählen.

»Herrlich, dieser Garten. Morgen muss ich Unkraut jäten.«

Von einem Garten war weit und breit nichts zu sehen. »Ich muss in den Garten. Schau, die Schmetterlinge.« Als sie immer lauter rief, kam eine Kittelfrau in Weiß. Sie beachtete Joachim nicht. Sie wusste, was zu tun ist. Routine eben.

»Frau Meinrad. Lassen Sie die Schmetterlinge fliegen. In den Garten können wir erst morgen. Es regnet.«

Die ältere Dame schien beruhigt, obwohl gleißender Sonnenschein durchs milchige Fenster drang.

Am Tisch vor ihr saß Artur. Joachim kannte ihn nicht, aber er trug ein Namensschild.

»Er hatte schon als Schüler immer seine Fahrkarte mit Namen um den Hals«, erklärte die weiße Kittelfrau, als sie sah, dass er das Namensschild anstarrte.

»Oh ja, klar. Ich bin …«

Doch Artur unterbrach ihn. »Da schau«, strahlte er, eine Zeitschrift in der Hand. »Die Schmetterlinge sind gelandet.« Joachim sah keine Schmetterlinge, auch nicht in der Zeitschrift. Aber Artur fasste vorsichtig mit beiden Händen nach vorne, schnappte kurz zu und hob Joachim seine geschlossenen Hände entgegen. »Da nimm den Schmetterling. Er gehört der Ilse.«

Joachim trat zu ihm, hielt seine Hände darunter und ließ den Schmetterling in seine Hände fließen. Nichts war zu sehen, aber er nahm den unsichtbaren Schmetterling entgegen, hob die Hände in die Lüfte und ließ ihn fliegen.

»Da Ilse«, rief Artur zu Frau Meinrad. »Dein Schmetterling fliegt.« Ilse Meinrad schaute von ihren Blüten hoch und strahlte dem unsichtbaren Schmetterling entgegen, der gar keiner war.

Die weiße Kittelfrau hatte sich bereits wieder ihrem Teewagen gewidmet, als ein Finger auf seine Schulter tippte und Joachim aufschrak. »Hier ist das Zimmer für Ihre Mutter.«

Der Arzt öffnete, ging vor, machte Licht und trat begeistert ein, als wollte er ihnen eine Wohnung verkaufen. Schlicht, auf das Notwendigste beschränkt. Bett, Tisch, Stuhl. Ein Bad mit behindertengerechter Dusche. Das Fenster öffnete den Blick zum Parkplatz, wo dichte Ginsterbüsche allein vor sich hin wuchsen. Keiner kümmerte sich um sie.

Der Arzt, der sich am Kaffeeautomaten einen Pappbecher mit Kaffee gedrückt hatte und diesen nun fest umklammerte hielt ihm mit der anderen Hand einen Zettel unter die Nase. »Den mögen Sie bitte ausfüllen. Sie können ihn aber auch in Ruhe zu Hause lesen. Wenn Sie Fragen haben …«

»Schon gut.« Joachim nahm Platz und überflog das Papier. Adresse, Vorerkrankungen. Gibt es etwas, was sie nicht essen darf? Nimmt sie Medikamente? Einverständniserklärung. Er steckte seufzend den Zettel ein. Der Arzt schaute finster, doch das Mitnehmen des Zettels nach Hause hatte er Schuster schließlich angeboten.

»Den Formalkram können wir auch morgen erledigen«, sagte er angewidert und beruhigte mehr sich selbst. »Jetzt soll Ihre Mutter mal hierbleiben, sich ausschlafen. Morgen sehen wir weiter.«

Den Blick von Mutter vergaß Joachim nicht so schnell. Wie ein Kind, das bei seinem ersten Besuch im Kindergarten zurückgelassen wird, stand sie am Fenster und blickte in den Hof. Direkt in seine Augen. In die Augen ihres Sohnes, der sie zurückließ. Doch wo ein Kind Tränen der Angst vergießt, kullerten bei ihr trockene Tränen aus leeren Augen durchs Gesicht. Es waren keine Tränen der Angst. Es waren Tränen der Dunkelheit. Es war dunkel geworden. Sehr dunkel.

14

Als Artur Silva erwachte, lag er in einem Gebüsch. Der Regen hatte seine Kleider durchweicht und verschmutzt.

Wo bin ich?

Er rappelte sich auf und erkannte die Raststätte in Neustedt. Noch immer herrschte viel Betrieb auf dem Parkplatz. Er sah auf die Uhr. Eine knappe Stunde war vergangen, seitdem er den weißen Lieferwagen inspiziert hatte. Benommen schaukelte er aus dem Gebüsch. Der weiße Lieferwagen war verschwunden. Zum Glück waren seine Autoschlüssel noch da. Er tastete sich im Dunkeln zum PKW-Parkplatz und stieg in sein Auto. Der Mops hob erschöpft den Kopf und sah sein Herrchen irritiert an.

»Ist schon gut, mein Freund«, fuhr ihm Rosso über den Kopf. »Nächstes Mal, wenn ich in Schwierigkeiten gerate, nehme ich dich mit, um mich zu beschützen, versprochen.«

Der Hund legte sich zurück in den Sitz, als wollte er sagen; Jetzt brauchst du auch nicht zu jammern.

Rosso sah sich um. Sein Handy war weg. Scheiße. Die Fotos vom Lieferwagen, vom Kennzeichen. Mühsam erinnerte er sich an Buchstaben und Zahlen, nahm ein Blatt Papier und notierte das, was er noch wusste.

Mimo jaulte. Rosso nickte genervt. »Okay, aber schnell«. Er schnallte sich wieder ab, hob den Hund aus dem Beifahrersitz und ließ ihn ums Eck laufen, um kunstvoll das Bein zu heben. Als Mimo zurückkam, trug er etwas Festes im Maul.

»Ich habe dir schon mehrmals gesagt, du sollst nichts mitnehmen, was da im Gebüsch so rumliegt«, schimpfte der Detektiv, doch Mimo ließ seine Beute nicht fallen. »Moment mal«, staunte Rosso. »Das ist ja mein Handy.« Er strahlte. »Guter Hund. Ich nehme meine Schimpftirade zurück. Du bekommst ein besonderes Leckerli.«

Dann fuhr Detektiv Rosso nach Hause. Er zog sich die nassen Sachen aus, nahm ein Bad und einen Whiskey. Erst den Whiskey, dann das Bad. Schließlich einen zweiten Whiskey. Mit lechzender Zunge sah ihm sein Hund dabei zu.

»Das ist nichts für dich, Mimo.«

Erschöpft fiel er ins Bett und schlief sofort ein. Als er am nächsten Morgen von Mister Mops geweckt wurde, versuchte er, sich an Details zu erinnern. Er sah den weißen Wagen vor sich, die dunklen Männer, hörte die dumpfen Frauenstimmen aus dem Fahrzeug, spürte die Faust in seinem Gesicht und sah die Sterne, die ihn ins Jenseits befördert hatten. Nervös erwartete er den mysteriösen Anruf seines Informanten. Doch das Telefon blieb stumm. War alles nur ein böser Traum?

Sein Ehrgeiz war geweckt. Er würde erneut zur Raststätte fahren, nach Zeugen suchen und den Verbleib des Lieferwagens herausfinden. Wenn sich Rosso etwas in den Kopf setzte, dann war es dort drin.

Diesmal ließ er den Oberlippenbart zurück, als er erneut in sein Auto stieg und zur Raststätte fuhr.

An diesem Samstagmorgen war wenig zu sehen von dem regen Treiben des Vorabends. Nur wenige Menschen nutzten um diese Zeit die Möglichkeit, eine Pause einzulegen. Dort, wo gestern Abend noch der weiße Lieferwagen stand, parkte jetzt ein deutscher Sattelschlepper. Es kam ihm alles so unwirklich vor. Instinktiv schlenderte er über das Gelände.

Diesmal hatte Mister Mops mit nachdrücklichem Blick darauf bestanden, ihn zu begleiten, und so schwänzelte er auf leisen Sohlen an Arturs Seite. Artur hatte dem Hund eine Sonnenbrille aufgesetzt. Damit sah er noch gefährlicher aus.

Er wollte schon umkehren, als ihn Stimmen aufmerksam werden ließen. Zwischen zwei Fahrzeugen standen zwei Männer flüsternd zusammen. Er näherte sich, so gut es ging, deutete dem vierbeinigen Watson, leise zu sein, und harrte der Dinge.

»Wir müssen aufpassen, dass wir nicht auffallen«, sagte der Dunkelhaarige. »Du musst Martin sagen, dass wir nicht ständig junge Frauen einschleusen können. Der Vorfall gestern sollte uns eine Warnung sein.«

Der andere schien zu nicken. »Du hast Recht. Irgendwann wird jemand bemerken, was mit den Frauen geschieht. Wenn ich ihm heute die Frischlinge abliefere, werde ich ihn darauf aufmerksam machen. Allerdings …« Er holte tief Luft. »Die Schleuserprämie können wir gut gebrauchen, oder?«

»Klar«, sagte der Dunkelhaarige. »Vielleicht reicht es aus, eine Pause zu machen, oder einen anderen Übergabepunkt zu vereinbaren.«

15

Die Idylle trog. Der lang gestreckte Funktionsbau lag schüchtern in der Morgensonne. Ohne die gelblich warmen Strahlen des Himmelskörpers wäre der Anblick traurig und trostlos gewesen. So gab wenigstens der Sonnenstrahl Licht und Hoffnung, doch das Schließen der automatischen Eingangstür verschluckte ihn ohne Vorwarnung und ließ ein Halbdunkel zurück, in dem sich schematische Gestalten hektisch bewegten, zum Teil Servierwagen mit Medikamentenschachteln, Tüchern und Klemmbrettern vor sich herschoben, zum Teil Anweisungen gaben oder einen älteren Menschen untergehakt hatten.

Das Pflegeheim, das sinnigerweise auf dem Sonnenhügel im Westen der Stadt lag, breitete mehrere Flügel aus. Vom Gemeinschaftsfoyer, in dem Tische und Stühle passgenau auf Sitzende warteten, führten lange schmale Flure ins Nichts. Zimmer an Zimmer reihten sich aneinander und gaben am Türschild den Namen ihres Bewohners preis. Ob das die Datenschutzgrundverordnung überhaupt noch erlaubte?

Ein Flügel führte zu einer verschlossenen Tür. »Demenzgarten« stand auf dem Schild an der Tür und jeder Besucher wusste, warum eine verschlossene Tür diesen Bereich vom übrigen Haus trennte.

Joachim Schuster blickte irritiert durch die Flure und blieb verlassen im Foyer stehen.

»Kann ich Ihnen helfen?«, sagte nach einer schier endlosen Zeit eine ältere Dame im weißen Kittel. »Suchen Sie jemanden?«

»Ja, ich bringe meine Mutter.«

»Dort ist die Anmeldung. Ich muss weiter«, sagte die Frau und zeigte mit ihrem Finger auf eine kleine Fensterscheibe auf der anderen Seite des Eingangs.

Joachim hakte seine Mutter unter, schloss die Finger der

anderen Hand fest um den kleinen schwarzen Koffer und ging langsam zu dem Fenster.

Emilie hatte nach wenigen Tagen das Krankenhaus verlassen müssen.

»Wir sind ein Akutkrankenhaus. Sie sehen ja, was hier los ist. Ihre Mutter muss dringend ins Pflegeheim«, sagte Dr. Lochner zu Joachim. »Zu Hause wird das auf keinen Fall funktionieren. Das können Sie sich abschminken. Sie sehen, was hier los ist«, wiederholte er. »Wie im Taubenschlag. Unsere Psychiatrie ist überlastet. Menschen kommen, Menschen gehen. Wir haben gar nicht Personal genug, um uns jedem intensiv zu widmen«, klagte er. »Alle Untersuchungen Ihrer Mutter sind gemacht. Die Diagnose ist eindeutig. Ihre Mutter hat eine irreparable, schwere Demenz, die schnell fortschreitet.«

Alle schwiegen.

»Irreversibel«, fügte der Arzt hinzu, nicht nur, um die peinliche Stille zu durchbrechen, sondern um die Bedeutung seiner Worte zu unterstreichen.

»Warum sitzt sie im Rollstuhl?«, fragte Joachim, als er seine Mutter im Krankenhaus besuchte.

Dr. Lochner druckste herum. »Wollen Sie eine Mutter, die in ihrer Demenz unkontrolliert durch die Gegend läuft oder wollen Sie eine Mutter, die mit ihrer Krankheit klarkommt?«, fragte er provokant zurück.

»Klar kommt?«

»Ja, klarkommt. Ohne Medikamente wird Ihre Mutter aggressiv und unberechenbar. Die Medikamente sind natürlich keine Lutschbonbons.«

Joachim verstand. »Natürlich. Nebenwirkungen?« Die Antwort konnte er sich selbst geben.

Sie nutzten die Zeit des Krankenhausaufenthalts, um Emilie einen Platz im Pflegeheim zu suchen. Zunächst einmal zur Kurzzeitpflege. Sie hatten keine Ahnung, wie es weitergehen sollte. Mühsam brachten sie Emilie wieder auf die Beine, so dass sie wenigstens ein paar Schritte gehen konnte.

Nun stand er mit ihr im Foyer auf dem Sonnenhügel. Hinter der Glasscheibe lugten zwei Augen, die einer Frau gehörten, die offenbar gerade Pause machte, das Brot in der Hand. Sie sah ihn fragend und vorwurfsvoll an. Wie konnte gerade jetzt, wo sie in ihr Brot mit der geliebten Salami beißen wollte, jemand stören?

»Schuster«, sagte er. »Joachim Schuster. Ich hatte mit Ihnen telefoniert.«

»Moment«, sagte die Dame und blätterte in einer Liste. »Schuster, sagen Sie? Emilie Schuster?«

»Ja, das ist meine Mutter«, zeigte er neben sich.

Die Dame nahm den Telefonhörer in die Hand.

Joachim verstand nicht, was sie sagte.

»Nehmen Sie kurz Platz«, wies sie auf eine Sitzecke und Joachim führte seine Mutter in die angewiesene Wartezone.

Emilie schaute still vor sich hin. Die Medikamente, die sie offenbar noch heute Morgen im Krankenhaus erhalten hatte, zeigten Wirkung.

Joachim streichelte ihre Hand.

»Herr Schuster?«, rief es ihm plötzlich entgegen und er schreckte hoch.

»Ja?«

»Herzlich willkommen in unserer Einrichtung. Das ist Ihre Mutter?«

»Ja, wer denn sonst!«, wollte er sagen, doch stattdessen sagte er: »Ja, Emilie.«

»Schön, dass Sie unser Haus gewählt haben«, nickte die Frau freundlich und gab sich als Heimleiterin zu erkennen. »Schröder ist mein Name, Gerlinde Schröder. Ich leite dieses Haus und zeige Ihnen zuerst das Zimmer für Ihre Mutter.«

Sie gingen einen der Flure entlang.

»Ich brauche euch nicht«, sagte Emilie plötzlich. »Komm, wir fahren heim.«

Doch sie gingen weiter durch den grünlich schimmernden Flur mit dem frisch gewachsten Linoleumboden. Es war der Flur, an dessen Ende die geschlossene Tür mit der Aufschrift »Demenzgarten« auf sie wartete.

Frau Schröder schloss auf. Ein Wirrwarr an Stimmen hallte ihnen entgegen.

»Hallo Theo«, klopfte sie im Vorbeigehen einem Herrn im Rollstuhl auf die Schultern. »Alles klar?«

Er schaute sie uninteressiert an.

»Gleich kommt dein Pfleger zu dir.«

Alle duzten sich offenbar.

Theo sah auf. »Der braucht nicht zu kommen. Ich bin dann nicht mehr da.«

»Aber wo willst du denn hin?«

»Ich gehe heute nach Hause«, sagte Theo. »Hier gefällt es mir nicht.«

Frau Schröder ging ohne weitere Antwort weiter.

»Hier ist das Zimmer für Emilie«, öffnete sie eine Tür, an deren Türschild noch »Christine« stand.

»Das Namensschild tauschen wir nachher aus. Christine ist letzte Woche ausgezogen.«

»Ausgezogen?«

Die Frage blieb unbeantwortet.

Emilie nahm gleich auf dem frisch bezogenen Bett Platz.

»Schönes Bett«, sagte sie. »Aber viel zu schmal für Paul und mich.«

Sie lächelte. »Schön, mal wieder Urlaub zu machen. Wissen Sie, der Paul arbeitet immer zu viel. Keine Zeit für Urlaub.«

»Dann genieß deinen Urlaub, Mutter«, setzte sich Joachim an ihre Seite und nahm sie in den Arm.

Beide blinzelten in die Sonne, die zwischen zwei Wolken neugierig hervorlugte, um zu sehen, wer auf dem Sonnenhügel einzog. Die Sonne hieß Emilie willkommen und zog sich rasch wieder hinter die Wolke zurück.

»Ich bin müde«, sagte Emilie.

Joachim drückte sie leicht aufs Bett und zog die Decke über sie.

Emilie schloss die Augen.

Als Joachim leise aufstand drückte ihm Frau Schröder unübersichtliche Zettel in die Hand.

»Das können Sie ausfüllen, während Ihre Mutter schläft, und bei mir vorne wieder abgeben.«

Die geschäftige Frau Schröder verschwand durch den Türrahmen und ließ Joachim mit Mutter und Anmeldebogen zurück.

Er setzte sich an den kleinen viereckigen Holztisch, vernahm das leichte Schnarchen seiner Mutter, das dem Raum eine Grundmelodie verlieh, und füllte die Zettel mühsam aus. Dann ging er, gab die Zettel ab und verließ den Sonnenhügel mit einem mulmigen Gefühl.

Die Sonne hatte längst keine Chance mehr, ihrer Neugierde Nachdruck zu verleihen. Zu dicht waren sie geworden, die Wolken, die sich dunkel zusammenzogen.

16

Es war wie immer. Joachim saß im Büro und wusste nicht, wo er anfangen sollte. Berge von Akten und Problemen türmten sich auf seinem Schreibtisch. Ein bekannter und anerkannter Heimbetreiber verlängerte den Liefervertrag nicht. Viele Jahre belieferte Joachims Firma dessen Heime mit der kompletten Ausstattung. Tische und Stühle mit Brand- und Nässeschutz, Pflegebetten, Toilettenstühle bis hin zu Prothesen, Hebegeräten und orthopädischen Hilfsmitteln, die den Betroffenen im Heim, aber auch zu Hause, den Alltag erleichterten. Offensichtlich setzte ihn seine Konkurrenz mit Kampfpreisen unter Druck.

Auch in der Beratung und Betreuung war seinem Kontrahenten Winkler ein Clou gelungen. Er hatte einen Vertrag geschlossen mit einer Reihe von geriatrischen Ärzten, die den Pflegeheimen zur Hand gingen. Bei allem Übel hatte er nun auch noch Ärger mit der Gewerkschaft. Seine Beschäftigten wollten mehr Lohn und weniger Arbeitszeit.

»Joachim«, rief es aus dem Vorzimmer durch die geöffnete Tür. »Deine Frau ist hier.«

Joachim schreckte aus seinen Gedanken. Ehe er antworten konnte, betrat Annchen sein Büro. Es geschah nicht oft, dass sie ihn im Büro besuchte. Arbeit und Privates versuchten sie, so gut es ging, zu trennen. Natürlich nahm sie Anteil an seinen Geschäften. Er erinnerte sich an abendfüllende Diskussionen über Pflegeprodukte. Sie war eine gute Beraterin, weil sie alles praktisch hinterfragte.

Er sah gleich, dass etwas nicht stimmte. »Annchen, du hier?«

»Tina habe ich in die Krippe gebracht. Hier, ein Brief von der Psychiatrie.«

Sie reichte ihm den geöffneten Umschlag des Briefes, der

eigentlich an ihn als Sohn seiner Mutter gerichtet war. Aber sie hatten nie Geheimnisse voreinander.

Er las laut. »Offensichtlich ist der Arzt der Meinung, Mutter müsse dauerhaft ins Pflegeheim. Der medizinische Dienst hat ihr Pflegegrad Vier gegeben.«

Betroffen sah er unter sich. »Ich hatte gehofft, mit der Kurzzeitpflege wäre es erst einmal getan, und wir könnten Mutter wieder nach Hause bringen.«

Seine Frau schien zu überlegen.

»Ins Krankenhaus kann sie nicht zurück. In der Psychiatrie ist ein ständiges Kommen und Gehen«, dachte Joachim an die Worte von Dr. Lochner zurück.

»Ist doch merkwürdig, dass wir zu einem Pflegeplatz im Heim gedrängt werden sollen. Das Interesse müsste doch sein, die Menschen so lange wie möglich in ihrem eigenen Zuhause lassen zu können. Davon steht nichts in dem Schreiben. Als wäre das Pflegeheim alternativlos.«

»Der Pflegegrad ist allerdings schon sehr hoch.«

»Mich würde nicht wundern, wenn der Arzt ein bestimmtes Pflegeheim empfiehlt und dafür Provision kassiert.«

Seine Frau sah ihn erstaunt an. »Du bist aber ganz schön voreingenommen. Du kannst doch nicht einfach so etwas unterstellen. Wir wissen, wie krank deine Mutter ist.«

Joachim nickte resigniert. »Du hast recht. Natürlich will ich keinem etwas unterstellen.«

»Das Krankenhaus macht ja auch lediglich einen Vorschlag. Kein Mensch zwingt uns dazu. Ich mach dir einen anderen Vorschlag«, sagte Annchen plötzlich und hielt inne. »Ich bin doch ohnehin zu Hause, bis Tina in die Schule kommt. Da kommt es auf einen Pflegefall mehr oder weniger auch nicht an.«

Er glaubte, nicht recht zu hören. »Du willst Mutter zu uns holen? Wie soll das gehen?«

»Nein, nicht zu uns. Wir zu ihr.«

Er sah sie mit großen Augen an. »Wir sollen in mein Elternhaus ziehen?«

»Ja, dann bin ich doch auch viel näher bei Horst und Elisabeth. Die Arbeit für die Buchhandlung kann ich besser mit Horst abstimmen. Deine Mutter kann doch unten die Einliegerwohnung beziehen. Das Haus ist so groß, das reicht für uns alle.«

Eine Pause entstand, als wollte Annchen ihrem Mann Zeit zum Überlegen geben.

»Ich war eben auf dem Sonnenhügel. Sehr beklemmend.«

Seine Frau wirkte betroffen.

»Eine Aufbewahrungsanstalt, mehr nicht. Natürlich kümmern sich die Pfleger nach bestem Wissen und Gewissen um die Pflegebedürftigen. Aber alles läuft nach Plan und Routine. Die haben gar keine Zeit, sich um die Menschen zu kümmern. Der persönliche Bezug fehlt.«

Joachim nickte. »Klar. Emilie ist eben meine Mutter, deine Schwiegermutter, aber für das Pflegeheim eine von vielen Patienten.«

»Ja, Emilie sieht sehr traurig aus. Sie saß allein in ihrem Rollstuhl in der Ecke, während eine andere Frau ständig laut durch den Flur um Hilfe rief. Meinen irritierten Blick wehrte ein Pfleger mit der saloppen Bemerkung ab, die rufe immer, das habe nichts zu bedeuten. Wieder andere saßen am Tisch und manschten lustlos in ihrem faden Essen herum, während der überdimensionierte Fernsehapparat den Raum mit Volksliedern beschallte.«

Joachim war sich nicht sicher, ob all dies gutgehen würde. Seine Frau zu Hause mit einem kleinen Kind und seiner dementen Mutter, während er die meiste Zeit in der Firma verbrachte. Die Sorgen, die ihn umtrieben, wischte er weg, denn fürs Erste schien dies die Ideallösung zu sein. »Du hast recht. Das ist keine Bleibe für Emilie. Das Heim ist nicht ihr Zuhause, ihre Familie, wo sie sich wohlfühlt.«

Glücklich nahm er Annchen in den Arm und drückte sie eine Ewigkeit. Womit hatte er eine solch herzensgute Frau verdient?

»Dann bestehe ich aber auf einem Pflegedienst«, sagte er und hielt ihre Hand.

Susanne nickte. »Einverstanden. Wir suchen uns einen Pflegedienst, der morgens und abends Mutter waschen und sie mit den notwendigen Medikamenten versorgen kann.«

Joachim lächelte seine Susanne an und atmete tief durch.

Dann ließ er sie gehen, mit einem zarten Abschiedskuss und sah verliebt in ihre strahlenden Augen. Was für eine starke Frau sie doch war!

Er vergrub sich in seinen Akten für die anstehende Sitzung der Geschäftsführung mit den Abteilungsleitern, in der wichtige Weichen für die Zukunft zu stellen waren. Joachim war gewillt, das Erbe seines Vaters nicht in den Sand zu setzen. Es waren sprichwörtlich große Schuhe, in die er hatte treten müssen. Nun trugen ihn diese Schuhe über manch holprige Wege, doch er wollte seine eigenen Spuren hinterlassen. Paul Schuster sollte stolz auf seinen Sohn sein. Wenn er es auch nicht mehr erlebte und auch wenn seine Mutter es nicht mehr wahrnahm. Er wollte so stark sein wie seine Frau! Ja, dachte Joachim zuversichtlich, wir schaffen das!

17

Rosso ließ die beiden Männer nicht aus den Augen.

»Wir müssen los«, sagte plötzlich der Dunkelhaarige. »Wir sind knapp in der Zeit.«

Artur wich zurück, als die beiden Männer aus dem Dickicht hervortraten. Sie schauten sich vorsichtig um, als hätten sie ein Geräusch gehört. Nur wenige Meter entfernt stiegen sie schweigend und hastig in einen weißen Transporter. Die Zahlen und Buchstaben, die er sich notiert hatte, fand er auf dem Kennzeichen wieder.

Der Dieselmotor jaulte auf. Mimo jaulte auch. Doch der Motor übertönte sein Wehklagen. Der Wagen verließ rasch den Parkplatz und verschwand in der Dunkelheit. Dieselmotor?, dachte Rosso. Wer fuhr bei diesen Skandalen und der Klimadiskussion denn noch einen Diesel? Wenn das Greta Thunberg erfährt! Na ja, schmunzelte er, das war den Verbrechern in diesem Transporter sicherlich gleichgültig, und schließlich würde Greta garantiert nicht diesen Rastplatz aufsuchen.

»Wir müssen los«, sagte Artur zum Mops, der offenbar kurz vorm Eindösen stand, und eilte zu seinem Wagen. Er musste mehrfach den kleinen Hund anfeuern, ihm zu folgen, erreichte seine Rostlaube, auch kein Elektrofahrzeug, aber auch kein Diesel. Hektisch stieg er ein, würgte das Fahrzeug ab und konnte es endlich in Gang setzen, als er den Lieferwagen bereits auf die Autobahn auffahren sah.

Der Hund wedelte aufgeregt mit seinem Schwanz. Offenbar hatte er den Ernst der Lage jetzt erkannt. Nein, er wedelte nicht, denn er hatte keinen Schwanz. Mit dem Stummel konnte er Artur nicht davon überzeugen, dass es Zeit war, dem Wagen zu folgen. Also trippelte der Hund aufgeregt auf dem Beifahrersitz hin und her.

»Ja, ich weiß, Mimo«, sagte Artur genervt. »Vielleicht

willst du fahren?«

Er drückte aufs Gaspedal und hatte das Fahrzeug nach kurzer Zeit vor sich. In gebührendem Abstand folgte er dem Transporter. Die erste Ausfahrt. Nichts geschah. Die zweite Ausfahrt. Noch immer machten die Männer keine Anstalten, die Autobahn zu verlassen.

Senningen Nord.

Nichts tat sich. Rosso war sich nicht mehr sicher, ob er sich auf der richtigen Fährte befand. Noch immer rätselte er, wer ihn denn anonym am Telefon auf diesen offenbar illegalen Transport aufmerksam gemacht hatte. Wer konnte ein Interesse daran haben? In Gedanken versunken registrierte er, wie der Lieferwagen plötzlich den Blinker rechts setzte und auf die Ausfahrt einbog. Wer war der geheimnisvolle Anrufer?

Abfahrt Senningen Süd und Hellstadt.

In Hellstadt lag das Krankenhaus. Rosso hatte Mühe, hinter dem Fahrzeug zu bleiben. Auf der Landstraße fuhr der Lieferwagen fast bei Rot über die Kreuzung, Rosso musste anhalten. Mimo jaulte auf. Nervös tippte er auf dem Lenkrad herum, bis die Ampel endlich auf Grün sprang. Na endlich. Drei Autos hatten sich zwischen den Lieferwagen und ihn manövriert. Leichter Regen setzte ein. Rosso mühte sich, den weißen Wagen im Auge zu behalten. Die zunehmende Dämmerung war ihm dabei keine Hilfe.

Kurz vor Hellstadt bog der Lieferwagen plötzlich rechts in einen Feldweg ab.

Während die Fahrzeuge vor ihm weiter geradeaus fuhren, bog auch Rosso rechts ab, löschte das Licht am Fahrzeug und schaltete einen Gang zurück. Zielstrebig eilte der Lieferwagen über den holprigen Weg. In der Ferne war ein Licht zu sehen, das zu einer Hütte zu gehören schien. Zwischen hohen Bäumen bog der Lieferwagen rechts ein, ohne den Blinker zu setzen. Rosso stellte sein Fahrzeug am Rand des Feldweges ab, wandte sich Mister Mops zu, legte seinen Finger auf die Lippen, stieg aus und folgte zu Fuß. Endlich konnte er mal seine Sportausbildung bei der Polizei zur Geltung bringen. Trotzdem schnaufte er, als er nach wenigen Schritten die Stelle erreichte, an der das Fahrzeug abgebogen war.

Es war stockdunkel. Der Regen war stärker geworden. Doch Rosso spürte die Nässe nicht, als er sich der Hütte näherte. Der weiße Lieferwagen war zum Stehen gekommen. Zum Glück hatte Rosso sein Handy zurück. Mimo sei Dank. Natürlich hatte er ein Ersatzgerät. Sicherheitshalber. Als Detektiv musste man immer damit rechnen, beklaut zu werden oder dass die verflixte Technik im entscheidenden Moment nicht funktioniert. Aber besser so. Er zückte das Handy, drückte den Button mit dem Symbol eines Fotoapparates und zoomte die Szenerie nah an sich heran.

Die beiden Männer, denen er auf dem Rastplatz gelauscht hatte, stiegen aus und öffneten routiniert die Klappe. Einer der beiden schwang sich in den Laderaum, während der andere stehen blieb und nervös um sich blickte.

Rosso konnte nur Gemurmel wahrnehmen, zu stark rauschte der Regen in den Bäumen, zu weit war er entfernt. Vorsichtig näherte er sich und fand hinter einem Holzstapel Schutz.

»Los, bring sie schon«, hörte er den Dunkelhaarigen sagen.

Plötzlich tauchten an der Laderampe Menschen auf. Junge, irritierte Frauen wurden aus dem Wagen geschubst. Eine nach der anderen. Vier, fünf, zehn zählte Rosso und machte eifrig Fotos.

Als alle aus dem Fahrzeug gestiegen waren, brachten die beiden Männer die Frauen zur Hütte. Ein kurzes Klopfzeichen und schon öffnete sich die Tür.

Rosso konnte den Mann nicht erkennen, der die Tür aufmachte und die Männer mit den Frauen hereinließ. Als alle im Innern verschwunden waren, näherte sich Rosso der Hütte und wäre fast entdeckt worden, denn überraschend schnell öffnete sich die Eingangstür wieder.

»Na los, macht, dass ihr wegkommt. Hier ist euer Geld«, rief der Mann den beiden zu.

»Meinst du nicht …«, begann der Dunkelhaarige, doch er durfte nicht ausreden.

»Ihr könnt nicht einfach aussteigen. Ich sage euch, was ihr zu tun habt. Basta.«

Die beiden nickten.

»Ihr wisst Bescheid. Nächster Termin. Gleicher Tag, gleiche Stelle.«

Rosso schaute verdutzt, als er sah, dass die Männer nicht allein zum Fahrzeug zurückkehrten. Sie nahmen die Frauen wieder mit. Eigenartig. Die Frauen stiegen in den Lieferwagen, die Tür schloss sich und der Wagen rollte zurück auf den Feldweg.

Der Detektiv wartete, bis der Motor nicht mehr zu hören war. Ein dritter Mann war in der Hütte zurückgeblieben. Rosso zog die Schuhe aus, auch wenn die Strümpfe nass wurden. Zum Glück sah keiner das Loch im Strumpf, durch das sich sein großer Zeh an die frische Luft zwängte.

Er näherte sich dem verregneten Fenster und wagte einen Blick in die beleuchtete Hütte. Zu seiner Überraschung sah er mehrere Frauen, die verschüchtert an einem Tisch saßen und offenbar darauf warteten, wie es weiterging.

Rosso machte eilig Fotos und bemerkte fast nicht, dass sich wieder Motorgeräusche der Hütte näherten. Auch Mister Mops hatte sich genähert und saß fragend neben ihm. »Was machst du denn hier?« Artur geriet in Panik, schnappte den Hund und verschwand auf den letzten Drücker im Gebüsch, bevor ein Fahrzeug vorfuhr und ein weiterer Mann ausstieg, an der Hütte klopfte und eingelassen wurde.

Jetzt ging alles ganz schnell. Der eben erst eingetroffene Mann verließ mit mehreren Frauen die Hütte, stieg ein und brauste davon. Dann kehrte gespenstische Ruhe ein. Das Licht erlosch.

Rosso hielt es für geboten, sein Versteck zu verlassen. Er wusste nicht, ob der Neuankömmling sein abgestelltes Fahrzeug am Rande des Feldweges bemerkt hatte. Schnell eilte er mit dem Hund im Arm zum Fahrzeug zurück, wendete und verließ den Feldweg auf die Landstraße Richtung Hellstadt.

Nach einigen Hundert Metern fuhr er an einer Bushaltestelle vorbei. Gerne hätte er angehalten, tief Luft geholt. Doch er gab Gas.

Es dauerte eine Weile, bis er das Fahrzeug vor sich sah. Ja, es war das Kennzeichen, das er sich gemerkt hatte. In gebührendem Abstand folgte er dem weißen Transporter mit den abgedunkelten Privacy-Scheiben. Gebannt blickte er durch die Windschutzscheibe, spielte mit dem Gaspedal, bremste. Dabei fiel es ihm gar nicht auf. Er saß in seinen durchnässten Strümpfen am Steuer. Er hatte vergessen, seine Schuhe wieder anzuziehen.

18

Fast geräuschlos zogen Joachim und Annchen aus ihrer Wohnung aus. Emilie lief aufgeregt durchs Haus, als ein Lieferwagen Umzugskisten brachte und geschäftiges Treiben das leere Haus mit Leben füllte. Die obere Etage war seit dem Tod von Paul nicht mehr bewohnt. Emilie sollte nicht länger dort leben, wo sie ein Leben lang mit ihrem Mann verbracht hatte. Dort, wo Erinnerungen aufkamen an den gemeinsamen Frühstückstisch, an Abende vor dem Kamin. Dort, wo jede Ecke eines Zimmers Geschichten von glücklichen und weniger glücklichen Zeiten zu erzählen wusste. Auch von Zeiten, in denen Emilie vergeblich auf ihren Mann gewartet und geahnt hatte, wo er sich herumtrieb.

Emilie lebte in der Einliegerwohnung mit ihrer alten Küche, die sie dort geparkt hatten, ein paar schlichten Möbeln und führte ihr neues Leben ohne ihren Mann, auch wenn sie das nicht wusste. Es schien ihr sichtlich gutzutun, nach Wochen im Krankenhaus und auf dem Sonnenhügel wieder in die vertraute Umgebung zurückzukehren, auch wenn sie dachte, sie weile im Urlaub.

Abwesend schlich sie durch die Wohnung, strich mit ihren alt gewordenen Händen über die glatten Flächen der Arbeitsplatte in der Küche und ließ sich seufzend auf ihrem Lieblingssessel nieder. Hocherfreut nahm sie in lichten Momenten zur Kenntnis, dass über ihr Leben einkehrte, Schritte davon zeugten, dass Menschen hier lebten.

Joachim, Annchen und Tina nahmen rasch Besitz vom alten Wohnraum seiner Eltern, brachten Möbel der Erinnerung auf den Sperrmüll, füllten die Räume mit ihrem eigenen Geschmack und modellierten die Wohnung um. Die Vergangenheit war vergangen. Die Tage des Museums waren gezählt. Die Gegenwart zog ein und mit ihr die Zukunft – Tina, die dritte

Generation. Vielleicht, wer wusste das schon, würde auch noch der männliche Erbe folgen.

Es klingelte Sturm an der Haustür. Annchen, die gerade damit beschäftigt war, Frühstück zuzubereiten und die feuchten Hände am Küchentuch abtrocknete, öffnete und sah sich zwei weiß bekittelten Frauen im mittleren Alter gegenüber. Sie füllten den Türrahmen mit ihrer mächtigen Statur aus und fixierten die Frau des Hauses von unten nach oben. Ehe Annchen etwas sagen konnte, schob sich die Wortführerin in den Hausflur. »Wir sind vom Pflegedienst. Sie hatten uns angerufen, hier sind wir!«, dröhnte es genervt.

»Wo ist denn das gute Stück?«, lachte die Wortführerin, die sich als Pflegedienstleiterin vorstellte und ihren Namen durch den Damenbart nuschelte.

»Das gute Stück?«

»Na, die alte Dame natürlich«, schien sie sich köstlich über ihren Scherz zu amüsieren und ging unaufgefordert ins Wohnzimmer.

Annchen hechelte ihr hinterher. »Nein, nicht hier. Wir müssen nach unten in die Einliegerwohnung. Dort wohnt Emilie.«

»Ich dachte, wir bekämen zuerst einmal eine heiße Tasse Kaffee? So zum Einstieg?«

Annchen sagte nichts, während die zweite Pflegerin aufmerksam die Wohnung musterte.

»Kaffee?«, wiederholte sie die Frage der Damen in Weiß. »Ja, ja gern, wenn Sie möchten. Ich dachte, sie hätten nicht viel Zeit. Wollen wir nicht zuerst nach Emilie schauen?«

»Zeit ist Geld, das stimmt«, bestätigte die Pflegeleiterin. »Wissen Sie, es ist nicht gerade schön, den ganzen Tag ältere Hinterteile abzuputzen, senile Menschen unter die Dusche zu heben und mit überforderten Angehörigen umzugehen.«

»Überforderte Angehörige?«

»Na ja, Sie wissen schon, was ich meine.«

»Nein, weiß ich nicht«, antwortete Annchen erbost über so viel Dreistigkeit.

»Was glauben Sie, was wir alles erleben müssen«.

»Das will ich gar nicht wissen. Macht Ihnen denn der Job gar keinen Spaß?«

Die Pflegeleiterin schien zu überlegen, während die andere Dame bereits auf die Treppe zur Einliegerwohnung zusteuerte. »Spaß? Tanzen gehen macht Spaß. Ins Kino gehen macht Spaß. Das hier ist Arbeit.«

Sie trottete der Kollegin hinterher treppabwärts. Unten angekommen sah sie die Frau des Hauses fragend an. »Emilie? Sie sagten Emilie?«, schien der Pflegedienstleiterin erst jetzt bewusst zu werden, um wen es sich bei der zu pflegenden Dame eigentlich handelte. »Emilie Schuster? Die Frau von Paul Schuster? Meine Herren! Äh, Herren sind ja grad keine da. Meine Damen! Wo hätte ich mal gedacht, dass unser Pflegedienst die Frau Schuster betreut. Die Frau von Paul Schuster, dem großen Schuhmacher.«

Sie redete unaufhörlich auf dem Weg zur Einliegerwohnung, plapperte, wer schon alles durch ihre pflegenden Hände gegangen war. Datenschutz spielte keine Rolle. »Da können wir Ihnen ja kaum Pflegeutensilien anbieten, die haben Sie im Sanitätshaus selbst.«

Annchen sah sie irritiert an, öffnete die Tür zur Wohnung und ging voraus zu Emilie, die im Bett schlummerte.

»Hallo Mutter«, tippte sie leicht an ihre Schulter und Emilie schreckte auf. »Du hast Besuch.«

Irritiert studierte Emilie die beiden Frauen, die ihr die Hand entgegenreckten und sie zurückschrecken ließen. »Ich habe nichts bestellt«, sagte die alte Dame schlaftrunken. »Euch brauche ich nicht.«

Die zweite Frau hatte noch kein Wort gesagt, offenbar durfte nur die Wortführerin reden.

»Sie haben mir Ihre Assistentin noch gar nicht vorgestellt.«

»Assistentin?«, kam abwertend zurück. »Das ist eine unserer Krankenpflegehelferinnen. Osana. Sie redet nicht, weil sie weder Deutsch versteht noch Deutsch spricht. Hauptsache, sie pflegt. Sie wird für Ihre Mutter zuständig sein. Gell, Osana?«, stupste die Chefin ihre schüchterne Begleitperson an.

Osana nickte, als hätte sie verstanden, was ihre Chefin sagte. Offenbar hatte sie lediglich ihren Namen gehört.

»Emilie ist die Mutter meines Mannes«, erklärte Annchen. »Osana wird also zweimal täglich kommen? Ist doch schön, wenn Emilie ein vertrautes Gesicht hat.«

Die Pflegedienstchefin schüttelte erst energisch das Kissen, das sich Emilie in den Rücken gelegt hatte, und dann mit gleicher Intensität den Kopf. »Wo denken Sie hin!«, sagte sie, als hätte Annchen völligen Blödsinn von sich gegeben. Sie riss die Rollläden hoch, die Fenster auf und ließ den steifen Ostwind durchs Schlafzimmer wehen.

»Wir haben viele Kunden und wenig Fachkräfte. Osana ist eine Hilfskraft, die kostet nicht so viel. Den alten Menschen ist das doch egal. Ich kann Ihnen nicht immer die gleiche Hilfskraft schicken.«

Ehe Annchen etwas erwidern konnte, hatten die beiden Frauen Emilie aus dem Bett gezogen. Untergehakt hoben sie sie in den Rollstuhl und fuhren sie ins Badezimmer, als sei der Startschuss zu einem Formel-Eins-Rennen gefallen.

Emilie konnte noch gehen. Des Öfteren ging sie bedächtig durch ihre Wohnung, stand am Fenster. Annchen musste die Türen zuschließen, damit sie nicht ins Freie ging. Aber vom vielen Liegen und Sitzen waren die Beine schwach geworden. Immer öfter saß sie im Rollstuhl. Es war einfacher und bequemer, sie in der Wohnung mit dem Rollstuhl zu fahren, als Schritt für Schritt.

Emilie blickte verzweifelt nach hinten. »Wer sind diese fremden Menschen?«, rief sie. »Paul, komm schnell.«

»Ach Muttchen, nur keine Sorge«, beschwichtigte die

Dame vom Dienst. »Jetzt gibt es ein wohliges Bad, eine ausführliche Toilette und dann fühlen Sie sich wie neugeboren.«

Während Osana der alten Dame den Schlafanzug auszog, wehrte Emilie sich krampfhaft. »Paul, das sind fremde Menschen. Ich will nicht, dass die mich nackt sehen. Pfui, diese Schweine.«

Annchen trat zu ihrer Schwiegermutter, nahm ihre Hand und redete beruhigend auf sie ein. »Die wollen dir nur helfen, Emilie«, sagte sie. »Schau, sie helfen dir beim Waschen und Anziehen. Du wirst sehen, dass es dir anschließend sehr viel besser geht.«

Während Osana die alte Dame mit Wasser betupfte, blickte sich ihre Chefin im Badezimmer um. »Welche Medikamente nimmt sie?«

Annchen holte eine Schachtel mit Tabletten und ein Behältnis mit Kanülen. »Laut Arzt soll sie morgens und abends eine Tablette und eine Spritze bekommen. Aber wir geben ihr keine Medikamente. Braucht sie die wirklich?«

»Kein Problem. Alles pflanzlich«, lachte die Pflegedienstleiterin. »Wenn sie sich wehrt, können wir sie nicht waschen. So einfach ist das. Ich zeige heute Osana, wie das geht.«

Osana sah sie ratlos an, als ihre Chefin die Spritze ansetzte.

Emilie zuckte zusammen, ließ das Prozedere aber jetzt willenlos über sich ergehen.

Gewaschen, gespritzt und angezogen brachten die Damen ihr Opfer ins Wohnzimmer, setzten Emilie in den Ohrensessel, wo sie erschöpft die Augen schloss.

»So, das war's fürs Erste. Osana wird heute Abend allein vorbeikommen.«, sagte die Pflegedienstchefin. »Hier bitte unterschreiben.«

»Was ist das?«

»Das brauchen wir für die Abrechnung mit der Kasse. Ist ja nicht Ihr Geld.«

Susanne überflog den Zettel, auf dem zahlreiche Pflegetätigkeiten mit Minutenangaben aufgeführt waren. Ihr war nicht bewusst, ob wirklich all diese Tätigkeiten verrichtet worden waren, traute sich aber nicht, nachzufragen.

Die Pflegedienstchefin trippelte ungeduldig. »Drei Kreuze gehen auch, wenn Ihnen Ihr Name nicht mehr einfällt«, lachte sie tonlos.

Annchen überhörte den missglückten Witz und unterschrieb, die Chefin kritzelte unleserliche Hieroglyphen daneben und verschwand mit Osana durch die Haustür.

Annchen blieb mit ihrer erschöpften Schwiegermutter irritiert zurück. Was war das denn? Sie wusste nicht mehr ein noch aus. Wie sollte es nur weitergehen?

Als die Pflegekräfte das Haus verließen, musste sich Osana den Schweiß von der Stirn abputzen. Sie stöhnte.

Die Pflegedienstleiterin legte den Arm um sie. »Osana, ich verstehe dich«, sagte sie versöhnlich. »Wir Pflegekräfte müssen einen verdammt schweren Job bewältigen, ein Job, der viel zu schlecht bezahlt wird.«

Beide sanken erschöpft ins Auto.

»Weißt du«, sagte die Pflegedienstleiterin und schaute starr nach vorne durch die Windschutzscheibe. »Ich habe diesen Beruf gelernt, weil es mir Freude macht, anderen zu helfen. Mit viel Herzblut und Leidenschaft habe ich die Altenpflegeschule besucht, habe gelernt, einen guten Abschluss absolviert. Es hat mir nichts ausgemacht, alten Menschen den Hintern abzuputzen, ihren alt gewordenen Körpern in die Duschwanne zu helfen, ihre verwirrten Gedanken zu verstehen, sie zu füttern und mit ihren leeren Blicken zu leben. Ich habe in all den Jahren immer wieder auch Dankbarkeit erlebt. Ein nettes Wort, ein Lächeln, ein warmer Händedruck.«

Osana saß still daneben.

»Ich war immer ehrgeizig«, fuhr ihre Chefin fort. »Schließlich wurde ich Leiterin unseres Pflegedienstes. Immer mehr Mitarbeiter, immer mehr Pflegebedürftige. Das Geschäft brummte. Aber …«, sie sah Osana an, »… aber die Arbeit wuchs uns über den Kopf. Immer mehr Patienten, unzufriedene Patienten. Kaum noch Zeit, sich wirklich um die Menschen zu kümmern. Pflege nach Stoppuhr. Die Arbeit nahm zu, das Gehalt nicht. Die Arbeit ist schwer. Das Heben geht ins Kreuz. Wir sehen viel Leid und Elend. Irgendwann habe ich die Lust verloren, hat mich dieser Job angewidert.«

Jetzt öffnete Osana den Mund. »Was für Leben ist?«, fragte sie in gebrochenem Deutsch. »Meine Familie arm. Ich Geld. Deshalb hier. Wenige Monate. Dann wieder weg.«

Die Pflegedienstleiterin nickte. »Dann kommt die nächste, wie im Taubenschlag. Es geht nur ums Geschäft. Die einen sahnen die Kohle ab, die anderen schieben ihre Alten ab.«

Osana sah sie fragend an. »Aber Menschen lieben doch ihre Mutter? Vater?«

»Ja, sicherlich. Sie haben keine Zeit mehr, sich um sie zu kümmern. Jeder muss arbeiten. Kinder kommen in die Kita, die Alten ins Heim. So ist die Realität.«

»Aber Heim teuer.«

»Ja, der Eigenanteil ist hoch. Wenn keiner mehr was hat, zahlt der Sozialstaat.«

Beide schwiegen unüberhörbar vor sich hin. »Lass uns fahren«, sagte die Pflegedienstleiterin resigniert und schaltete die Zündung ein. Der Motor heulte auf. Das Fahrzeug des Pflegedienstes reihte sich in den Verkehr ein und wurde immer kleiner. Ein kleiner Punkt, der schließlich am Horizont verschwand.

19

Die Sonne schien. Ein schöner Tag über Senningen. Keine finsteren Wolken weit und breit.

Kurz nach Mittag holte Susanne ihre Tochter aus der Kita ab. Sie beeilte sich, solange Emilie schlief. Glücklicherweise war der Weg zur Kita nicht weit. Tina hatte in der Kita zu Mittag gegessen und hielt nun ihren Mittagsschlaf. Seitdem das kleine Mädchen in die Kita ging, gab es für Susanne einen geregelten Tagesablauf. Morgens schaute sie erst nach Mutter, die meistens länger schlief, brachte Tina in die nahe Kita, ging auf dem Rückweg im Buchladen vorbei, um sich bei Horst Arbeit zum Bibliografieren, Sortieren und Recherchieren abzuholen.

Zu Hause angekommen brachte sie Joachims Mutter das Frühstück, half ihr beim Anziehen und Waschen und überließ die alte Dame ihrer eigenen Welt. Wenn sie ihr die Stricksachen auf den Schoß legte, griff die alte Dame nach den vertrauten Nadeln und dem Wollknäuel. Sie vertrieb sich die Zeit damit, ohne wirklich etwas zu tun.

Seit heute war dies anders. Nun kümmerte sich der Pflegedienst darum, Mutter anzuziehen und zu waschen. Susanne war sich allerdings nicht sicher, ob sie dadurch weniger Arbeit hatte. Im Badezimmer hatte der Pflegedienst ein Schlachtfeld hinterlassen. Zu viele benutzte Handtücher, schmutzige Waschlappen, offene Tuben und Schachteln.

Nachdem sie bei der Schwiegermutter aufgeräumt und Tina zu Bett gebracht hatte, setzte sich Susanne erschöpft an den Esszimmertisch und holte tief Luft. Das war die Zeit, um sich bei einer heißen Tasse Kaffee den alten Schinken zu widmen. Jeden Tag freute sie sich auf die Stunden, in denen sie ihrem Beruf nachgehen konnte. Wie konnte man nur Spaß daran haben, griechische Buchstabensammlungen zu entziffern, ins Deutsche zu übersetzen und dem Text einen verständlichen

Sinn zu geben? Susanne tauchte ein in ihre eigene Welt. Sie hatte Horst vorgeschlagen, in der Volkshochschule einen Gesprächskreis zur griechischen Mythologie und Philosophie anzubieten. Den Gesprächskreis konnte sie abhalten, wenn Joachim abends zu Hause war.

Horst ließ sie gewähren. Er hatte eher ein Auge darauf, dass sich die neuen Bücher an den Mann und die Frau bringen ließen. Das Stöbern in alten Wälzern half nicht, seinen Laden zu finanzieren. Aber Susanne hatte ihre Freude daran. In die Texte vertieft saß sie gemütlich am Tisch, ihre Gedanken verschwanden in den Textzeilen, bis ihr die Augen zufielen.

Ein Geräusch ließ sie aufschrecken. Das Buch war ihr vom Schoß zu Boden gefallen und hinterließ ein Eselsohr. Annchen brauchte einen Moment, um zu sich zu kommen. Sie lauschte.

Es war still geworden im Kinderzimmer.

Schön, dachte Susanne und nippte wieder an ihrem kalt gewordenen Kaffee. Leise Gitarrenklänge drangen aus dem Radio. Sie hörte dumpfe Stimmen aus der Einliegerwohnung aufsteigen. Joachims Mutter war offenbar aufgewacht, drückte auf der Fernbedienung herum, den Fernseher viel zu laut. Aber es störte sie nicht, und auch Tina wurde davon nicht wach. Mit einem tiefen Atemzug vertiefte sie sich wieder in ihr neuestes Buch. Ein spannender Thriller. »Ein Buch ist dann gut, wenn ich es nicht mehr aus der Hand legen kann«, pflegte sie stets zu sagen. Sie mochte Krimis, aber auch feine Beschreibungen historischer Ereignisse. Dann fühlte sie sich in anderen Welten. Auf dem Tisch lag noch ein alter Grieche. Der Verlag hatte ihr angeboten, das Werk neu zu übersetzen. Eine besondere Herausforderung trotz ihrer nach wie vor guten Griechisch-Kenntnisse.

Susanne blickte auf die Uhr. Tina schlief lange heute. Sie stand auf, stellte die Tasse auf den Tisch, legte das Buch zurück und ging zum Kinderzimmer. Leise öffnete sie die Tür. Still und dunkel. Zaghaft zog sie den Rollladen hoch, damit Tageslicht das Zimmer erhellen konnte. Als sie sich umdrehte, blieb sie kreidebleich stehen. »Aber, wo …« stammelte sie. Das Kinderbett war leer. Die Decke war zurückgeschlagen, die kleinen Sandalen verschwunden. Wie von Sinnen rannte sie aus dem Kinderzimmer und folgte einer imaginären Spur, als wüsste sie, welchen Weg die Kleine schlafwandelnd nahm.

Die Kellertür stand offen. Ob sie zu Oma Emilie gelaufen war? Sie beruhigte sich. Ja, klar. Sie mochte ihre Oma. Für Emilie war es eine schöne Abwechslung, wenn die kleine Tina bei ihr tollte und sie an die Kindheit ihrer eigenen Kinder erinnerte. Das konnte der alten Dame nur guttun.

Sie öffnete die Tür der Einliegerwohnung. Die Stimmen aus dem Fernseher wurden lauter. Irgendeine Nachmittagssoap flimmerte über den Bildschirm. Emilie saß zugedeckt in ihrem großen Ohrensessel. Sie hatte die Augen geschlossen und schien zu schlafen. Die lauten Stimmen störten sie dabei nicht. Doch von Tina weit und breit keine Spur. Doch. Ihre Puppe saß neben Oma Emilie auf dem Ohrensessel. Ob sie auch schlief? Sie konnte sie nicht fragen. Sie blickte sich um. Trotz des Fernsehers war es gespenstisch still. Die Terrassentür stand offen.

Hatte sie heute Morgen vergessen, sie abzuschließen? Sie überlegte. Als sie hier einzogen und Emilie die Wohnung eingerichtet hatten, hatte Joachim darauf bestanden, an der Terrassentür ein Schloss anzubringen, damit seine Mutter nicht weglaufen konnte. Sie erinnerte sich dunkel. Sie hatte heute Morgen das Bett ausgeschüttelt und über den Terrassenstuhl gelegt. Der Bettbezug lag noch immer dort. Sie wurde kreidebleich. Offenbar hatte sie vergessen, die Tür abzusperren.

Zögernd zog sie die Tür zur Terrasse weiter auf, ging die beiden Stufen hinab und stand wenig später auf der Wiese, die sich weit über das große Gelände hinzog. Zwischen hohen Bäumen, die Joachims Vater gepflanzt hatte, glitzerte ein helles Licht. Der Fischteich. Das Wasser wellte träge vor sich hin.

Der Wind säuselte in den Wasserpflanzen.

Die Fische hatten sich zurückgezogen, als spürten sie, dass etwas Schlimmes geschehen war.

Susanne spürte ihre Füße nicht mehr. Sie strich durchs hohe Gras dem Teich entgegen. »Tina, Tina«, rief sie tonlos. »Wo bist du denn?«

Das Wasser war still geworden. Nichts war zu sehen. Sie ging um den Teich herum. Er war ihr immer schon unheimlich gewesen. Wie oft hatte sie Joachim gebeten, ihn einzuebnen. »Wir haben ein kleines Kind«, hatte sie gefleht, »das ist viel zu gefährlich«. Doch eigenartigerweise hatte Joachim, der ihr sonst jeden Wunsch von den Lippen ablas, dies stets abgetan und sehr schmallippig reagiert. Sein Vater habe den Teich angelegt. Sozusagen eine Familienerinnerung. Es werde schon nichts passieren, hatte er abgewiegel.

Und nun? Nun lag der Teich verdächtig ruhig in der Sonne, in der Stille. Totenstille. Susanne wollte gerade zurückgehen, als sie ein gestreiftes Tuch sah, das sich zwischen den Algen im Wasser verfangen hatte. Dann versagten ihr die Beine.

Susanne sackte auf dem Boden zusammen. Minutenlang lag sie benommen im hohen Gras, unfähig, auf ihren Beinen zu stehen, ehe sie eine Hand spürte, die an ihr zerrte.

Emilie war wach geworden und ihr mit kleinen Trippelschritten durch die offene Terrassentür ins Freie gefolgt. Die alte Dame wusste nicht, warum Susanne im Gras lag. Sie schien zu schlafen. »Wach auf, Susanne«, rief sie. »Aufstehen. Es ist doch schon hell.«

Susanne rappelte sich auf, irritiert, nach wie vor benommen, bis ihr wieder bewusst wurde, was sie hier tat. Sie schob Emilie zur Seite, rannte auf den Teich zu. Susanne nahm das Wasser nicht wahr, das sich auf ihrer Kleidung verteilte. Hektisch zerteilte sie das Nass, bis sie auf den leblosen kleinen Kinderkörper stieß, ihn mechanisch aus dem Teich hob und ins Gras legte.

Sie rannte in die Wohnung, griff wie in Trance zum Telefonhörer, drückte den Notruf. In knappen Worten stotterte sie wirre Zusammenhänge in den Hörer.

Die Stimme auf der anderen Seite kannte solche Anrufe. Sehr schnell wusste der Rettungsdienst, was zu tun war. »Sollen wir jemanden informieren?«, fragte die Stimme, während der Rettungswagen bereits instruiert war.

»Meinen Mann«, sagte Susanne. »Joachim. Joachim Schuster.« Sie gab der Dame die Büronummer. Dann eilte Susanne wieder an den Teich, legte eine Decke um den Körper ihrer Tochter und hielt sie fest in ihren Armen.

Als der Rettungsdienst im Büro von Joachim Schuster anrief, nahm eine gut gelaunte Marianne Liebermann den Hörer ab. »Bitte schön?«, fragte sie, doch ihre Frage erstarb, ihre gute Laune wich aus ihren Gesichtszügen und zitternd legte sie den Hörer auf die Gabel. Frau Liebermann rannte ins Büro ihres Chefs.

»Aber, du weißt doch, dass wir eine wichtige Besprechung haben«, erzürnte sich Joachim, als sie hereinstürmte. Doch sofort erkannte er, dass etwas passiert sein musste. »Was ist denn los?« Er stand auf und ging auf sie zu.

»Der Rettungsdienst hat angerufen«, stotterte sie. »Irgendwas mit eurer Tochter.«

»Was ist mit Tina?«

Sie zuckte ratlos mit den Schultern.

»Sie müssen mich entschuldigen«, rief er in sein Büro und ließ die Runde ratlos zurück. Die anderen am Tisch sahen sich entgeistert an.

Er rannte zum Parkplatz, stieg in sein Auto und ein lauter werdendes Piepsen erinnerte ihn daran, dass er noch nicht angeschnallt war.

Der Verkehr hatte sich zum Glück um diese Zeit beruhigt. Er nahm die Fahrzeuge um sich herum nicht wahr. Wie graue Schatten zogen sie an ihm vorbei, bis er endlich zur geschotterten Auffahrt einbog, aus dem Wagen sprang und mit zittrigen Fingern die Wohnungstür aufschloss.

Als Joachim das Haus betrat, war alles mucksmäuschenstill. In der Wohnung war niemand. »Annchen, wo bist du?«, rief er, ohne eine Antwort zu bekommen. Nur das Radio antwortete. Ein bekanntes Gitarrensolo erinnerte ihn an seine Jugend. Er rannte außer Atem die Treppe hinunter zur Einliegerwohnung. Die Tür zur Wohnung seiner Mutter stand offen. Mutter stand mit weit aufgerissenen Augen in der Wohnung. Nicht weit von ihr saß Susanne versteinert auf dem Boden und blickte ins Leere.

»Susanne, was ist denn bloß los?« Er nahm sie an den Armen, doch sie sah ihn nicht an.

Die Tür zur Terrasse stand offen. Er rannte hinaus, sah sich verzweifelt um. Was sollte geschehen sein? Ohne Ziel irrte er durchs hohe Gras, trat zaghaft sich emporreckende Blumen nieder, ging wie selbstverständlich auf den Teich zu. Abrupt blieb er stehen. Das Blut gefror ihm in den Adern. Rettungssanitäter knieten neben einem reglosen kleinen Körper und beatmeten ihn. Joachim starrte auf den Teich. Auf der Wasseroberfläche trieb ein kleines rotes Tuch.

»Sie atmet noch«, sagte der Sanitäter, als er sich erhob und mit seinem Kollegen das Kind auf einer Trage in den Rettungswagen trug, ihr die nassen Kleider abnahm und Schläuche anlegte.

Währenddessen suchte ein vom Rettungsdienst ebenfalls informierter Polizeibeamter das Wiesengelände ab, als könnte er Hinweise darauf finden, wie es zu dieser Tragödie kommen konnte. »Was ist passiert?«, fragte er emotionslos.

Joachim schüttelte den Kopf. »Keine Ahnung«, stieß er hervor. »Ich war nicht da. Meine Frau …«

»Ihre Frau? Wo ist sie?«

Er zeigte nach oben, und der Polizist verschwand in der Wohnung von Mutter Emilie.

Als Joachim dazu kam, nahm ihn der Polizist zur Seite. »Ihre Frau ist nicht vernehmungsfähig. Sie ist völlig apathisch. Am besten lassen wir sie mit dem Rettungswagen ins Krankenhaus bringen.«

Joachim nickte mechanisch.

»Die ältere Dame …« »Das ist meine Mutter. Sie ist dement. Sie hat mit Sicherheit nichts mitbekommen.«

Der Polizeibeamte sah die alte Dame an, die desorientiert hin und her sah und offenbar froh war, dass so viel los war in ihrer einsamen Wohnung.

Joachim versuchte gerade, Susanne auf die Beine zu helfen, da betrat der Rettungssanitäter die Wohnung und blickte ihn ernst an.

»Es tut mir leid, Herr Schuster«, sagte er schüchtern, als er nah genug bei ihm stand, so dass keiner von ihrem Gespräch etwas mitbekam. »Es tut mir leid.« Mehr konnte er nicht sagen. Er schaute unter sich und musste auch nicht mehr sagen. Die kleine Tina hatte es nicht geschafft.

Mutter hatte von all dem nichts mitbekommen. »Was machen denn die ganzen Leute da?«, fragte sie unbekümmert. I

hr Sohn wollte gerade versuchen, ihr das zu erklären, als sie sagte: »Und dann sind auch noch alle nackt. So viele Frauen und Männer, alle nackt. Pfui Teufel!«

Ihr Blick ging über den Horizont. Wäre der Tag nicht so unendlich traurig gewesen, er hätte fast gelächelt. In diesem Moment wünschte er sich, in ihre Welt eintauchen zu können. Ihr würde womöglich gar nicht auffallen, dass die kleine Tina nicht mehr auf ihrem Schoß sitzen und um sie herumtollen würde. Womöglich hielt sie die Puppe für ihr Enkelkind. Für ihr schlafendes Enkelkind. Ihr Enkelkind, das nicht mehr aufwachte. Sie setzte sich und weinte. »Tina ist tot«, sagte sie plötzlich, als hätte sie doch mitbekommen, dass der Tod gekommen war.

In Joachims Herzen kehrte Stille ein. Gähnende Leere legte sich wie ein Schleier übers Haus. Draußen im Teich wehte immer noch das kleine rote Tuch im Wind, als könnte es mit seinen Bewegungen das Kind zum Leben erwecken. Das Wasser im Teich lag ruhig in der Sonne, als sei es eben aus einem tiefen Schlaf erwacht.

Joachim brachte Emilie zu Bett, während der Krankenwagen Susanne ins Krankenhaus nach Hellstadt brachte. Sie hatte kein Wort gesprochen. Die Polizei hatte angeordnet, dass das Mädchen zur Obduktion gebracht werden musste, um die Todesursache festzustellen.

»Wir können ja im Moment nichts ausschließen«, entschuldigte sich der Beamte. »Sicherlich war es ein Unfall. Sie ist ertrunken. Aber wir müssen Gewissheit haben.«

Joachim informierte Frau Liebermann und bat sie, in der Firma noch nichts vom Tod seiner Tochter zu erzählen. »Ich bin die nächsten Tage krank«, sagte er.

»Nimm dir die Zeit, die du brauchst«, tröstete sie ihn, obwohl Trost nicht möglich war.

Als er wieder mit sich allein war, versuchte er krampfhaft, aus einem bösen Traum zu erwachen. Es gab keinen Traum. Er setzte sich in den Wagen und fuhr wie in Trance zum Krankenhaus.

Susanne schlief, als sei überhaupt nichts geschehen. Er stand regungslos bei ihr am Bett und sah sie an. Wie sollte es weitergehen?

»Wir haben ihr ein Beruhigungsmittel gegeben«, sagte ein Mann in weißem Kittel. »Ich heiße Jürgen«, sagte der Pfleger. »Ich denke, wir werden Ihre Frau ein paar Tage zur Beobachtung hierbehalten.«

»Sie wissen?«

»Ja, der Sanitäter hat mir grob erzählt, was passiert ist. Schrecklich. So etwas wünscht man keinem.«

Er ließ Joachim mit seiner Frau und seinem Schmerz allein.

»Kann ich …«, rief Joachim ihm noch nach, und der Pfleger drehte sich an der Tür um.

»Ja, klar. Das Bett neben Ihrer Frau ist leer. Sie können gern hierbleiben. Wollen Sie auch ein Schlafmittel?«

Als Joachim am nächsten Tag vom Sonnenlicht geweckt wurde, musste er sich erst bewusst machen, dass er keinen Albtraum erlebt hatte. Susanne schlief immer noch. Er stand auf, setzte sich zu ihr und wartete darauf, dass sie zu sich kam. Als sie die Augen aufschlug, irritiert um sich blickte und seinen Blick fand, wurde ihr schlagartig bewusst, was geschehen war. »Wo? Wo ist Tina?«

20

Artur Silva alias Detektiv Rosso schwitzte. Eine gefühlte Ewigkeit folgte er dem Fahrzeug durch Hellstadt, dann durch Senningen. Schließlich bog das Fahrzeug in eine Nebenstraße ein und hielt wenige hundert Meter entfernt an. Rosso blieb in gebührendem Abstand stehen und beobachtete, wie eine junge Frau aus dem Fond des Fahrzeugs stieg. Er hatte sie bisher nicht wahrgenommen. Sie sah sich um, öffnete die Heckklappe und fuchtelte mit den Händen. Schüchtern erschien ein junges Mädchen an der Klappe und entfernte sich gemeinsam mit der jungen Frau vom Fahrzeug.

Rosso stieg aus. Fast hätte er aufgeschrien, als er auf einen Kieselstein trat. Er hatte keine Schuhe an. Sie lagen offenbar noch im Kofferraum. »Macht nix«, dachte er, »dann klappert es auch nicht so laut auf dem Gehweg«. Er wechselte die Straßenseite und beobachtete, wie die beiden Frauen sich einem älteren Haus näherten und klingelten. Zwei-, dreimal betätigte die junge Frau den Klingelknopf.

Schließlich öffnete sich die Tür einen Spalt und eine ältere Dame schaute vorsichtig heraus. Rosso konnte das Gespräch nicht verstehen. Er hätte sich doch als Kind öfter die Ohren putzen sollen, wie ihm seine Mutter warnend geraten hatte. Zu spät. Er bemerkte, dass die Seniorin lächelte und dem jungen Mädchen die Hand drückte. Das Mädchen verharrte schüchtern und folgte dann der Hausbesitzerin in die Wohnung. Die junge Frau blieb an der Tür stehen, bis die ältere Dame wiedererschien und ihr ein Papier in die Hand drückte. Rasch verließ die Frau das Haus, eilte zurück zum Fahrzeug und stieg ein. Der Fahrer wendete langsam auf der Fahrbahn. Erst jetzt konnte der Detektiv die Aufschrift auf dem Fahrzeug lesen.

»Mobiler Pflegedienst Senningen« stand dort in kursiver Schrift. Eine Anschrift war nicht zu lesen. Das sah sehr seriös aus. War das wirklich der Transporter, den er verfolgte? Oder verwechselte er das Fahrzeug, das sich jetzt rasch entfernte?

Als Rosso sicher sein konnte, dass er nicht mehr gesehen wurde, näherte er sich dem Haus, in dem das schüchterne Mädchen verschwunden war. Er überlegte kurz. Dann klingelte er. Die ältere Dame, die ihm öffnete, wirkte überrascht.

»Wer sind Sie denn? Was wollen Sie von mir?«

Rosso beschwichtigte. »Ich, ich …«

»Immer diese Bettler«, bemerkte die Dame mit einer abfälligen Bewegung und schaute irritiert auf seine Füße. Keine Schuhe, ein Loch im abgewetzten Strumpf. Dann fiel die Tür ins Schloss.

21

Susanne war ein anderer Mensch geworden, als sie nach wenigen Tagen das Krankenhaus verließ. Die Wohnung hatte sich nicht verändert seit jener verhängnisvollen Stunde. Verändert hatten sich die Menschen, die dort lebten. Auf dem Tisch lagen die aufgeschlagenen Bücher, das Werk des griechischen Meisters und der Krimi, der auf Seite 232 die Zeit angehalten hatte.

Joachim brachte Susanne ins Bett, gab ihr ein Beruhigungsmittel und ließ sie einschlafen. Wie sollte es nur weitergehen? Würden sie jemals den Verlust ihrer kleinen Maus überwinden?

Mutter Emilie hatte er in die Kurzzeitpflege gebracht. Vorübergehend. Er musste sich um seine Frau kümmern, um die Beerdigung, um die Firma. Er wusste nicht, wo ihm der Kopf stand, wohin mit seinen Gedanken. Wohin mit seinem Leben.

Er fuhr zum Sanitätshaus. Zum Glück traf er niemanden in den langen Fluren, die gähnend im schummrigen Nachmittagslicht lagen. Das Linoleum glänzte im Kunstlicht. Es war spät geworden.

Er öffnete die Tür zu seinem Büro. Mutlos ließ er sich auf den Drehstuhl fallen. Zwischen all den Bergen von Akten flossen ihm Tränen die Wangen hinunter. Er schluckte und schloss die Augen. Gerade jetzt, wo die Firma in schweres Fahrwasser geriet, die Konkurrenz ihm das Leben zur Hölle machte, musste ein solches Unglück geschehen! Am liebsten hätte er seinem Leben ein Ende bereitet. Doch er konnte seine Frau nicht im Stich lassen.

Er fand keine Ruhe. Er konnte sich nicht ablenken. Aus dem Eckschrank nahm er ein Glas und eine Flasche mit brauner Flüssigkeit. In einem Zug leerte er das gefüllte Glas, schüttelte sich und seufzte tief.

Auf dem Rückweg sah er bei Mutter vorbei. Sie saß mit geschlossenen Augen am Fenster. Leise Musik aus alten Tagen summte durch den Flur in dem kleinen Wintergarten. Das Pflegeheim war nett eingerichtet und versuchte krampfhaft, den Menschen, die hier lebten, ein Stück Zuhause zu geben. Andere saßen um einen Tisch und spielten. Mensch ärgere dich nicht. Die Spielfiguren waren überdimensional groß. Mit sichtlicher Freude rückten die Spieler ihre Figuren quer übers Spielfeld und schienen sich ihre eigenen Regeln zu machen. Großes Gelächter hallte durch das offene Foyer, wenn einer die Spielfigur des anderen aus dem Spiel warf. Munterer Zeitvertreib in einer anderen Welt. Es fiel ihm schwer, nachzuvollziehen, wer denn nun dement war und wer nicht. Oder waren es alle? Ein älterer Herr schaute hoch zu ihm und lachte ihn an. »Ah, schön, dass du gekommen bist«, rief er.

Joachim war nicht klar, wen der ältere Herr zu erkennen glaubte.

»Willst du mitspielen?«

Joachim schüttelte den Kopf und wandte den Blick schnell ab, um nicht in Verlegenheit zu geraten.

»Komm«, rief ihm ein anderer zu, der sich mühsam von der Couch erhob, die zerschlissen und mit Decken übersät in der Ecke ruhte. »Komm, wir gehen heim!«

Joachim wusste nicht, was er erwidern sollte und schaute nachdenklich an dem Mann vorbei durchs milchige Fenster in die Abenddämmerung. Zum Glück erschallte das Klappern des Servierwagens und eine junge Dame rief: »Abendessen! Alle zu Tisch!« Ohne die Reaktion ihrer Gäste abzuwarten, stellte sie mehrere Tabletts auf den Tisch, lüftete die Haube und brachte ein übersichtliches Stück Brot, Käse und Wurst zum Vorschein. Hier wurde keiner gefragt, ob er vegetarisch oder vegan essen wolle. Ein Teebeutel hing unmotiviert aus einer Tasse dampfenden Wassers.

Joachim konnte nicht in die Köpfe der Menschen blicken. Wussten sie, wo sie sind? Wussten sie, wer sie sind? Wussten sie, was sie taten? Joachim sah seine Mutter an und holte tief

Luft. Bilder aus glücklicheren Tagen tauchten vor ihm auf. Nun saß er hier bei seiner dementen Mutter, zu Hause eine Frau, die über den plötzlichen Verlust ihres Kindes nicht hinwegkommen würde, im Sanitätshaus die drohende Insolvenz. Die ganze Welt stürzte über ihm zusammen und begrub ihn unter sich.

22

Es kam der Tag der Beerdigung. Eine schwarze Wolke hing über dem Friedhof, als Pastor Weidel die Grabesworte sprach. »Sie wusste noch nichts vom Leben, von den Gefahren, nichts davon, was passiert, wenn der Mensch schutzlos ist.«

Die Pause, die er machte, hing wie ein schwerer Mühlstein um Susanne, die fortwährend unter sich sah und die nassen Augen unter einer Sonnenbrille verbarg. Joachim hatte sie in den Arm genommen, sie ließ ihn gewähren. Wortlos war sie ohne eigenen Schritt zum Friedhof gefolgt. Mehr getragen denn selbst gegangen.

»Das kleine Mädchen ist nun bei Gott, unserem Herrn«, fuhr der Pastor mit Pathos fort. »Am Ende wird alles gut, und wenn nicht«, er blickte hoch, »dann war es noch nicht das Ende. Vertrauen wir auf die Wiedergeburt Jesu. Vertrauen wir darauf, dass auch der Tod seinen Sinn hat. Vertrauen wir darauf, dass der Tod nicht das Ende ist, sondern die Tür zum wahren Leben. Fragen wir nicht nach dem Sinn. Lernen wir Gottes Entscheidungen zu akzeptieren.«

Der kleine Sarg wurde in das dunkle Loch hinabgelassen. Ein überdimensioniertes Foto von Tina stand zwischen Kränzen und Blumen, die die Grabstelle übersäten. Das kleine Mädchen auf dem Foto lächelte und schaute unbekümmert dem traurigen Ritual zu. Nach und nach blickten stumme Besucher in das dunkle Grab und sprenkelten Weihwasser auf den kleinen Sarg. Einzelnes zaghaftes Vogelgezwitscher unterbrach die lähmende Stille. Keiner kondolierte. Aus Scham. Niemand traute sich, in Augen der Leere und des Todes zu blicken.

Schweigend verließen Joachim und Susanne Seite an Seite den Friedhof. Bleiern schlurften ihre Füße über den Weg. Dunkle Wolken gaben endlich den Regen frei.

»Geh schon mal vor«, sagte Susanne danach. »Ich muss

ein paar Minuten allein sein.« Es waren ihre ersten Worte seit langem. Ihre Stimme klang fremd.

Joachim ging mit den engsten Freunden ins Haus. Der Kaffee wurde kalt. Keiner traute sich, Normalität einziehen zu lassen. Mit gedämpften Stimmen saßen sie um den Tisch. »Wie konnte das nur passieren?«, durchbrach einer die Stille.

»Es war ein Unglück«, nahm Joachim jede Schuld von seiner Frau. »Keiner konnte ahnen, dass die Kleine aus ihrem Bett krabbelt, dass Oma Emilie schläft und die Terrassentür aufsteht. So viele Zufälle auf einmal.«

»Ja, Zufälle«, sagte ein zweiter. »Es ist nicht gut, wenn man zu viel um die Ohren hat. Du hättest den Teich zuschütten sollen.«

Joachim stieg Zornesröte ins Gesicht. »Glaubst du, dies sei der richtige Zeitpunkt, um nach der Schuld zu fragen?« Andere um den Tisch sahen ihn betroffen an. »Es kommt leider Gottes im Leben vor, dass man zur falschen Zeit am falschen Platz ist und vielleicht das Falsche macht. Das ist Schicksal.«

Joachim sah vor sich hin. Seine Frau wollte, dass er den Teich zuschüttet, als Tina zur Welt kam. Warum hatte er nicht auf sie gehört? Weil der Teich ein besonderes Geheimnis barg?

Er sah seinen Vater im Garten stehen in hohen Gummistiefeln. Paul triefte der Schweiß übers Gesicht, doch er ruhte nicht, bis das Loch ausgehoben war. Der kleine Joachim freute sich auf den Teich. Er wusste nicht, warum sein Vater wirklich die Erde aushob, eine Plane verlegte und die Grube mit Wasser füllte. »Den Teich darfst du dir nur ansehen«, hatte sein Vater warnend den Finger gehoben. »Es ist wichtig, dass immer genug Wasser in der Grube steht. Wegen der Fische, verstehst du?«

Joachim hatte den Fischbassin immer als ein Heiligtum der Familie betrachtet. Mit viel Respekt näherte er sich ihm nur bis auf ein paar Meter. Später, als Vater alt war und sich nicht mehr darum kümmern konnte, ließ er die Algen wachsen. Der Teich wucherte zu. Joachim dachte gar nicht daran, selbst in Gummistiefeln ins Nass zu steigen, um ihn zu reinigen, Pflanzen zu entfernen. Nur ein paar Fische setzte er hin und wieder zaghaft ein und beobachtete, wie sie durchs Wasser glitten.

Susanne hatte recht gehabt. Er hätte ihn zuschütten sollen. Denn so, wie er jetzt in der Sonne lag, hatte er nicht mehr die Schönheit früherer Zeiten. Aber er dachte immer an den warnenden Finger des Vaters. Ob ein Fluch über diesem Teich lag? Aus dem Quell des Lebens war eine dunkle Brühe des Todes geworden.

Die Polizei hatte versucht, den Hergang des Geschehens zu rekonstruieren. »Wahrscheinlich ist Ihre Tochter von selbst aus ihrem Zimmer in die Wohnung Ihrer Mutter gelaufen. Sie wollte wohl zu ihrer Oma. Doch diese schlief. Die Kleine langweilte sich, sah die offene Terrassentür, lief durch die Wiese zum Teich, sah die Fische, wollte vielleicht zu ihnen, mit ihnen spielen, keine Ahnung, und fiel ins Wasser. Es war ein Unfall.« Für die Polizei schien der Fall aufgeklärt.

»Und die Terrassentür?«, hatte Joachim atemlos gefragt.

»Es gibt keinen Beweis, dass Ihre Frau fahrlässig die Tür hat offenstehen lassen. Sie konnte sich bei unserer Vernehmung auch nicht mehr genau erinnern. Es könnte zudem sein, dass Ihre demente Mutter die Tür nochmals geöffnet hat und offenstehen ließ. Sie ist krank. Keiner kann sie dafür verantwortlich machen.«

Susanne war von jeglicher Schuld freigesprochen. Und dennoch blieb dieser Zweifel, der sicherlich auch an ihr selbst nagte. Hatte sie die Tür offengelassen? Hätte sie, statt sich in ihre Bücher zu vertiefen, nach Tina und nach Emilie sehen müssen?

Nein, es war schlimm genug, dass Tina nicht mehr lebte. Es wäre noch schlimmer gewesen, Susanne die Schuld zu geben, und damit auch ihr Leben zu zerstören. Ihr gemeinsames Leben. Ihr Leben, das vor wenigen Tagen noch so unbeschwert gewesen war. Letztlich war es doch seine Schuld. Hätte er nur auf sie gehört und den Teich …

Wo Susanne nur blieb? Joachim ging die Treppe zum Schlafzimmer hoch, wohin sie sich vermutlich zurückgezogen hatte. Doch das Zimmer war leer. Susanne war nicht da. War es der gleiche Anblick, den sie erlebt haben musste, als sie Tina in ihrem Bett gesucht hatte?

Er blickte sich ratlos um und wusste nicht, was er tun sollte. Vielleicht war sie einfach nur Luft schnappen. Nein, die Tür zum Kleiderschrank stand offen. Einige Sachen fehlten, auch ihr kleiner roter Koffer. Er rannte zur Garage. Ihr Wagen war fort. Mein Gott, wo war sie hin? Sie konnte in diesem Zustand unmöglich Auto fahren.

Als er ins Wohnzimmer zurückkam, wie in Trance, sahen ihm die verbliebenen Gäste der Trauerfeier an, dass etwas nicht stimmte.

»Joachim, was ist los?«, fragte Horst und stand auf. »Wo ist Susanne?«

»Ich weiß es nicht. Weg.«

»Wie weg?«

»Sie ist nicht da. Auch ein paar Sachen von ihr sind weg und der Wagen.«

Horst und Elisabeth sahen sich an. »Sie weiß nicht, was sie tut«, sagte Elisabeth angsterfüllt. »Wir sollten die Polizei verständigen.«

»Die Polizei wird im Moment nichts machen. Für eine Vermisstenanzeige ist es viel zu früh.«

»Wo könnte sie denn hin sein?«

Joachim zuckte mit den Schultern. »Es gibt einen kleinen unscheinbaren Platz im Wald an einer Lichtung«, sinnierte er. »Dorthin sind wir öfters spaziert. Dort steht auch eine kleine Hütte.«

»Komm«, sagte Horst zu ihm. »Wir fahren hin und suchen sie. Besser als nichts tun!«

Während die letzten Gäste schweigend das Haus verließen, setzte sich Joachim gemeinsam mit Elisabeth zu Horst in den Wagen und lenkte ihn zu dem kleinen Waldstück. Nach einer kleinen Wanderung erreichten sie die Hütte, von der er gesprochen hatte. Doch alles war still und ruhig. Von Susanne weit und breit keine Spur. »Hier ist sie nicht. Wir können nichts tun im Moment.« »Jetzt müssen wir einen kühlen Kopf bewahren«, sagte Horst. »Wir drehen eine Runde quer durch die Stadt und verständigen dann die Polizei.«

Sie ahnten, dass dieser Vorschlag nur als Trost gedacht war, stiegen ein und fuhren ziellos durch die Stadt.

Erst zwei Tage nach ihrem Verschwinden nahm die Polizei eine Vermisstenmeldung auf. Die Personenbeschreibung von Susanne ging durch alle Medien. Polizeibeamte suchten gezielt die Umgebung ab. Vielleicht hatte sie sich etwas angetan. Die Handy-Ortung brachte kein Ergebnis. Es meldete sich auch keiner, der ihr Fahrzeug gesehen hatte. Bei jedem Anruf und jedem Besuch der Polizei zuckte Joachim zusammen. Doch die Suche der Beamten blieb erfolglos. Nach einer Woche brachen sie ab. Susanne war wortlos und spurlos verschwunden.

Nachdem Susanne verschwunden war, stand Joachim ratlos vor seiner Mutter. Ihm war klar, dass er sich neben seiner verantwortungsvollen und schwierigen Aufgabe in der Firma nicht auch noch den ganzen Tag um sie kümmern konnte. Der Pflegedienst allein konnte ihm auch nicht helfen. Hoffnungslos ließ er sich auf den Sessel fallen, legte die Hände vors Gesicht und schloss die Augen.

Plötzlich klingelte es. Joachim schreckte hoch, rannte wie von Sinnen in den Flur und stolperte über ein verwaistes Spielzeug von Tina. Er riss die Tür auf in der Hoffnung, in die Augen seiner Frau zu blicken, die reumütig zurückgekehrt wäre, weil sie ihn nicht allein lassen konnte mit dem Schmerz.

Vor der Tür stand nicht seine Frau. Es war eine Dame mittleren Alters in einem weißen Kittel. Vorm Eingang sah er das Fahrzeug des Pflegedienstes. Auch das noch! »Hören Sie, ich habe im Moment andere Sorgen«, sagte er, doch die Dame hatte die Schwelle bereits überschritten.

»Wir haben Vertrag, wir haben Termin. Ich zu Emilie«, sagte die Blondine in gebrochenem Deutsch.

»Sie wissen offensichtlich nicht, was hier los ist«, erwiderte Joachim, doch die Frau ließ sich nicht beirren. Sie war die Treppe hinunter geeilt zur Einliegerwohnung.

»Emilie schläft.«

»Emilie nachts schlafen. Nicht, wenn ich komme.«

»Hören Sie …«

Doch die Frau hatte längst das Badezimmer in Besitz genommen. »Wenn Emilie nicht sauber, kein Schlafanzug. Wenn Emilie keinen Schlafanzug, kein Abendbrot. Wenn Emilie kein Abendbrot, kein Bettgehen.«

Joachim gab auf. Seine Mutter hatte inzwischen die Augen weit aufgerissen und beobachtete argwöhnisch die Dame, die an ihr zerrte. »Unbedingt Lifter. Heben ist schwer«, stöhnte sie.

»Meine Mutter kann allein aufstehen und gehen.«

»Aber doch nicht mit diesen Medikamenten«, winkte die Pflegerin ab und jagte die Spritze in Emilies Oberarm. Die alte Dame schrie. »Nur ruhig Blut«, beschwichtigte die Pflegerin und führte Emilie ins Badezimmer, wo sie mit einer frischen Windel versorgt, gewaschen, umgekleidet und in einen Rollstuhl gesetzt wurde. Ein Berg voller Wäsche türmte sich im Bad.

Die Pflegerin hielt Joachim einen Wisch unter die Nase. »Schreiben«, sagte sie.

Joachims Nerven lagen blank. Er kritzelte seinen Namen unleserlich unter das Papier und bugsierte die Pflegerin aus dem Haus. Er eilte zurück zu Emilie, die im Schlafanzug in ihrem beigefarbenen Sessel saß und auf ihr Abendbrot wartete.

»Paul, komm. Es gibt Essen«, sagte sie.

Erschöpft ließ sich Joachim neben ihr nieder, hielt ihre Hand und stöhnte laut auf. Nach dem Essen brachte er sie still in ihr Bett. Die Medikamente wirkten. Die alte Dame döste vor sich hin und sprach kein Wort.

Joachim wankte zurück in seine Wohnung. Er hatte alles verloren. Kind, Frau, Mutter.

Er würde auch nicht aufhören, Susanne zu suchen. Erst hatte er auf tragische Weise seine kleine Tochter verloren. Wenige Tage später war seine Frau verschwunden. Seine Mutter saß dement in ihrer Wohnung. »Warum soll ich noch leben?«, fragte er sich, ertränkte seinen Kummer Abend für Abend in Alkohol, um die Welt um sich herum zu vergessen. Seine Welt geriet aus den Fugen. Er war nicht in der Lage, die notwendigen Angelegenheiten in der Firma zu regeln. Sein Prokurist kümmerte sich um das Nötigste. Während er seine Mutter vorübergehend wieder in die Kurzzeitpflege brachte, versank er in einem Albtraum.

23

In seinen Gedanken erschienen ihm Bilder. Bilder aus glücklichen Tagen. Bilder, die sein Leben veränderten. Seine Gedanken wanderten zurück an jenen Tag, an dem sein Glück begonnen, nein, an dem es seine Fortsetzung genommen hatte. Sein Glück, das jetzt ein jähes Ende gefunden hatte.

Er sah in seiner Erinnerung die Gesichter, hörte ihre Stimmen, als säßen die Menschen, zu denen die Stimmen gehörten, neben ihm. Es war seine erste Zeit als Juniorchef in der Firma.

An jenem Dienstag war er zu einem Geschäftsessen verabredet. Es war wieder so ein Geschäftsessen, zu dem Paul Schuster keine Lust hatte. »Die Kontakte zu den Pflegeheimen sind wichtig für uns«, hatte er Joachim eingebläut. »Das Essen mit den Leitern der Heime in unserem Kreis ist eine gute Gelegenheit, Kontakte zu knüpfen und Bedarfe zu erfahren. Die Konkurrenz schläft nicht.«

Joachim nickte, rückte seine Krawatte zurecht, zog das Sakko über das frisch gebügelte weiße Hemd und fuhr in die Stadt zum bekanntesten Italiener. Die beste Adresse, wenn es um wichtige Termine in angenehmer Atmosphäre ging.

An diesem Dienstag war viel Betrieb um die Mittagszeit in der Stadt, auch beim Italiener.

»Buona giornata«, gluckste Valentino schon von weitem, als er Joachim sah. »Schön, dich zu sehen.«

Joachim war Stammgast, dienstlich wie privat. Kein Wunder, dass beide sich duzten. Joachim drückte seinen Gastgeber und gab ihm die Hand als Willkommensgruß.

»Na, gut alles in Firma?«, fragte er in gebrochenem Deutsch.

»Alles klar, Valentino. Ich freue mich auf deine leckere Pasta und den Primitivo.«

»Grande, mio signore. Amico mio.«

Valentino führte Joachim zum großen Tisch im Nebenraum, an dem schon einige Gäste Platz genommen hatten. Joachim begrüßte jeden per Handschlag. Einige kannte er bereits von gemeinsamen Terminen mit seinem Vater, andere Gesichter waren neu.

»Schön, dass Sie alle da sind. Seien sie meine Gäste«, rief er um den Tisch, auf dem Wasser- und Weingläser auf die Getränke warteten. Ein angeregtes Gespräch entstand. Mehrmals wechselte Joachim den Platz, plauderte hier, teilte dort seine Visitenkarte aus, stand im Zweiergespräch am Rande des Tisches, während die Bedienungen Brot, Pasta und Carne servierten, dazu besten Wein, der die Stimmung hob.

Joachim war zufrieden mit dem Verlauf des Geschäftsessens, als er den Nebenraum verließ, um zur Toilette zu gehen. Auch im Hauptraum saßen um diese Zeit viele Gäste zum Mittagstisch. Er wollte gerade neben der Theke zur Toilette abbiegen, als er stutzte und stehen blieb. Er schien zu träumen. Er war sich nicht sicher, was er sah. Dann nahm er allen Mut zusammen und ging langsam zu einem Tisch, an dem zwei Frauen saßen, ins Gespräch und in ihre Pizza vertieft.

»Guten Appetit, die Damen«, sagte er leise.

Die beiden Frauen unterbrachen ihre angeregte Unterhaltung und sahen ihn überrascht an. Sekunden des Schweigens kamen ihm wie Minuten vor, nein, Stunden.

»Jo? Bist du das?«, sagte endlich die eine Frau und wartete auf eine zustimmende Antwort.

Joachim nickte. »Ja«, rief er, lauter als zuvor. »Ja, ich bin Joachim. Jo. Dein Schulfreund.«

Die Frau strahlte, stand auf, ging auf ihn zu und drückte ihn.

»Susanne«, sagte er, als sie ihn wieder losließ. »Susanne! Wahnsinn! Wie lange ist das her?«

»Komm setz dich zu uns.«

»Gerne, aber ich habe eine wichtige Tischgesellschaft nebenan. Die kann ich nicht alleinlassen.«

Susanne schien dies nicht zu kümmern. »Eine Ewigkeit ist es her, seit wir uns nicht mehr gesehen haben. Seit dem Abitur. Ein-, zweimal in Freiburg.«

Joachim nickte erneut, nahm sich einen Stuhl und setzte sich. »Mein Gott, du bist ja noch schöner als früher«, flirtete er.

»Du alter Schmeichler.« Susanne errötete. »Elisabeth kennst du ja noch aus der gemeinsamen Schulzeit? Meine liebste Freundin! Das ist sie immer geblieben.«

»Hallo Elisabeth. Schön, dich wiederzusehen.«

Susanne strahlte. »Aber erzähl, was machst du? Seit deinem letzten Besuch bei mir in Freiburg ist eine lange Zeit vergangen.«

»Das stimmt. Ich bin dabei, nach meinem BWL-Studium den Betrieb meines Vaters zu übernehmen und habe hier ein Geschäftsessen. Und du?«

»Ich bin geworden, was ich werden wollte.« »Bibliothekarin«, schoss es aus ihm heraus.

»Ja«, lächelte sie. »Nach dem Studium habe ich eine Zeit lang in Freiburg gearbeitet, bis mir meine liebe Freundin Elisabeth angeboten hat, bei ihrem Mann Horst einzusteigen.«

»So klein ist die Welt«, staunte Joachim.

»Ja«. Sie schaute ihre Freundin dankbar an. »Der Kontakt zu Elisabeth war zum Glück nie eingeschlafen.«

»Im Gegensatz zu unserem Kontakt«, erwiderte er und senkte den Kopf. Susanne ging nicht darauf ein.

»Elisabeth hat mich ein paarmal in Freiburg besucht. Ich bin froh, wieder zu Hause zu sein.« Sie nahm ihre Freundin in den Arm.

Valentino winkte ihm zu. Joachim stand auf. »Wir müssen uns unbedingt wiedersehen.«

Susanne nickte versonnen. »Klar«, sagte sie, »wenn du willst.«

»Natürlich will ich.« Sie schrieb ihm ihre Handy-Nummer mit dem Filzstift, den Valentino ihr reichte, in die Hand.

»Ruf mich an, wenn du kein so wichtiges Geschäftsessen hast. Und …«, sie machte eine Pause und lächelte, »… wasch dir bis dorthin nicht die Hände!«

Joachim lächelte zurück. »Ich melde mich. Schön, dass du wieder da bist. Bis dann.« Er konnte seinen Blick gar nicht von ihr lassen und erschrak, als ihn Valentino am Arm packte.

»Deine Gäste haben schon nach dir gefragt.«

»Ja, ja«, stotterte Joachim und blickte noch einmal zu Susanne, ehe er im Nebenraum verschwand.

Das Treffen der beiden ließ nicht lange auf sich warten. Diesmal nicht beim Italiener. Auch nicht in seinem Lieblingsbistro.

»Lass uns spazieren gehen«, schlug Susanne vor und Joachim folgte ihr wie ein artiger Junge. Es wurde ein langer Spaziergang. Susanne sprühte nur so vor Begeisterung, als sie von ihren ersten beruflichen Erfahrungen in Freiburg erzählte. Joachim staunte nicht schlecht. »Ich könnte Bücher schreiben, was ich alles in den letzten Jahren erlebt habe. Diese Zeit möchte ich nicht missen.«

Beide tauschten ihre Erfahrungen seit der letzten Begegnung vor einigen Jahren aus. Schließlich nahmen sie auf einer Parkbank Platz. »Wow, da ist ja ganz schön viel passiert bei uns beiden seit der Schulzeit«, sagte Joachim.

Susanne nickte. »Sicherlich nicht nur bei uns beiden. Hast du noch Kontakt zu anderen Klassenkameraden?«

»Nein, eigentlich nicht. Während der Studienzeit haben sich die letzten Kontakte verloren, obwohl der eine oder andere noch hier lebt.«

»Wir könnten ein Klassentreffen organisieren, wie wäre das?«

»Gute Idee. Ich bin schon gespannt, was aus den anderen geworden ist.«

Es war Abend geworden. Beide hatten die Zeit vergessen. Als ihre Blicke sich trafen, kam Joachim die Sonnenfinsternis an der Nordsee in den Sinn. »Weißt du noch? Unsere Gespräche auf dem Schulhof? Der Ausflug an die Nordsee? Unser Freund Artur, der so gerne mit dir angebändelt hätte?«

Susanne lachte. »Herz, mein Herz, warum so fröhlich / so voll Unruh und zerstreut / als käm über Berge selig / Schon die schöne Frühlingszeit?«, sagte sie in die Stille und Joachim antwortete: »Weil ein liebes Mädchen wieder / herzlich an dein Herz sich drückt / schaust du fröhlich auf und nieder / Erd und Himmel dich erquickt«.

Es schien ihm, als sei genau in diesem Moment die Sonne wieder aus der Dunkelheit ans Tageslicht getreten.

Diese Sonne war jetzt verschwunden. Der Tag war zur Nacht geworden. Der Traum zum Albtraum. Joachim erwachte aus den Bildern der Erinnerung. Seine Susanne, die er damals wiederfand und heiratete, war nicht mehr da. Sie war verschwunden. Ohne Wort. Ohne einen letzten Blick.

24

»Guten Tag, Frau Meier«, grüßte eine ernste Stimme. »Ich bin vom medizinischen Dienst.«

Frau Meier schaute irritiert auf den Ausweis, den ihr der fremde Mann mit dem Schnauzbart, den dunklen Haaren und dem grimmigen Blick unter die verschnupfte Nase hielt. »Medizinischer Dienst? Warum?«, fragte sie.

»Nun«, sagte der Mann und zwirbelte an seinem Schnauzer. »Wir gehen Hinweisen auf Pflegebetrug nach.«

»Pflegebetrug?«

»Sie sind doch pflegebedürftig, oder?«

Die Dame schüttelte den Kopf. »Nein, aber mein Mann. Ich kann ihn nicht allein versorgen und brauche Unterstützung im Haushalt. Sind Sie wirklich vom medizinischen Dienst?«

Der Fremde schob sein Sakko zurecht, an dem der Ausweis baumelte. »Sie beschäftigen nicht zufällig eine junge Pflegekraft?«

Frau Meier legte die Hand auf den Mund. »Aber …«

Der Mann ließ sie nicht ausreden. »Darf ich reinkommen?«, sagte er und stand schon im Flur. Durch die offenstehende Küchentür sah er ein junges Mädchen, das ungeschickt mit dem Staubwedel fuchtelte.

Ehe Frau Meier ihm folgen konnte, war der Fremde in der Küche. »Wer sind Sie? Wie heißen Sie?«

Das Mädchen schaute ihn fragend an. Offenbar verstand sie kein Wort.

»Ihre Papiere?«

Keine Reaktion.

Ehe der Mann seine nächste Frage ins Nichts startete, griff ihn Frau Meier am Arm. »Die Frau spricht kein Deutsch«, sagte sie kleinlaut.

»Aha«, triumphierte die männliche Stimme. »Wo ist denn

eigentlich Ihr Mann?«

»Der ist bettlägerig. Hier nebenan hat er ein eigenes Zimmer.« Frau Meier bot ihm einen Stuhl an.

»Wo kommt diese Frau her?«

Frau Meier reichte dem Herrn von Medizinischen Dienst ein Schreiben. »MPS. Mobiler Pflegedienst Senningen« war dort zu lesen. »Ich zahle einen festen Betrag«, zeigte sie auf das Kleingedruckte. »Dafür hilft mir diese Frau im Haushalt und bei der Pflege meines Mannes. Sie kann hier essen und wohnen. Ist das vielleicht verboten?«

»Ist sie angemeldet?«, beantwortete er die Frage mit einer Gegenfrage.

Frau Meier wirkte ratlos. »Darum kümmert sich der mobile Dienst.«

»Seit wann ist das Mädchen bei Ihnen?«

»Seit ein paar Tagen erst.«

»Ist sie überhaupt schon volljährig?«

Wieder zuckte Frau Meier mit den Schultern.

»Wer hat Ihnen vorher geholfen?«

»Der Pflegedienst bringt mir alle drei Monate eine neue Kraft für den gleichen Betrag. Das nennt man doch Leasing, oder?«

Wenn diese Frage ein Scherz sein sollte, so lachte keiner im Raum.

»Leasing?«, wiederholte der Herr und stand auf. »Eine Adresse von diesem mobilen Dienst haben Sie nicht?«

»Ich habe dieses Schreiben mit der Handynummer, mehr nicht. Vor einem Jahr lag im Briefkasten ein Handzettel. Der kam mir gerade recht. Seitdem liefert mir der Dienst eine Hilfe für diesen Betrag. Das ist doch günstig. Ich brauche nicht einmal den ganzen Pflegesatz dafür.«

Der Herr vom Dienst blickte sie streng an. »Frau Meier. Ich will Ihnen nicht zu nahetreten. Sie haben es sicherlich gut gemeint. Aber was bringt Ihnen eine Hilfe, die nicht mit Ihnen sprechen kann und auch nicht versteht, was Sie sagen?«

»Beim Putzen, Spülen, Waschen und Füttern muss man nicht reden.«

»Und wie versteht sie, was sie tun soll?«

Frau Meier zuckte wieder mit den Schultern, was sie gerne tat, um ihre Unschuld zu dokumentieren. »Mit Händen und Füßen. Das geht schon.«

»Hat die Dame denn eine Arbeitsgenehmigung?«

Es folgte, na klar, wieder das Zucken der Schultern.

Der Herr hatte genug gehört. »Frau Meier, hören Sie mir gut zu. Sie machen jetzt weiter, als wäre nichts gewesen. Ich will Sie nicht, schon gar nicht Ihren Mann, in die Bredouille bringen. Auch nicht dieses arme Mädchen«, schaute er zur Spüle, wo die osteuropäische Frau Gläser polierte. Nach der Politur sahen sie verschmierter aus als vorher. »Moderner Sklavenhandel«, sagte er und nahm das Schreiben an sich. »Ich will den Pflegedienst finden und die Verantwortlichen, die hinter diesem illegalen Menschenhandel stecken. Das Schreiben werde ich mitnehmen. Hier ist meine Handynummer. Wenn sich der Pflegedienst bei Ihnen meldet, sagen Sie mir Bescheid. Wann kommt denn die nächste Hilfe?«

»Erst in drei Monaten wieder. Immer am gleichen Tag.«

Der Mann vom medizinischen Dienst ging zur Haustür und drehte sich noch einmal um. »Wenn Sie mit uns kooperieren, kann Ihnen nichts passieren.«

Diesmal zuckte Frau Meier nicht mit den Schultern. Sie nickte.

25

Die Zeit verging. Doch die Wunden heilten nicht.

Joachim hatte sich wenigstens wieder aufgerappelt. Auch dank Horst und Elisabeth. Sie besuchten ihn regelmäßig, fingen ihn auf, wenn er wieder in ein tiefes Loch zu fallen drohte, nahmen ihn mit, brachten ihn auf andere Gedanken. »Du darfst dein Leben jetzt nicht auch noch wegwerfen«, sagten sie. »Hör auf zu trinken. Geh zur Arbeit, kümmere dich um deine Firma, fang ein neues Leben an.«

»Und Susanne? Soll ich sie einfach vergessen? Als sei sie tot wie Tina?«

Stille blieb zurück. Dröhnende Stille, die in seinen Ohren pfiff.

Es dauerte Monate, bis er sich dazu durchringen konnte, allein in die Stadt zu gehen. Die Blicke anderer Menschen ertrug er nicht. Manche tuschelten, weitere schauten verstohlen zur Seite. Andere ignorierten ihn und wussten offenbar gar nichts von alldem. Das schmerzte ihn am meisten. Könnte er doch nur mit einem von denen tauschen, die mit Einkaufstüten über den Asphalt schlenderten, lachend in Gespräche vertieft waren oder konzentriert auf ihr Handy starrten. Könnte er doch nur ein ganz normaler Mensch sein, der in den Tag hinein lebte, sich am kleinen Glück erfreute, einem normalen Beruf nachging, pünktlich Feierabend machte, weil zu Hause eine glückliche Familie auf ihn wartete. Aber auf ihn wartete niemand mehr.

Die Tragik sorgte für Aufsehen und auch nach Monaten war nicht vergessen, was in seinem Haus geschehen war. Wenn er zu Hause durchs Fenster schielte, sah er hin und wieder Menschen, die beklommen am Haus vorbei spazierten, die Köpfe zusammensteckten, mit dem Finger aufs Haus zeigten, verstohlen nach dem Teich lugten, dessen Wasser ruhig im

Schatten lag, als könnte er kein Wässerchen trüben.

Ob er das Haus verkaufen und wegziehen sollte? Sein bisheriges Leben hinter sich lassen? Er ertappte sich dabei, wie er orientierungslos durch die Straßen lief. Ohne festes Ziel. Gedankenverloren schlich er durch Straßen, die er überhaupt nicht kannte. Menschen erschienen ihm wie Silhouetten, die zu einem anderen Leben gehörten. Der Lärm der Stadt verschwamm in seinen Ohren zu einem gleichmäßigen Brummen aus einer anderen Welt. Er stand neben sich. Beobachtete den anderen Joachim aus einer anderen Zeit. Er war zum Schatten seiner selbst mutiert.

Vorsichtig betrat Joachim das Bistro in der Innenstadt. Früher war er gerne hier, um nach der Arbeit ein paar Bierchen zu trinken, abzuschalten, Leute zu treffen. Susanne hatte das Bistro nicht gemocht. Es gab demnach keine quälenden und schmerzlichen Erinnerungen an gemeinsame Treffen, kein gemeinsamer Platz, kein gemeinsames Ritual. Ein Ohrwurm aus seiner Jugend schlängelte sich durchs Bistro in sein Ohr.

Verloren saß er am geschwungenen Tresen aus Teakholz, sinnierte über den Sinn seines Lebens, sah im Augenwinkel die bunten Bilder des Fernsehers in der Bistro-Ecke, als ein freundliches »Hallo« ihn aufschreckte.

Der Anblick dieser unbekümmerten jungen Frau tat ihm gut, riss ihn aus seinen verworrenen Gedanken. Groß gewachsen, schlank, attraktiv. Mit ihren dunklen, schulterlangen Haaren füllte sie den Raum.

Ihm schien, als kenne er diese Frau. Das Gesicht schien ihm vertraut. Im Bistro war Betrieb. Wie immer freitags um diese Zeit. Emilie war noch immer im Pflegeheim. Aus der Kurzzeitpflege war Dauerpflege geworden, die ihn eine Stange Geld kostete.

Joachim hatte früher Feierabend gemacht. Wie an jedem Freitag, seitdem Susanne ihn und ihr Leben verlassen hatte. Seitdem sein bisheriges Leben ihn verlassen hatte.

Joachim kam an diesem späten Nachmittag von einer langen Sitzung über das neue Produkt, mit der das Unternehmen an den Markt wollte, nach Hause. Die Konkurrenz war groß. Stundenlang sinnierte er mit seinen Kollegen darüber, wie sie den Konkurrenzkampf bestehen konnten. Längst stagnierte der Absatz, seitdem die Firma WinSan ihm das Leben schwermachte.

Deren Geschäftsführer Martin Winkler war sehr geschäftstüchtig. Er betrieb bereits in anderen Regionen Deutschlands Firmen, die Pflegeheime mit ihren Produkten belieferten. Dank eines breiten Sortiments war es ihm gelungen, hochtechnologische Produkte auf den Markt zu bringen, die sehr viel leichter zu bedienen und zu handhaben waren. Darauf musste ihm dringend eine Antwort einfallen. Insbesondere wurmte ihn, dass Winkler offenbar einen guten Draht auch zu den Pflegeheimen hier in der Region Senningen aufgebaut hatte.

Sein Kopf brummte. Er konnte keine klaren Gedanken fassen. Wie soll er die Firma vor der Übernahme bewahren, gleichzeitig um seine Tochter trauern, seine Frau finden und seine Mutter betreuen? Um ihn herum drehte sich alles. Da tat ein kühles Bier in der angenehmen Atmosphäre des Bistros gut. Gern beobachtete er die Leute, die ein- und ausgingen. Junge Menschen, aber auch Menschen in seinem Alter, die sich nach Gesellschaft und Abwechslung sehnten.

Im lichtdurchfluteten Wintergarten saßen zwei Pärchen, die sich bei einem Glas Aperol angeregt in die Augen sahen und Händchen hielten. Neben der Tür zur Küche saßen drei Männer, in ihre Karten vertieft. Einer klopfte freudig mit den Karten auf den Tisch, zog einen Trumpf nach dem anderen und beendete das kurze Spiel. Ungewöhnlich, heutzutage noch Kartenspieler zu sehen. Aber jedes Hobby findet seine Nische zum Überleben. Im Hintergrund lief Lounge-Musik, die einen friedlich ins Wochenende schunkelte. Der Fernsehschirm schickte Bilder in den Raum, tonlos.

Jetzt stand diese attraktive Frau vor ihm. Ja, sie kam ihm bekannt vor. Irgendwo hatte er diese Erscheinung schon gesehen. Ihre grünen Augen inspizierten erst die Gäste, dann ihn. Ihr Blick drang tief in ihn hinein. Ihm war nicht klar, wieso ihr Weg sie ausgerechnet in dieses Bistro geführt hatte. Immer noch besser, als in der schummrigen Kneipe gegenüber, wo sich überwiegend Menschen aufhielten, die aus dem Leben gefallen waren oder die das Leben an irgendeiner Wegstrecke vergessen hatte. Nein, so wollte er nicht enden und jeden Tag am Tresen beschließen. Er musste wieder auf die Beine kommen, anstatt im Selbstmitleid zu versinken.

Die adrette Frau war zum rechten Zeitpunkt aufgetaucht. Sie nahm schwungvoll neben ihm am Tresen Platz. »Ich bin Natalie. Darf ich?«

Eine rhetorische Frage, denn sie hatte sich längst gesetzt. »Joachim«, erwiderte er mechanisch. »Joachim Schuster.«

Die Zeit verging wie im Flug. Unbeschwert erzählte sie ihm, den sie erst wenige Minuten kannte, nein, den sie eigentlich noch gar nicht kannte, von ihrem Leben und tat dies so, als würde sie ihn schon ewig kennen. Dabei war sie nicht wie Susanne. Keine Mitschülerin. Kein Kamerad durch die Oberstufe. Kein Wegbegleiter. Sie war aus dem Nichts aufgetaucht. Und doch erschien sie ihm nach wenigen Stunden sehr vertraut, und auch er hatte sich nicht gescheut, ihr von seiner Lebenssituation zu beichten.

»Stimmt«, antwortete sie, als könnte sie das beurteilen. »Deshalb waren Sie mit Ihrer Mutter auch bei uns in der Psychiatrie.«

Joachim stutzte. »Bei Ihnen in der Psychiatrie?«

»Ja, drüben in Hellstadt. Ich arbeite dort in der Psychiatrie als Krankenschwester.«

Jetzt fiel ihm wieder ein, wo er sie gesehen hatte. An der Seite von Dr. Lochner. Klar! Natalie hatte der Himmel geschickt. Eine Krankenschwester. Vielleicht konnte sie ihm in seiner vertrackten Situation helfen.

»Ja«, sagte Natalie nach einer kleinen Pause, in der beide verlegen unter sich schauten. »Ich kann mir vorstellen, dass es für Sie schwer sein muss, in so kurzer Zeit Frau, Tochter und Mutter zu verlieren. Die wichtigsten Bezugspersonen. Auch wenn Ihre Mutter noch lebt, so doch nicht mehr in dieser Welt.« Sie hielt inne. »Und Ihre Frau sicher auch noch«, ergänzte sie gequält.

Joachim wähnte sich beim Psychiater auf der Seelencouch. Doch er war in seinem Bistro und wusste nun, wo er diese Frau schon einmal gesehen hatte. Damals im Krankenhaus.

»Und Sie haben Ihre Frau seitdem nicht mehr gesehen?«

»Nein«, antwortete er. »So wie sie als Jugendliche in mein Leben gestolpert ist, zufällig auf dem Schulhof, so ist sie auch wieder verschwunden, nach all den Jahren. Verschwunden aus ihrem Zimmer wie unsere Tochter.«

Er schluckte. Öfters hatte ihn sein Weg durch die Stadt am Buchladen vorbeigeführt, in der Hoffnung, hinter den Scheiben Susanne zwischen all den Büchern sitzen zu sehen. Doch längst hatte Horst eine Aushilfe eingestellt, die Susanne gar nicht ähnelte.

Erst vor ein paar Tagen war ihm aufgefallen, dass Susanne nicht nur ein paar Kleider und ihren Koffer mitgenommen hatte, sondern dass im Bücherregal zwei Bücher fehlten. Die Ilias und Iwein. Die Bücher, mit denen ihre Geschichte begonnen hatte.

»Ja, sie war einfach weg. Kein Brief, kein Zeichen, kein Wort.«

Dass sie die Bücher mitgenommen hatte, zeigte ihm die Endgültigkeit ihres Tuns. Es war keine Kurzschlussreaktion. Die Pflege seiner Mutter hatte sie zuletzt von morgens bis abends beansprucht. Emilie war keine einfache Kranke. Sie war fordernd, herrisch, ungeduldig.

Susanne ertrug dies tapfer und ruhig, hatte ihren geliebten

Job reduziert, zunächst, um sich um ihr Wunschkind zu kümmern, dann auch, um sich um Mutter zu kümmern. Aber offenbar waren ihr jetzt die Sicherungen durchgebrannt. Joachim konnte sogar ein wenig Verständnis für sie aufbringen. Er lebte sein Leben weiter, fuhr zur Arbeit, war der Sanitätshausmanager, ging hin und wieder sogar noch in den Tennisclub. Sie pflegte seine Mutter und kümmerte sich um ihr Kind. Er hätte dies nicht zulassen dürfen. Alles war seine Schuld.

»Mein Gott, war ich egoistisch«, rutschte es ihm raus, während nebenan die drei Männer versuchten, sich beim Kartenspiel gegenseitig zu übertrumpfen und eine neue Runde Bier orderten.

»Egoistisch?«, fragte Natalie.

»Ja, ich habe sie allein gelassen mit all den Problemen, die eigentlich ja auch meine Probleme waren.«

»Ja, es war Ihre Mutter und auch Ihr Kind.« Das klang vorwurfsvoll. »Aber sie hätte sich Ihnen anvertrauen können anstatt wegzulaufen.«

Er nickte. Ihm wurde es unangenehm, mit dieser fremden Frau über seine privaten Probleme zu reden. »Ja, wenn sie geredet hätte, dann hätten wir sicher auch eine Lösung gefunden. Ich hätte vielleicht weniger arbeiten und mehr für meine Mutter da sein können.«

»Ihre Frau könnte noch bei Ihnen sein und Sie könnten ein neues Leben anfangen.«

Joachim antwortete stumm. Er hatte die Lust verloren, weiterzureden. Warum wollte diese fremde, attraktive Frau ihm sein altes Leben schmackhaft machen? War sie eine Freundin von Susanne?

So mir nichts, dir nichts war sie ins Bistro und in sein Leben geplatzt und diskutierte nun mit ihm über seine innersten Gefühle. Natalie erzählte ihr Leben, als säße sie beim Vorstellungsgespräch. Man konnte den Eindruck gewinnen, sie habe sich heute bewusst entschieden, im Bistro jemanden zu finden, um ihm ihr Leben anzuvertrauen. Warum auch immer. Zufällig saß er nun hier und hörte, dass sie ein Einzelkind gewesen war. Ihren Vater hatte sie nie gekannt. Ihre Mutter hatte sie allein aufgezogen, streng und diszipliniert. In einfachen Verhältnissen. Bis zu jenem dunklen Tag.

»Schule war nicht so mein Ding«, sagte sie. Der Homer hätte ihr wohl nicht auf dem Schulhof hinfallen können. »Meine Mutter musste arbeiten, Gelegenheitsjobs, um uns über die Runden zu bringen.« Welche Jobs das waren, verschwieg sie lieber. Sie war in ärmlichen Verhältnissen aufgewachsen. Die Kinder lebten mehr auf der Straße als in den verwahrlosten Zimmern der Hochhaussiedlung.

»Wir Kinder haben uns selbst erzogen, wir waren früh erwachsen. Bis, ja bis …« Sie unterbrach sich und bog ab. Vom dunkelsten Tag in ihrem Leben erzählte sie ihm allerdings nichts. »Bis was passierte?«, wollte er fragen. Doch er tat es nicht. Joachim insistierte nicht.

»Was haben Sie nach der Schulzeit gemacht?«, fragte er stattdessen und riss sie aus ihrer Lethargie. Sie war dankbar dafür.

»Eine Ausbildung zur Krankenschwester. Ein guter Bekannter aus der Nachbarschaft«, log sie, »der Gerhard, der war Krankenpfleger. Mich hat das fasziniert. Weißer Kittel. Da bist du wer. Das hat mir im Gegensatz zur Schule viel Spaß gemacht. Ich konnte endlich was Praktisches machen und Menschen helfen.«

»Schön. Dennoch sind Sie allein geblieben?«

Natalie zögerte. »Nee, nicht ganz. Auch ich hatte eine Jugendliebe, den Franz. Das ging ein paar Jahre ganz gut.« Mehr sagte sie nicht. Sie war schmallippig geworden, redete jedoch wie ein Wasserfall. Aber an manchen Stellen ihres Lebens versiegte die Quelle.

Joachim legte offenbar keinen Wert darauf, die Quelle an diesen Untiefen zum Sprudeln zu bringen. Vielleicht weil er in der Begegnung nur eine flüchtige Zerstreuung vermutete.

»Trinken Sie noch ein Bier, Joachim? Ich darf doch Joachim sagen?«, lenkte sie vom Thema ab. »Reden macht durstig«. Sie winkte den Kellner heran und bestellte zwei Bier.

Joachim ließ all dies mit sich geschehen. Willenlos. »Ein letztes, okay«, antwortete er schließlich, als der Schaum bereits ins Glas schoss und weil er es eh nicht verhindern konnte. »Aber dann muss ich nach Hause.«

»Schade«, sagte sie, »es war gerade so gemütlich. Aber vielleicht können wir uns ja mal wieder auf ein Bier treffen.«

»Ja«, sagte er in einem eher gleichgültigen Ton, der weder Zustimmung noch Ablehnung erkennen ließ. »Jetzt muss ich zu meiner Mutter ins Pflegeheim. Sie wartet bestimmt schon auf mich«, sagte er schließlich nach einer Weile des Schweigens und kippte den letzten Schluck Bier hinunter. Hastig stand er auf, nahm seine Jacke, nickte ihr kurz zu. Sie lächelte merkwürdig.

Als er das Bistro verließ, saßen die Kartenspieler noch immer zusammen. Die Striche auf ihrem Bierdeckel hatten deutlich zugenommen. Die glasigen Blicke ihrer Augen auch. Das Klopfen mit den Karten auf den Tisch war leiser geworden. Ein paar Jugendliche hatten zwischenzeitlich an einem Tisch Platz genommen und redeten laut und gestikulierend. An einem anderen Tisch starrten drei junge Mädchen nach unten auf ihre Handys und würdigten sich keines Blickes. Wahrscheinlich schrieben sie sich Nachrichten über den Tisch zu. Ein paar Gassenhauer dröhnten durch die Lautsprecher. Vor der Tür hörte er noch die letzten Takte der rauchigen Stimme von Bonnie Tyler.

Joachim schritt unter den grauen, aber trockenen Wolken heimwärts, Bilder im Kopf. Er sah Susanne, das Mädchen mit dem mittelalterlichen Tugendsystem, und die Frau, die nach dem Tod ihres Kindes und überfordert mit der Betreuung seiner Mutter aufgegeben hatte.

Fast ein Jahr war dies nun her. Joachim wusste nicht, wo sie wohnte. Wo sie war. Ob sie war. Funkstille. Und er sah Natalie, die unbekümmerte, hübsche, junge Frau, die ihm am Kneipentresen so vertraut erschienen war. Die ihn aus seiner Lethargie riss und ablenkte.

Zum ersten Mal seit einem Jahr sah er einen Sonnenaufgang.

War die Zeit der Sonnenfinsternis vorbei?

Ja, er würde sie wiedersehen. Sein Ja war eine Zustimmung. Auch sein Leben musste weitergehen.

26

Als der Mann vom medizinischen Dienst das Haus in der kleinen Sackgasse verließ, ging er zielstrebig zum Auto. Dachte er jedenfalls. Er hatte rechts vom Hauseingang vielleicht zwei-, dreihundert Meter weit weg ums Eck geparkt, ein wenig mit Abstand, um nicht aufzufallen. Dank seiner Sportlichkeit ging er die paar hundert Meter locker zu Fuß. Nun bog er ums Eck und sah – nichts. Kein Auto. Es war offenbar wie beim perfekt geplanten Verbrechen. Irgendetwas Unvorhergesehenes konnte immer passieren und dem Gaunerstück einen Strich durch die Rechnung machen. Wo war sein Auto? Geklaut? In Luft aufgelöst? Er irrte orientierungslos durch die Straßen, bis ihm nach einer gefühlten Ewigkeit ein jüngerer Mann entgegenkam.

»Kann ich Ihnen helfen?«, erkannte dieser offenbar die Notlage. »Suchen Sie was?«

»Ja«, schämte er sich. »Ich bin fremd hier. Jedenfalls habe ich mein Auto dort hinten abgestellt, bin zu jenem Haus dort oben gelaufen, und nun ist mein Auto weg.«

»Ah, Sie waren bei Frau Meier.«

»Sie kennen sie?«

Der Mann zögerte. »Nein, nicht wirklich. Kennen, das wäre übertrieben. Aber ich bekomme schon mit, wer bei ihr ein und aus geht. Nicht dass ich vorwitzig wäre …«

»Nein, natürlich nicht. Aber man kann ja nicht einfach die Augen schließen.«

»Ich bin eben oft vor meiner Tür, im Vorgarten. Verstehen Sie?«

»Klar, verstehe. Und bei der Frau Meier gehen ständig Menschen ein und aus?«

»Na ja, ständig nicht. Aber vor wenigen Tagen waren zwei Frauen bei ihr. Ihr Mann ist ein Pflegefall, wissen Sie. Sie sehen übrigens auch so aus, als wären Sie Pfleger oder Versicherungsvertreter, oder so was Ähnliches?«

Ihm schmeckte das Gespräch nicht. Er ging nicht auf die Fragen des Nachbarn ein. »Sie bekommen hier wohl alles mit?«

»Ach, wissen Sie. Ich bin arbeitslos. Da hat man viel Zeit für den Vorgarten.«

Der Mann vom medizinischen Dienst wurde ungeduldig.

»Das heißt, Sie gingen von Ihrem Auto zum Haus …«

»… Ja, und ich habe mir noch vor dem Haus gemerkt, mein Auto steht rechts runter.«

»Vorm Haus rechts runter?«

»Na klar.« Er wusste nicht, worauf dieser Dialog hinauslaufen sollte.

»Und als Sie das Haus verließen, sind Sie rechts runtergegangen?«

»Na klar«, wiederholte er ungeduldig.

»Rechts und links ist ein Unterschied, wenn Sie vorm Haus stehen oder aus dem Haus heraus kommen«, gab sich der Fremde wie ein Grundschullehrer in der ersten Klasse.

Der Mann im weißen Kittel stutzte. »Das heißt, ich hätte links gehen müssen, nicht rechts?«

»Genau« nickte der Mann. »Suchen Sie Ihr Auto mal in der anderen Richtung.«

»Danke für den Tipp«, sagte er erleichtert und verschwand in die andere Richtung, während der Mann ihm kopfschüttelnd nachschaute.

In der Tat. Er ging erneut bei Frau Meier vorbei, allerdings in die andere Richtung. Und siehe da: Als er um die Ecke in die nächste Straße einbog, was stand da? Sein altes, geliebtes, klappriges Auto. Schnell stieg er ein, fuhr davon und hielt erst an, als er sich sicher sein konnte, dass ihn keiner beobachtete. Er bog auf einen Mitfahrerparkplatz ein. Es war kurz nach elf Uhr. Um diese Zeit bestand keine Gefahr, dass Menschen von der Arbeit kamen, um hier an ihr Fahrzeug gebracht zu werden.

Er stieg aus und ging zum Kofferraum, öffnete erst ihn und dann den silbernen Koffer, der dort lag. Nun zog Artur Silva, der große Detektiv Rosso aus Senningen, sein Sakko mit dem gefälschten Dienstausweis vom medizinischen Dienst aus, feuerte es zerknüllt auf die Rückbank, dann trennte er sich von seinem angeklebten Schnurrbart und der schwarzen Perücke. Sofort kamen die roten Locken zum Vorschein. All das – natürlich nicht die angewachsenen roten Locken – verstaute er fein säuberlich im Koffer, kämmte sich durch die Haare, rieb sich mit einem Handtuch den Schweiß aus dem Gesicht und schloss den Kofferraum.

Das Knallen des Kofferraumdeckels weckte Mister Mops, der während der Abwesenheit seines Herrchens ausgestreckt auf dem Rücksitz gebrummt hatte und nun verschlafen den Kopf hob.

Der Detektiv kümmerte sich nicht um den Vierbeiner. Zurück auf dem Fahrersitz betrachtete Rosso erst in aller Ruhe die Fotos, die er in den letzten Tagen geschossen hatte und die er zur Sicherung auf sein I-Pad übertragen hatte. Der Transporter auf dem Rastplatz, die Übergabe in der abgelegenen Hütte, die Verfolgung des zweiten Fahrzeugs, die Ablieferung der transportierten »Ware« bei Frau Meier, schließlich die Fotos, die er als offizieller Vertreter des medizinischen Dienstes im Hause Meier gemacht hatte.

Dann sah er sich das schlichte Schreiben an. Nichts, was Hinweise zuließ. Keine Adresse, keine Unterschrift, keine Namen. Nichts. Doch. Die Handynummer. Rosso wollte zurück in seine Wohnung fahren, um dann zu telefonieren. Doch es ließ ihm keine Ruhe. Er wählte die elf Zahlen und harrte gespannt. Besetzt. Die Mailbox sprang an. Er legte auf und fuhr los.

Zurück in seiner Wohnung packte er den silbernen Koffer in den Schrank, ohne ihn auszuräumen, setzte sich an den Schreibtisch und wählte erneut die Handynummer. Diesmal klingelte es durch.

»Hallo?«, ertönte eine junge weibliche Stimme.

Rosso verstellte die Stimme, obwohl dies gar nicht notwendig war. Aber es machte mehr Spaß. Alles andere war ihm zu einfach. »Tach«, versuchte er seiner Stimme einen noch älteren Anstrich zu geben, als sie ohnehin schon hatte. »Weber hier. Spreche ich mit dem mobilen Pflegedienst?«

»Aber natürlich«, frohlockte es auf der anderen Seite der Leitung. »Was kann ich für Sie tun?«

»Ich lebe allein, wissen Sie. Äh, nein, ich lebe nicht allein. Aber meine Frau ist bettlägerig und sehr krank. Wissen Sie, sie hat …«

»Das ist schade. Das tut mir leid«, unterbrach ihn die Frau am anderen Ende, weniger aus Mitgefühl, mehr um das Gespräch zu verkürzen. »Und Sie können allein den Haushalt nicht mehr führen?«

»Woher wissen Sie das?«, gab sich Rosso alias Herr Weber überrascht.

»Wissen Sie, wir haben ständig mit Menschen zu tun, die Pflege und Unterstützung brauchen. Dafür sind wir doch da. Wozu sonst hätten Sie mich angerufen?«

»Stimmt, klar. Natürlich. Also ich wollte fragen, ob Sie eine Pflegekraft für mich haben.«

»Sie haben Glück, Herr Weber«, sagte die Frau nach wenigen Sekunden. »Wir könnten Ihnen schon in den nächsten Tagen jemanden vorbeibringen.«

»Ja und was kostet das?«

»Sie zahlen 600 Euro im Monat an uns, dafür darf die Hilfe bei Ihnen wohnen und essen.«

»Das ist schon viel Geld.«

»Ja, aber sehen Sie mal. Wenn Sie einen Pflegegrad für Ihre Frau beantragen und selbst die Pflege übernehmen, dann bekommen Sie einiges von der Krankenkasse erstattet. Außerdem wäre es viel teurer für Sie, wenn Sie ins Heim müssten. Sie müssten Ihr Haus verkaufen und …«

»Nein, um Gottes Willen. Einen Pflegegrad hat meine Frau. Sie haben sicher Recht. Wann könnten Sie denn kommen?«

»Lassen Sie mal sehen«, sagte die Frau. »Heute ist Mittwoch. Ich könnte am Freitagmorgen vorbeikommen. Sagen wir neun Uhr. Wo wohnen Sie denn?«

Rosso überlegte kurz. Zum Glück stand eine Wohnung im ersten Stock leer. Er nannte der Frau seine Adresse, bedankte sich und legte auf.

Der Zeitpunkt war günstig. Seine Vermieterin war diese Woche in Urlaub bei ihrer Tochter, der Hausmeister krank. Stören konnte ihn also niemand.

Am Vorabend des Termins mit dem Pflegedienst schlich er in den ersten Stock, lauschte kurz an der gegenüberliegenden Wohnungstür und näherte sich der leeren Wohnung auf leisen Sohlen, wieder einmal ohne Schuhe, aber diesmal mit Socken ohne Loch.

Mit einer Heftklammer öffnete er die Tür zur Wohnung und schloss sie direkt wieder hinter sich. Perfekt. Ein paar alte Möbel standen noch vom Vormieter im Wohnraum. Schwere Teppiche lagen auf dunklem Parkett. Ja, so könnte die Wohnung eines alten Mannes aussehen. Er richtete ein paar Dinge, brachte Leben in die Wohnung, überklebte das Türschild mit »Weber« und ging zufrieden zu Bett.

Am Freitagmorgen stand er früh auf, duschte und nahm sich viel Zeit zum Schminken. Nach einer halben Stunde sah er aufgeregt in den Spiegel und erschrak. Ein altes Gesicht starrte ihn an. Oh Gott, dachte er. Das bin ich? So sehe ich vielleicht aus, wenn ich Hundert bin. Er schmunzelte.

Bewaffnet mit einem Gehstock, gekleidet in eine verdreckte alte Hose und ein zerschlissenes Hemd schlich er durchs Treppenhaus und verschwand in seiner neuen Kurzzeitwohnung.

Als es um 9:02 Uhr an der Tür klingelte, wurde der Detektiv doch ein wenig nervös. Er ging zum Türöffner, drückte den Knopf und sagte: »Ja, hallo. Wer bin ich? Äh, wer ist da?«

Die Sprechanlage rauschte und knackte, als eine Frau sagte: »Der Pflegedienst. Wir hatten vorgestern telefoniert.«

Rosso drückte den Knopf, hörte wie die Zentraltür aufsprang und schlich zur Eingangstür seiner Wohnung. Als er sie öffnete, sah er zwei Frauen die Treppenstufennach oben kommen. Er schloss die Augen, holte tief Luft. Jetzt gab es kein Zurück mehr.

27

Erst trafen sie sich eher zufällig wieder, im Bistro. Aus dem Zufall wurde Unregelmäßigkeit, aus der Unregelmäßigkeit Verabredung. Aus den Bistrobesuchen wurden Spaziergänge. Joachim wollte sich nicht verlieben. Er fühlte sich schuldig, ohne Grund. Natalie bot ihm eine Schulter zum Anlehnen, sie hörte ihm zu. Sie gab ihm Wärme und Geborgenheit. Joachim fühlte sich zunehmend wohler in ihrer Nähe. Dennoch war er um Distanz bemüht, kämpfte mit sich selbst.

»Hören Sie, Joachim«, sagte Natalie, als sie sich wenige Tage später erneut im Bistro trafen. »Ich sehe doch, dass Sie mit der Bewältigung der Situation nicht klarkommen.«

Überrascht sah er sie an. »Sie haben die Firma am Hals, Ihre Mutter kann nicht ständig in die Tages- oder Kurzzeitpflege. Und die Vollzeitpflege kostet eine ordentliche Stange Geld.«

Joachim setzte seinen Kaffee ab und sah sie irritiert an. »Eigentlich«, ging er auf das Gespräch ein, »eigentlich müsste die Pflege genauso kostenfrei sein, ohne Eigenanteil, wie mittlerweile die Kinderbetreuung. Wo ist denn da der Unterschied? Früher waren Kinder und Pflegebedürftige in der Großfamilie aufgehoben. Heutzutage gehen sie in Betreuungseinrichtungen.«

»Zumindest in den meisten Fällen«, erwiderte Natalie. »Es gibt immer noch Frauen, die zu Hause bleiben, wenn die Kinder klein sind …«

»… und dann keinen Anschluss im Beruf mehr finden!«, ergänzte er.

»Mag sein, aber es ist eine bewusste Entscheidung. Genauso gibt es viele, die ihre Angehörigen im Alter zu Hause pflegen. Sollen die alle mit ihrer Steuer den Eigenanteil der anderen finanzieren?«

Joachim schwieg. »Der Staat übernimmt viel mehr Aufgaben als früher für die Bürger«, gab er sich schließlich als Politiker. »Vielleicht braucht der Staat einfach mehr Geld, um die Aufgaben zu erfüllen.«

»Nun, wie dem auch sei …«, entfernte sich Natalie von der politischen Diskussion, griff den Ursprungsfaden zögernd wieder auf und fuhr sich nervös durch die Haare, »… ich bin Krankenschwester im Krankenhaus. Wenn ich ehrlich bin, füllt mich der Krankenhausalltag nicht aus.«

Er sah sie überrascht an. »Heißt das, Sie wollen Ihren Job aufgeben?« »Nein, nicht ganz. Ich könnte mir vorstellen, mir zusätzlich in der Privatpflege etwas aufzubauen.«

»Privatpflege?« Es dauerte, bis ihm klar wurde, was sie meinte. »Sie meinen, Privatpflege bei meiner Mutter?«

Joachim dachte nach. So schlecht war die Idee gar nicht. Ein Ende war bei Emilie trotz ihres hohen Alters nicht absehbar. Vollzeitpflege im Pflegeheim über Jahre hinweg, das würde ihn ruinieren und in die Hände des Sozialamts treiben. Aber auch eine private Pflegekraft kostete Geld.

»Ist das überhaupt zulässig? So nebenbei?«

»Das Krankenhaus ist kein Pflegeheim. Ganz im Gegenteil. Die Krankenhäuser sind froh, wenn sie Patienten schnell in die Pflege vermitteln können. Insofern könnte ich meinen Krankenhausdienst reduzieren und stattdessen private Pflege übernehmen.«

Joachim sah sie skeptisch an. »Und Sie glauben, das funktioniert? Ich meine, so nebenbei.«

Natalie druckste herum, nahm einen Schluck von ihrem Kaffee, setzte die Tasse behutsam wieder ab und sah ihn schweigend an.

Im Bistro war es laut geworden. Eine Gruppe junger Menschen scharte sich um den Tresen, vertieft in pubertäre Gespräche. Der Kellner brachte ihnen eine Runde Bier. Offenbar hatte einer der Jungs Geburtstag.

»Ich habe im Krankenhaus keine Zukunft«, sagte Natalie nach einer Weile und Joachim richtete den Blick von den Jungs zurück zu ihr.

»Wie keine Zukunft?«

»Seit es die DRGs gibt ...«.

»DRGs?«

»Ja, die Fallpauschalen für Patienten. Diagnosis Related Group. Seitdem sparen die Krankenhäuser Kosten, je eher sie Patienten entlassen können. Die Wirtschaftlichkeit spielt im Krankenhaus eine immer größere Rolle. Krankenhäuser schließen, weil es zu viele Häuser in der Region gibt, die nicht spezialisiert sind, sondern als Akut-Häuser möglichst alles anbieten. Die politisch Verantwortlichen wollen ihren Bürgern suggerieren, dass ihnen damit schnellstmöglich im Notfall geholfen wird, weil ein Krankenhaus in der Nähe ist.«

»Stimmt das denn nicht?«

»Nur bedingt. Oft ist es besser, Notfälle direkt mit dem Rettungsdienst in die Spezialklinik zu bringen. Natürlich braucht man Häuser mit Rundumversorgung, aber nicht überall. Die Häuser müssen sich spezialisieren.«

»Und weil sie das nicht tun, sind sie unwirtschaftlich.«

Natalie nickte. »In der Tat. Auch das Krankenhaus in Hellstadt baut Personal ab.«

»Heißt das, dass Sie Ihren Job verlieren?«

»Zumindest hat man mir nahegelegt, mich nach etwas Anderem umzusehen. Eine Kollegin soll meinen Job mitmachen, so macht man das heute. Da bleibt mir genug Zeit für private Pflege. Wer weiß, vielleicht wird daraus mal ein mobiler Pflegedienst mit eigenem Personal.«

Sie sagte ihm nicht, dass es diesen mobilen Pflegedienst längst gab. »Ich kann selbst pflegen, wenn es läuft, Pflegekräfte einstellen.«

Joachim grübelte. »Aber ...« suchte er nach einer Antwort auf das unverhoffte Angebot, »aber Privatpflege ist auch nicht billiger als ein Pflegeplatz im Heim. Andererseits wäre Mutter in ihrem häuslichen Umfeld.«

Natalie lächelte wissend: »So teuer muss das gar nicht sein.«

Joachim war zu sehr mit der neuen Situation beschäftigt, als dass er den merkwürdigen Unterton herausgehört hätte. »Meine Mutter könnte in der Einliegerwohnung bleiben. Dort wäre auch noch ein Zimmer für eine Pflegekraft frei«, dachte er nach.

Natalie nickte eifrig. «Kost und Logis in der Einliegerwohnung, die Pflege und Betreuung im Gegenzug. So teuer muss das nicht werden«, wiederholte sie ihr verlockendes Angebot.

Eigentlich ungewöhnlich verlockend, doch das fiel ihm nicht auf. »Lassen Sie mich darüber nachdenken«, sagte er nur. »Aber natürlich«, nickte Natalie und wusste, dass sie ihn überzeugt hatte.

Die Zeit verging. Joachim quälte sich mit dem Gedanken. Hin- und hergerissen. Doch er wollte Mutter nicht im Pflegeheim lassen. Aber was hätte Susanne gesagt, wenn eine fremde Frau bei Mutter wohnte? War dies nicht ein Verrat an seiner Frau?

»Mensch Junge«, sagte Horst, als Joachim ihn und Elisabeth um Rat fragte. »Schau doch in den Spiegel. Über ein Jahr ist es nun her, dass dieses tragische Unglück mit Tina passiert ist und Susanne verschwand. Wie lange willst du denn noch trauern?«

Elisabeth pflichtete ihrem Mann bei. »Natürlich tut uns der Gedanke an Susanne nach wie vor schrecklich weh. Aber wir müssen doch weiterleben. Oder willst du dich zu Tina auf den Friedhof legen?«

»Außerdem …« Horst legte den Arm um seine Schulter. »Außerdem muss sie ja nicht gleich deine Freundin werden.«

Joachim schmunzelte. »Sie ist schon sehr attraktiv und jung.«

»Du alter Schwerenöter«, gab ihm Horst einen Klaps an den Hinterkopf. »Sie ist Pflegekraft für Emilie, nicht mehr und nicht weniger. Um mehr musst du dir doch keine Gedanken machen. Susanne ist einfach verschwunden. Sie kann dir nicht vorwerfen, dass du versuchst, dein Leben in den Griff zu bekommen.«

Joachim nickte. Das leuchtete ihm ein. Was soll's? Ein Versuch war es wert. Würde es nicht funktionieren, könnte er das Ganze auch wieder beenden. Wo also war das Risiko?

So kam es, dass über ein Jahr nach dem Verschwinden seiner Frau und dem Tod ihrer Tochter mit Natalie eine neue Frau über die Schwelle des Elternhauses trat, in der Einliegerwohnung ein Zimmer bezog und sich fortan um die alte Dame kümmerte, die völlig aufgeregt war, als Joachim sie vom Sonnenhügel abholte.

»Endlich, Paul«, hatte sie gesagt, als Joachim ihren gepackten Koffer in die eine und seine Mutter an die andere Hand nahm. »Endlich fahren wir in Urlaub. Ich sage dir immer, arbeite nicht so viel in deinem Alter. Du musst dich schonen.«

Joachim sah seine Mutter an und lächelte. Ihn kümmerte es nicht, dass seine Mutter ihn für seinen Vater hielt. Blieb in der Familie. Als sie die Einfahrt einbogen, wähnte sich Emilie immer noch in Urlaub. Joachim führte seine Mutter zurück in ihre Wohnung.

Natalie hatte ihr Zimmer bereits eingerichtet. Joachim ging die Treppe hinauf und ließ die beiden Damen zurück. Mit einem tiefen Seufzer nahm er auf dem Balkon Platz, blinzelte in die Sonne, die sich um Wärme mühte, trank einen kräftigen Schluck Rotwein und schloss die Augen.

28

Ich weiß, wer ich bin. Nein, ich weiß, wer ich war. Ich sitze auf meinem Balkon und beobachte das Spiel der Wolken am Himmel. Es ist ein heiterer Frühlingstag. Die letzten Reste des Winters sind geschmolzen. Ein erster lauer Duft des Frühlings weht durch den Garten. Eine schöne Zeit.

Wie blinzelnde Sonnenstrahlen hinter der Wolke tauchen Bilder meines Lebens vor mir auf und spiegeln sich in der Pfütze des Regenschauers vom frühen Morgen. Mein Leben.

Ja, mein Leben. Geht es jetzt erfüllt weiter? Ein neues Leben? Wie ist es, wenn der Blinde plötzlich sieht? Die Farben des Lebens in seinen Augen leuchten? Wie ist es, wenn der Taube plötzlich hört? Die Gesänge der Natur aufnimmt in seinen Ohren? Wie ist es, wenn der Stumme plötzlich redet? Erzählt, was ihn bewegt, in Worte fasst. Farben, Gesänge und Worte mit unendlicher Strahlkraft. Ich genieße die Einsamkeit. Das Alleinsein mit meinen Gedanken. Ich ahne nicht, was passiert.

Joachim öffnete die Augen. Es war einer der Tage, auf die man sich freute nach einem langen Winter, einem verregneten Frühjahrsbeginn, jetzt, wo auch abends erste warme Sonnenstrahlen den sanften Tag in die Länge zogen und die Dunkelheit fernhielten. Es war still geworden im Haus. Nur Musik aus dem Äther leistete ihm Gesellschaft. Eine zarte Gitarre spielte eine traurige Melodie, die er in seiner Jugend schon oft gehört hatte und die ihn nun ständig zu verfolgen schien. Joachim saß auf dem weitläufigen Balkon und träumte in den Abend. Er sog die laue Luft ein, ließ sie durch seinen Körper gleiten und atmete sie wieder aus. Fröhlich zwitschernde Vögel bekamen nicht genug von diesem Tag, obwohl sich die Sonne bereits hinter dem Horizont versteckte. Joachim nahm sein Weinglas in die Hand, drehte den roten Rebensaft im Abendlicht und beobachtete sein müde gewordenes Spiegelbild, das rötlich im Glas schimmerte. Seitdem seine Frau ihn verlassen hatte, war es traurige Gewohnheit geworden, allein hier oder vor dem Kamin zu sitzen, den Tag zergehen zu lassen und auf den neuen zu warten.

Doch jetzt war alles anders. Er war froh, dass mit Natalie neues Leben in sein Elternhaus eingezogen war. Neues Leben. Er hätte nicht zu träumen gewagt, wie gespenstisch sich ein leeres Haus anfühlt. Leere Räume. Geräusche, die man sich einbildet. Räume, in denen sich nichts bewegt. Er fühlte sich einsam, alleingelassen vom Leben. Ungerecht behandelt. Warum musste ausgerechnet ihm das passieren? Das Haus war groß und leer geworden. Es gab Zimmer, die er kaum betrat. Er stürzte sich in seine Arbeit, war froh über jede Gelegenheit, später nach Hause in die Einsamkeit zu kommen.

Das Kinderzimmer von Tina ruhte unverändert seit jenem tragischen Tag. Gespenstisch. Die Spielsachen unberührt. Die Bettdecke zurückgeschlagen für den Abend. Nur Staub hatte sich in das Zimmer gewagt. Selten nur traute er sich, einen Blick hinter die Zimmertür in die Vergangenheit zu werfen. Es schien ihm, als hörte er hinter dieser Tür die Kleine spielen, und er hoffte vergebens, sie möge aufspringen und die Kleine ihn nach einem langen Arbeitstag freudig begrüßen.

Keine Stimmen. Keine Gesellschaft. Im Kleiderschrank hingen immer noch die Kleider seiner Frau aus jenen glücklichen Tagen. Er konnte sich noch genau daran erinnern, wie sie jenes blaue Kleid kaufte und es ihm mit strahlenden Augen vorgestellt hatte. Nun hing es leblos im Kleiderschrank. Aus den Zimmern war jedes Leben gewichen. Sie waren zum Museum erstarrt. Kein wohliges Licht, wenn er abends die Tür aufschloss, das Haus betrat, seine Jacke aufhängte. Kein klirrendes Geschirr, das zum fertigen Abendessen klingelte. Keine aufgeschlagenen Bücher, hinter denen sich das vertraute Gesicht seiner Frau verbarg und das lächelnd aufsah, wenn er den Raum betrat.

Nein. Stille. Einfach nur Stille und Einsamkeit. Auch seine Mutter, die nun im Erdgeschoss in der Einliegerwohnung ihre alten Tage verbrachte und am liebsten in ihrem wohligen Sessel vor sich hinblickte, brachte keine Zuversicht in sein Leben. Als Susanne verschwand und sich nicht mehr um Mutter kümmerte, merkte er erst, wie anstrengend es war, einen alten Menschen zu betreuen, der in einer anderen Welt lebte. Wie ein kleines Kind. Nein, nicht wie ein kleines Kind.

Auch bei Tina hatte er anfangs nicht gewusst, was sie wollte. Hatte sie Hunger oder Durst? Bauchschmerzen? Waren ihre Windeln voll? Oder wollte sie einfach ihren Willen durchsetzen? Was ging in ihrem Kopf vor?

Aber ein Kind wird größer und älter, entwickelt sich in die richtige Richtung, lernt reden. Ein alter, dementer Mensch entwickelt sich in die andere Richtung. Was er wusste, weiß er nicht mehr. Die Dinge des Lebens verflechten sich zu einer neuen Wahrheit. Sah Emilie gerade ihn oder seinen Vater? Was dachte sie, wenn sie in ihrem Sessel saß und in eine Richtung starrte? Hielt sie Natalie für Susanne? Was ging in ihrem Kopf vor? Im Gegensatz zu Tina konnte er nicht darauf hoffen, dass sie größer und älter wird, wieder normal redet. Es war das Stochern im Nebel, das Tasten im dunklen Wald.

Ihm war zunächst gar nichts anderes übrig geblieben, als Emilie ins Pflegeheim auf den Sonnenhügel zu bringen, wo sich die Pfleger sehr um seine Mutter kümmerten, aber auch an ihre Grenzen stießen. Sie war eben nicht ihre Mutter, sie war ein Arbeitsvorgang. Sie war eine von vielen, die zwischen rufenden, trippelnden, stummen, beweglichen und unbeweglichen, harmlosen und quengelnden Senioren in den Fluren auf und ab ging, im gleichen Essen stocherte, des Nachts mit richterlichem Segen im Bett fixiert war, um nicht herauszufallen, tagsüber den merkwürdigen Geruch des Heimes einsog.

Joachim war dankbar für dieses Heim, aber auch froh, dass sie nun wieder dort war, wo sie hingehörte. Zu Hause, wo sich

Natalie um die alte Frau, zweimal am Tag unterstützt vom Pflegedienst, kümmerte. Er atmete tief durch. Alles wird gut. Dachte er zumindest.

Joachim ahnte nicht, wie sehr dieses neue Leben sein Leben verändern würde, als er auf dem Balkon in den zu Ende gehenden Tag blickte. Es war ruhig geworden im Erdgeschoss. Mutter schlief tief und fest und auch Natalie hatte sich in ihr Zimmer zurückgezogen. Ruhe. Die Ruhe vor dem Sturm. Seine Augen fielen zu. Bilder tauchten auf. Bilder von einer glücklichen Zeit. Unbeschwert. Leicht. Glücklich.

29

Das Telefon klingelte. »Ja, bitte?«, zuckte Joachim zusammen.

»Herr Winkler hätte dich gern gesprochen.«

»So früh schon? Was will der denn?«

»Keine Ahnung, er sagte, es sei dringend.«

»Na gut, gib schon her.«

Nach einem kurzen Klicken meldete sich eine vertraute Stimme. »Moin, Herr Kollege. Na, schönes Wochenende gehabt?« Er konnte sich sicher Joachims verärgertes Gesicht am anderen Ende der Leitung vorstellen.

»Guten Morgen, Herr Winkler. Mein Kollege sind Sie ja nicht unbedingt, auch wenn wir in der gleichen Branche arbeiten. Ja, mein Wochenende war gut. Und bei Ihnen?«

Ihn beschlich ein ungutes Gefühl. Er hatte schon länger nicht mehr mit ihm gesprochen und doch das Gefühl, sie seien sich eben erst begegnet.

»Alles gut«, antwortete er knapp. »Der Grund meines Anrufes ist ein anderer. Sie wissen, dass wir, also WinSan, Ihre Firma übernehmen wollen und erwarten einen entsprechenden Beschluss in Ihren Gremien. Zwei Kleine allein werden aufgefressen. Deshalb müssen sie wachsen und selbst auffressen. Für uns zwei ist eben kein Platz. Wir haben genug Kapazitäten, um ihre Produkte einzubinden. Wir werden auch einige Mitarbeiter übernehmen können.«

Joachim Schuster liebte seine deutliche Sprache. Winkler nahm kein Blatt vor den Mund.

»Warum sollte ich das tun? Wir haben eine gute Kundenstruktur und …«

»Aber kein Geld«, unterbrach ihn Winkler. »Die Bank wird euch nicht mehr helfen, auch wenn Herr Schumacher Ihr Tennispartner ist.«

Es klang nach einer Drohung. »Ich habe mit der Bank

einen Termin und werde sie von der Zukunftsfähigkeit unserer Produkte überzeugen.«

Winkler lachte durch den Telefonhörer. »Lieber Herr Schuster. Ich verstehe Ihren Schmerz. Das Familienerbe in den Sand zu setzen, macht nicht gerade Spaß.«

Joachim sprang von seinem Stuhl auf. »Sie Schwein«, entfuhr es ihm.

»Jetzt mal langsam«, antwortete Winkler mit ernster Stimme. »Wir wollen doch seriös bleiben.«

»Sie und seriös?«

»Was denn? Wollen Sie mir mein Geschäftsmodell vorwerfen? Wir leben doch nicht in der Diktatur! Wir leben in der Marktwirtschaft. Der Stärkere und Bessere setzt sich eben durch.« Joachim schwieg.

»Wir haben unser Übernahmeangebot noch einmal überarbeitet«, rief Martin Winkler gönnerhaft durch den Hörer. »Schauen Sie es sich an. Denken Sie an Ihre Beschäftigten. Sie wissen aber auch, dass wir beste Kontakte in die Pflegeheime der Region haben.«

Nach einem Moment der Stille wurde Schuster das Telefonat unangenehm. »Aber der Betriebsrat ...«

»Der Betriebsrat?« Wieder lachte Winkler laut vernehmbar durch den Hörer. »Mit dem Vorsitzenden habe ich bereits gesprochen. Ich glaube, wir werden uns einig. Die Mitarbeiter werden bei mir viel bessere Bedingungen erhalten. Glauben Sie denn, dass sich Mitarbeiter der Tradition verpflichtet fühlen, wenn es an den Geldbeutel geht?«

Joachim wurde bleich, setzte sich wieder und hielt sich am Schreibtisch fest. »Ich schaue mir das Angebot an«, wollte er zum Ende kommen. »Heute Mittag findet unsere Vorstandssitzung statt. Dort steht es auf der Tagesordnung. Aber ...«

»Aber was?«

»Noch gebe ich nicht auf.«

Ein Klicken beendete die Verbindung.

Joachim erhob sich aus seinem Bürostuhl, musste sich aber abstützen. Ein Schweißausbruch hinterließ Spuren auf seinem weißen Hemd.

»Was ist los mit dir, Joachim?«, fragte eine besorgte Marianne Liebermann, die mit der Eingangspost im Türrahmen stand, nachdem er den Hörer aufgelegt hatte. »Um Gottes Willen.«

Joachim sah sie mit starren Augen an. »Ich, ich …« stöhnte er.

»Setz dich, ich bringe dir ein Glas Wasser.«

»Wo, wo bin ich? Wer sind Sie?«, rief er der davoneilenden Sekretärin nach. Dann wurde ihm schwarz vor Augen. Eine Sonnenfinsternis war es nicht.

Als er wieder zu sich kam, lag er ausgestreckt auf der Sitzcouch in seinem Büro. Vor ihm saß sein Hausarzt. Frau Liebermann stand wenige Meter entfernt und hielt sich die Hand vors Gesicht.

»Was tue ich hier?«

»Sie waren ohnmächtig«, sagte der Arzt. »Mit Ihren Werten stimmt etwas nicht. Ich habe Ihnen Blut entnommen und lasse es untersuchen. Haben Sie öfters solche Ohnmachtsanfälle?«

Joachim wirkte verunsichert. »Zu Hause wird mir hin und wieder komisch. Ich zittere, habe Schweißausbrüche, sehe verschwommen und kann mich an manches nicht erinnern.«

Der Arzt erhob sich. »Fahren Sie nach Hause. Oder noch besser: Lassen Sie sich fahren.«

»Aber, die Vorstandssitzung …«

»Ruhen Sie sich aus. Kommen Sie morgen in meine Praxis. Dann sehen wir weiter.«

Marianne Liebermann hakte ihren Chef unter. »Hat dich das Telefonat mit Herrn Winkler derart mitgenommen?«

Joachim schaute sie verdattert an. »Welches Telefonat?«, stieß er leise hervor.

»Wie bitte?« Mariannchen fehlten die Worte. »Was ist bloß los mit dir? Du hattest vorhin ein Telefonat mit Herrn Winkler von WinSan.«

Joachim nickte, wusste aber nicht warum. »Ich werde die Vorstandssitzung unmittelbar absagen und auf nächsten Montag verschieben«, sagte sie.

Joachim verließ das Büro. Das Angebot, sich nach Hause fahren zu lassen, lehnte er ab. Stattdessen ging er in den nahegelegenen Park, setzte sich auf die Parkbank und holte tief Luft. Er sog sie tief ein, schloss die Augen und ließ sich fallen. »Mein Gott, was ist bloß los?«

30

Sie war bereits zu Bett gegangen, weil sie es gewohnt war, früh aufzustehen. »Ich genieße noch ein wenig den Duft des Sommers«, sagte er, als sie aufstand. Gelegentlich bat er sie darum, ihm Gesellschaft zu leisten. Nein, eine neue Beziehung konnte er sich nicht vorstellen. Noch nicht? Zu sehr hing er in seinen Gedanken Susanne nach und versuchte immer noch zu verstehen, warum sie ihn verlassen hatte, anstatt mit ihm zu trauern und das Leben ohne Tina zu meistern. Solange er dies nicht verstand, konnte er nicht frei sein für eine andere Frau. Aber auch Natalie erweckte nicht den Eindruck, einen Mann zu suchen, obwohl er manchmal glaubte, sie spiele mit ihm.

Sie nickte verständnisvoll, denn es war jeden Sonntagabend so. Sie wusste, wann es Zeit war, ihn mit seinen Gedanken allein zu lassen. »Klar doch, halten Sie das Wochenende noch ein wenig fest«, nickte sie zustimmend. »Morgen wartet eine neue Arbeitswoche. Da tut es gut, noch ein wenig die Ruhe des Sommerabends zu genießen.« Sie nahm die leere Weinflasche mit hinein. »Ich bringe noch von dem Rotwein, ja?«, sagte sie und kurbelte, ehe er nein sagen konnte, an der Musikanlage, sodass dieser schöne Klang ihn träumen ließ von Sommer, Ruhe und Freiheit.

Dann wechselte die Musik abrupt. Die ersten Takte einer Instrumentalversion rauschten aus den Boxen. Die Gitarre wirkte fremd, laut, quietschend. Eine bekannte und vertraute Melodie rieselte in sein Gehör, während er sich Rotwein nachschenkte. Ein trauriges, deprimierendes Lied. Takte, die zufällig aus dem Äther drangen, als die kleine Tina starb, als Susanne verschwand. Die Instrumente pfiffen ihm wie Tinnitus in den Ohren. Benommen hielt er sich die Ohren zu, eilte zur Musikanlage und drehte sie leiser. Schweiß stand ihm auf der Stirn. Er fühlte sich verfolgt von diesen Klängen. Erschöpft ließ er sich auf den Stuhl fallen, schloss die Augen und atmete tief ein. Bilder schlichen sich in die schwarze Wand vor seinen verschlossenen Augen.

Joachim hatte es schön hier. Als Susanne und er vor zwei Jahren in sein Elternhaus zu Mutter gezogen waren, war es schon in die Jahre gekommen. Hier war er aufgewachsen. Nie war ihm bewusst geworden, ob Vater dieses Haus gebaut oder gekauft hatte.

»Es gehört der Familie«, hatte Mutter Emilie gesagt. »Es ist unser Zuhause! Warum fragst du, Joachim? Fühlst du dich nicht wohl hier?«

»Doch, doch«, hatte er gesagt. Alles war gut. Das Haus seiner Eltern lag abgeschieden am Waldesrand. Umgeben von einer sich mächtig emporreckenden Hecke, getrennt von der Straße durch eine großzügige Einfahrt. Das letzte Haus in der Sackgasse. Hier in der Straße standen nur noch wenige Häuser, die den Ort abrundeten.

Susanne hatte nie in der Stadt bleiben wollen, als sie sich wieder getroffen hatten und sie zu ihm in die Mietwohnung zog. Vielleicht war auch das der Grund, warum es ihr leichtgefallen war, ihm den Vorschlag zu machen, seine Mutter zu betreuen und zu ihr aufs Land zu ziehen, hierher nach Weidental. So waren sie aus der Kleinstadt in dieses verträumte Dorf am Rande der Landesgrenze gezogen, näher an die Firma, näher zu Horst und Elisabeth. Für Joachim war es ein Neubeginn gewesen.

Sie hatten das Haus umfangreich renoviert. Was hatten sie im Staub geschuftet, um sich ein neues Heim zu schaffen. Nicht nur ein neues Bad und eine neue Küche. Auch ein neues Dach. Die moosbewachsene Geschichte dieses Hauses hatten sie hinter sich gelassen. Ein Neuanfang. Auch für dieses Haus, das seit dem Tod des Vaters nicht mehr richtig gelebt hatte. Im Obergeschoss ein schönes Atelier mit Blick hinaus zum Wald, der an dieses Wohngebiet grenzte. Hier auf dem großzügigen

Balkon war Joachims Lieblingsort im Sommer. Sattes Grün umrahmte das Haus. Jetzt, im heraufziehenden Sommer trieb die Natur Farbe in den Garten. Rosensträucher und Hecken, ein Blumenbeet, ein paar schattige und knorrige Bäume, die seine Eltern wohl gepflanzt hatten. Ja, und der Teich. Sein Vater hatte ihn eigenhändig angelegt, als Joachim noch ein Junge war. Er hatte sich auf das Wasser, die Fische, die Pflanzen gefreut.

Ihre Wohnung hatten Joachim und Susanne schlicht und modern eingerichtet. Sie nutzten das Obergeschoss für ihre kleine Familie. Unten im Erdgeschoss hatten sie die kleine Wohnung für Mutter eingerichtet. Weitere Räume schlossen sich an. Der Werkraum seines Vaters.

In der Mitte des Wohnzimmers gähnte jetzt im Sommer ein schwarzes Loch, dort, wo im Winter ein Kaminfeuer prasselte. Susanne hatte Pflanzen geliebt und jede nur denkbare Ecke des Wohnraums grün geschmückt. Helle, große Fenster ließen viel Licht herein, nur schmale Vorhänge sorgten für ihre Bekleidung, dienten aber mehr der Dekoration als dem Abdunkeln der Fenster. Sie hatte einen Blick fürs Detail. Dekoartikel säumten die Schränke und Regale. Das Bücherregal war sauber sortiert nach klassischem Lesestoff, daneben klassische Musik-CDs. Die gesammelten Werke von Hermann Hesse hatten einen Ehrenplatz.

Ein kleiner beschaulicher Stadtteil, dieses Weidental. Leise nippte Joachim am Rotweinglas. Er hörte, wie sich Natalie im Badezimmer, das sie mit Emilie teilte, für die Nachtruhe fertigmachte, hörte das Klicken des Lichtschalters.

Die Einrichtung der Wohnung erinnerte immer noch an Susanne. Die Pflanzen in jeder Zimmernische, das Bücherregal, in dem seit ihrem Verschwinden zwei Bücher fehlten, die Musik-CDs, klassische Musik. Natalie war es gewohnt, um die Deko herumzuwischen, wenn sie putzte, ohne sich an Details aufzuhalten. Es war gut, dass sie sich auch ein wenig um den Haushalt kümmerte.

Dann musste er eingedöst sein. Begleitet von sanften Melodien. Bilder tauchten auf. Unbeschwerte Jugend. Über den Wolken schwebte er mit seinem besten Freund im Segelflugzeug, beobachtete die Welt von oben. Lange war es her, dass sie gemeinsam die Ausbildung absolviert hatten. Im Segelflugzeug ist man aufeinander angewiesen. Der Wind trug sie durch die Luft, die durchsichtige Haut ringsum eröffnete Blicke in eine traumhaft schöne Landschaft. Das Surren des Fliegers in der Thermik aufgetürmter Wolken gab der Szenerie eine eigenartige Melodie. Von ihr wurde er offenbar in den Schlaf gewiegt. Über den Wolken. Er träumte von grenzenloser Freiheit. Bis plötzlich der Segelflieger wie vom Blitz getroffen in der Luft zirkulierte, Kapriolen drehte und im Sturzflug gen Boden rauschte. Die sanfte Melodie schlug um in jene Melodie des Todes, die sich in seinen Ohren wie ein Pfropf festsetzte.

Fiebrig und beklommen schreckte er hoch. Erschrocken lauschte er in die Nacht. Oben Ruhe, unten Ruhe. Die Ohren dröhnten. Natalie schien zu schlafen, seine Mutter hoffentlich auch. Aber es kam ihm vor, als hätte jemand neben ihm Platz genommen.

»Ist da wer?«, rief er ins Dunkel der Nacht. Er sah, dass sich der Ginsterbusch bewegte und in der Abendluft schaukelte. Es sah aus, als sei jemand soeben an ihm vorbei gestreift. Der Stuhl neben ihm war warm. Nein, es war nicht der Stuhl, auf dem Natalie gesessen hatte. Wie spät war es eigentlich? Er schaute auf die Uhr und stellte fest, dass er wohl doch länger geschlafen hatte als gedacht. Sein Kopf brummte.

Ein Klirren drang aus der Wohnung an sein Ohr. »Ist da wer?«, hörte er sich wiederholen. Doch niemand meldete sich. Er stand auf, nahm sein Rotweinglas zur Hand, der Wein hatte eine merkwürdige Farbe angenommen. Nein, das war ihm nicht geheuer. In den Nachbarhäusern brannte längst kein Licht mehr. Er schlich ins Haus, als müsste er aufpassen, niemanden auf sich aufmerksam zu machen. Joachim folgte dem nachhallenden Klirren. Scherben übersäten den Boden. Die Schranktür stand offen. Gläser fehlten. Sie lagen als Puzzleteile am Boden. Er trug sein Glas in die Küche, verriegelte die Balkontür, nahm einen Besen und kehrte die Scherben auf. Eine Tür quietschte. Ihm schien, als vernehme er den Atem eines Menschen. »Ist da wer?« Dann ging er benommen Richtung Schlafzimmer.

Als er an Tinas Kinderzimmer vorbeischlich, blieb er erschrocken stehen. Ein brummendes Geräusch fand aus dem Kinderzimmer den Weg auf den Flur. Zitternd öffnete er die Tür, betätigte den Lichtschalter und starrte fassungslos in den Raum. Tinas Teddybär saß mit offenen Augen auf dem Bett und brummte. Die Bettdecke war zurückgeschlagen. »Was um Himmels willen? Tina?«, stammelte Joachim, obwohl er wusste, dass seine Tochter ihm nicht mehr antworten konnte.

Auf dem kleinen Spiegeltisch in der Ecke surrte Tinas Spieluhr und spielte eine Melodie, die er noch nie zuvor gehört hatte. Joachim schlich zitternd aus dem Zimmer und eilte ins Bad. Er putzte seine Zähne, zog den Schlafanzug an, legte sich hin. Ein leichter Windstoß berührte sein Gesicht. Das Fenster stand offen. Merkwürdig. Als er es schließen wollte, bemerkte er den Stoff, der im Winde wehte. Erneut erschrak er. Susannes Lieblingskleid hing auf dem Bügel am Kleiderschrank.

»Wer hat das Kleid hierhin gehängt?«, fragte er sich selbst, ohne eine Antwort zu finden. Er hängte das Kleid zurück in den Schrank, dorthin, wo er es noch gestern gesehen hatte. Erschöpft sank er aufs Bett, irritiert, nervös, von Sinnen. Dann fiel er in einen tiefen Schlaf. Erneut träumte er vom großen Tor, das immer kleiner wurde, je näher er ihm kam.

»Joachim, Sie müssen aufstehen. Die Arbeit wartet«, drang eine dumpfe Stimme an sein Ohr.

Sie waren von Anfang an vertraut miteinander umgegangen, trotzdem beim förmlichen Sie geblieben. Sie sprachen sich mit Vornamen an, doch duzten sie sich nicht. Joachim hatte eine Mauer um sein Leben gebaut. Zu frisch die Erinnerung an ein glückliches Leben mit Susanne und Tina. Zu groß das schlechte Gewissen, an andere Frauen zu denken. Nein, Natalie kümmerte sich um Mutter und damit war es gut. Ab und an saßen sie, wie am gestrigen Abend, auf dem Balkon zusammen bei einem Glas Wein und redeten. Redeten wie einst im Bistro. Es tat ihm gut, eine Gesprächspartnerin zu haben, Verständnis zu finden. Mehr aber auch nicht.

Zögernd öffnete Joachim die Augenlider. Draußen war es hell geworden. Er blickte sich vergessen um, stand auf, zog sich an und schlurfte in die Küche. Joachim ließ zu, dass Natalie über die Betreuung seiner Mutter hinaus auch für ihn ein wenig Mutter war, ihn an das Notwendigste erinnerte, Frühstück machte. Doch gänzlich in sein Leben wollte er sie nicht lassen. Natalie hatte Kaffee aufgesetzt, der Frühstückstisch war gedeckt.

Wo war er da? Was war das für ein Zimmer?

»Was ist denn los mit Ihnen? Waren Sie doch noch zu lange auf gestern Abend? Eine weitere Flasche Wein hätten Sie nicht mehr unbedingt trinken müssen. Ein Glas hätte genügt!«, frohlockte sie mit einem Augenzwinkern.

Eine weitere Flasche Wein? Welchen Wein? Joachim kämmte sich verlegen mit den Fingern durchs Haar und nippte an seiner Kaffeetasse.

»Guten Morgen«, sagte sie.

»Morgen«, sagte er in aller Kürze. »Welcher Wein?«

»Sehen Sie, auf dem Balkontisch«, zeigte sie nach draußen.

Auf dem Tisch stand sein Glas, das er vermeintlich in die Küche gebracht hatte, und eine halb volle Weinflasche, an die er sich beim besten Willen nicht erinnern konnte.

»Das ist aber komisch«, murmelte er.

»Und dann die Scherben«, sagte sie.

»Welche Scherben?«

»Da, sehen Sie«, zeigte Natalie ins Wohnzimmer, wo vorm

Gläserschrank Scherben lagen.

»Aber, ich …« murmelte er und verstummte sofort wieder.

»Waren Sie in Tinas Zimmer?«

Seine Frage stand bleiern in der Luft. Natalie sah ihn verstört an. »Tinas Zimmer?«

»Ja, Tinas Zimmer.«

»Aber nein. Wieso sollte ich?«

Joachim schwieg.

Wortlos nahm er sein Frühstück zu sich. Er kaute lustlos auf seinem Brötchen. Es schmeckte ihm nicht.

»Sie sehen müde und krank aus, Joachim«, sagte sie leise. »Soll ich …«

Verärgert sah er sie an. Das ging nun entschieden zu weit. »Ich wusste gar nicht, dass ich Sie als meinen Aufpasser eingestellt habe«, blaffte er sie an.

Sie sah erschrocken hoch. »Oh, …« begann sie, doch er fiel ihr ins Wort.

»Hören Sie gut zu, Natalie. Es ist ganz nett, wenn wir ab und an zusammensitzen und ein Glas Wein trinken, oder wenn sie Kaffee aufsetzen. Aber ich brauche keine Bemutterung und erst recht niemanden, der meinen Weinkonsum zählt oder mir sagt, ob ich krank bin oder nicht.«

Verlegen blickte sie unter sich. »Entschuldigung, so war das nicht gemeint. Ich dachte …«

»Was dachten Sie?«

»Ich dachte, Gesellschaft tut Ihnen gut.«

»Das tut es auch«, wurde sein Ton leiser und versöhnlicher. »Aber ich suche keine Partnerin.«

Die Erinnerung an seine Frau war immer noch zu frisch. Mit ihr hatte er eine Familie. Er hatte sie immer bewundert für ihre positive Ausstrahlung, für ihre Empathie. Ihr war nichts zu viel. Fast zwei Jahre lang hatte sie Emilie gepflegt, als diese schleichend ihren Verstand verlor. Immer weniger hatte sie selbst machen können, immer länger wurden die Zeiträume, in denen sie beaufsichtigt werden musste. Susanne kümmerte sich rührend um die alte Dame. Sie war seine Jugendliebe. Sie war für ihn da in der schwersten Zeit seines Lebens und hatte ihm mit ihrem Verschwinden eine noch schwerere Zeit hinterlassen. Ironie des Schicksals. Joachim nahm einen tiefen Schluck aus der Kaffeetasse und sog den schwarzen Duft lange ein.

Beide schwiegen sich lautstark an. Joachim starrte den Boden an. Natalie räumte verlegen in der Küche das Geschirr in die Spülmaschine. Sie pfiff ein Lied, wohl um die Stimmung aufzuhellen, doch die Töne rissen Joachim aus seinen Gedanken und ließen ihn aufhorchen. »Woher kennen Sie dieses Lied?«, rief er tonlos.

Natalie sah ihn irritiert an. »Wie bitte? Welches Lied?«

»Das Lied, das Lied auf ihren Lippen.«

Sie zuckte mit den Schultern. »Ich kenne das Lied nicht. Habe einfach nur gepfiffen.«

Der Kaffee war kalt geworden. Er stellte die Tasse zurück und erhob sich. »Ja, irgendwie hat mich der Wein benommen gemacht. Aber der Kaffee wird mich wieder aufrichten. Waren Sie schon bei Mutter?« Den heftigen Dialog von vorhin hatte er abgehakt und ging zur Tagesordnung über.

»Ja, sie schläft noch. Wenn Sie weg sind, werde ich sie wecken und waschen.« Natalie schien erleichtert, dass ihr forsches und vielleicht zu vertrautes Auftreten offenbar ohne nachhaltige Spuren blieb. »Ich bringe Ihre Mutter, wenn der Pflegedienst da war, in die Tagespflege«, sagte sie. »Ich werde den Nachmittag in die Klinik und danach noch in die Stadt fahren.« Sie war ihm keine Rechenschaft schuldig, wie sie ihre freie Zeit verbrachte.

»Kein Problem«, antwortete er kurz angebunden. »Ich habe im Büro einiges zu tun, da kann es später werden.«

Sie wollte sich abwenden, als er noch einmal nachfragte. »In die Klinik?« Natalie bereute, was sie gesagt hatte. »Ja, in die Klinik. Ich ...« Sie zögerte, ehe sie antwortete. »Dr. Lochner hat mich um ein Gespräch gebeten. Meine Nachfolgerin hat offenbar noch nicht alles im Griff. Vielleicht braucht sie ein paar Tipps.«

Bevor er das Haus verließ, blieb er an der Tür stehen. Er hielt inne. Was wollte er noch einmal tun? Ein paar Sekunden lauschte er irritiert in sich hinein. Sein Kopf brummte. Dann schüttelte er selbigen und ging die Treppe hinunter zur Einliegerwohnung. Still lag die Dunkelheit hinter der milchglasigen Eingangstür. Er sperrte nicht auf. Mutter schlief zum Glück noch. Natalie würde sie später wecken. Ein zartes Miauen durchbrach die Stille. Die Katze strich um seine Beine und sah ihn wissend an. »Ist ja schon gut, kleiner Tiger«, sagte er und öffnete doch die Tür zu Mutter, so dass die Katze auf flinken Pfoten die Wohnung betrat. Immer öfter wollte sie in den letzten Tagen zu Mutter. Ob sie sich dort wohler fühlte als bei ihm oben oder ob sie spürte, dass Mutter diese Gesellschaft dringender brauchte als er? Keine Ahnung. Er schloss die Tür wieder zu, lief nach oben und verließ das Haus.

31

»Dürfen wir reinkommen?«, fragte die Frau mit dem stechenden Blick.

Ein kläffender Köter antwortete.

»Ruhig, kleiner Vierbeiner«, sagte Herr Weber. »Kommen Sie nur herein.«

Herr Weber öffnete die Tür der Wohnung einen Spalt, ließ die beiden Frauen herein und nahm seinen Gehstock.

»Sie wirken doch noch recht rüstig«, sagte die Frau vom Pflegedienst und musterte ihn.

Herrn Weber lief der Schweiß über die Stirn und er fühlte sich unwohl in der alten und verschmutzten Trainingshose. Verlegen zupfte er an seinem gerippten Unterhemd, antwortete nicht und ging voraus ins Wohnzimmer.

»Oh je«, sagte die Frau. Ihre Stimme klang mitleidig. »Hier muss dringend durchgeputzt und aufgeräumt werden.«

»Seit meine Frau nicht mehr da ist …«, begann er. »Also, da ist sie ja noch, aber eben schwer krank und bettlägerig. Sie hatte …«

»Ja, schon gut. Setzen wir uns. Ich habe Ihnen eine Hilfe mitgebracht. Das ist Svetlana.«

Die andere Frau hörte ihren Namen und nickte verschüchtert.

»Was machen Sie denn da?«, rief die Frau vom Pflegedienst plötzlich, als Herr Weber sein Handy hob und fotografierte.

Schnell wiegelte er ab. »Ach, seitdem meine Frau im Bett liegt, Sie wissen ja … Jedenfalls habe ich mir ein Handy angeschafft, um nicht ganz allein zu sein. Ich bin noch am Testen.«

»Wie dem auch sei, kommen wir zur Sache«, sagte die Frau und nahm ein Blatt Papier aus ihrer Tasche. »600 Euro für den ersten Monat im Voraus. Die nächste Rate wird dann in vier Wochen fällig. Sie unterschreiben mir hier, dass Sie damit einverstanden sind.«

»Kann ich das Geld nicht überweisen?«

»Nein, bei uns gibt es nur Barzahlung. Nur Bares ist Wahres, verstehen Sie?«

Herr Weber verstand. »Und der Krankenkasse sage …«

»… Sagen Sie gar nichts. Die muss das nicht wissen. Denn ansonsten wird das Ganze noch teurer, weil die Krankenkasse nicht jede Pflegekraft akzeptiert. Die schickt Ihnen dann einen bestimmten Pflegedienst, der viel teurer ist. Warum soll der Staat an Ihnen verdienen? Sie haben doch lange genug gearbeitet und müssen nun mit Ihrer Rente klarkommen,« sagte die Frau, ohne zu wissen, ob das stimmte, was sie sagte.

Herr Weber nickte zustimmend. »Verstehe. Ich sage der Kasse nur, dass ich meine Frau selbst pflege, damit ich Pflegegeld bekomme.«

»Ja, alles andere geht die nichts an. Ihre Frau bekommt das Pflegegeld, aber Sie können damit natürlich unseren Pflegedienst bezahlen.«

Der alte Herr kritzelte unleserlich seine Unterschrift unter das Stück Papier.

»Wo ist denn Ihre Frau?«, fragte die Dame plötzlich.

»Die? Die, die schläft«, wehrte Herr Weber ab. »Wir sollten sie nicht wecken.«

So schnell es mit dem Gehstock ging, hechelte er der Frau hinterher.

Der Mops tänzelte zwischen ihren Beinen und sorgte dafür, dass sie nicht schneller war als Herr Weber. Neugierig blickte sie hinter die offenstehende Tür des Zimmers nebenan. Der Mops huschte durch den Spalt ins Zimmer.

»Komm raus, du Kläffer«, rief Herr Weber. »Du weckst ja noch dein Frauchen auf.«

Zum Glück stand dort noch ein altes Bett, das die Vormieter zurückgelassen hatten. Die Frau vom Pflegedienst nahm eine aufgetürmte Bettdecke wahr, unter der sich nichts rührte. Glücklicherweise ging sie nicht hinein.

»Nun gut«, sagte sie. »Aber Sie sollten Ihrer Frau ein richtiges Pflegebett besorgen. Das hier ist Quälerei.«

Herr Weber nickte und blickte zu Svetlana, die orientierungslos in der Gegend stand. »Hier sind 600 Euro«, blätterte er sechs Scheine auf die Hand der Frau.

»Übrigens«, sagte sie und wandte sich zum Gehen. »Svetlana spricht kein Deutsch. Aber arbeiten kann sie.«

»Warum bekomme ich keine deutsche Pflegekraft?«

Die Frau schaute ihn missmutig an. »Aber Herr Weber! Für 600 Euro im Monat? Wenn Sie eine üppige Rente haben, können wir …«

»… Schon gut«, beeilte er sich zu antworten. »Ich habe schon eine ordentliche Rente.«

»Dann hilft Ihnen nicht einmal das Sozialamt. Sie müssen für alles selbst aufkommen. Und was bleibt Ihnen dann zum Leben?«

Herr Weber blickte verlegen unter sich. »Wir sind redliche Bürger. Ich habe mein Leben lang gearbeitet. Geschuftet. Nur, um dann im Alter die Pflege zu bezahlen?«

»Sehen Sie. Im Pflegeheim ist der Eigenanteil zu hoch, ein Pflegedienst mit deutschem Personal rund um die Uhr auch zu teuer. Da ist unsere Pflege ein Schnäppchen. Svetlana soll nicht reden, sondern pflegen.«

Herr Weber folgte der Frau vom Pflegedienst zur Tür. Sie drehte sich noch einmal um.

»Am besten reden Sie auch mit keinem über Svetlana.« Sie legte ihre Hand auf seine Schulter. »Nicht, dass die Nachbarn denken, Sie würden sich nicht selbst um Ihre Frau kümmern.«

Weber schüttelte eifrig den Kopf.

Als die Frau die Wohnung verlassen hatte, ging Herr Weber zurück in den Wohnraum, an der verdutzten Svetlana vorbei, nahm genüsslich Platz am Küchentisch und ließ zu, dass der kleine Mops mit einem Satz auf seinem Schoß landete. »Guter Junge, Mimo«, sagte Rosso und streichelte den Vierbeiner. Dann zückte er sein Handy aus der Hosentasche und stellte die Sprachmemo aus, speicherte das Gespräch und lächelte. »Nun Svetlana«, wandte sich Artur Silva dem Mädchen zu, das verlegen am Schrank lehnte. »Dann wollen wir mal kräftig aufräumen. Reinen Tisch machen!«

Wie auf Kommando nahm Svetlana den Putzlappen und machte sich an die Arbeit. Offenbar war sie schon auf ein paar grundsätzliche Befehle getrimmt.

32

Beim Italiener war wie immer viel Betrieb. Obwohl heute Montag war. Hunger hatten die Leute schließlich auch an einem Montag. Als Joachim das Restaurant betrat, sah er von weitem Frank Schumacher.

Im Tennisclub hatten sie sich vor Jahren kennengelernt. Frank war ein sportlicher Typ, auf den die Frauen standen. Schnatz saß er da in seinem blauen Anzug mit der roten Krawatte. Selbstbewusst. Ein echter Gewinnertyp.

Und Joachim? Er kam daher und bettelte ihn an. Jämmerlich. »Hallo Frank«, rief er über die Tische hinweg, bis Frank vom Checken seiner Mails hochsah, aufstand und ihm die Hand schüttelte.

»Schön, dich zu sehen. Komm setz dich. Wie geht es deiner neuen Flamme?«

»Flamme?« Joachim sah ihn verärgert an. »Du meinst doch nicht etwa Natalie?«

»Wen denn sonst? Oder gibt es noch eine?«

Joachim druckste herum. »Natalie ist die Krankenschwester meiner Mutter, wie du weißt.«

»Ja, ja, schon klar.« Frank schmunzelte. »Aber ihre Gesellschaft tut dir sicher gut, seitdem Susanne …«

Joachim unterbrach ihn. »Ja, das stimmt.« Wegen dieses Gesprächs traf er sich nicht mit seinem Tennisfreund. »Zu Hause ist alles soweit in Ordnung. Natalie hängt natürlich nicht so an meiner Mutter wie Susanne. Muss sie ja auch nicht. Hauptsache, sie kümmert sich.«

Frank nickte. »Aber deshalb bin ich nicht da«, wechselte Joachim rasch das Thema. »Die Firma, du weißt. Ich muss Zeit gewinnen.«

Frank Schumacher sah ihn an. »Verstehe. Du brauchst wieder Geld. Aber Geld allein wird dir nicht helfen.« Er räusperte sich. »Du musst an deiner Produktpalette arbeiten. Die Firma Winkler ist weiter als du. Ich kenne zwar nicht ihr Konzept im Detail, weil sie bei der Nachbarbank ihr Engagement hat. Aber in der Branche kriegt man ja so einiges mit. Heutzutage sind ganz andere Dinge gefragt.«

»Ganz andere Dinge? Ja, aber die alten Menschen brauchen immer noch Rollatoren und sonstige Hilfsmittel.«

»Ja sicher. Es gibt modernere Produkte als das, was du auf Lager hast. Außerdem gibt es auch immer mehr ältere Menschen, die noch gesund und vital sind. Denen habt ihr gar nichts zu bieten.«

Joachim schaute ihn erstaunt an. »Mein Vater hat Schuhe gefertigt. Dann hat er Hilfsmittel gebaut für diejenigen, die in den normalen Schuhen nicht so gut gehen können. Warum sollten wir was herstellen für Menschen, die keine Probleme beim Gehen haben?«

»Weil ältere Menschen nicht nur krank und gehbehindert sind, verstehst du? Außerdem brauchst du Produkte, die digital funktionieren. Smart eben.«

»Smart?«, wiederholte Joachim.

Ohne auf diese Frage zu antworten, hob Frank Schumacher sein Weinglas und animierte sein Gegenüber, mit ihm anzustoßen. Wie alte Freunde eben.

Sie tranken und hatten das Glas schon geleert, bevor die Speisekarte kam.

Frank musterte ihn. »Wir waren schon lange nicht mehr auf dem Tennisplatz.« Er ließ ihm Zeit, über das Gesagte nachzudenken.

»Susanne, meine Tochter, meine Mutter, jetzt Natalie, die Firma. Ich habe so viel um die Ohren. Da bleibt wenig Zeit, über meine Vorhand nachzudenken«, entschuldigte sich Joachim.

»Verstehe«, nickte sein Gegenüber. »Aber Geld gibt es nur, wenn du mich gewinnen lässt.«

Sein vermeintlicher Scherz verhallte zwischen Pizzageruch

und der Hitze, die durch die geöffnete Küchentür hereindrang.

»Natürlich brauche ich Geld. Wie soll ich sonst die Zeit überbrücken? Die Zinsen sind so niedrig, da dürfte das doch kein Problem sein.«

»Zeit überbrücken? Ich fürchte, du hast die Zeit verschlafen. Du hast keine Zeit mehr. Wie schnell willst du denn die Kurve kriegen? So kann das nicht ewig weitergehen. Schau, wir sind gute Freunde. Das reicht auf Dauer nicht als Bürgschaft. Dein Haus gehört schon der Bank. Die Firma sowieso. Du kommst immer öfter. Erst letzte Woche habe ich dir erklärt …«

»Letzte Woche?«, stutzte Joachim. Er konnte sich nicht erinnern, ihn letzte Woche gesehen oder gesprochen zu haben.

»Ja, letzte Woche. Gleiche Stelle, gleicher Wein, gleiches Essen.«

Frank Schumacher sah seinen Freund besorgt an. »Ist dir nicht gut?«

Joachim schwitzte. Mit dem Taschentuch wischte er sich den Schweiß aus dem Gesicht.

»Im Übrigen«, sagte Frank leise, nachdem sich sein Tischnachbar beruhigt hatte. »Unter Freunden sage ich dir, dass es bereits Gespräche der beiden Banken gab.«

»Welcher beiden Banken?«

»Zwischen uns und der Hausbank von WinSan.«

Joachim erbleichte. »Wie bitte?«

»Ich kann das nicht verhindern«, wehrte sich Schumacher. »Chefebene, verstehst du?«

Joachim verstand sehr wohl. Er war desillusioniert. Der Kopf tat ihm weh. Ihm wurde schwindlig. »Entschuldige mich kurz«, rief er zu seinem Freund und verschwand auf der Toilette, als könne er das Wasser nicht halten.

Als er wiederkam, war Frank nicht mehr da. Der Kellner nickte ihm aufmunternd zu. »Ihr Bekannter hat das Essen bezahlt. Keine Sorge. Er musste jetzt aber weg. Darf es noch ein Espresso sein?«

Joachim stutzte. Welches Essen? Er konnte sich nicht erinnern, etwas gegessen zu haben. Verwirrt schaute er auf die Uhr. Seitdem er die Pizzeria betreten hatte, war über eine Stunde vergangen. Er konnte doch unmöglich so lange auf der Toilette zugebracht haben.

»Ich hoffe, das Fleisch hat Ihnen gemundet und war medium genug«, unterbrach ihn der Kellner.

»Ja, ja«, flüsterte Joachim und traute sich nicht, mehr zu sagen. Er nahm seine Tasche mit den Papieren und verließ die Pizzeria. Die Szenerie kam ihm seltsam vor.

Als er im Auto saß, atmete er tief durch. Irgendetwas stimmte nicht mit ihm. Er zog seine Brille ab und rieb sich die Augen. Egal, sagte er zu sich selbst, wahrscheinlich bin ich überarbeitet. Im Büro wartete die Vorstandssitzung. Eine bittere Sitzung. Er hatte kein Angebot in der Tasche. Was sollte er nur den Vorstandskollegen sagen?

Als sein Fahrzeug über die Straße rollte, wurde er ruhiger. Er würde dem Vorstand vorschlagen, ein Zukunftskonzept zu erarbeiten. Schusterei 2.0.

Als er die Firma erreichte, zitterte er. Mit schweren Schritten betrat er das Haus. Wieder schwitzte er, war durcheinander. Was war los?

33

Rosso griff zum Handy. »Tonia?«, fragte er in das Gerät. »Schön, dass ich dich erreiche. Du, ich habe ein Problem.« Rosso war bestens vernetzt. Wie es sich für einen Detektiv gehört. Nicht nur, dass er Verkleidungen für alle Fälle zur Verfügung hatte. Nein, er kannte auch einige Leute, die ihn im Notfall unterstützten. Jetzt war ein solcher Notfall eingetreten.

Eine junge Frau mit großen schönen Augen, die aber leider kein Wort verstand und kein Wort sprach. Zumindest kein deutsches. »Könntest du bei mir vorbeikommen? Das wäre toll.«

Rosso hörte zu, was am anderen Ende der Leitung gesagt wurde. »Schön, verstehe. Gut, kein Problem. Ich warte solange. Danke.«

Er drückte den Knopf und bemerkte, dass Svetlana nicht mehr da war. Erschrocken sah er, wie sie im Krankenzimmer seiner angeblichen Frau verschwand und eilte ihr hinterher.

Svetlana stand irritiert vor dem Bett und hatte die Bettdecke zurückgeschlagen. Das Bett war leer. Keine zu pflegende Frau.

»Hören Sie, Svetlana«, nahm Rosso das Mädchen am Arm. »Machen Sie sich keine Sorgen. Ich will Ihnen helfen.«

Die Frau verstand kein Wort und folgte ihm nur widerwillig aus der Wohnung in sein Büro im Erdgeschoss.

Eine gefühlte Ewigkeit saßen sich beide auf der verknautschten Couch gegenüber. Wortlos. Eine unangenehme Situation. Was wohl in ihr vorging? »Kaffee?«, hielt er ihr eine Tasse entgegen.

Sie schüttelte schüchtern den Kopf und fühlte sich gefangen. Eigentlich wollte sie doch nur Geld verdienen und dann wieder nach Hause fahren. Wer war dieser Mann? Was tat sie hier? Wo war seine Frau, die sie pflegen sollte?

Endlich klingelte es. Rosso sprang auf und öffnete die Tür. »Schön, dass du es so schnell geschafft hast. Komm rein, Tonia.«

»Hi, Artur. Schön, dich mal wieder zu sehen. Aber wie siehst du denn aus?«

Tonia war aus einer rumänischen Aussiedlerfamilie, die in Senningen ein neues Zuhause gefunden hatte. Rosso hatte sie bei einem seiner abendlichen Streifzüge durch die Wirtschaftswelt der Stadt kennengelernt. Beide waren schon länger befreundet, allerdings nicht mehr. Tonia war zwar nicht verheiratet. Aber sie war nicht der Typ für langweilige Bindungen. Sie liebte ihren Job in der In-Kneipe am Marktplatz, wo sie spannende Leute kennenlernte. Und Artur? Na ja, ein dufter Typ, mit dem man Pferde stehlen und Witze reißen konnte. Beim Bier, nicht im Schlafzimmer.

Mimo beobachtete die Szenerie aufmerksam. Beleidigt zog er sich zurück, weil ihn keiner beachtete.

»Du hast Besuch?«, fragte Tonia erstaunt.

»Das ist Svetlana.«

»Svetlana? Freut mich.« Tonia streckte der jungen Frau die Hand entgegen, doch dieses Angebot blieb unerwidert.

»Sie hat Angst, musst du wissen. Sie ist aus Osteuropa. Sie versteht kein Deutsch und spricht kein Deutsch.«

»Aha«, sagte Tonia, »und ich soll jetzt den Dolmetscher für deine neueste Errungenschaft spielen?«

»Nein«, wehrte Rosso ab. »Sie ist keine Errungenschaft. Ich bin einem illegalen Pflegeskandal auf der Spur. Ich bin mir sicher, dass sie wie viele andere auch aus Osteuropa kommt und hier für wenig Geld als Pflegekraft in Privathaushalten angeboten wird.«

»Wie kommst du denn darauf?«

»Weil sie meine Pflegekraft ist.«

»Deine Pflegekraft? Seit wann bist du pflegebedürftig?«

Rosso hatte die Wartezeit genutzt, die abgenutzte Kleidung gegen Jeans und T-Shirt zu tauschen, die Falten und die

Schminke aus dem Gesicht zu waschen und den Gehstock in den Schirmständer zu bugsieren. Seine äußere Veränderung rief allerdings bei Svetlana eine noch größere Verunsicherung hervor.

»Ich bin nicht pflegebedürftig, ich tue nur so. Der Pflegedienst, den ich verfolge, hat mir diese junge Dame als Pflegekraft gebracht, 600 Euro auf die Kralle kassiert und ist wieder abgerauscht.«

Tonia staunte und war sprachlos, was selten passierte.

»Du könntest sie mal fragen, woher sie kommt, was sie hier tut und wer sie ist. Sie ist eine wichtige Zeugin.«

»Zeugin? Ich weiß doch gar nicht, woher sie kommt und was sie spricht.«

»Versuch es doch einfach«, flehte Rosso.

Tonia versuchte in verschiedenen osteuropäischen Sprachen, Svetlana auf sich aufmerksam zu machen. Als sie die junge Frau auf Russisch ansprach, funkelten erstmals deren Augen und sie blickte hoch. Tonia, ausgesiedelte Russlanddeutsche, sprach weiter auf die schüchterne Frau ein, als Svetlana plötzlich die Lippen bewegte, den Mund öffnete und antwortete.

»Zu Hause ist es nicht gut«, sagte Svetlana in ihrer Muttersprache. »Wir sind eine arme Familie. Mein Vater ist gestorben, ein Arbeitsunfall. Meine Mutter hat nichts gelernt.«

Tonia nickte. »Da hast du dich um Arbeit gekümmert.«

»Ja. Ich habe noch Geschwister und wir wohnen in zwei Zimmern in einem kleinen rumänischen Dorf. Auf dem Wochenmarkt habe ich dann diesen Mann gesehen.«

»Welchen Mann?«

»Dort war ein Mann, um den viele herumstanden und ich habe mich gefragt, was da los ist. Er hat Hilfskräfte angeworben, um in Deutschland alte Menschen zu pflegen.«

»Und er hat euch das Blaue vom Himmel versprochen.«

»Ja, viel Geld für wenig Arbeit. Mit dem Geld kann ich meine Familie ein ganzes Jahr versorgen, das er uns für einen Monat versprach.«

»Hast du denn überhaupt eine Ausbildung als Pflegerin?«

Svetlana schüttelte den Kopf und schaute verlegen unter sich. »Ich habe geputzt. Meine Mutter musste eine Zeit lang gepflegt werden, da habe ich geholfen und zugeschaut.«

»Und das reicht, um selbst pflegen zu können?«

Tonias Frage blieb unbeantwortet. Svetlana reichte ihr einen Umschlag. Darin befanden sich Arbeitszeugnisse und Urkunden über abgelegte Prüfungen.

»Das sind nicht meine Zeugnisse«, sagte sie.

»Aber auf den Zeugnissen steht dein Name, die Urkunde enthält dein Foto.«

»Alles reinkopiert«, erklärte Artur. »Für eine qualifizierte Pflegerin lassen sich höhere Stundenlöhne mit der Krankenkasse abrechnen. Die Kassen schreiben geeignetes Personal vor. Aber wer prüft schon die Eignung? Und was ist das überhaupt?«

Tonia schluckte und sah Artur entsetzt an.

Rosso wusste nicht, was die beiden Frauen gesprochen hatten und verlangte nach Aufklärung.

»Du hast Recht, Artur«, sagte Tonia zu ihm. »Das hier stinkt gewaltig nach einem Riesenskandal. Offenbar rechnet der Pflegedienst mit den Pflegekassen qualifizierte Personalkosten ab, obwohl die Personen formal gar nicht die Voraussetzungen erfüllen.«

Ohne ihm Näheres zu erläutern, wandte sie sich wieder Svetlana zu, übersetzte zwischendurch das Wichtigste für Artur.

»Wie wollt ihr pflegen, wenn ihr kein Deutsch könnt?«

»Man hat uns einen schnellen Sprachkurs versprochen. Daraus ist allerdings nicht viel geworden. An einem Nachmittag kam jemand zu uns in den Pflegedienst und hat uns ein paar gängige deutsche Begriffe beigebracht.«

»Mehr nicht?«

»Mehr nicht.«

»Zur Pflege gehört aber doch spezielles Vokabular?«

Svetlana zuckte mit den Schultern. »Für die paar Wochen,

die ich hier bin, lohnt sich doch kein aufwendiger Deutschkurs.«

»Und die Pflege?«

»Man hat uns gezeigt, wie man mit Spritzen umgeht und welche Medikamente wir benutzen sollen. Windeln wechseln, Geschirr spülen und Staub wischen – das kann man auch ohne Deutschkenntnisse.«

Tonia stand auf. Sie ließ eine verzweifelte und verunsicherte Svetlana zurück und ging mit Artur ein paar Schritte zur Seite. »Wenn Svetlana vor Gericht aussagt, dann kannst du einen richtigen Betrug auffliegen lassen. Dieser Pflegedienst kassiert bar und legt der Kasse eine höhere Verrechnung vor.«

Sie nahm den Zettel zur Hand, den Artur als Herr Weber unterzeichnet hatte. »Siehst du hier?« Sie zeigte auf die Rechnung. »Eine deutlich höhere Summe als die 600 Euro, die du bezahlt hast. Alle sind fein raus. Herr Weber, weil er nicht mehr bezahlen muss, Svetlana, weil das für sie viel Geld ist, was sie bekommt. Und der Pflegedienst, weil er horrende Summen abkassiert ohne adäquate Gegenleistung. »Win-Win«, nennt man das wohl.

Artur genoss kurz seine Genugtuung, während er überlegte, was »Win-Win« bedeutete, oder ob sie stotterte, dann wandte er sich erneut Tonia zu. »Frag sie bitte, ob ihr der Name Thomas Lochner etwas sagt.«

Tonia sah ihn verdutzt an. »Lochner? Du meinst den Arzt aus unserem Krankenhaus?«

»Genau den meine ich. Thomas Lochner. Vielleicht kennt sie auch Martin Winkler.«

Als die beiden Namen fielen, zuckte Svetlana zusammen. Die Namen hatte sie auch ohne Übersetzung verstanden. »Gefängnis? Ich?«, rief sie mit zittriger Stimme.

Tonia nahm ihre Hand. »Nein, ganz bestimmt nicht, wenn du die Wahrheit sagst. Wir helfen dir. Verlasse dich auf uns.«

34

»Mama, Mama, wach auf.«

Das kleine Mädchen stand wild gestikulierend am Bett ihrer Mutter, die einfach nicht aufstehen wollte.

Es war doch ein so schönes Wochenende gewesen. Am Samstagabend hatte die Zwölfjährige lange mit ihrer Freundin Katharina gespielt, ehe beide müde ins Bett fielen. Am Sonntag hatte ihre Mutter sie um die Mittagszeit abgeholt. Sie sah ziemlich zerzaust aus.

»Ich bin noch ziemlich müde, mein Mädchen. Der Abend war anstrengend. In meinem Alter«, lachte sie und nahm ihre Tochter in die Arme.

Ihre Mutter war für die Kleine das Ein und Alles. Keinen Vater zu haben und Einzelkind zu sein, war für sie nicht einfach. Neidisch sah sie andere Kinder, die ihre Eltern von der Schule abholten oder von ihren Geschwistern erzählten. Für sie war Katharina der Ersatz für eine fehlende Schwester. Sie klammerte sich an die Freundin und war froh, dass ihre Mutter ihr viel Freiraum ließ.

»Sollen wir runter auf den Marktplatz ein Eis essen gehen?«, hatte Mutter gefragt.

»Au ja«, freute sie sich, nahm ihre Mutter an der Hand und beide schlenderten wie übermütige Kinder durch den warmen Tag der Eisdiele entgegen.

Wie unbeschwerte Teenager genossen sie den Nachmittag. Sie, ein noch ganz junges Mädchen; ihre Mutter, ein älter gewordener Teenager. Sie hatten nicht viel zum Leben. Aber sie hatten sich.

Viel zu schnell ging der Sonntag zu Ende. Am nächsten Tag machten sich beide wie gewohnt auf den Weg – das Mädchen zur Schule um die Ecke, ihre Mutter zur Arbeit.

Als das Mädchen nachmittags nach Hause kam, stand die

Wohnungstür offen. Sie betrat leise die Wohnung und ihr schien, als bewege sich ein Schatten hinter ihr durch die offene Tür. Sie drehte sich verängstigt um. »Mama?«, rief sie leise. Doch ihr schallte nur gespenstische Stille entgegen. Die Luft schien sich zu bewegen und wehte den Vorhang im Takt der Küchenuhr. Die Küche war so unaufgeräumt wie am Morgen. Normalerweise kam Mutter über Mittag nach Hause, kochte etwas Kleines für sie beide, ehe sie wieder zur Arbeit musste. An diesem Montag nicht. Die Zeit schien nach dem Verlassen des Hauses stehengeblieben zu sein. Die Zwölfjährige wurde unruhig, lief hektisch durch die Zimmer, rief nach ihrer Mutter, bekam keine Antwort. Schließlich öffnete sie die Schlafzimmertür, sah ihre Mutter im Bett liegen. Um diese Uhrzeit?

»Mama, Mama! Wach auf!«

Sie trat ans Bett. »Mama, wach auf! Was ist denn los? Bist du krank?«

Doch ihre Mutter regte sich nicht. Neben ihr lag eine leere Tablettenschachtel, auf der ein Name stand, den das Mädchen noch nie gehört hatte. Darunter lag ein handgeschriebener Zettel ihrer Mutter, den die Tochter mit zittrigen Fingern las. Sie wusste nicht, wie viel Zeit vergangen war, in der sie regungslos am Bett ihrer Mutter gesessen hatte, den Zettel in der Hand. »Mama, wach auf!« Sie rüttelte an ihrer Mutter, als könnte sie sie damit zum Leben erwecken. Hastig griff sie zum Telefon und wählte drei Ziffern. »Kommen Sie schnell, meine Mutter. Ja, in der Leopoldstraße 12. Beeilen Sie sich!«

Als würde vor ihr ein Film ablaufen, beobachte sie, wie Männer in weißen Kitteln und gelben Jacken an ihrer Mutter herumzerrten, schließlich innehielten und sich kopfschüttelnd ansahen.

Sie hörte nicht, was die Psychologin erklärte, die neben ihr saß und auf sie einredete. »Tut mir leid«, sagte die Psychologin nach einer gefühlten Ewigkeit.

Die Männer hatten ihre Mutter in den Rettungswagen gebracht und waren mit lautem Sirenengeräusch davongebraust.

»Tut mir leid«, sagte die Ärztin erneut. »Sie bringen deine Mutter ins Krankenhaus. Ich kann dir nicht sagen, was mit ihr passiert ist und wie es ihr geht.«

Das Mädchen ließ sich von ihr zum Auto führen, das beide zum Krankenhaus brachte.

Die beiden warteten vor der Intensivstation auf irgendein Zeichen. Es herrschte Totenstille auf dem Flur. Ein Mann mit ernstem Blick trat aus der Schiebetür und nickte der Psychologin zu. Sie stand auf, ging zu ihm und kehrte nach einem kurzen Wortwechsel zurück. Sie nahm das Kind in den Arm. Dem Mädchen war klar, was geschehen war.

»Ist sie …?« Die Dame im weißen Kittel nickte. »Ja, tut mir leid.«

»Aber warum? Wieso?« Sie schauten sich wortlos an.

Für das Kind brach eine Welt zusammen. Ihre geliebte Mutter war nicht mehr da. Da sie minderjährig war, hatte das Krankenhaus das Jugendamt informiert.

Als die Jugendbetreuerin zum Krankenhaus kam, traf sie das tränenüberströmte Mädchen aufgelöst im Flur der Intensivstation sitzen. Sie setzte sich zu ihr. Schweigend saßen sie nebeneinander. Eine Ewigkeit schien vergangen, bis ein Pfleger durch die Schiebetür auf beide zukam und die Jugendbetreuerin zu sich rief. Ein Flüstern rauschte durch den ansonsten leeren Flur. Das Mädchen sprang auf. Die Betreuerin hielt sie am Arm zurück.

»Ich weiß nicht …«

»Doch, doch«, rief sie. »Ich muss meine Mutter noch einmal sehen.«

Sie eilte den beiden voraus durch die Schiebetür. Ihre Mutter lag still und ruhig auf dem Bett, ein weißes Laken reichte ihr bis zur Schulter. Die Geräte am Krankenbett waren erloschen. Kein Piepsen, kein farbig flackernder Bildschirm. Dunkelheit. Das Kind schlich in Zeitlupe durch den Raum. Pfleger und Betreuerin ließen sie gewähren.

Sie setzte sich an den Bettrand und starrte in das Gesicht der toten Mutte, deren Augen geschlossen waren. Um den Hals trug sie noch ihr goldenes Amulett. Yin. Die schwarze Hälfte von Yin und Yang. Schnell öffnete sie die Öse und löste den Schmuck vom Hals ihrer Mutter, steckte ihn ein. Ohne Gegenwehr ließ sie sich schließlich von der Jugendpflegerin aus dem Raum führen. Sie brachte die Tochter in einen Nebenraum.

»Hör zu, mein Kind«, durchbrach die Betreuerin die Stille und griff nach ihrem Arm.

Das Mädchen wies sie von sich wie ein trotziges Kind, dem man sein Spielzeug abgenommen hatte. »Lassen Sie mich. Meine Mutter ist tot. Sie können sie auch nicht mehr lebendig machen.«

»Das stimmt«, sagte die Betreuerin in ruhigem Ton. »Aber ich kann dir helfen, damit klarzukommen.«

»Niemand kann mir helfen.«

»Hast du jemanden, bei dem du vorübergehend bleiben kannst?« Das Mädchen schaute hoch. »Katharina. Ja. Ich will zu Katharina.«

»Wer ist Katharina?«

»Meine beste Freundin.«

»Hast du sonst keinen in der Familie?«

»Katharina ist meine Familie.«

Gut, ich bringe dich zu ihr, wenn du mir sagst, wo sie wohnt. Ich werde morgen noch einmal vorbeischauen. Dann müssen wir reden, wie es weitergeht. Einverstanden?«

Das Mädchen nickte.

»Hast du keine Verwandten mehr?«

»Doch, meinen Onkel. Er wohnt auch hier in der Stadt.«

»Der Bruder deiner Mutter?« Sie nickte erneut und zog die Nase hoch.

»Ich werde ihn über den Tod seiner Schwester informieren.

Morgen werde ich mit ihm zu dir kommen.«

Die Zwölfjährige ließ sich aus der Klinik führen. Sie nahm die Häuser nicht wahr, die während der Fahrt an ihr vorbeiflogen. Erst als sie bei Katharina und ihren Eltern einbogen, hob sie den Blick. Tränen kullerten ihr über die Wangen. Die Betreuerin erklärte Katharinas Eltern, was geschehen war. Sie nickten stumm. Als es dunkel wurde, presste sich das Kind ganz fest an ihre Freundin. Die letzten Sonnenstrahlen verschwanden wortlos hinter dem Horizont. Nach der Sonne kam die Finsternis.

35

»Völlig ausgeschlossen, das kann nicht sein.« Martin, Marias Bruder, lief auf und ab durch die Wohnung und konnte sich kaum beruhigen, als die Jugendbetreuerin ihm die Nachricht vom Tod seiner Schwester Maria überbrachte. »Kann ich meine Schwester sehen?«

»Sicher. Sie ist noch im Krankenhaus. Sie sind der einzige Verwandte, neben der minderjährigen Tochter natürlich. Sie müssen entscheiden, was mit ihr geschieht.«

»Was mit ihr geschieht?«

»Die Beerdigung, meine ich …«

»Ah, die, ja klar.« Überfordert fuhr er sich durch die Haare. »Mir wäre recht, wenn die Kleine noch ein paar Tage bei ihrer Freundin bleiben könnte. Ich studiere außerhalb und bin während der Woche sehr eingespannt.«

Die Jugendbetreuerin nickte verständnisvoll. »Wir können uns auch um Pflegeeltern bemühen. Offenbar existiert kein Vater.«

»Das kommt nicht in Frage. Sie braucht keine Pflegeeltern. Ich kümmere mich um sie. Aber ich muss erst mal regeln, wie das weitergeht mit meinem Studium. Ich kann mich nicht ohne Weiteres um sie kümmern, verstehen Sie?«

»Verstehe«, sagte die Jugendbetreuerin. »Wir werden eine Lösung finden.«

Er war wie benommen vom Tod seiner Schwester.

Erst fuhr er ins Krankenhaus, saß am Bett der Toten und hielt ihre kalt gewordene Hand. Sie hatte die Augen geschlossen, als schien sie zu schlafen.

»Das Beerdigungsinstitut wird sie gleich abholen, nachdem der Arzt die Papiere ausgefüllt hat.«

»Papiere?«

»Ja, der Arzt diagnostiziert die Todesursache. Es gab kein

organisches Versagen. Vieles deutet darauf hin, dass ...«

»Meine Schwester hat sich nicht umgebracht, niemals«, rief ihr Bruder dazwischen.

Der Pfleger griff ihm in den Arm. »Beruhigen Sie sich. Das bringt Ihre Schwester auch nicht wieder zurück.«

Er riss sich los. »Mary, Mary. Niemals. Das war Mord.«

»Beruhigen Sie sich. Wer soll denn Ihre Schwester umbringen?«

»Ihre Tochter hat Schatten gesehen. Der Vorhang hat sich bewegt.«

»Der Teenager hat Schatten gesehen?«, fragte der Pfleger mitleidig. »Was soll das beweisen?«

»Nein, niemals. Es war kein Suizid. Ich verlange ein Ermittlungsverfahren.«

»Erzählen Sie das der Polizei. Der Arzt ermittelt die medizinische Todesursache.«

Als der Arzt mit den Papieren den Raum betrat, stürzte er auf ihn zu. »Herr Doktor, bitte, glauben Sie mir. Das war kein Selbstmord.«

Der Arzt blieb unbeeindruckt und drückte ihm die Papiere in die Hand. »Ihre Schwester ist nachweislich an einer Überdosis Schlaftabletten gestorben. Sie kann sie selbst genommen haben, natürlich kann ihr auch jemand die Tabletten in den Mund geschoben haben«, gab er zu bedenken. »Aber es gibt keinerlei Spuren von Gewalt. Ich glaube kaum, dass sie freiwillig zugeschaut hat, wie ihr jemand die Tabletten verabreicht hat.«

Der Pfleger deckte derweil das Laken über den Körper der Verstorbenen und schob sie im Krankenbett hinaus. Ihr Bruder blieb wie gelähmt stehen. Das konnte doch alles kein Zufall sein! Der Verlust des Jobs hatte an ihr genagt, so schrieb sie klagend in ihrem Abschiedsbrief, galt sie doch jahrelang als eine zuverlässige Arbeitskraft. Bestand da ein Zusammenhang?

Natürlich musste er sich jetzt um eine würdige Beerdigung

kümmern. Und ihre Tochter? Sie konnte unmöglich allein bleiben in der Wohnung. Sie konnte auch nicht dauerhaft bei der Familie ihrer Freundin wohnen. Er würde sie zu sich nehmen müssen, nein, wollen. Sein Studium unterbrechen, oder von zu Hause arbeiten, wie auch immer. Das arme Kind. Seine arme Schwester. Seine verdammte Familie. Verdammt? Warum? Wer arbeitete daran, seine Familie zu zerstören? Erst seine Schwester? Und dann?

Die nächsten Tage zogen wie ein schlechter Film an ihm vorbei. Mechanisch erledigte er das, was erledigt werden musste. Maria sollte in aller Stille beerdigt werden. Er wollte kein öffentliches Zeremoniell, bei dem es den Anwesenden hauptsächlich darum ging, zu beobachten, wer anwesend ist, wie er gekleidet ist, ob er viel oder wenig trauert, ob er sich hauptsächlich auf das anschließende Kaffeekränzchen mit Kuchen und Schnittchen freute, ob er die klassischen Beerdigungslieder in der Kirche mitsang. *Wir sind nur Gast auf Erden, und wandern ohne Ruh mit mancherlei Beschwerden der ewgen Heimat zu. Gotteslob 505. Mit Jesus Christus bist du durch die Taufe verbunden, mit ihm bist du gestorben, mit ihm wirst du leben. Kyrie eleison, Christi eleison, Kyrie eleison.*

Er war kein besonders gläubiger Mensch und seine Schwester, so glaubte er, auch nicht. Mit mancherlei Beschwerden. Klar, sie hatte es sicherlich nicht leicht gehabt in ihrem kurzen Leben. Vater früh verstorben, die Mutter zuletzt gepflegt, kein Geld, eine kleine Sozialwohnung, ein uneheliches Kind. Aber sie war lebensfroh. Sicher hatte sie mit ihrer Clique auch über die Stränge gehauen. Alkohol, Drogen, wer weiß was noch. Aber doch kein Suizid mit Tabletten! Das war nicht seine Schwester. Er beschloss, der Sache auf den Grund zu gehen, sobald die Trauerphase vorüber war.

Maria Weiherstätt wurde beerdigt, in aller Stille. Ohne Gottesdienst. Ohne Lieder aus dem Gotteslob. Ohne Kranzkuchen. Eine kleine Andacht in der Einsegnungshalle. Außer ihm und ihrer Tochter waren ein paar Freunde da, Freunde aus ihrer Clique. Katja natürlich.

In gebührendem Abstand sah er einen Mann stehen, in dunklem Trenchcoat, Hut und Sonnenbrille, der sich offenbar davon zu überzeugen schien, dass Maria tatsächlich beerdigt wurde. Er beschloss, diesen Mann nach der Beerdigung aufzusuchen. Doch als er sich erneut umdrehte, war dieser verschwunden.

Es gingen ein paar Tage, ja Wochen ins Land. Schließlich nahm er die zwölfjährige Teenagerin zu sich. Natalie war seit dem Tod ihrer Mutter ruhig geworden, in sich gekehrt, verstört, irritiert. Sie hatte nie einen Vater gehabt und nun auch keine Mutter mehr. Ihr Onkel war der Einzige, der für sie da sein konnte. Er war ihre letzte Hoffnung und war gewillt, dieser Hoffnung Rechnung zu tragen.

Seine Augenlider zitterten nervös. Verbissen blickte er durchs Fenster in den zu Ende gehenden Tag. Er würde den Mörder seiner Schwester finden – denjenigen, der sie in den Tod getrieben hatte. Er würde die Ehre seiner Familie retten.

Schweigend nahm er seine Nichte in den Arm. Ihm schien, als läge ein Fluch über ihrer Familie. Verzweifelt, verzagt, verunsichert blickte er in den dunklen Tag. Nein. Er ballte die Faust. Entschlossen, entschieden, entfesselt formten sich Gedanken in seinem Kopf. Gedanken der Rache.

36

Als ihn ein stechender Sonnenstrahl im Gesicht weckte, schreckte Joachim aus dem Bett auf. Sein Kopf brummte. Er stand auf, mehr wankend als gehend schlich er zum Badezimmer und lauschte nach unten. Es war merkwürdig still. Normalerweise hörte er Natalie, wie sie in der Küche das Frühstück bereitete, klapperndes Geschirr, die zischende Kaffeemaschine. Nichts. In Küche und Esszimmer herrschte noch tiefe Nacht.

Verdutzt blieb er stehen, als er aus der Ferne ein Wimmern vernahm. Er folgte dem Ton, der vernehmlicher wurde, als Joachim die Treppe hinabstieg zur Wohnung seiner Mutter. Er erschrak, hielt den Atem an und lauschte gebannt an der Tür. Nichts. Er betrat leise die Wohnung, ging ins Schlafzimmer und sah Emilie lautlos und friedlich schlafen. Verwirrt verließ er ihre Wohnung und nahm die erste Treppenstufe nach oben, als das Wimmern eindringlich an sein Ohr drang. Es kam aus dem Zimmer von Natalie. Er ging zurück und klopfte leise an die Tür. Als die Reaktion ausblieb, drückte er die Türklinke nach unten. Die Tür war unverschlossen. Vorsichtig lugte er durch den Türrahmen und erschrak, als er Natalie kauernd neben ihrem Bett sitzen sah. Ihr Nachthemd hing zerfetzt an ihr herab, die Haare verteilten sich als Strähnen übers verheulte Gesicht.

»Um Himmels willen«, rief Joachim, »was ist passiert?« Als er sich ihr näherte, wich sie zurück.

»Jetzt tun Sie doch nicht so«, erwiderte Natalie.

Joachim blieb stumm. »Sie wollen mir doch nicht sagen, dass Sie sich an nichts erinnern könne«, sagte sie.

»Erinnern? Woran?«

»Woran?« Natalie schluckte. »Dass Sie heute Nacht in meinem Zimmer waren, zum Beispiel.«

»Ich? In Ihrem Zimmer? Aber …«

»Nichts aber. Sie haben mich gegriffen, aufs Bett gedrückt.

Sie haben mir wehgetan.« Natalie wimmerte und zeigte die Striemen auf ihren Armen.

Joachim wurde bleich. »Aber, das kann nicht sein. Sie lügen.«

»Ich lüge?« Natalie erhob sich mühsam. »Ich denke, es ist besser, wenn ich meine Sachen packe und gehe.«

»Nein, warten Sie«, rief Joachim und griff ihre Hand. »Ehrlich, ich weiß von nichts. Glauben Sie mir.«

Natalie riss sich los und sah ihn missfällig an. »Ich bin nicht Ihr Flittchen«, höhnte sie. »Ich bin hier, um auf Ihre Mutter aufzupassen. Ich bin nicht Ihre neue Partnerin.«

Joachim senkte den Kopf. Eisiges Schweigen hing lähmend im Raum.

»Was ist los mit Ihnen?«, fragte Natalie und ihre Stimme klang vorwurfsvoll. »Ich erkenne Sie nicht wieder. Ich mache mir ernsthaft Sorgen um Sie, Herr Schuster!« Sie wechselte vom Vor- zum Familiennamen, was ihrer Aussage mehr Ernsthaftigkeit verlieh.

Joachim hielt den Blick gesenkt.

Natalie stand auf, ging eine Zeit lang auf und ab. Dann ließ sie ihn allein, was die Wirkung des Geschehens verstärkte.

Die Stille dröhnte in seinen Ohren. Tagelang gingen sie wortlos aneinander vorbei, wie unsichtbare Schatten. Es schien, als habe sich eine undurchdringbare Mauer zwischen ihnen aufgebaut. Joachim spielte mit dem Gedanken, die Zusammenarbeit mit ihr zu beenden, als er sie eines Morgens ansprach. »Hören Sie zu, Natalie«, begann er zögernd. »Das sind schwere Vorwürfe. Wie soll es da jemals wieder ein Vertrauensverhältnis geben? Am besten …«

»Am besten was?«, antwortete sie und es klang komisch, als er nach Tagen ihre Stimme wieder hörte.

Natalie legte den Arm um ihn. Verstört sah er sie an. »Vergessen wir das Ganze«, sagte sie schließlich. »Es ist ja nichts passiert«.

Joachim wusste nicht, was er sagen sollte. Irritiert sah er sie an. Wenn etwas geschehen war, wie konnte sie so schnell darüber hinwegsehen?

»Vielleicht sind Sie Schlafwandler«, lächelte sie, zerstreute seine Gedanken und Joachim hob den Kopf.

»Vielleicht sollte ich wirklich mal zum Arzt gehen«, murmelte er vor sich hin, immer noch irritiert über das Geschehene, worauf er sich keinen Reim machen konnte, weder auf das Erzählte noch auf die Tatsache, dass Natalie so schnell zur Tagesordnung überging. Dann stand er auf und ging, während vibrierende Klänge sein Ohr füllten. Er hielt sich die Ohren zu, der Kopf tat weh. Lautlos schrie er in den Tag, doch keiner hörte ihn.

Seit Jahren raubte die schleichende Demenz Emilie den Verstand und ihre Persönlichkeit. Sie hatte vermutlich gar nicht mitbekommen, dass ihre Schwiegertochter Susanne nicht mehr da war. Dennoch hatte sie sich anfangs gegen Natalie gesträubt, als würde sie spüren, dass sich etwas verändert hatte.

Als würde sie spüren, wer Natalie war. Vor allem: Was Natalie war.

Natalie fiel es zunächst schwer, Veränderungen bei Emilie festzustellen. Als sie hier einzog, lebte Emilie bereits in ihrer eigenen Welt. Joachim hatte ihr erzählt, wie die Krankheit ihren Lauf genommen hatte. Zunächst bereits, als Emilie noch allein hier wohnte, Kleinigkeiten vergaß. Ihnen war aufgefallen, dass Sachen nicht an ihrem gewohnten Platz lagen und dass Mutter die einfachsten Dinge nicht mehr wusste.

»Das weißt du doch, mein Junge«, sagte sie zu Joachim, wenn dieser ihr Geburtsdatum wissen wollte. »Das muss ich dir doch nicht ständig erzählen«, fand sie einen geschickten Ausweg, verbergen zu können, dass sie es nicht mehr wusste. Aber sie kannte ihren Sohn noch, kannte auch Susanne und die kleine Tina, die gern und oft bei ihr im Sessel schlummerte. Die schwarzen Wolken in ihrem Kopf nahmen zu. Die Sonnenstrahlen wurden schwächer. Die Sonnenfinsternis kündigte sich an, unaufhörlich.

So oft es ging, setzte sich nun Natalie zu ihr neben den Ohrensessel, nahm ihre Hand, versuchte Vertrauen aufzubauen. Emilie hatte sie anfangs mit großen Augen angesehen, als schien sie zu überlegen, ob sie diese Frau kannte oder nicht. Manchmal sagte sie »Susanne« zu ihr, manchmal »gute Freundin«. Natalie machte sich nicht die Mühe, ihr erklären zu wollen, dass sie nicht Susanne ist und was sie hier tat.

»Mutter«, sagte sie sanft zu ihr, und Emilie lächelte ihr zu. »Mutter, erzähl mir aus deinem Leben. Wie war das mit Paul und dem Sanitätshaus?« Natalie strich der alten Dame über die Hand.

Emilie blickte in ein dunkles Loch. Das Stichwort »Sanitätshaus« gefiel ihr. »Ja, ja, der Paul«, sagte sie. »Ich sitze hier und der muss immer arbeiten.«

»Was tut er denn?«

»Das weißt du doch, Susanne. Er flickt die Schuhe. Sein ganzes Leben hat er mit Schuhen verbracht. Neue Sohlen, Einlagen, Schnürsenkel. Da hör!« Sie lauschte aufmerksam in die Stille. »Du hörst ihn unten in der Werkstatt hämmern. Immer am Arbeiten.«

Natalie hörte nichts außer dem Rauschen des Windes und bohrte weiter. »Das Sanitätshaus ist ein großes Unternehmen.«

»Sanitätshaus«, sinnierte Emilie. »Ich habe immer gesagt: Paul, du bist verrückt. Bleib bei deinen Leisten. Nein, er wollte unbedingt diese Firma haben.«

»Das war doch eine gute Entscheidung.«

»Ja, schon. Aber Paul ist deshalb nicht öfter zu Hause. Um mich kümmert er sich kaum.«

»Aber«, sagte Natalie vorsichtig, »du bist doch seine große Liebe.«

Emilie hob die Hand und winkte ab. »Große Liebe. Dass ich nicht lache.«

Natalie wurde aufmerksam.

»Immer war er hinter anderen Frauen her. Dir, Susanne, kann ich das ja sagen.«

»Aber ihr habt doch wunderbare Kinder«, ließ sie nicht locker. »Joachim.«

Emilie nickte. »Natalie ...« Emilie sah auf. »Kenne ich nicht«, sagte sie. Emilie wirkte müde und erschöpft.

»Es gibt doch bestimmt die Geburtsurkunden und Kinderbilder. Wollen wir uns die ansehen?«

Emilie wehrte ab und wandte sich zur Seite. Ihre Stimmung schlug schlagartig um. Sie schloss die Augen, lehnte den Kopf in den Ohrensessel und nahm keinen Anteil mehr an ihrer Gesprächspartnerin.

Enttäuscht ließ Natalie ihre Hand los. Sie war der Sache auf der Spur. Eines Tages würde sie alles wissen, was sie wissen wollte. Ihr Plan war gut.

Nach dem Frühstück hatte sich Joachim zur Arbeit verabschiedet. Wie immer kurz angebunden. Wie immer in letzter Zeit zerstreut, durcheinander. Er schien neben sich zu stehen. Sie konnte das sogar verstehen. Sie war sogar ganz froh darüber. Zeit für Mitleid hatte sie nicht. Ganz im Gegenteil.

Natalie wusste nicht, dass Joachim zur Arbeit fuhr, dort aber nicht ankam. Sein Weg führte ihn nicht nach Berghausen in die Firma. Er lenkte sein Fahrzeug in die andere Richtung nach Senningen, mitten in die Stadt, wo er gezielt auf eine Straße zusteuerte. Nein, er fuhr nicht zu seinem Hausarzt, auch wenn die Ereignisse der letzten Zeit ein stichhaltiger Grund dafür gewesen wären. Er hatte eine bessere Idee.

37

Das Türschild quietschte in der leichten Brise, die von Westen über die Stadt wehte. Schon lange war er nicht mehr in diesem Stadtteil gewesen, obwohl er nicht weit von seinem Wohn- und Arbeitsort entfernt lag. Aber jeder hat nun einmal seinen Alltag. Keiner fährt mal eben so in diese Ecke der 20.000-Seelen-Stadt, unscheinbar, klein, fremd. Trotzdem kam ein wenig Wehmut auf. Erinnerungen flogen ihm zu, als er an seiner alten Schule vorbeifuhr. Was waren das Zeiten, als sie hier im Senninger Schloss das Gymnasium besuchten. Nicht weit von hier war er aufgewachsen, und der Wechsel an diese Schule war eine Ehre. Sie genoss einen guten Ruf.

Als er an dem imposanten und majestätisch anmutenden Gebäude mit den vielen kleinen Fenstern im Schritttempo vorbeifuhr, sah er Menschen im Hof spazieren gehen. Es waren nicht mehr die tobenden Schüler von früher. Dennoch. Ihm schien, die Zeit sei stehengeblieben. Wenig hatte sich verändert. Gerne hätte er angehalten. Innegehalten. Wäre durch die alten Flure gezogen, hätte in die Schulsäle geblickt, den Duft der Erinnerung eingesogen. Aber er nahm sich nicht die Zeit, anzuhalten. Es blieb keine Zeit für Nostalgie. Er hatte ein anderes Ziel.

So ließ er das Schulgebäude hinter sich, bis es auch aus dem Blickfeld des Rückspiegels verschwunden war, und sich Häuserreihen auftürmten, hohe, oft verkommene Fronten. Er fuhr langsamer. Schritttempo. Bis er die schmale Einfahrt zwischen zwei Gebäuden erspähte und sein Fahrzeug hindurch lenkte. Im Hinterhof, wo das Türschild quietschte, brachte er sein Fahrzeug zum Stehen. Hier sah es gar nicht bewohnt aus. Mehrere Stockwerke hoch dunkle Fenster ohne Gardinen, leblos und ruhig. Wie ein Leerstand, über den die Zeit hinweggezogen ist. Ein vergessener Leerstand. Aber immerhin gab das

Türschild ein Lebenszeichen von sich. Joachim griff danach und hielt es hoch.

DR! Artur Silva.

Er musste laut lachen. Ja, da war er richtig. Dr.? Doktor? Hatte er etwas verpasst? Er drückte den Klingelknopf und folgte einem dunklen Singsang durch die Tür, ohne auf eine Antwort zu warten.

Die Tür fiel mit Geknurre ins Schloss, als ihm ein wildes Etwas entgegen huschte und laut bellte. Na ja, so laut es eben ging. Der kleine vierbeinige Mops wedelte um ihn herum, wie ein Sicherheitsbeamter, der ihn an der Kontrolle abtastete, und erst dann weitergehen ließ. Der Mops ließ schließlich von ihm ab und hoppelte zurück, um seinem Herrchen Meldung zu geben.

Ein rothaariger Schopf saß an einem verwahrlosten Tisch. Um ihn herum stapelte sich ein nicht enden wollendes Chaos. Mein Gott, dachte er. So war Artur früher schon. Bücher stapelten sich zu wackligen Türmen. Hefte, Schreibutensilien lagen wirr durcheinander. Ein Fernseher surrte in der Ecke und übertrug eine lärmende Gerichtsverhandlung im Privatfernsehen. Die Kakteenlandschaft auf dem Fensterbrett bot einen traurigen Anblick. Glücklicherweise sind Kakteen in der Lage, ohne Wasser und Zuspruch zu überleben. Der Blick durchs Fenster führte in einen Innenhof und eröffnete den Blick auf Mülleimer und gelbe Säcke. Ein trostloses Zuhause. Oder Büro. Oder beides.

Artur hatte sein Handy in der Hand und sprach pausenlos, ohne die Gegenwart seines Gastes zur Kenntnis zu nehmen. Als ihn das Gespräch zu langweilen schien, kraulte er erst seinen Mops, der auf seinem Schoß Platz nahm. Er blickte dann interessiert hoch, schleuderte seinem unverhofften Gast ein spitzbübisches Strahlen entgegen und winkte ihm zu, sich doch bitte auf der Couchgarnitur niederzulassen.

Joachim vermied, es sich auf der verknautschten und verklebten Unterlage bequem zu machen, sofern dies überhaupt möglich gewesen wäre. Vorsichtig nahm er am Rand Platz, immer in Stellung, rasch wieder aufzustehen.

»Ja klar, ja …«, unterbrach sich der Rotschopf am Handy, weil offenbar sein Gegenüber auf der anderen Seite der Leitung, nein der Funkwellen, wieder sprach. Manchmal wäre ein Funkloch hilfreich.

»Ja, ich verstehe Sie. Aber ich kann Ihnen keine klaren Beweise liefern. Wenn …« Er rollte die Augen und machte mit der linken Hand unleserliche Notizen auf einem Schmierzettel mit Kaffeefleck. »Ja, wenn …, ja dann brauche ich mehr Zeit. Wenn Ihnen das zu teuer ist.«

Der Detektiv stand auf. »Gut, überlegen Sie es sich. Gern kann ich die Beobachtung fortsetzen. Melden Sie sich einfach wieder. Ja. Gut. Bis dann«, drückte er den Knopf am Handy und schaute hoch.

»Mensch Jo, das ist ja der Wahnsinn. Little Jo in meinem Büro.« Das Wort »Büro« betonte er mit einem erkennbaren Stolz in der Stimme und so, dass es sich reimte. Jo. Büro. Er sprang auf, drückte seinem Besuch einen Strohhalm in die Hand und stellte sich mit dem Rücken zu ihm.

Automatisch stand Joachim auf und stellte sich Rücken an Rücken. Dann entfernten sie sich ein paar Schritte voneinander, drehten sich um und bliesen wie wild in den Strohhalm.

Artur kippte um. Lachend stand er auf. »Weißt du noch, dieses Blasrohr, das wir hatten? Getroffen haben wir selten, aber es hat Spaß gemacht.«

Joachim lachte. »Dich nicht zu treffen, war ein Kunststück, Big Hoss. Mein Schulfreund Rosso. Wahnsinn!«

Rosso hatte immer noch ein paar Kilo zu viel, die er durch weniger Körperlänge ausglich. »Ich bin immer noch nicht zu dick …«

»Nein, sondern zu klein, ich weiß.«

Der Mops hatte artig das Lausbubenstück aus sicherer Entfernung beobachtet und rückte jetzt näher. Als ihn keiner beachtete, kläffte er. »Ach ja«, sagte Rosso. »Darf ich dir noch meinen treuen Weggefährten vorstellen. Mister Mops. Darfst ihn Mimo nennen.«

Joachim bückte sich und streichelte dem Vierbeiner über den Kopf. Dieser nahm das wohlwollend zur Kenntnis.

»Er ist mein Adjutant.« Rosso lächelte.

»Aber Jo, sag. Was machst du denn hier? Hat dein Navi versagt?« Er kam jetzt freudestrahlend auf ihn zu und drückte ihn heftig. »Wie lange ist es her? Das 30-jährige Abitur-Jubiläum? Warum bist du nicht mal früher gekommen, um mich zu besuchen? Da leben wir nicht weit voneinander entfernt und sehen uns kaum.«

Rosso hatte sich kaum verändert. Klar, das Gesicht war älter geworden. Es trug die gleichen feinen, spitzbübischen Fältchen wie zur Schulzeit. Einige Jahre hatten Rosso und er nebeneinander die Schulbank gedrückt. Er war sich für keine Schandtat zu schade gewesen. Wenn es galt, den Lehrern oder Mitschülern einen Streich zu spielen, war Rosso erster Mann. Schon damals war er mit seinen roten, lockigen Haaren aufgefallen und deshalb hatten ihn auch alle Rosso statt Artur gerufen. Er pirschte durch die Flure, klaute im Hof den anderen das Butterbrot oder äffte Frau Weinlich nach. Mit Artur Silva hatten sie in der Klasse immer was zu lachen. Seinen besonderen Familiennamen erklärte er voller Inbrunst, auch wenn ihn gar keiner danach gefragt hatte, damit, dass sein Ur-Ur-Ur-Großvater im dritten italienischen Unabhängigkeitskrieg mit seiner Familie unter abstrusen und abenteuerlichen Bedingungen aus Venetien nach Deutschland geflohen und sich dort als Friseur niedergelassen hatte. Vielleicht lag es aber auch daran, dass er Linkshänder war. Il mancino. Ob sein Ur-Ur-Ur-Großvater mit links die Haare geschnitten hat? Keiner traute sich, Artur zu fragen.

Ja, die Römer wussten immer schon zu kämpfen in der Geschichte. Und nicht nur die. Die Venetianer waren die wahren

Helden der Geschichte, wenn man den Erzählungen Arturs Glauben schenkte. Es hätte ihn nicht gewundert, wenn Artur auch noch direkter Nachfahre von Feldherr Lucius Flavius Silva Nonius Bassus gewesen wäre. Er glaubte sich zu erinnern, dass er im Lateinunterricht immer versuchte, seinen Mitschülern beizubringen, dass seine Familie auch im Bellum Gallicum drinstand. Gallia est omnis divisa in partes tres. Ob auch Caesar ein Linkshänder war? Auch Friseure kämpften schließlich, wenn auch nur mit den Haaren. Aber lohnte sich die Flucht von Venetien nach Deutschland, um dann Friseur zu werden, zumal Venetien nach dem Krieg an Italien fiel?

Beim Wort Friseur hatte sich Rosso immer durch die roten Locken gefahren, als wollte er damit dokumentieren, dass er dem frisierenden Ur-Ur-Ur-Großvater seine Haarpracht zu verdanken hatte. Rote Locken, italienisches Blut. Eine bemerkenswerte Mischung. Rosso eben.

Artur Silva war stets ein lebenslustiger und unaufmerksamer Schüler gewesen, der nur Unsinn im Kopf hatte, aber eben auch ein kluger und cleverer Schüler, dem das Lernen leichtfiel und der ein besseres Abitur ablegte als er, der immer stundenlang büffeln musste, um sich die Mathe-Formeln, den Ablativ und die Reimformen zu merken.

Artur hatte Senningen nie verlassen. »Mein Ur-Ur-Ur-Großvater ist genug durch die Lande gereist«, pflegte er stets zu sagen, »und wenn er entschieden hat, dass es hier im deutschen Senningen lohnt, sich niederzulassen, dann hat er mein Wort, dass ich das auch tue und hierbleibe.«

Gesagt, getan. Kriminalistischer Spürsinn war schon immer sein Ding gewesen. Er verschlang Kriminalromane, deutete sie teilweise um und entschied kurzerhand, dass nur ein anderer als Mörder in Frage kam.

»Das werde ich dem Autor mal schreiben«, posaunte er. »So ein Unfug. Für den Mord gibt es eine viel bessere Erklärung.«

Kein Wunder, dass er nach dem Abitur, als es seine Mitschüler unfreiwillig zur Bundeswehr verschlug, die Gelegenheit nutzte, eine Ausbildung bei der Polizei zu beginnen und sich auf die Dienststelle nach Senningen versetzen zu lassen. Wahrscheinlich hatte er auch seinem Polizeichef erklärt, dass sein Ur-Ur-Ur-Großvater dies so wollte und nur Senningen in Frage käme. Womöglich war er auch verantwortlich dafür, dass Senningen inzwischen eine Partnerschaft mit einer Kleinstadt in Venetien pflegte.

Aber was tat der italienischstämmige Schulfreund nun in dieser versifften und verrauchten Bude im Hinterhof? Joachim war schon stutzig geworden, als er auf der Suche nach einem Detektiv auf den Namen seines alten Schulfreundes gestoßen war. Eine Verwechslung? Einer mit gleichem Namen? Sein Spezi aus der Schulzeit war nicht nur ein Spaßvogel, das Schnüffeln und »Räuber-und-Gendarm-Spielen« waren schon damals seine Leidenschaft gewesen. Insofern wunderte es Joachim nicht, den alten Rotschopf vor sich zu sehen. Aber Detektiv? Nicht Polizist?

»Der Polizeidienst war mir einfach zu langweilig«, schien er Joachims Gedanken lesen zu können. »Strafzettel verteilen, durch den Bürgerpark schlendern, ein Eis essen, einer alten Dame über die Straße helfen, mein Gott, dafür habe ich doch kein Abitur gemacht!« Es war klar, dass er nach kurzer Zeit den Dienst quittierte. »Ich kann das einfach besser als diese Truppe mit ihren blauen Mützen.« Artur Silva hatte sich als Detektiv selbstständig gemacht.

DR! Artur Silva stand an der Tür. Nein, er war kein Hochstapler. Er hatte auch nicht promoviert. DR! war sein Logo. Detektei Rosso. Ausrufezeichen. Artur Silva.

Offensichtlich konnte er schon viele Jahre davon leben, auch wenn seiner Detektei ein Putz- und Räumkommando fehlte.

»Wie du weißt, Jo, oder zumindest erahnst, habe ich nie

geheiratet«, schien er erneut zu spüren, was sein Schulfreund dachte. »Eine Frau lenkt nur ab. Als Detektiv musst du voll konzentriert und fokussiert sein. Ablenkung geht gar nicht. Oft bin ich abends und nachts unterwegs, oder am Wochenende. Wie soll ich das alles zu Hause erklären? Nee«, schüttelte er den Kopf. »Viel zu anstrengend.«

»Hier sieht es aus, als hätte eine Bombe eingeschlagen«, hielt Joachim ihm entgegen. »Wie kann man nur so arbeiten.«

»Das geht ganz gut. Alles eine Frage der Strategie. Ich arbeite an mehreren Fällen gleichzeitig. Da habe ich keine Zeit und Lust, auch noch aufzuräumen.«

Als hätte er jemals als Schüler seine Sachen aufgeräumt. Joachim konnte sich gut an Lernmittage bei ihm zu Hause erinnern, wo er sich in seinem Zimmer erst mühsam einen Sitzplatz freiräumen musste. Das Chaos in Person. Heute ein erfolgreicher Detektiv. Unfassbar.

Rosso war an einen Schrank getreten und öffnete ihn. Die Tür quietschte. Erschrocken flatterte ein buntes Etwas in der Nische. Erst jetzt bemerkte Joachim den Vogelkäfig. Dass Rosso einen Vogel hatte, wusste er schon lange, aber dass es ein echter war, das war ihm neu.

»Nur, damit du mal siehst, was ich so alles brauche.«

In dem Schrank stapelten sich Hüte, Perücken, Schnurrbärte aller Art, Größe und Farbe. Sonnenbrillen, normale Brillen. Daneben ein Schrank mit Shirts, Jacken und Hosen, ja sogar Frauenkleider waren zu sehen.

Joachim staunte nicht schlecht. »Ich bin schon beeindruckt«, gab er zu. »Da ist mein Leben bedeutend langweiliger.«

»Aber erzähl mal, wie geht es meiner Traumfrau Susanne? Das werde ich dir nie vergessen, alter Kumpel. Für die Nummer habe ich noch einen gut. Du bist doch mit ihr liiert.«

»Ja, das war ich.«

»Wie? War ich?«

»Nun, das ist eine lange Geschichte. Meine Frau hat mich vor über einem Jahr verlassen.«

»Oh, das tut mir leid. Susanne hat dich verlassen? Und wieso ist sie dann nicht zu mir gekommen?«

»Ich wäre froh, ich hätte sie hier bei dir getroffen«, sagte Joachim. »Dann wüsste ich wenigstens, dass sie noch lebt.«

»Noch lebt? Soll ich sie suchen? Ich kriege das hin.«

Rosso spürte die Betroffenheit seines Freundes und wurde leiser. Der Schalk wich aus seinen Zügen. »Ja aber, wieso hat sie dich verlassen? Ihr wart doch schon in der Schule das Traumpaar.«

Joachim erzählte im Detail, was geschehen war. Rosso wurde immer ruhiger und sackte in seinen Sessel.

»Es war alles zu viel für sie. Wir haben sie gesucht. Ohne Erfolg.«

»Und jetzt sitzt du mit deiner dementen Mama in dem großen Haus?«

»Ich habe eine Krankenschwester als Pflegekraft eingestellt, Natalie. Ich hatte sie zufällig im Bistro wiedergesehen, nachdem sie mir schon im Krankenhaus aufgefallen war.«

»Im Krankenhaus? Hast du dir deinen Tennisarm operieren lassen?«

»Nein, meine Mutter.«

»Hatte deine Mutter einen Tennisarm?«

»Scherzkeks. Nein, wegen der beginnenden Demenz.«

»Vergessen wir das«, nickte Rosso. Ein schlechter Scherz. »Dann führst du also ein stinknormales spießiges Leben in deinem kleinen Dörfchen.«

»So kann man das sagen«, sagte Joachim tonlos. »Aber genau in dieser Idylle liegt mein Problem, das mich zu dir führt.«

»Oh wie schade«, sagte Rosso. »Da dachte ich, du besuchst einen alten Schulfreund, um mit mir um die Häuser zu ziehen und von alten Zeiten zu quatschen, jetzt kommst du mit Arbeit.«

»Du musst das nicht tun, wenn du nicht willst«, fügte Joachim entschuldigend hinzu. »Aber du bist mir in meiner Lage sofort eingefallen.«

»Na klar, alter Spezi. Natürlich helfe ich dir. Ein Freundschaftsdienst. Soll ich deine Mutter betreuen? Deine Frau suchen? Natalie beglücken?«

Joachim schüttelte den Kopf. Rosso konnte einfach nicht ernst sein.

»Ei joh, ejsch gläwwe dat«, spuckte es plötzlich aus ihm heraus. Rosso lachte.

»Was bitte?«, blickte Joachim ihn ratlos an.

»Kannst du dich noch an den nächtlichen Schulausflug erinnern, als du Schmiere standst am Fenster?«

Joachim nickte, als sei es gestern gewesen. »Ja, dann kam der Rektor, das Fenster war nicht richtig verschlossen und er hat gemerkt, dass dein Bett leer war.«

»Ja, und dann durfte ich ein Halbjahr ins Exil.«

»Aber dir hat es doch ganz gut gefallen im Saargebiet.«

»Saarland, nicht Saargebiet. Die Saarländer sind da besonders pingelig. Ja, in St. Wendel in der Klosterschule war es ganz nett, auch wenn es dort noch keine Mädchen gab zu dieser Zeit.«

»Und dort hast du Französisch gelernt?«

»Nein, das ist kein Französisch. Das ist Saarländisch. Das habe ich mir behalten. Ei joh, ejsch gläwwe dat. Aber ja, das glaube ich! So einfach.«

»Warst du seitdem nochmal dort?« »Ich fahre einmal im Jahr nach St. Wendel. Mein Freund aus der Zeit lebt dort noch. Er hat mir in dem halben Jahr viel geholfen.«

Rosso merkte, dass Joachim ungeduldig und unruhig wurde. »Na sag schon, wo drückt der Schuh?«

Joachim setzte sich nun doch richtig auf die verknautschte Couch und ließ sich in die Kissen fallen. »Ich habe …«, begann er zögernd. »Ich habe das Gefühl …«. Es folgte eine Pause, in der Rosso näher auf ihn zu kam.

»Du hast ein Gefühl? Wer hat nicht manchmal Gefühle. Da kenne ich ein paar gute Adressen«, flachste Rosso.

»Kannst du auch mal ernst sein?« Joachim sah seinen Schulfreund ernst an.

»Entschuldige. Ist schon gut. Ich wollte dich ein wenig aufheitern. Aber erzähle bitte, was dich bedrückt.«

»Ich habe das Gefühl, Natalie will mich in den Wahnsinn treiben.«

Rosso hob abwehrend die Hand und lachte laut. »Das ist doch kein Fall für einen Detektiv. Das machen doch alle Frauen mit ihren Männern.«

»Nein Rosso, es ist nicht zum Spaßen. Natalie ist auch nicht meine Frau. Ich habe sie als Pflegekraft eingestellt, damit sie sich um meine Mutter kümmert. Mutter ist tatsächlich dement und lebt bei uns in der Einliegerwohnung. Natalie kümmert sich auch um den Haushalt.«

»Sie ist gelernte Krankenschwester?«

»Ja klar. Sie hat im Krankenhaus gearbeitet, Wechselschicht und so. Da ist eine Privatanstellung natürlich das bessere Los. Außerdem baut das Krankenhaus Personal ab. Sagt sie zumindest. Gelesen und gehört habe ich davon noch nichts. Ich habe das Gefühl …«

»Ja, das sagtest du schon, dass du ein Gefühl hast. Aber Gefühle sind keine Beweise.«

»Ich bin überzeugt, dass sie versucht, mir eine Demenz unterzujubeln, um mich loszuwerden.«

»Wie will man eine Demenz unterjubeln?«

»Für mich gibt es klare Anzeichen. Ich bilde mir das nicht ein. Es geschehen merkwürdige Dinge, die mich stutzig machen. Dass Demenz vererbt wird, ist nicht ungewöhnlich. Ich fühle mich gesund. Dennoch: Es passieren komische Dinge. In der Wohnung sind Sachen plötzlich nicht mehr an ihrem Platz. Mir wird schwindlig. Ich vergesse Termine. Ich kann mich an

Treffen nicht mehr erinnern. Ich glaube nicht, dass ich wirklich krank bin. Die Merkwürdigkeiten geschehen erst, seitdem Natalie in mein Leben getreten ist. Sie hat etwas damit zu tun. Da bin ich mir sicher. Warum tut sie das? Es passt vieles nicht zusammen und ich würde dich bitten, sie auszuspionieren. Sie kennt dich nicht, ob mit oder ohne Schnurrbart und Hut.«

Artur Silva schwieg und schien zu überlegen. »Jetzt mal langsam. Du hast Vermutungen, aber keine Beweise. Du verdächtigst die Pflegerin deiner Mutter, kennst aber keine Gründe. Das klingt schon sehr abenteuerlich. Was ist, wenn du dich irrst? Solltest du nicht zuerst einmal zum Arzt gehen und dich untersuchen lassen?«

Joachim schaute unter sich, ging aber nicht weiter darauf ein.

»Sie kennt dich nicht, du sie nicht. Warum sollte sie so etwas Aberwitziges tun?«

»Ja, wenn sie mich umbringt, wird das nicht verborgen bleiben. Aber wenn ich wahnsinnig werde und mich am Ende selbst von der Brücke stürze, wird keiner auf die Idee kommen, dass sie dahintersteckt.«

»Ja, aber das ist noch immer kein Grund, warum sie dies tun sollte.«

Joachim zuckte mit den Schultern. »Ich weiß es nicht. Seit dem Verschwinden von Susanne und der Demenz meiner Mutter ist alles anders.«

»Hast du Feinde?«

»Feinde?« Joachim schien zu überlegen. »Natürlich habe ich Konkurrenten. Aber Feinde? Konkurrenz gibt es überall im Leben. Deshalb bringt man sich noch nicht gegenseitig um.«

Rosso fuhr mit seinem Finger über die Lippen und dachte nach.

»Mach dir wenigstens selbst ein Bild«, bat Joachim seinen Freund eindringlich. »Dann können wir immer noch entscheiden, ob an meinen Vermutungen etwas dran ist oder nicht.«

»Das ist natürlich eine große Herausforderung«, erwiderte Rosso. »So eine Nummer habe ich noch nicht gemacht. Meist sind es nur kleine Beschattungen, um Fremdgänger zu überführen oder Diebstähle aufzuklären. Das hier ist schon ein größeres Rad.«

»Ich bezahle dich gut.«

»Nein, deshalb habe ich das nicht gesagt. Ich weiß gar nicht, ob ich das kann.«

Betroffen schaute Joachim unter sich.

»Nun lass mal den Kopf nicht hängen. Ich helfe dir. Wir kriegen das hin. Alte Schulfreunde, oder?«

Seine roten Locken hüpften vor Freude. Er scheuchte seinen Mops ins Körbchen, nahm stattdessen seinen verschmierten Block auf den Schoß, einen winzigen Bleistift in die linke Hand und setzte sich aufrecht.

»Erzähl mal der Reihe nach. Wie hat das angefangen? Jedes Detail ist wichtig, mein Freund.«

38

Das Krankenhaus in Hellstadt war nicht groß. Aber das einzige in der näheren Umgebung. Natalie konnte sich noch gut erinnern, als sie Joachim hier zum ersten Mal gesehen hatte. Sie hatte wegen eines dringenden Notfalls ihren Chefarzt gesucht, den Kopf durch die Tür gesteckt und ihren Chef mit einer Familie im Gespräch gesehen. Der gut aussehende Mittvierziger war ihr direkt aufgefallen. Sie hatte das untrügliche Gefühl, ihn schon einmal gesehen zu haben. Kannte sie das Gesicht?

Der Notfall, bei dem sie Dr. Lochner assistieren musste, ließ sie schnell wieder auf andere Gedanken kommen. In der Psychiatrie ging es zu wie im Taubenschlag. Schicksale kamen, Schicksale gingen. Manche für immer.

Die Nachtschicht war ruhig. Ruhig genug, um eine alte Kollegin zu besuchen. Auf leisen Sohlen hatte sich Natalie aus dem Haus geschlichen. Emilie schlief fest. Sie konnte das Risiko eingehen. Natalie schlich vors Krankenhaus.

»Hallo«, hallte eine ältere Frauenstimme durchs Dunkel, als Natalie ums Gebäude schlich. »Ist da jemand?«

Natalie blieb stehen. Im Dunkel nahm sie nur den Schein einer Zigarette wahr.

»Natalie? Bist du das?«, fragte eine Stimme, die näherkam. »Das ist aber eine Überraschung.«

Natalie drehte sich um. »Hallo Anette. Ja, ich dachte mir, du langweilst dich heute Abend. Vielleicht bringt mein Besuch ein wenig Abwechslung. Ich war eh in der Nähe.«

Der Krankenschwester kam der unverhoffte Besuch gar nicht merkwürdig vor. »Du gehst aber spät spazieren.«

»Ja, frische Luft tut gut. Ich war ganz in Gedanken. Plötzlich stand ich vorm Krankenhaus.«

»Komm rein. Wir können gleich einen Kaffee zusammentrinken. Dann kannst du mir von deinem neuen Leben erzählen«, sagte Anette, während beide durch den Flur zur nahe gelegenen Station gingen. »Erst muss ich aber noch zu Frau Gerland.«

»Komm, lass mich das machen. Ich habe nichts verlernt.«

»Aber Natalie, das geht doch nicht.« Anette zögerte.

Fast mechanisch nahm Natalie ihrer Kollegin das Tablett aus der Hand und schritt über die grauen Fliesen. An der Tür von Zimmer 8 wurde das Rufen lauter.

»Hallo, Frau Gerland«, sagte Natalie. »Ich bin ja schon da.«

Frau Gerland rief immer »Hallo«, ob jemand kam oder nicht.

Sie gab der alten Dame etwas zu trinken, schüttelte ihr Bett auf und löschte die Nachttischlampe. »Jetzt schlafen wir aber.«

Die Dame legte sich ohne Widerrede aufs Kissen. Ein letztes »Hallo« erstarb in einem tiefen Seufzer.

Natalie ging zurück, setzte sich in den Sozialraum und wartete auf Anette. Als es still wurde, stand sie vorsichtig auf und ging in den Nebenraum zum Medikamentenschrank, der offenstand. Ihr Blick folgte den lateinischen Namen. An einer Stelle hielt sie inne, nahm das Fläschchen in die Hand und betrachtete es. »Quetapur. Da ist es.« Sie schob die anderen Fläschchen zusammen, steckte das Medikament in ihre Handtasche, stellte ein mitgebrachtes Fläschchen in den Schrank und verließ den Raum.

»Natalie, ich bin gleich da,« rief eine Stimme hinter ihr.

Natalie fühlte sich ertappt und erschrak, blieb aber gelassen. »Klar, klar, Anette. Hast du deine Runde schon beendet?«

»Der Herr auf 5 braucht eine frische Windel. Er schläft unruhig. Ich denke, ich wechsele sie. Vielleicht schläft er dann besser«, schritt zum Schrank, entnahm eine Windel und verschwand wieder.

»Ich stelle schon mal Wasser auf«, sagte Natalie. »Für den Kaffee.«

Die Stille kehrte zurück. Natalie besah sich die Röhrchen

mit den Blutentnahmen und Urinproben vom frühen Abend. Fein säuberlich waren die Namen der Patienten aufgeklebt, versehen mit Geburtsdatum, Entnahmedatum und Patientenkennziffer. Natalie entnahm ein rot und ein gelb gefülltes Röhrchen eines Patienten und hielt sie unter den Dampf des brodelnden Wasserkochers.

»Gut duftet der Kaffee, die Nacht ist noch lang«, rief es vom Flur. Anette hatte das Brodeln des Kochers vernommen, sich aber nicht die Mühe gemacht, nochmals den Kopf ins Schwesternzimmer zu stecken. Sie lief vorbei und schaute bei Frau Meier in Zimmer 3 vorbei.

Natalie setzte Kaffeewasser auf, während sie die Röhrchen so lange unter den Wasserdampf hielt, bis sie die Etiketten ablösen konnte. Noch bevor das Kaffeewasser kochte, nahm sie zwei neue Röhrchen aus ihrer Tasche, ein rotes und ein gelbes, befestigte die Etiketten darauf und stellte diese Röhrchen zurück in die Kühlbox auf dem Schrank. Die Röhrchen reihte sie ein, als wäre nie etwas gewesen. Nachdem Natalie die entwendeten Proben ohne Etiketten in die Tasche gesteckt hatte, nahm sie zwei Kaffeetassen und füllte sie mit der schwarzen, heißen Flüssigkeit.

»Das tut gut«, flüsterte Anette nach dem ersten Schluck und ließ sich neben Natalie nieder.

Diese hatte einen hochroten Kopf.

»Ist dir nicht gut? Fieber?« Anette schien besorgt.

»Nee, nee, alles gut. Bin etwas überarbeitet.«

»Ist die Privatpflege so anstrengend? Hier die Wechselschichten rauben uns den Verstand, mit weniger Personal, wie du weißt. Wenn wir wenigstens gut bezahlt würden. Da heißt es immer, Krankenschwester und Pfleger seien wichtige und unverzichtbare Berufe, aber ordentlich bezahlen wollen sie uns nicht.«

Natalie war froh über das Gespräch, das sie etwas ablenkte. »Da gebe ich dir recht. Viele Politiker sagen, die Arbeit mit

Menschen müsse besser bezahlt werden als die Arbeit mit Maschinen. Alles Geschwätz. Passiert ist nix.«

Zustimmend nickend widmete sich Anette ihrer Tasse.

Auch Natalie nutzte die Gesprächspause, um einen tiefen Schluck zu nehmen.

»Wie geht es bei dir?«, fragte Anette. »Ganz gut«, antwortete Natalie. »Privatpflege ist etwas ganz Anderes. Das Leben ist geregelter.«

»Du fehlst uns hier. Schade«, meinte Anette. »Willst du nicht wieder zurückkommen?«

Natalie schwieg. »Ich gehe mal rasch zur Toilette«, sagte Anette, und auch Natalie erhob sich.

»Ich bin spät dran und muss zurück«, sagte sie, drückte ihre Kollegin und verließ den Sozialraum.

Als sich die Stationstür vor ihr automatisch öffnete und sie eilig verschwinden wollte, stieß sie mit einem Mann im weißen Kittel zusammen, der in den Stationsflur strebte. Der diensthabende Arzt stand vor ihr und sah sie erstaunt an. Natalie erschrak. Ihre Tasche fiel aus der Hand und öffnete sich.

»Hallo Natalie, wohin so eilig?«, sagte er und bückte sich, um ihr beim Einräumen der Tasche zu helfen.

»Oh, Dr. Lochner. Welch eine Überraschung.«

Dr. Thomas Lochner war ein attraktiver Chefarzt, wenn auch schon in die Jahre gekommen. Sie verstand sich von Anfang an gut mit ihm. Er war nicht nur attraktiv, er war unterhaltsam und ein guter Gesprächspartner.

»Was ist denn das?«, fragte er plötzlich, als ihm die Fläschchen in die Hand fielen.

Natalie errötete und schwieg. »Das?«, gab sie sich überrascht. »Weiß auch nicht«, zuckte sie mit den Schultern. Lochner besah sich den Inhalt.

»Sind das Urin- und Blutproben unserer Patienten? Wozu brauchen Sie die? Raus mit der Sprache.«

»Ich kann Ihnen alles erklären«, stotterte sie.

Lochner hakte sie unter, ging mit ihr in den Besprechungsraum, schloss die Tür und hörte sich ihre Geschichte an. Der Chefarzt schwieg lange, als Natalie ihr Geständnis beendete. »Sie wissen, dass das strafbar ist, was Sie tun?«

Natalie nickte. Sie erwartete, dass der Chefarzt die Polizei rufen würde oder sie zumindest hochkant aus dem Krankenhaus bugsierte.

Doch nichts von beidem geschah. Stattdessen sah er sie lächelnd an. »Sie sind ja raffinierter als ich dachte«, sagte er schließlich. »Ganz schön raffiniert. Ich bin beeindruckt.«

Natalie sah ihn erstaunt an. »Aber …«, stotterte sie, »… lassen Sie mich erklären …«.

»Aus irgendeinem Grund wollen Sie Urin- und Blutproben vertauschen. Ganz schön perfide.«

Das Schweigen fühlte sich an wie Stunden.

»Von welchen Patienten sind die Proben? Wieso ausgerechnet von dementen Menschen?«

Natalie schluckte. Es dauerte eine Weile, bis sie zu sprechen begann. Sie beichtete in aller Ausführlichkeit dem Arzt ihre Beweggründe für den Diebstahl. Jetzt, wo er sie ertappt hatte, war ohnehin alles gleichgültig. Dachte sie.

»Sie wissen, was ich nun tun könnte?«

Natalie nickte erneut.

»Insofern sind Sie mir ausgeliefert.«

»Was wollen Sie von mir?«

»Nenne mich Thomas, bitte. Nach diesem Vorfall gibt es, glaube ich, keinen Grund zum Siezen.«

»Na gut. Was willst du von mir? Thomas?«

Er nahm ihre Hand. »Wir sind ein gutes Team, scheint mir«, lächelte er spitzbübisch. »Lass uns am Wochenende essen gehen. Dann reden wir. Ich habe eine gute Idee, wie wir diesen Vorfall bereinigen können.«

Verwirrt und irritiert sah Natalie ihn an. »Wenn du mit mir schlafen willst, um mich nicht zu verraten, bitte schön.«

Der Doktor schüttelte den Kopf und lächelte. »Es geht nicht um Sex, es geht um sehr viel wichtigere Dinge.«

Natalie stand auf. Er machte keine Anstalten, es ihr gleich zu tun. Sie nahm ihre Tasche mit den Fläschchen und fuhr nach Hause. Natalie konnte keinen klaren Gedanken fassen.

39

Wie immer war viel Betrieb beim Italiener, als Natalie am Samstagabend das Ristorante betrat und suchend um sich schaute. An einem Ecktisch nahm sie ihren ehemaligen Chefarzt wahr, der dort bereits mit der Speisekarte beschäftigt war. Als sie auf ihn zuging, stand er auf, lächelte ihr ein herzliches »Hallo« zu und bot ihr einen Platz direkt ihm gegenüber an. »Schön, dass du gekommen bist«, sagte er. »Wie sieht es aus mit einem guten Glas Rotwein? Pasta oder Pizza? Oder lieber carne alla griglia?«

Natalie schien überfordert. »Sie müssten, ähm du müsstest doch eigentlich böse auf mich sein. Ich verstehe die gute Laune nicht.«

Dr. Lochner sah sie eindringlich an. »Ich bin vielleicht nicht der, für den du mich hältst.«

Natalie schaute auf.

»Was ich dir jetzt erzähle, muss unser Geheimnis bleiben. Verstehst du?«

Natalie nickte und nippte am Rotwein.

»Wenn ich mich nicht auf dich verlassen kann, bin ich meinen Job los und du landest im Kittchen. Ist dir das klar? Du hast Proben entwendet und ausgetauscht. Wenn das rauskommt, wirst du nie mehr eine Anstellung als Krankenschwester bekommen. Aber …« Lochner machte eine Pause, um auch einen Schluck Rotwein im Mund kreisen zu lassen. »… so jemanden wie dich habe ich gesucht. Du hast mir erzählt, warum du das gemacht hast.«

»Ja«, fiel ihm Natalie ins Wort. »Ich will Joachim Schuster zerstören, weil die Familie Schuster meine Familie zerstört hat. So einfach ist das.«

»Da haben wir etwas gemeinsam. Ich kannte Paul Schuster ganz gut. Ein gerissener Hund. Es waren meine Anfangsjahre in der Klinik. Damals dachte ich noch, man könnte mit anständiger Arbeit Geld verdienen. Bis ich herausfand, dass es einen Arzt bei uns gab, der mit Paul Schuster gemeinsame Sache machte.«

Natalie wurde hellhörig und vergaß ihre Pasta. »Gemeinsame Sache?«

»Paul Schuster hatte ein hohes Interesse daran, dass die älteren Patienten in unserem Krankenhaus dauerhaft auf Hilfsmittel angewiesen waren. Damit konnte er Geld verdienen. Also sorgte dieser Arzt, der vor einigen Jahren gestorben ist, dafür, dass Patienten unseres Hauses Hilfsmittel für zu Hause bekamen und Schuster der Lieferant war. Schuster arbeitete auch mit Pflegeheimen zusammen. So sorgte dieser Arzt dafür, dass Patienten viel zu schnell dauerhaft ins Pflegeheim kamen und Schuster wiederum das Pflegeheim mit der notwendigen Ausstattung versorgte. Daran verdienten alle, zu Lasten der Krankenkassen und zu Lasten der Patienten.«

»Und was hat das mit mir zu tun?«

»Irgendwann stellte ich den Arzt zur Rede. Ich ließ mir Schweigegeld zahlen. Als Paul Schuster die Firma an seinen Sohn übergab, versiegte allerdings plötzlich die Quelle für den früheren Chefarzt. Offenbar hatte Joachim Schuster bemerkt, dass sein Vater krumme Geschäfte mit dem Arzt und den Pflegeheimen machte. Er stellte ihn wohl damals zur Rede, doch Paul Schuster stritt alles ab. Joachim hatte keine Beweise, aber die Zusammenarbeit war beendet, zumal der Arzt in Ruhestand ging. Von mir hat er nichts mitbekommen. Da ich nun wusste, wie so etwas funktioniert, ließ mich das Ganze nicht in Ruhe. Es ist noch gar nicht so lange her, da behandelte ich jemandem, der ebenfalls im Sanitätsgeschäft tätig ist und ich versuchte mein Glück. Und siehe da: Volltreffer.«

»Volltreffer?«

»Ja, mein neuer Partner zeigte großes Interesse an einer Zusammenarbeit, zumal er sich einen Vorteil gegenüber seiner

Konkurrenz erhoffte. Allerdings brauchen wir noch jemanden, der als privater Pflegedienst fungiert und unser Geschäft unterstützt.«

Natalie verstand. »Und da hast du an mich gedacht, weil ich eine Art privater Pflegedienst bei Joachims Mutter bin …«

»… und gerissen genug, vor keiner Manipulation zurückzuschrecken, ja. Außerdem kannst du schlecht nein sagen, wenn du nicht in den Knast wandern willst.«

Es entstand eine kurze Stille an ihrem Tisch. Das Stimmengewirr an den Nachbartischen gewann die Oberhand. An manchen Tischen wurde bezahlt, an anderen servierte der Kellner einen leckeren Nachtisch oder füllte Rotwein nach.

Natalie musste nachdenken. »Du entschuldigst mich?«

Lochner sah sie überrascht an. »Du willst schon gehen? Bleib doch noch ein wenig.«

»Ich brauche etwas Zeit, um über das Gehörte nachzudenken.«

»Ich verstehe, klar.«

Während Natalie auf der Toilette verschwand, ging plötzlich die Tür auf. Ein einzelner Mann steckte den Kopf ins Ristorante, schaute sich mehr suchend als hungrig um und ging auf die Theke zu.

»Hallo Martin«, rief Valentino, der Besitzer des Ristorante. »Du bist spät an.«

»Ja, ich hatte noch zu tun. Habe jetzt aber mächtig Kohldampf.«

»Die Küche macht gleich zu. Aber für einen Stammkunden wie dich, kein Problem. Wie immer?«

Der Mann nickte.

»Da hinten ist gerade ein Tisch freigeworden«, zeigte Valentino zur Ecke und verschwand in der Küche.

Als sich der späte Besucher dem Tisch näherte, blieb er plötzlich verdutzt stehen. »Das ist ja eine Überraschung«, rief er und ging an seinem Tisch vorbei zum letzten Tisch in der

Ecke. »Mein lieber Herr Doktor. Hallo Thomas, was treibst du denn hier?«

Lochner schaute hoch und lachte. »Wonach sieht es denn aus? Setz dich, ich gebe einen aus«, sagte er gönnerhaft.

Martin Winkler ließ sich nicht zweimal bitten und nahm Platz. »Du bist besonders gut gelaunt. Habe ich was verpasst?«

»Oh ja, eine hübsche Dame hast du verpasst.«

»Aha, ich verstehe.«

»Nein, nicht was du meinst.«

»Schon klar. Du hast sie schon ziehen lassen und nicht nach Hause gebracht. Nicht gerade wie ein Gentleman.«

»Sie ist gerade gegangen, eigentlich hättest du ihr am Eingang noch begegnen müssen.«

»Ich habe niemanden gesehen. Was ist das denn für eine besondere Dame?«

Lochner machte eine Pause, bevor er antwortete. »Ich habe ihr von unserer Zusammenarbeit erzählt, kurz bevor du zur Tür hereingeschneit bist.«

»Zusammenarbeit?« Winkler erschrak. »Bist du noch ganz bei Trost?«

»Allerdings bin ich das. Sie gehört ab sofort zu unserem Team.«

Lochner nahm sich ausführlich Zeit, seinem Partner von der Krankenschwester zu erzählen, die er beim Entwenden von gefährlichen Substanzen im Krankenhaus erwischte.

»Sie hat etwas mit dir gemeinsam.«

»Mit mir gemeinsam?«

»Aus Gründen, die ich nicht kenne, hat sie einen ebenso großen Hass auf die Familie Schuster wie du.«

Martin Winkler horchte auf. »Du hast ihr alles erzählt?«

»Ich habe sie eingeweiht.«

»Eingeweiht? Warum?«

»Wir sorgen dafür, dass Menschen, die ins Krankenhaus kommen, entweder Pflegehilfsmittel für zu Hause verschrieben bekommen, die du dann lieferst, oder dass die Patienten direkt ins Pflegeheim kommen. Das habe ich ihr erzählt.«

»Und weiter?«

»Von unserem engen Draht zu verschiedenen Pflegeheimleitern, die natürlich mitverdienen, klar, sich von dir aber auch ihre Hilfsmittel liefern lassen. Und weil die Pflegeheimleiter mitverdienen, kooperieren sie mit deinem Sanitätshaus und nicht mehr mit der Schusterei. Wir dürfen zwar eigentlich einem Patienten kein Pflegeheim empfehlen, aber sie befolgen gerne den Rat ihres Arztes.«

»Genauso ist es. Das Sanitätshaus von Joachim Schuster befindet sich nicht ohne Grund in schwierigem Fahrwasser. Wir drehen ein großes Rad, Thomas.« Er sah Dr. Lochner an. »Hoffentlich weißt du, was du da tust. Ein weiterer Mitwisser, verstehst du?«

»Dieses Rad, mein lieber Freund, lässt sich noch mehr drehen, wenn sie uns unterstützt«, sagte Thomas Lochner.

Martin Winkler nickte.

»Offenbar macht sie die Familie Schuster verantwortlich für ...«

»Noch einen Espresso, die Herren?«, rief Valentino dazwischen. Beide nickten, der Italiener verschwand wieder.

»Wie dem auch sei«, schien Lochner den Faden verloren zu haben. »Sie kämpft für die gleiche Sache wie wir, wenn auch aus anderen Motiven heraus.«

Martin Winkler nickte. »Wir brechen ihm mit seinem Sanitätshaus das Genick. Das habe ich mir geschworen. Wir werden diesen Lump in den Wahnsinn treiben, ihm sein Leben nehmen, wie seine Familie es auch getan hat.«

Dr. Lochner schwieg. Das Geschilderte hinterließ auch bei ihm Spuren der Betroffenheit. Er nippte nachdenklich an seinem Glas, kaute mehr darauf, als dass er daraus trank. »Ich verstehe«, sagte er schließlich und sah Martin an. »Wir sitzen in einem Boot, wenn auch aus unterschiedlichen Beweggründen.

Wir haben ein Ziel.«

Wie zur Bekräftigung ihrer Partnerschaft nahmen sie das Weinglas in die Hand und stießen so kräftig an, dass Valentino aufmerksam den Kopf hob. »Darf es noch etwas sein, die Herren?«, rief er ihnen vom Tresen aus zu.

»Valentino, bring uns zwei Grappa.«

Als Natalie von der Toilette kam, versperrte die Garderobe den Blick zum Tisch, an dem sie eben mit Thomas Lochner den Abend verbracht hatte. Kurz zögerte sie, noch einmal an den Tisch zurückzukehren, um mit ihm über das Geschehene zu reden, doch dann besann sie sich, zog ihren Mantel an und verschwand durch die Tür ohne ein Wort. Hätte sie nicht an der Toilette warten müssen, wäre ihr womöglich der Mann über den Weg gelaufen, der währenddessen ins Ristorante gekommen war und nun am Tisch von Lochner Platz genommen hatte.

Früh am nächsten Morgen klingelte ihr Handy.

»Lochner« war auf dem Display zu lesen. Erst zögerlich, dann entschlossen drückte sie die grüne Taste. »Hallo Thomas«, sagte sie.

»Hallo Natalie. Schön, dass du schon wach bist. Hast du den Abend gut überstanden?« Eine rhetorische Frage. Einstieg in eine andere Frage.

»Meinst du das Essen oder unser Gespräch?«

»Den Rotwein«, lachte Lochner und nahm den Gesprächsfaden vom Vorabend wieder auf.

Der Arzt schilderte ihr sein Vorhaben in allen Details. Natalie schwieg lange, ging mit dem Handy am Ohr in ihrem Zimmer auf und ab. Ihre Hände schwitzten.

»Hast du Zweifel? Skrupel?«, schien Lochner ihre Unruhe nicht zu entgehen.

»Nein, nein, schon gut. Ich bin nur überrascht über das, was ich höre. Wir sind sicherlich ein gutes Team mit gleichen

Zielen.« Natalie machte eine Pause, ehe sie sagte: »Selbstverständlich bin ich dabei.« Dr. Lochner atmete tief ein und wieder aus. Am liebsten hätte er seinen Arm um sie gelegt, wenn dies durchs Telefon möglich gewesen wäre. »Schön«, sagte er schließlich. »Dann werde ich dir bald unseren dritten Mann vorstellen.« Er lächelte durchs Telefon. »Habe ich dir schon gesagt, wie attraktiv und besonders du bist?«

Sie lächelte zurück, durcheinander, verwirrt. Ein attraktiver Arzt, dachte sie benommen. Vielleicht wird aus der beruflichen Partnerschaft mehr.

Beide legten auf. Natalie trat auf die Terrasse. Angenehme Herbstluft strömte durch ihr Haar. Blätter klebten an den nassen Fliesen und leichte Nebelschwaden kündeten vom nahenden Herbst. Natalie hatte es nicht eilig, sich anzukleiden. Sie blieb im Schlafanzug auf der Terrasse stehen und blickte ins Weite.

40

Natalie schloss die Terrassentür, zog sich an und machte sich zielstrebig auf den Weg zu ihrem Auto. Sie verließ Weidental, ließ die Häuser hinter sich und erreichte nach längerer Fahrt eine unscheinbare Abzweigung, die zu einer Anhöhe vor den Toren der Stadt führte. Dort, auf dieser Anhöhe, blinzelte ein majestätisches, altehrwürdiges Gebäude mit Türmchen in der Sonne. Eine ehemalige Klosterschule. Ein Gymnasium, so verriet es die Inschrift noch, das vor einiger Zeit schließen musste. Der Orden, der die Schule über lange Zeit leitete, hatte sich zurückgezogen, als die letzten Ordenslehrer in den Ruhestand traten. Ein optisches und bauliches Wahrzeichen zwar, das aber zu einer traurigen Ruine zu verkommen schien, bis das Land das Gelände aufkaufte, um dort ein Pflegeheim zu errichten. Ein kirchlicher Träger war schnell gefunden. Pflegeheime wuchsen wie Pilze aus dem Boden. Die Menschen wurden älter, lebten länger, Altersgebrechen traten immer häufiger zu Tage. Die Zahl der Demenzpatienten stieg rasant.

Patienten aller Altersgruppen füllten die engen dunklen Flure dieses geheimnisvollen Ortes. Natalie betrat die ihr vertraute Umgebung, schlich zielstrebig die Treppenstufen hoch und klopfte vorsichtig an eine Tür. Sie blickte nach links, nach rechts. Niemand. Stille lag düster im Flur.

»Bist du da?« Da keine Antwort kam, trat sie vorsichtig ein. »Hallo, bist du da?«

Eine Frau saß auf der Bettkante. Dunkle Augenhöhlen starrten sie an.

»Ich bin es, Natalie.«

Die Angesprochene schien unbeeindruckt.

Natalie nahm ihre Hand und setzte sich wortlos neben sie. »Wie geht es dir?«

Als keine Antwort kam, sagte sie: »Wir schaffen das gemeinsam. Wenn du deine Therapie hier überstehst, beginnt ein neues Leben. Ich habe dir deine Medikamente mitgebracht.«

Während sich die verstörte Frau an ihre Schulter lehnte, dachte Natalie an die Zeit zurück, in der diese Anstalt für sie selbst Teil ihres Weges gewesen war. Nach ihrer Ausbildung zur Krankenschwester war sie froh gewesen, hier im Senninger Schloss, dieser ehemaligen Klosterschule, einen Arbeitsplatz zu finden. Krankenschwester, Pflegerin zu werden, anderen zu helfen – dieser Wunsch war erstmals in ihr aufgekommen, als sie ihre Mutter hilflos den Rettungskräften hatte überlassen müssen. Damals hatte sie sich geschworen, alles dafür zu tun, um selbst helfen zu können.

Während die ältere Frau in ihren Armen wohlig die Augen schloss, tauchten Bilder in Natalies Erinnerung auf, als sei es gestern gewesen.

»Guten Morgen, Natalie«, rief eine ernste Stimme in ihrer Erinnerung.

»Schön, dass Sie da sind und bei uns arbeiten wollen. Da haben Sie sich keinen einfachen Start in Ihr Berufsleben ausgesucht.«

Die Pflegedienstleiterin hatte sie über ihre Brille musternd angeschaut.

»Haben Sie denn eine Ahnung, was wir hier tun?«

Natalie hatte sich schüchtern im Zimmer der Leiterin umgesehen, um etwas Zeit zu gewinnen. »Sie leiten ein Hotel für kranke Menschen«, antwortete sie keck.

Die Pflegedienstleiterin hatte sie mit großen Augen angeschaut. »Ein Hotel also?« Sie hatte schmunzeln müssen. »Nun, ich hoffe, dass die Patienten sich fühlen wie im Hotel. Sie haben ein Bett, bekommen zu essen und werden gepflegt. Allerdings fahren sie in der Regel nicht mehr nach Hause«, hatte sie nachdenklich hinterher geschoben. »Dieser Urlaub endet leider oft auf dem Friedhof. Oder in der geschlossenen Anstalt. Nicht jedem können wir helfen. Viele werden entlassen, rückfällig und landen wieder hier. Wir haben keine normalen Patienten, die mit einem Beinbruch eingeliefert und nach ein paar Wochen wieder gesund entlassen werden. Bei uns leben Suchtkranke. Wir sind eine Entzugsklinik.«

Es folgte betretenes Schweigen.

»Sie werden fürs erste Schwester Rosa begleiten«, beendete sie die Stille. »Sie wird Ihnen zeigen, was eine Pflegeschwester bei Suchtkranken alles tun muss. Schwester Rosa, nehmen Sie Schwester Natalie mit zu Anna.«

Natalie war nach dem plötzlichen Tod ihrer Mutter Mary zunächst bei ihrer Freundin Katharina geblieben, bis ihr Onkel in der Lage war, sie bei sich aufzunehmen. Katharinas Familie hatte sich in den Wochen nach dem Tod ihrer Mutter rührend um das Kind gekümmert und hatte gemeinsam mit ihrem Onkel geholfen, dass Natalie einen ordentlichen Schulabschluss machen konnte.

»Du hast großes Talent, anderen Menschen zu helfen«, hatte Katharinas Vater Gerhard eines Tages zu ihr gesagt. Er selbst war Pfleger in der Senninger Suchtklinik gewesen.

Nach ihrer Ausbildung war sie einige Zeit im Krankenhaus, war dann aber vom Träger an einen anderen Standort versetzt worden. Dort, in der Fremde, fühlte sie sich nicht wohl. Irgendwann hatte sie das Krankenhaus verlassen, jobbte hier, jobbte da, bis Katharinas Vater sie auf die Idee gebracht hatte, im Senninger Schloss zu arbeiten. »Wenn du willst, kannst du gern bei uns anfangen. Wir suchen händeringend Pflegerinnen und Pfleger. Wer will schon freiwillig in die Suchtklinik?«

Natalie war froh gewesen, dass Gerhard ihr eine Perspektive aufgezeigt hatte. Gern hatte sie sein Angebot angenommen, in den Alltag der Pflegeschwester einer Suchtklinik einzusteigen. Ein normales Pflegeheim wäre ihr sicher lieber gewesen als eine Suchtklinik mit Schwerstabhängigen. »Was soll's, hatte sie sich geagt? Was nicht ist, kann ja noch werden.«

Das Senninger Schloss war eine große Klinik mit vielen

Fluren und Etagen, mit einer bedrückenden und düsteren Atmosphäre. Linoleumduft hing schwer in den Fluren. Nur wenig Licht drang durch viel zu eng geratene Fenster. Früher tobten Jungs und Mädchen lärmend über diese Flure, über die kleinen schwarz-weißen Mosaikfliesen auf dem Boden, die an vielen Stellen von den Spuren der Zeit gezeichnet waren. Früher wurde hier gelernt, gestritten, gelacht, gesungen. Früher wuchs in diesen Mauern Zukunft. Doch jetzt? Jetzt traf sich hier die Vergangenheit. Ohne Zukunft. Irgendwie kam Natalie das Leben hier unheimlich vor. Wenn sie in ihrem weißen Kittel von Tür zu Tür ging, das Gemurmel der Patienten hörte, erdrückte sie die Stimmung aus Vergänglichkeit und Krankheit, Ausweglosigkeit und Scheitern.

»Und darein, woraus die Dinge entstehen, vergehen sie auch wieder, wie es bestimmt ist«, zierte das Zitat des griechischen Philosophen Antiphon eine der weißen Wände zwischen den Türen, die zu den Patienten führten. Andere Wände waren mit Bildern geschmückt, Bilder der Jahreszeiten. Auch sie illustrierten Vergänglichkeit. Schmelzender Schnee, verblühende Bäume, vertrocknetes Gras, herabgefallenes Obst.

»Kommen Sie«, sagte Schwester Rosa, riss Natalie aus ihrer Nachdenklichkeit und schob sie ins erste Zimmer. »Darf ich Ihnen Anna vorstellen. Sie ist schon lange bei uns zu Hause.«

Als Natalie in die Augen der Patientin blickte, erschrak sie. »Anna?«, rief Natalie abrupt. »Anna?«

Die Frau, die mit leerem Blick auf ihrem Bett lag, und deren Gesichtsfarbe mit dem weißen Bettlaken übereinstimmte, blickte hoch und starrte sie an.

»Die kenne ich doch.« Hinter dem bohrenden Blick der Patientin spürte man, wie sie in ihrem Gedächtnis kramte.

»Ich bin's, Natalie!«, wiederholte sie.

Eine längere Pause entstand. Schwester Rosa schaute erstaunt. »Sie kennen Anna?«

»Wieso Anna? Die heißt nicht Anna.«

Rosa schüttelte den Kopf. »Sie verwechseln sie bestimmt.«

Natalie wirkte verunsichert. »Aber, so ein Zufall. Sie sieht einer Bekannten verblüffend ähnlich.«

»Wie lange haben Sie die Bekannte denn nicht mehr gesehen?«

»Oh, das ist schon viele Jahre her. Außerdem sah sie ziemlich gesund aus.«

»Sie täuschen sich bestimmt«, sagte Schwester Rosa und wusste nicht, ob sie der neuen Pflegerin die Geschichte erzählen durfte. »Sie wurde gefunden, ohne Papiere, aber mit Drogen«, sagte sie schließlich. »Keiner weiß, wer sie ist. Wir nennen sie Anna.«

Natalie setzte sich an den Bettrand und nahm Annas Hand. Lange saßen sie schweigend zusammen.

»Ich gehe schon mal weiter«, sagte schließlich Schwester Rosa. »Bleiben Sie ruhig noch bei ihr. Rufen Sie mich, wenn was sein sollte.«

Als Rosa verschwunden war, beugte sich Natalie zum Bett und umarmte die stumme Frau. »Du musst mich doch kennen«, sagte sie. Nicht mehr. »Was ist passiert?«

Ein stummer Blick blieb die einzige Antwort an diesem Tag.

Als Anna vor langer Zeit in dieses Pflegeheim gekommen war, war sie drogenabhängig. Gerhard hatte Natalie von dieser Frau erzählt, die man an einer Straßenecke gefunden hatte, völlig apathisch und weggetreten. Ihre Erinnerungen waren gelöscht. Sie hatte keine Papiere bei sich. Keiner wusste, wer sie war und wohin sie gehörte. Der Rettungsdienst brachte sie ins Krankenhaus, wo sie versorgt und dann zum Drogenentzug hier in dieses Spezialheim verlegt wurde. Das Personal nannte sie Anna, weil sie im Annaweg gefunden worden war.

Natalie schreckte aus ihren Erinnerungen hoch.

Das war lange her. Jetzt war sie nicht mehr als Pflegerin hier im Schloss. Sie kam wegen Anna. Es hatte lange gedauert, bis diese Vertrauen gefasst, und noch länger, bis sie eines Tages

Natalie angelächelt hatte.

Die Sonne war hinter einer Schleierwolke verschwunden. Es war ein angenehm warmer Sommertag.

Natalies Blick fiel auf eine kleine Broschüre, die unter dem Besuchertisch lag. Sie nahm sie zur Hand, blätterte darin und las die Zeilen.

Du bist mir nah und doch weit weg
Du blickst mich an und doch an mir vorbei
Du greifst nach mir und fühlst ins Leere
Du rufst nach mir und hörst mich nicht
Du bist da. Ich höre deinen Herzschlag.
Vertraut. Wie immer. Und doch ganz anders.

Natalie blickte nachdenklich durchs Fenster. Ihre Augen funkelten. Die arme Anna.

Sie erinnerte sich an jenen Abend ihrer Zeit als Pflegerin, als sie ihr das Abendessen gebracht hatte, während Anna immer noch verstohlen auf der Bettkante gesessen hatte. »Ich bringe dir was zu essen.«

Anna hatte hochgeschaut, ohne ein Wort zu sagen.

Diese Ähnlichkeit. Das konnte kein Zufall gewesen sein. Schweigend hatte Natalie zugesehen, wie sie mühsam das Abendessen zu sich genommen und noch immer geschwiegen hatte. Dann hatte sie der Patientin die Bettdecke aufgeschüttelt, ihr ins Bett geholfen und sie zugedeckt. Natalie hatte das Schicksal dieser Frau keine Ruhe gelassen. Was war ihr zugestoßen, dass sie drogenabhängig hier in dieser Klinik gelandet war?

Natalie hatte Nachtschicht. Als Ruhe eingekehrt war, hatte sie sich ins Büro geschlichen. Sie hatte beobachtet, welches Passwort die Pflegeleiterin in ihren PC eingegeben hatte, hatte den Computer eingeschaltet und ihn hochgefahren. Schnell hatte sie die Patientenliste gefunden und war schließlich bei Anna gelandet. Aufgeregt hatte sie in den Flur gelauscht, doch alles war ruhig geblieben. Ihre Kollegin hatte sich zurückgezogen und würde erst in einer Stunde wiederauftauchen. Hastig hatte sie die Tastatur bedient und in der Personalakte geblättert. In der Akte war von Anna die Rede gewesen. Drogenabhängig. Eine gescheiterte Existenz, um die sich offenbar niemand kümmerte. Nichts Neues, nichts Überraschendes. Betroffen hatte sie die Datei geschlossen, den PC ausgeschaltet und lautlos das Büro verlassen.

Fortan hatte sie sich rührend um Anna gekümmert, saß in jeder freien Minute an ihrem Bett, bis sie irgendwann die Pflegeleiterin zu sich gerufen hatte. »Ich verstehe ja, dass sie sich intensiv um diese Patientin kümmern, aber es sind auch noch andere Patienten da.«

»Na klar«, hatte Natalie abgewiegelt. »Ich vernachlässige keinen. Aber diese Patientin, wenn ich ihr mehr Fürsorge zukommen lasse, dann …«

Die Leiterin hatte den Kopf geschüttelt. »Es wird dir und uns nicht gelingen, sie so weit zu stabilisieren, dass sie wieder nach Hause kann. Sie wird uns lange erhalten bleiben.« »Das kostet sicher eine Stange Geld.«

Die Leiterin hatte sie streng angeschaut. »Mach dir darüber mal keine Sorgen. Ihr Pflegeplatz wird vom Sozialamt bezahlt. Ihre Familie konnte nicht ermittelt werden. Und du kümmerst dich jetzt bitte auch um die anderen Patienten. Haben wir uns verstanden?«

Natalie hatte genickt und war aufgestanden. Gehorsam hatte sie die Patienten auf ihrem Flur mit den notwendigen Medikamenten versorgt, hielt hier und da ein Schwätzchen, schüttelte Bettdecken auf, begleitete Patienten zur Toilette. Dann war sie zu Anna zurückgekehrt, ließ sich in den Sessel fallen und seufzte.

Sie musste eingenickt sein.

Natalie schreckte von lautem Gemurmel hoch. Sie richtete

sich in ihrem Sesse auf, den sie neben das Bett von Anna gerückt hatte.

»Nein, nein, nicht«, rief diese im Traum und umfasste die Bettdecke fest mit ihren Händen. »Das tut weh. Ich will das nicht«, rief sie und Schweißtropfen glänzten auf ihrer Stirn. »Hör auf …Nein, bitte nicht.« Sie stöhnte, verzog schmerzverzerrt das Gesicht und schlief schließlich wieder ein.

Natalie beobachtete die Frau, die nun friedlich in ihrem Bett lag und schlief. Sie sah die tiefen Furchen in ihrem Gesicht, Furchen voller Schmerz, Angst und Bitterkeit. Die Augenlider zitterten. Nass klebte das Haar an ihrer Haut.

Das Schicksal der geheimnisvollen Anna ließ Natalie fortan keine Ruhe mehr.

41

»Heute bekommen wir Besuch«, sagte Joachim eines Morgens zu Natalie beim Frühstück.

Die Frau schaute überrascht hoch. »Besuch?«

»Ja, Besuch. Ich habe mich entschlossen, einen Gärtner einzustellen.«

Natalie gefiel der Gedanke nicht, dass ein weiterer Mensch hier wohnen sollte. »Ja, haben Sie denn Platz genug?«

»Platz genug haben wir sicherlich. Aber der Gärtner soll nicht hier wohnen. Er wird zwei-, dreimal die Woche nach dem Rechten sehen. Sich um den Garten kümmern, den Rasen, die Pflanzen.«

Natalie wirkte beruhigt. Joachim schien ihre nächste Frage zu erahnen.

»Natürlich ging es die ganze Zeit auch ohne Gärtner. Aber ich habe keine Nerven für all die Arbeiten am Haus. Die Situation unseres Sanitätshauses ist eine besondere Herausforderung, die meine ganze Kraft erfordert.«

Natalie schwieg.

Als sie das Geschirr in die Küche trug, hatte sie den Dialog schon fast vergessen, da läutete es an der Tür. Natalie hörte laute Stimmen und ein Bellen, das sich ihr näherte.

»Natalie, darf ich Ihnen unseren neuen Gärtner vorstellen. Und seinen Hund.«

Mimo drängelte sich vor. Der mit einer blauen Jeans, einem verwaschenen T-Shirt und einer beigefarbenen Jacke bekleidete Gärtner gab Natalie unbekümmert die Hand und machte einen schüchternen, ja gar verklemmten Eindruck.

›Dieser Schauspieler‹, dachte Joachim und bot ihm einen Platz an.

»Wo haben Sie bisher gearbeitet?«, fragte Natalie, ehe sich Joachim an den neuen Beschäftigten wenden konnte.

»Ich war lange Jahre hier beim städtischen Gartenbauamt und habe mich auf dem Friedhof um die Bepflanzung gekümmert. Da meckert wenigstens keiner mit einem. Man fühlt sich wie ein Chef. Man hat viele Menschen unter sich.«

Joachim schmunzelte. Der ungelenke Typ hatte seinen Humor offenbar nicht an der Haustür abgegeben.

»Dann habe ich mich selbstständig gemacht. Arbeiten aller Art. Nur kochen kann ich nicht.«

»Na, Gott sei Dank, sonst hätte ich ja nichts mehr zu tun«, erwiderte Natalie. »Und der Hund? Mäht der auch den Rasen?«

»Äh, das ist mein treuer Begleiter. Ohne den gehe ich nirgendwo hin.«

Mimo sah sein Herrchen freudig an.

»Wenn ich Rasen mähe, kann er das Bein heben. Der Rasen wird sozusagen gleich mitgedüngt.«

»Ersparen Sie mir Einzelheiten«, wehrte Natalie mit der Hand ab.

»Ich muss ins Büro«, kürzte Joachim das Gespräch ab. »Ich zeige Ihnen jetzt, wo sich im Keller die Räume mit den Werkzeugen befinden, dann können Sie sich heute schon mal ein Bild von der Anlage und den damit verbundenen Arbeiten machen.«
»Ist in Ordnung«, sagte der Gärtner, und stand auf.

»Dann können wir entscheiden, wie oft ich Sie in der Woche brauche.«

Die beiden Männer verließen die Küche zielstrebig und strebten dem Keller zu.

Natalie blieb zurück, machte das Geschirr weg und als sie zu Emilie in die Einliegerwohnung ging, sah sie die beiden Männer zwischen Heckenschere und Rasenmäher hantieren. Gestikulierend redeten sie miteinander, ohne dass Natalie hätte verstehen können, was die beiden Männer sprachen.

»Gut, alter Schwede«, sagte Joachim. »Ich fahre jetzt ins Büro. Du kannst ja ein wenig mit dem Staubwedel durchs Gebüsch laufen. Halte Augen und Ohren offen, mein Freund.«

»Mach ich. Aber ein alter Schwede bin ich nicht. Meine Vorfahren kommen schließlich aus Venetien. Mein Ur-Ur-Ur …«

»Ja, ist ja schon gut, alter Italiener.«

Der Gärtner nickte, schnappte sich die Handschuhe, zog die Gartenschuhe an und schlich ins Grüne, während Joachim das Haus verließ.

Natalie war müde. Eine Zeit lang saß sie bei Emilie, während draußen der Gärtner beflissen ums Haus strich und an den Sträuchern herumschnitt. Der Hund wedelte aufgeregt um ihn herum. Das sah alles nicht sehr professionell aus. Ob Joachim da die richtige Wahl getroffen hatte?

Mit Sorge beobachtete sie, wie der neue Gärtner den Teich in Augenschein nahm. Hoffentlich kam er nicht auf falsche Gedanken.

Als Emilie eingeschlafen war, zog sich Natalie in ihr Zimmer zurück.

Mit kriminalistischem Spürsinn hatte der Gärtner beobachtet, wie Natalie die Wohnung der alten Dame verließ. Als er daraufhin ins Haus schlich, hörte er, wie sie in ihr Zimmer ging und die Tür hinter sich verschloss. Ein paar Sekunden hielt er die Luft an und lauschte. Nichts tat sich. Ob er es riskieren konnte? Er hielt die Finger auf die Lippen. Mimo verstand. Diese Handbewegung sah er des Öfteren bei seinem Herrchen. Eilig durchkämmte er auf Strümpfen die Wohnung von Joachim, ohne dass er etwas Besonderes bemerkte. Als er im Keller eine quietschende Tür hörte, erschrak er.

Natalie kam die Treppenstufen hoch, blieb für einen kurzen Moment im Flur stehen und horchte in die Luft.

Der Gärtner hielt sich selbst die Hand vor den Mund und den Atem an. Er zog den Bauch ein, so gut es eben ging. Seine Nase kitzelte. Falscher Zeitpunkt, dachte er.

Natalie schlich derweil ins Wohnzimmer und tat merkwürdige Dinge.

Der Gärtner hatte ein Loch im Vorhang entdeckt, hinter dem er sich versteckt hielt. Durch dieses Loch hielt er eine winzige Kamera. Natalie nahm die Batterie aus der Fernbedienung, tauschte zwei Bilder an den Wänden, nahm ein Buch aus dem Regal. Dann ging sie zur Küche, ließ glücklicherweise die Tür offen, so dass er ihr mit den Augen folgen konnte, öffnete die kalte Bierflasche, träufelte eine mitgebrachte Flüssigkeit hinein, drückte den Kronkorken wieder fest auf die Flasche und stellte sie zurück. Das Fläschchen ließ sie in ihre Hosentasche gleiten, schaute sich zufrieden um und verschwand wieder im Keller. Komisch, dachte sie bei ihrem Blick aus dem Fenster. Sie sah den Gärtner gar nicht mehr werkeln. Wahrscheinlich war er im Werkraum zu Gange. Sie wollte nachsehen, ließ es dann aber doch sein, ging geräuschlos in ihr Zimmer, verriegelte es von innen und legte sich aufs Ohr.

Der Gärtner atmete auf.

Er verließ sein Versteck hinter dem schweren Vorhang und besah sich irritiert die Veränderungen, die Natalie in der Wohnung vorgenommen hatte. Er musste unbedingt wissen, welche Flüssigkeit sie in das Bier geträufelt hatte. Er nahm die Flasche an sich, ließ sie im Werkraum in seinem Werkzeugkoffer verschwinden und stellte eine andere Flasche aus dem Bierkasten in den Kühlschrank. Dann machte er sich wieder an seine Arbeit.

Natalie hörte das ferne Surren einer Heckenschere und schloss die Augen.

Sie wachte von einem Schrei auf. Als sie auf die Terrasse in Emilies Wohnung eilte, sah sie einen triefend nassen Gärtner aus dem Teich lugen.

»Was machen Sie denn da?«, rief sie ihm zu und eilte ihm entgegen.

»Na was wohl?«, rief er, nachdem er Wasser ausgespuckt hatte. »Das Seepferdchen natürlich.«

Natalie war nicht zum Lachen zumute.

»Ich habe mir den Teich besehen und bin ausgerutscht. Jetzt habe ich meine Schwimmeinheit für heute.«

Natalie reichte ihm ein Handtuch, mit dem er sich über die roten Haare rieb, die farblich hervorragend zur grünen Arbeitsschürze passten.

»Der Teich muss unbedingt abgelassen werden. Er braucht frisches Wasser, manche Pflanzen müssen weg.«

»Aber nicht doch«, wehrte Natalie. »Der Teich ist Joachims Heiligtum. Ich glaube nicht, dass ihm das gefällt.«

Der Gärtner überlegte. »Nun, ich werde ihn fragen. Er hat bestimmt nichts dagegen.«

Als der Gärtner am Nachmittag seine Arbeit beendete, sich von Natalie verabschiedete, das Anwesen verließ und den schlafenden Mops ins Auto trug, fuhr er nicht nach Hause. Als guter Detektiv wusste Artur Silva, alias Rosso, wo er das geeignete Labor findet, um Flüssigkeiten zu untersuchen. Chemie war in der Schule nie sein Lieblingsfach gewesen. Hatte er überhaupt ein Lieblingsfach? Egal. Stets konnte er sich auf Reiner verlassen. Der war ein absolutes Ass in Chemie. Wenn man ihn nachts um drei aus dem Schlaf riss, konnte er die chemischen Formeln und das Periodensystem auswendig aufsagen. Allerdings war es wenig sinnerfüllt, ihn nachts zu wecken und das Periodensystem aufsagen zu lassen. Sein Schulfreund Reiner arbeitete seit seinem Chemiestudium im Labor eines Arztes im Nachbarort von Senningen.

›Wer Blut untersuchen kann, der kann alle Flüssigkeiten untersuchen‹, sagte sich Rosso, als er das Labor betrat.

»Haben Sie einen Termin?«, fragte die nette Dame am Empfangstresen.

Ehe Rosso sich eine Ausrede einfallen lassen konnte, schwirrte schon Reiner in seiner weißen Kutte um die Ecke. »Wen haben wir denn da? Es ist nicht zu fassen. Schon gut«, wandte er sich der Sprechstundenhelferin zu, »der Herr will zu mir. Wahrscheinlich soll ich ihm ein wenig von seinem blauen

Blut abnehmen.«

Die Dame schaute irritiert und ließ die beiden von dannen ziehen.

Es war schon gut, dass er Reiner vorher angerufen und seinen Besuch angedroht hatte. Immer mal wieder hatte er seine Dienste in Anspruch genommen, um seinem detektivischen Spürsinn mit Untersuchungen auf die Sprünge zu helfen.

»Na Rosso, alter Freund. Was haben wir denn da?«, fragte Reiner, als sein Schulfreund die Bierflasche hervorzauberte. »Alkohol ist hier nicht erlaubt. Wenn du mit mir einen trinken willst, treffen wir uns besser in der Kneipe nebenan.«

Rosso schüttelte den Kopf. »Nein, nein. Ich will das nicht trinken. Ich will wissen, was da drin ist.«

Reiner schaute ihn fassungslos an. »Na, Bier natürlich. Zutaten und Alkoholgehalt stehen auf dem Etikett.«

»Das schon, aber da ist noch eine andere Flüssigkeit drin, die ich identifizieren muss.«

»Dann gib mal her.« Reiner nahm die Flasche, ließ einen Schluck des schäumenden Gebräus zielsicher in ein Glasröhrchen laufen und steckte das Röhrchen in ein Gefäß. Der Computer zeigte ihm in kurzer Zeit eine Menge Daten an, mit denen der Detektiv nichts anfangen konnte.

»Da schau her«, pfiff er plötzlich zwischen den Zähnen. »Oh, mein Gott.«

Rosso stutzte. »Du bist nicht der Erste, der mich Gott nennt. Aber bleib bitte bei Artur, meinetwegen auch Rosso.«

Reiner hörte ihm nicht zu. »Das Bier enthält Spurenelemente von Quetapur.«

»Queta was?«

»Quetapur. Sag nur, das kennst du nicht?« Reiner lachte.

»Kleiner Spaß, alter Junge.«

Quetapur enthält Substanzen, die Kognitionsstörungen, Verwirrtheit, Stürze und Delir begünstigen.«

Stumm und verblüfft hörte Rosso zu. »Spurenelemente von

Benzodiazepinen, Antidepressiva, Neuroleptika, Opiaten …«.

»Schon gut«, entfuhr es Rosso. Er unterbrach den medizinischen Exkurs seines Schulfreundes. »Immer diese Fremdwörter. Damit hast du mich schon in der Schule genervt.«

Rainer fuhr unbeirrt fort. »Es gibt Studien, die davon ausgehen, dass Quetapur einen negativen Einfluss auf die kognitiven Fähigkeiten von Demenz-Patienten hat.«

»Das heißt, dass dieses Gebräu …«

»Quetapur, um genau zu sein.«

»… ok, dass dieses Zeugs da die Vergesslichkeit fördert?«

»Das Medikament wird Patienten gern verabreicht, um Symptome wie körperliche Unruhe und sonstige Verhaltensstörungen abzumildern, die bei der Pflege hinderlich sind.«

»Die Patienten werden also ruhiggestellt, damit die Pfleger weniger Mühe mit ihnen haben.«

»So kann man das in etwa auch ausdrücken. Jedenfalls scheint es so zu sein, dass der geistige Verfall durch Quetapur beschleunigt wird.«

»Ja, aber du sagtest bei dementen Menschen? Und bei gesunden Menschen?«

Reiner überlegte. »Es macht keinen Sinn, einem gesunden Menschen dies zu geben.«

»Was passiert, wenn doch?«

»Mmh. Da gibt es wahrscheinlich keine Studien oder irgendwelche Erfahrungen. Vermutlich kann dies aber die Symptome der Demenz vortäuschen.«

»Das heißt also, dass jemand, der das zu sich nimmt, das Gefühl bekommt, dement zu sein?«

»Ja, denkbar. Ohne es wirklich zu sein. Zumindest löst es Irritationen und Verwirrungen aus, Vergesslichkeit, Gedächtnislücken, verstehst du? Aber wie kommt dieses Zeug in deine Bierflasche?«

»Dies ist nicht meine Bierflasche«, wehrte Rosso ab. »Ich trinke lieber Rotwein.«

»Im Übrigen ist dieses Medikament nicht das Einzige, was der Computer mir anzeigt. Spurenelemente halluzinogener Drogen befinden sich ebenfalls in dem harmlosen Bier. Kein normaler Mensch hat Zugang zu solchen Medikamenten. Nur Ärzte.«

Rosso nickte wissend. »Oder Krankenschwestern.«

42

Als Joachim klingelte, riss Rosso sofort die Tür auf. »Setz dich«, sagte er zu seinem Schulfreund und sah ihn diebisch an. »Es gibt interessante Neuigkeiten.«

Joachim nahm Platz in der kleinen Mansardenwohnung, die Rosso während seines Gärtnerdaseins angemietet hatte. Das Zimmer sah wesentlich aufgeräumter aus als seine chaotische Mansardenbude in Senningen. Offensichtlich fehlte der Platz, um Durcheinander anzurichten.

»Willst du ein Bier?«, fragte Rosso und gab gleich selbst die Antwort, indem er Jo eine Flasche öffnete und vor die Nase stellte. »Garantiert ohne Quetapur.«

»Was?« Joachim verstand gar nichts.

»Das ist das Zeug, das Natalie in dein Bier schüttet.«

»Queta was?«

»Genau das war auch meine Frage«, triumphierte Rosso. »Im Übrigen enthält das unscheinbare Bier nicht nur diese Substanz. Deine nette Krankenschwester stellt eine besondere Mischung her. Sie mischt unter das Medikament noch Halluzinogene.«

Joachim lag der Geschmack seines letzten Bieres vom gestrigen Abend bitter auf der Zunge. »Was ist das für ein Zeug?«

Der Detektiv wurde ernst. Joachim hatte bis dahin nicht gewusst, dass sein Freund das überhaupt konnte. Ernst sein.

»Durch das Medikament werden Patienten ruhiggestellt. Es ist aber nicht ausgeschlossen, dass es in Verbindung mit Alkohol oder anderen Medikamenten bei gesunden Menschen Verhaltensstörungen auslöst und das Gefühl einer beginnenden Demenz vortäuscht. Die Halluzinogene verursachen deine Aggressivität und verwischen deine Wahrnehmung.«

Joachim sah ihn mit großen Augen an.

»Wahrscheinlich mischt sie das Zeug nicht nur in dein Bier,

sondern auch in den Rotwein, den du am Wochenende gern auf deinem Balkon zu dir nimmst.«

»Von dem sie auch trinkt.« Rosso sah seinen Freund mitleidig an. »Sie wird schon wissen, wem sie welchen Wein einschenkt. Du bist ganz schön naiv.«

Joachim war sprachlos.

»Das ist noch nicht alles. Natalie manipuliert deine Wohnung. Gaslighting.«

»Was bitte? Was? Welche Gasleitung?«

»Nein. Gaslighting,« wiederholte Rosso.

»Noch nie gehört!« Joachim schüttelte irritiert den Kopf. »Offenbar ist dir unsere Schulbildung besser bekommen als mir. Ich dachte immer, dass du im Unterricht nur Unsinn gemacht hast. Anscheinend hast du doch mehr aufgepasst als ich. Quetapur, Gaslighting. Mein Gott, was bedeutet das?«

Rosso ließ sich nicht auf die Diskussion über die Frage ein, wer denn nun mehr vom Schulunterricht profitiert hatte, sondern blieb beim Thema.

»Sie tauscht Bilder, nimmt Bücher weg, verlegt die Batterie der Fernbedienung, um … «

»… um mir das Gefühl zu geben, ich hätte das gemacht und vergessen? Unfassbar.«

»Ja, Joachim, ich bin mir sicher, diese Frau will dich in den Wahnsinn treiben. Gaslighting ist eine Form psychischer Gewalt, mit der Opfer gezielt desorientiert, manipuliert und verunsichert werden. Ihr Realitätssinn geht verloren, das Selbstbewusstsein schwindet. Ich habe Fotos gemacht und kann es belegen.«

»Aber warum bloß?« Joachim starrte vor sich hin.

»Das ist die große Frage«, antwortete sein Freund, während Mister Mops mit dem Schwanz wedelte und auf sich und das dringend notwendige Gassigehen aufmerksam machte. Als Artur den Hund nicht zur Kenntnis nahm, jaulte Mimo und ging schließlich in vorwurfsvolles Bellen über.

»Mimo, sei artig, ich bin im Gespräch«, fuhr er dem Vierbeiner mit der Hand übers Fell und wandte sich wieder seinem Freund zu. »Warum tut diese Frau, die du bis vor wenigen Wochen gar nicht gekannt hast, dir das an?«

43

Als sich Joachim in sein Schlafzimmer zurückzog, hielt Natalie die Luft an. Sie wartete einige Minuten und lauschte in die Dunkelheit. Dann stand sie auf, zog sich den Morgenmantel über und tastete sich ohne Schuhe auf nackten Füßen durch den dunklen Flur. Sie hatte aus ihrer Handtasche das kleine Fläschchen herausgezogen und hielt es fest umklammert.

Als sie in der Küche ankam, blieb sie einen Moment stehen. Nein, kein Laut war zu hören. Joachim schien eingeschlafen zu sein. Sie sah die leere Weinflasche, das Glas mit den Rotweinspuren auf dem Tisch stehen. Morgen früh würde er wie gewohnt seinen Kaffee trinken. Mit Milch. Sie nahm die Milchflasche aus dem Kühlschrank, schraubte den Verschluss ab und nahm ihr Fläschchen in die Hand. Eine schleimige, durchsichtige Flüssigkeit tropfte zäh in den Milchbeutel. Natalie schüttelte die Milch kräftig und stellte sie zurück in den Kühlschrank. Zufrieden ließ sie den Rest der Flüssigkeit – diesmal ein Antiepileptikum – in der Tasche ihres Morgenmantels verschwinden. Rasch entfernte sie sich aus der Küche.

Ehe sie in ihr Zimmer schlich, trug sie ein paar alte Bücher ins Wohnzimmer, tauschte sie im Bücherregal aus, verteilte in Tinas Zimmer ein paar Spielsachen, darunter ihre Lieblingspuppe, trug den Lieblingslippenstift von Susanne ins Bad, malte damit ein rotes Herz an den Spiegel und legte den Lippenstift in das Etui von Susanne, das Joachim mit vielen anderen Sachen in Kartons verstaute und wegbrachte. Er hatte nicht bemerkt, dass das eine oder andere darin fehlte und in Natalies Kleiderschrank gewandert war. Dann ging Natalie zufrieden zu Bett.

Am nächsten Morgen servierte sie Joachim das Frühstück.

»Guten Morgen«, sagte sie, als Joachim gähnend das Esszimmer betrat. »Gut geschlafen?«

Joachim nickte. »Ja, ja. Schon wieder Montag. Ich habe geschlafen wie ein Murmeltier und hätte gern noch ein wenig weiter geträumt.«

Natalie schmunzelte, schenkte ihm Milch ein und goss den Kaffee darüber. »Geträumt? Wovon?«

Joachim schaute sie an. »Ich weiß nicht so genau, aber es war ein angenehmer Traum. Jedenfalls angenehmer als aufzustehen.«

Er nahm einen großen Schluck Kaffee und genoss das heiße Getränk. Dann schmierte er sich eine Scheibe Brot mit Marmelade und ließ den Tag ruhig angehen.

»Wenn Sie fahren, schaue ich nach Mutter«, sagte Natalie. Sie nannte Emilie Mutter, obwohl sie Joachims Mutter war und nicht ihre. Joachim hatte offenbar nichts dagegen. Nach der zweiten Tasse Kaffee verließ er die Küche und überließ Natalie den Haushalt.

Als er das Bad betrat, blieb er erstarrt stehen. Ein kleines rotes Herz zierte den Spiegelschrank. Susannes Etui mit ihrem Lippenstift lag auf der Kommode.

»Aber …« stammelte er und sah sich im Bad um. Ihm schien, als nehme sein Schatten die Gestalt seiner Frau an. Hastig schleuderte er sich Wasser durchs Gesicht, putzte die Zähne, kämmte sich und verließ mechanisch das Bad. Er zog seinen Anzug an, ohne zu wissen, was er tat. Schwerfällig ging er ins Wohnzimmer, um seine Aktentasche an sich zu nehmen. Da fielen ihm die Bücher im Regal ins Auge. Es waren andere Bücher als gestern. Ilias war zurück. Schweiß trat auf seine Stirn. Wie von Geisterhand sprang die Musikanlage an. Er wollte Natalie rufen, doch die Stimme versagte ihm. Eilig rannte er vors Haus, knöpfte sich sein Hemd auf und holte tief Luft.

Währenddessen räumte Natalie in der Küche das Geschirr weg, pfiff fröhlich ein Lied und stieg wie jeden Morgen die Treppen hinab zu Emilie, die um diese Zeit noch im Bett lag.

Als Natalie die Tür zur Wohnung öffnete, hörte sie leises Rufen aus dem Schlafzimmer. Emilie war bereits wach und wartete offenbar darauf, dass ihr jemand aus dem Bett half.

»Hier bin ich Mutter«, rief Natalie schon an der Tür und Emilie drehte sich zu ihr um. Sie lächelte, als sie Natalie sah und freute sich auf die Gesellschaft. Ja, Natalie war ihr vertraut geworden, auch wenn sie nicht wusste, woher sie kam und warum sie anders aussah als zuvor. Da hieß sie noch Susanne.

Natalie nahm ihre Hand und setzte sich zu ihr ans Bett. Die alte Dame erzählte gerne Geschichten von früher, an die sie sich noch erinnern konnte.

»Wie war denn Joachim als Kind?«, fragte Natalie und Mutter Emilie musste den Eindruck haben, als säße Joachims Frau Susanne an ihrem Bett.

»Joachim ist ein süßes Kind«, strahlte Emilie und sah offenbar den kleinen Jungen vor sich. »Er wird mal ein guter Jäger.«

»Ein Jäger?«, hakte Natalie nach.

»Paul geht so gerne zur Jagd und hat den Kleinen auch schon mitgenommen. Rehe, Hasen, Hunde.«

»Hunde?«

»Ja, große Hunde.«

»Große Hunde?«

»Ja, große Hunde mit Geweih. Ganz besondere Hunde. Paul liebt sie abgöttisch. Er sagt, sie seien geheimnisvoll.«

»Ich habe hier gar keine Geweihe gesehen im Haus?«

Emilie schüttelte den Kopf. »Paul sagt, das bringt Unglück. Er bewahrt keine Geweihe auf. Nur der große Hund. Den darf keiner anfassen.«

Natalie sah die verwirrte alte Dame ratlos an.

Sie half ihr aus dem Bett, machte Katzenwäsche und zog sie an. Emilie ließ es geschehen. Natalie wusste nicht, wen sie vor sich sah. Ob sie glaubte, Susanne sei bei ihr oder eine fremde Frau?

Langsam gingen die beiden ins Wohnzimmer und ließen sich auf der Couch nieder. Eine Weile saßen sie schweigend nebeneinander. Es war still. Emilie summte ein Lied aus alten Tagen und schaute Natalie fragend an, als überlege sie, wer neben ihr sitzt.

»Gertrud«, rief sie plötzlich. »Gertrud, denken Sie daran. Paul ist der Chef deines Mannes.«

Wer war Gertrud?

»Es ist schön, dass du mal wieder zu Besuch kommst. Bis unsere Männer nach Hause kommen, dauert es noch eine Weile.«

Natalie spielte Gertrud und schenkte Emilie Kaffee nach. Sie redete wie ein Wasserfall, schwärmte vom Urlaub in der Schweiz, warf Menschen aus unterschiedlichen Zeiten durcheinander, redete von Kindheitserlebnissen, als seien sie gestern geschehen.

Dann wurde es still. Emilie blickte ruhig durch die offene Terrassentür, durch die einst Tina verschwunden war.

»Da draußen, ist es da versteckt?«, folgte Natalie dem Blick der Mutter, die den Kopf nicht drehte. »Das kleine Mädchen, hat das kleine Mädchen es gefunden?«

Emilie schaute hoch und blieb stumm. Sie nahm Tinas Puppe, die seit dem Tod des kleinen Mädchens neben ihr auf dem Sessel wohnte, und stand auf.

»Da draußen?«, sagte Natalie leise. »Da draußen am Teich?«

»Ein schöner Teich«, flüsterte Emilie. »Paul hat ihn so schön angelegt und mit Wasser gefüllt.«

»Ja?«

»Jetzt ist Paul müde und schläft. Schwere Arbeit.«

»Ja, Emilie, ganz schwere Arbeit.«

Emilie bewegte sich mühsam zur Terrassentür, die Puppe fest in ihre Finger gekrallt. Natalie folgte ihr unhörbar. Die alte Dame schlich in ihren offenen Pantoffeln durch die feuchte Wiese zum Teich. Die Feuchtigkeit, die ihre Zehen erreichte, schien ihr nichts auszumachen.

»Gut, dass der Teich alles zudeckt«, sagte Emilie. »Ich habe Paul gesagt, baue einen Teich. Da wird niemand suchen.«

»Außer Tina.« Sie sah Natalie fragend an. »Tina, Tina.« Sie kramte in ihren Erinnerungen. Dann strahlte sie. »Ja, Tina. Deine kleine Tochter, Susanne. Ich habe ihr viel vom Teich erzählt. Der Teich trägt ein dunkles Geheimnis.«

»Und dann ist das kleine Mädchen in den Teich gestiegen, um das Geheimnis zu suchen?«

Emilie kramte weiter. »Du musst zuerst schwimmen lernen, dann tauchen. Dann darfst du in den Teich. Mit den Fischen schwimmen und tauchen. Tief, tief unten findest du alles.«

Natalie wusste nicht, ob Emilie in ihrer Fantasiewelt lebte oder in der Realität.

»Du musst mir alles sagen. Ich kann schwimmen und tauchen. Jetzt ist der Zeitpunkt gekommen.«

Emilie blieb am Rande des Teichs stehen. »Da unten«, zeigte sie mit zittrigen Fingern auf die Wasseroberfläche. »Du musst aufpassen, dass Paul dich nicht sieht.«

Doch Paul schlief schon sehr lange, sehr tief. Er würde nicht mehr aufwachen. Sekunden hingen wie Minuten über dem Teich.

Zwei Jahre, nachdem die kleine Tina in den Teich gefallen war, weil sie etwas gesucht hatte, standen nun Emilie und Natalie vor dem dunklen Gewässer, aus dem Seerosen und Algen ragten. Plötzlich ließ Emilie die Puppe los. »Such, kleines Mädchen. Such!«, rief sie und die Puppe plumpste ins dunkle Nichts.

Das Wasser begehrte auf und verschlang die Puppe. Dann kehrte Ruhe ein.

»Ich bin müde«, sagte Emilie.

Natalie brachte sie zurück ins Haus, setzte sie in ihren Sessel, legte die Decke über sie und sah ihr zu, wie sie langsam einschlummerte.

Natalie schmunzelte. Sie sah sich am Ziel angekommen. Eine lange Zeit war vergangen. Lange war ihr nicht klar gewesen, wo sie suchen musste, um das Geheimnis der Familie zu lüften. Um sich und ihre Familie zu rächen. Um die Familie Schuster auszulöschen. Seit dem Tod des Kindes im Teich war sie sich fast sicher gewesen, dass der Teich der Schlüssel dazu war. Emilie hatte sie – bewusst oder unbewusst – dorthin geführt. Natalie wäre am liebsten gleich in den Teich gesprungen. Doch so einfach war das Vorhaben nicht.

Der Zufall kam ihr zu Hilfe.

44

»Ich muss für zwei Tage in die Schweiz«, sagte Joachim eines Morgens.

Natalie horchte auf. »In die Schweiz?«

»Ja, ich besuche einen Hersteller neuartiger Produkte auf einem Kongress in Zürich. Er könnte uns in der Firma helfen, durch die Vermarktung dieser neuen Produkte aus unseren Umsatzschwierigkeiten herauszukommen.«

»Aber Ihre Konkurrenz denkt doch sicher auch darüber nach.«

Joachim blickte verärgert hoch. »Meine Konkurrenz? Wenn es mir gelingt, einen Exklusivvertrag für die neue Generation von Liftern und ähnlichen Geräten zu bekommen, dann bin ich ihm einen entscheidenden Schritt voraus. Aber …«, unterbrach sich Joachim bei seinen lauten Überlegungen. »… das muss ja nicht Ihre Sorge sein. Es wäre wichtig, dass Sie die beiden Tage komplett hier sein könnten, damit Mutter nicht allein ist.«

»Selbstverständlich«, antwortete Natalie zufrieden. »Und der Gärtner?«

»Wer?« Joachim schien kurz zu überlegen. »Ach so, der Gärtner. Er hat sich diese Woche freigenommen, um mit seiner Familie einen kleinen Campingurlaub zu machen.«

Natalie nickte. Sie war also die beiden nächsten Tage ganz allein. Allein mit einer alten dementen Frau. Allein mit ihrer Aufgabe.

Joachim schaute kurz bei seiner Mutter vorbei. Er legte sein Handy und sein Notizbuch auf den fertig gepackten Koffer, der darauf wartete, verstaut zu werden, und verschwand treppabwärts.

Natalie war ihm gefolgt, wartete oben darauf, dass er sich von seiner Mutter verabschiedete, und griff geistesgegenwärtig nach dem Handy, das auf seinem Koffer lag. Sie hatte Glück. Noch forderte das Smartphone nicht die Eingabe des Passwortes. Sie besah sich die notierten Termine. Während sie seine Notizen durchblätterte, nahm Joachim die Hand seiner Mutter und sah sie lautlos an.

Emilie nickte ihm freundlich zu. Ob sie ihn kannte? Ob sie glaubte, Paul säße vor ihr? Er stellte ein Schälchen mit Obst auf den Tisch. Als Emilie dies sah, wurden ihre Augen größer und ihr Arm länger und länger. Sie beugte sich über den Tisch, vergaß ihre Unbeweglichkeit, und grapschte nach dem Obst. Genüsslich schob sie das Stück Orange in ihren Mund.

Wie musste das sein, eingeschlossen zu sein in seinem Körper, in seiner eigenen Gedankenwelt, im Hier und Jetzt zu leben und doch im Dort und Früher zu sein?

Wortlos stand er auf, nahm seine Hand zurück und verließ stumm die Wohnung.

Im Flur stand sein kleiner Koffer, den er für die Kurzreise gepackt hatte, darauf sein Handy und sein Notizbuch. Viel brauchte er nicht für eine Übernachtung. Er nahm sein Handy und sein Notizbuch in die Hand, zupfte seine Krawatte zurecht, die es sich auf dem weißen Hemd bequem gemacht hatte, fuhr mit Spucke polierend über die glänzend schwarzen Schuhe und öffnete die Tür.

»Ich bin dann mal weg«, rief er Natalie zu, die damit begonnen hatte, für Emilie Frühstück zuzubereiten. »Ich denke, morgen Abend bin ich zurück.« »Ist in Ordnung«, antwortete sie. »Ich wünsche Ihnen viel Erfolg.«

Nachdem Joachim die Tür ins Schloss fallen ließ und der aufheulende und dann leiser werdende Motor Klarheit brachte, dass er gefahren war, legte Natalie das Küchenmesser aus der Hand und griff nach ihrem Handy. Sie tippte kaum hörbar Zahlen ein und hielt das Gerät ans Ohr.

»Hallo? Ja, ich bin's. Du musst dich beeilen. Er ist soeben losgefahren. Er ist mit Dr. Fischer um 18 Uhr zum Essen verabredet. Es wäre klug, wenn du ihn vorher triffst.«

»Alles klar. Hast du die Kontaktdaten von Dr. Fischer?«

»Ja, ich konnte vorhin in seinen Papieren die Adresse des Hotels finden, in dem Dr. Fischer seit gestern wohnt. Ich habe auch die Mobiltelefonnummer«.

Natalie gab ihrem Gesprächspartner die Daten und legte auf. Rasch legte sie das Handy zur Seite, sperrte die Haustür zu und brachte Emilie das Frühstück. Sie füllte ein paar Tropfen einer hellen Flüssigkeit in den Tee und servierte der alten Dame das Marmeladenbrötchen, den Tee und den Früchte-Joghurt. Emilie aß genüsslich und lächelte Natalie zu, ohne etwas zu sagen.

Natalie rutschte ungeduldig auf ihrem Stuhl hin und her, bis sie merkte, dass die alte Dame wieder schläfrig wurde. Sie brachte sie zu ihrem Ohrensessel, legte ein Kissen unter und wartete, bis Emilie die Augen zufielen und ein zufriedenes Schnurren hören ließ, dass sie eingeschlafen war.

Natalie zog sich um. Sie hatte sich einen Neoprenanzug besorgt, der eng an ihre Haut drückte. Draußen war alles still. Leise schlich sie in den Garten, zielstrebig näherte sie sich dem Teich. Ein paar Vögel durchbrachen die Stille. Die hohe Hecke, die den Teich umsäumte, schützte sie vor möglichen Blicken. Aber nebenan war keiner zu Hause.

Der Tag war noch jung und unverbraucht. Die Sonne lugte über den Horizont und warf wärmende Strahlen über die Wiese. Der Teich lag noch im Schatten, erst am Nachmittag würde die Sonne die Wasseroberfläche treffen, an der sich Seerosen sonnen konnten.

Natalie stieg unhörbar in das kühle Nass, zog die Taucherbrille über ihre Augen und versuchte, mit gleichmäßigen Handbewegungen den Schmutz, der das Wasser undurchsichtig machte, zu vertreiben.

Der Teich war nicht sehr groß, etwa 25 Quadratmeter. An seiner tiefsten Stelle in der Mitte maß er etwa zwei Meter. Ein Erwachsener konnte hier nicht ertrinken. Ein Kind sehr wohl.

Sie watete durchs trübe Wasser, spürte kleine Fische um die Beine schwimmen, aufgeschreckt von dem unerwarteten Besucher. Als der Teich immer tiefer wurde und nur noch ihr Kopf aus dem Wasser lugte, nahm sie tief Luft und tauchte ihren Kopf in die trübe Flüssigkeit. Mit den Händen tastete sie den Boden ab und spürte plötzlich einen festen Gegenstand unter ihren Händen. Sie hob ihn hoch an die Wasseroberfläche. Es war die Puppe von Tina, die Emilie in den Teich geworfen hatte. Sie legte die Puppe an den Rand des Gewässers und tauchte erneut unter, tastete mit ihren Händen in der trüben Flüssigkeit.

Ein schwerer Stein versperrte ihren Weg. Es gelang ihr nicht, ihn mit bloßen Händen zur Seite zu rollen. Schnell tauchte sie auf, watete zurück zum Rand des Teiches und nahm eine gebogene Eisenstange, die sie sich vorsorglich dort postiert hatte. Mit dieser bewaffnet kehrte sie zum Stein zurück und schaffte es mit Mühe, die Eisenstange darunter zu platzieren und den Stein anzuheben. Zwei-, dreimal, dann hatte sie es geschafft. Der Stein rollte zur Seite und blieb unter heftigem Schlammaufwirbeln liegen, als habe er schon immer an dieser Stelle gelegen.

Mit ihren Händen tastete Natalie die Stelle vorsichtig ab, die der Stein zuvor zugedeckt hatte. Mit der Stange stieß sie ein Loch in den Boden, bis sie auf etwas Festes stieß. Aufgeregt buddelte sie weiter und weiter, bis sie schließlich die Umrisse einer kleinen Truhe in ihren Händen spürte. Sie tastete nach einem Griff und zog die Truhe aus dem trüben Schlamm. Sie war nicht sonderlich schwer und gut auch unter Wasser zu transportieren.

Als sie wieder im Wasser stehen konnte, blickte sich Natalie vorsichtig um. In der Hecke schien sich etwas zu bewegen, doch mochte dies dem leichten Wind geschuldet sein, der kleine Wellen über den Teich trieb. Sie hob die Truhe aus dem Teich und stellte sie vorsichtig am Rand ab, stieg aus dem Wasser, zog den Neoprenanzug aus, trockene Sachen an und trug die Truhe ins Haus.

Wieder raschelte es in der Hecke am Teich, doch Natalie war zu aufgeregt, um dies zu bemerken. Sie sah nicht die beiden Augen, die ihren kleinen Schwimmausflug mit stoischer Ruhe beobachteten, und hörte nicht das Klicken der Kamera am Handy, das festhielt, wie sie ihren Fund an Land beförderte.

Die alte Dame schlief fest und ruhig. Natalie stellte die Truhe ab, die sich nicht öffnen ließ. Trübes Wasser tropfte aus ihren nassen Haaren auf den Boden. Sie strich sich die Strähnen aus dem Gesicht. Die nassen Haare konnten warten. Ein kleines Vorhängeschloss verhinderte das Aufklappen des Deckels. Natalie wusste, dass Emilie allerlei Schlüssel in einer Kassette im Küchenschrank aufbewahrte. Hektisch durchstöberte sie die Kassette, fand ein paar kleinere Schlüssel und grinste, als beim dritten Versuch der Schlüssel einrastete. Das Schloss öffnete sich und der Deckel der Truhe ließ sich zurückklappen.

In einem blauen Kästchen lag ein Schlüssel.

Mehr enthielt die Truhe nicht. Merkwürdig. Sie drehte den Schlüssel in ihrer Hand hin und her. Es war kein herkömmlicher Türschlüssel. Womöglich gehörte er zu einem Safe. Natalie griff zu ihrem Handy und wählte die gleiche Nummer wie am Morgen.

»Bist du schon vor Ort?«, fragte sie ohne Begrüßung.

»Ja«, antwortete die männliche Stimme auf der anderen Seite. »Ich habe gerade im Hotel eingecheckt und bin gleich mit Dr. Fischer verabredet. Und bei dir?«

»Läuft alles nach Plan. Ich habe die Truhe gefunden.«

Ein gespanntes Knistern war im Handy zu hören. »Ja, und? Sind die Dokumente drin?«

»Äh, nein.«

»Nein? Was heißt nein? Willst du damit sagen, dass die Truhe leer ist?«

»Nein, natürlich nicht. In der Truhe ist ein Schlüssel. Ich vermute, er gehört zu einem Safe im Haus. Wenn ich den finde,

finde ich auch die Dokumente, ganz sicher.«

Der Mann am anderen Ende stimmte zu. »Und die Geburtsurkunde?«

Natalie zögerte. »Die, die ist hier auch nicht dabei. Wie gesagt, nur der Schlüssel. Ich muss den Safe finden. Bestimmt finden sich dort die Geburtsurkunde und weitere offizielle Dokumente.«

Ihr Gegenüber schien mit diesen Informationen zufrieden zu sein. Sie wollte schon auflegen, als er sich doch noch einmal räusperte. »Glaubst du, dass Joachim von all dem weiß?«

Natalie antwortete nicht sofort. »Du meinst, von der Truhe im Teich? Dem Safe? Den Dokumenten? Ich bin mir nicht sicher. Das ist mir aber völlig egal. Ich will Rache für das, was Paul Schuster mir und meiner Mutter angetan hat. Die Beweise, die ich brauche, halte ich schon bald in Händen.«

»Ich muss jetzt auflegen«, beendete der Mann das Gespräch. »Ich muss mich jetzt auf den Termin mit Dr. Fischer vorbereiten. Suche du nach dem Safe.«

Als Natalie das Hörersymbol auf ihrem Handy drückte und für ein paar Sekunden innehielt, drehte sie sich erschrocken um. Der Vorhang an der Tür zur Terrasse flatterte leicht. Ein Windhauch strich ihr durchs Gesicht und zerstreute ihre Gedanken. Sie trug die Truhe in ihr Zimmer und verstaute alles sorgfältig hinter ihren Kleidern im Schrank.

Während sie mit dem Safeschlüssel in der Hand das Zimmer verließ, entfernten sich rasch Schritte durch die Wiese. Ein männlicher Schatten huschte langsam, aber bestimmt durchs Gebüsch und verließ das Gelände. Erst an der nächsten Straße erreichte er sein Fahrzeug, das er bewusst vom Haus entfernt abgestellt hatte. Erschöpft ließ er sich auf den Fahrersitz fallen und besah sich die Fotos, die er gemacht hatte.

»Mein Gott«, dachte er, »das ist ja ein Ding!«

45

Als Natalie die Straße zum Senninger Schloss befuhr und der Kies unter den Reifen knirschte, war ihr nicht wohl zumute. Was, wenn das Experiment nicht funktionierte?

Es war schon spät geworden. Die Besuchszeit war eigentlich vorbei. Natalie streifte sich ihren weißen Kittel über und huschte unauffällig in die Klinik.

Es herrschte kein Betrieb in den Fluren. Das Abendessen, das immer schon recht früh geliefert wurde, war beendet, die Tabletts abgefahren, die Medikamente für die Nacht verabreicht.

Natalie schlich unhörbar in Annas Zimmer. Die Frau schien zu schlafen, zumindest lag sie ausgestreckt unter der Bettdecke. Die Augen waren geöffnet und blickten leer durchs Fenster, durch dessen verschmutztes Glas die letzten Sonnenstrahlen ins Zimmer fielen.

Natalie setzte sich ans Bett, nahm Annas Hand in die ihre und schaute sie an. Eine Weile saß sie ruhig am Bett.

Anna ließ es geschehen, hatte aber ihren Blick vom Fenster abgewandt und blickte erwartungsvoll zu ihrem Gast.

»Hallo, ich will dir was zeigen.«

Natalie nahm ein Foto aus der Tasche ihres Kittels. Die Aufnahme zeigte eine Gruppe junger, ausgeflippter Menschen. Sie hielt Anna das Foto hin. Mit zittriger Hand nahm diese das Foto in die Hand. Aus ihren Augen kullerten Tränen.

»Auf diesem Foto bist du drauf, nicht wahr?«

Anna fuhr mit dem Finger über das glänzende Papier und blieb an einer Stelle hängen.

Natalie nickte und war sich nun sicher, dass die Frau, die drogenkrank in diesem Bett lag, nicht Anna hieß. »Wer ist das auf dem Foto?«, bohrte sie. Doch die Frau im Bett gab ihr keine Antwort. Natalie wollte schon aufgeben, als ihr Blick ins halb geöffnete Nachtschränkchen fiel. Sie zog es ganz auf und nahm etwas Glitzerndes aus der Schublade. Ein goldenes Amulett mit weißem Innenteil. Yang. Sie fasste sich unweigerlich an den Hals. Seit dem Tod ihrer Mutter trug Natalie ihr Amulett, das Mutters Freundin ihr geschenkt hatte. Nun war sie sicher, wer vor ihr im Bett lag. Sie legte die beiden Ketten aneinander und sie fügten sich zu Yin und Yang.

Anna schaute plötzlich hoch. Natalie nahm ihren Arm. »Katja. Du bist Katja.« Der Name schwebte sekundenlang im Raum.

»Katja«, antwortete Anna.

Natalie war nicht klar, ob sie nur das wiederholte, was sie sagte, oder ob es Zustimmung bedeutete. Zum ersten Mal glaubte sie, so etwas wie ein Strahlen in ihrem Gesicht zu entdecken. Sie nahm das Foto wieder zur Hand. »Wer ist da noch auf dem Foto?«

Anna ließ das Foto durch ihre Finger gleiten und betrachtete es aufmerksam. Sie sah Natalie fragend an. Dann zuckte sie mit den Schultern.

Natalie spürte, dass das Gesagte und Gezeigte Anna beschäftigte. »Schau genauer hin, Katja.«

»Katja«, wiederholte Anna. Sie drückte das Foto an sich, hielt es krampfhaft fest und schaute verträumt durchs Fenster.

Natalie redete auf sie ein, doch sie konnte sie nicht mehr erreichen. »Leg dich hin«, sagte sie schließlich. »Ich komme bald wieder.« Dann verließ sie die verwirrte Frau und verschwand so lautlos aus der Klinik, wie sie gekommen war. Den weißen Kittel legte sie auf den Rücksitz ihres Autos und fuhr zurück nach Weidental.

46

Als Natalie am nächsten Tag erneut in die Klinik fuhr, schlug ihr Herz hörbar laut. Was, wenn sich Katja nicht erinnerte? Was, wenn sie sich weigerte, die Erinnerungen anzunehmen und ihr zu helfen?

Der Flur lag gespenstisch still in der Mittagsruhe. Nichts war zu hören. Anna alias Katja saß in ihrem Stuhl, den der Pfleger ans Fenster gerückt hatte, bevor Natalie den Raum betrat.

»Hallo Katja«, sagte Natalie leise. Diese wandte sich ihr nicht zu, sondern starrte unbewegt vor sich hin. In ihrer Hand hielt sie das Foto fest, als sei es mit ihrer Hand verwachsen. Natalie rückte einen Stuhl bei und legte den Arm um die Frau, die von ihrer Vergangenheit geflutet wurde. Ihr war klar, dass sie behutsam vorgehen musste und nicht erwarten konnte, dass Katja von einer auf die nächste Sekunde wieder die Alte sein würde.

»Hast du dir das Foto noch einmal angeschaut?«, fragte sie nach einer Weile des Schweigens, das dröhnend im Krankenzimmer hing.

Katja öffnete die Hände, schaute das Foto an und fuhr mit dem Finger über die Gesichter. »Die kenne ich«, sagte sie schließlich.

Natalie rückte näher. »Ja, das ist deine beste Freundin, meine Mutter. Mary.«

Die Frau, die glaubte, Anna zu heißen, zuckte spürbar zusammen, als der Name fiel. »Mary«, sagte sie und es klang weniger fragend als gestern bei ihrem eigenen Namen, mehr bestätigend und verstehend. »Ich bin Katja. Das ist Mary«, wiederholte sie, und es fühlte sich nach Erinnerung und Wissen an. Die anderen auf dem Foto schien sie nicht zu erkennen.

In ihrem Kopf schienen Turbulenzen einzusetzen. »Oh Gott«, sagte sie und schlang ihre Arme um Natalie.

Dieser kamen die Tränen. Natalie kramte ein zweites Mal in der Seitentasche ihres Kittels und brachte ein weiteres Foto zum Vorschein. Ein glückliches Familienbild, so schien es. Als sie es Katja zeigte, wurde diese blass.

»Nein, nein, ich will nicht«, wehrte sie ab und warf das Foto zu Boden.

»Was ist los? Was ist passiert?«, drang Natalie auf sie ein. »Du hast wirre Träume. Erzähle mir davon. Was hat dein Bruder gemacht?«

Katja versteckte ihren Kopf unter dem Kopfkissen. »Geh, geh bitte! Lass mich allein!«

Natalie spürte, dass sie an einem kritischen Punkt angelangt war. »Du weißt, Katja, was mit meiner Mutter passiert ist. Deiner besten Freundin. Du weißt, was mit dir passiert ist. Du weißt, wer daran Schuld trägt. Willst du ewig damit leben?«

Katja blieb unter dem Kopfkissen verschwunden.

»Ich werde dich rächen. Dich, meine Mutter, uns.«

Natalie stand auf und wandte sich zum Gehen. Als sie die Tür öffnete, blieb sie einen Moment stehen. Sie drehte sich um und sah in ein verzweifeltes, fragendes und ratloses Gesicht.

»Geh nicht«, wisperte Katja. »Bitte!«

Natalie ging zurück, setzte sich an den Bettrand und nahm ihre Hand. Katja schaute sie an. »Ja, ich weiß, was mit Mary passiert ist.« Ihre Stimme klang plötzlich fest und entschlossen, gewichen waren Lethargie und Angst.

Natalie schluckte.

»Ich weiß auch, was mit mir passiert ist. Das Foto hat ein schwarzes Loch in meinem Kopf erhellt. Flutende Farben sind plötzlich durch meinen Kopf gerauscht. Bilder der Erinnerung tauchten auf, liefen ab wie ein zu schnell gedrehter Film.«

»Leg dich hin«, sagte Natalie. »Ruh dich aus! Lass dir Zeit!« Dann ging sie, obwohl sie allzu gerne mehr gewusst hätte.

47

»Guten Tag, Dr. Fischer. Schön, Sie kennenzulernen.« Martin Winkler hatte sich herausgeputzt. Frisches weißes Hemd, blauer Anzug, blaue Krawatte, frisch rasiert.

Dr. Fischer saß im Foyer des Hotels, las in Unterlagen und blickte jetzt auf. »Guten Tag, Herr …«

»Martin Winkler, der Geschäftsführer von WinSan. Wir hatten telefoniert.«

»Ja, ja«, räusperte sich Dr. Fischer. »Nehmen Sie Platz. Sie haben also Interesse an meinen Produkten?«

Winkler nickte. »Wir sind ein gut gehendes Sanitätshaus an der Schweizer Grenze und wollen weiterwachsen.«

»Ja, ja«, wiederholte sich Dr. Fischer. »Ich habe davon gehört.« Er lächelte. »Ich habe mich natürlich schlau gemacht über Ihr Unternehmen, verstehen Sie?«

Winkler nickte erneut.

»Der Kongress hier in der Schweiz dient dazu, die neuesten Produkte zu präsentieren. Der Markt an Sanitätswaren entwickelt sich rasant weiter. Immer mehr Menschen werden älter, immer mehr unterschiedliche Bedarfe an Unterstützung gibt es. Ein unersättlich wachsender Markt, verstehen Sie?«

Winkler nickte wieder, obwohl er keine Lust hatte, den Vortrag vorab zu hören, den Dr. Fischer morgen früh auf dem Kongress halten würde.

Dr. Fischer schien seine Unruhe zu spüren. »Ja, ja«, sagte er erneut. »Ich will jetzt nicht über die Entwicklung des Alters und seiner Beschwerden philosophieren. Der Kongress dient dazu, Kontakte zu knüpfen und Gespräche mit Kunden zu führen, so wie wir es gerade tun«, rechtfertigte er, dass er sich auf diesen Termin eingelassen hatte. »Ich führe heute einige Gespräche in dieser Angelegenheit mit den unterschiedlichsten Sanitätshäusern.«

»Genau deshalb bin ich hier, Dr. Fischer. Wenn Sie sich mit unserem Unternehmen beschäftigt haben, wissen Sie ja auch, dass wir Marktführer sind und äußerst liquide. Ich werde Ihnen demnach ein gutes Angebot für die Produkte machen können. Exklusiv sozusagen. Hier habe ich bereits die Vollmacht meiner Hausbank, dies zu finanzieren.«

Dr. Fischer schien überrascht und überflog mit Kennerblick das Referenzschreiben der Bank. »Ich weiß, dass Sie einen guten Leumund haben, Herr Winkler. An welchen Produkten sind Sie denn interessiert?«

»Mir scheint insbesondere die neueste Technik beim Lifter sehr interessant zu sein, weil er sehr viel leichter zu bedienen und wendiger ist, was die Handhabung für ältere Menschen deutlich verbessert.«

Dr. Fischer schien beeindruckt, dass sein Gegenüber sich bereits sehr detailliert mit den Neuentwicklungen auskannte.

»Des Weiteren«, ließ Winkler keine Gegenfrage zu, »habe ich großes Interesse an den neuesten Rollstühlen, Rollatoren, aber auch Prothesen.«

Nun nickte Dr. Fischer. »Das wird nicht ganz billig. Die meisten wollen immer nur ein Produkt mit der dazu gehörenden Lizenz erwerben. Mir ist es natürlich lieber, wenn alles in einer Hand bleibt. Ich bin von Ihrer Zielstrebigkeit beeindruckt.«

Martin Winkler lächelte zuversichtlich.

Dr. Fischer gab ihm das Schreiben der Bank zurück. »Ja, ja. Ich denke, wir könnten ins Geschäft kommen. Aber lassen Sie mich die ausstehenden Gespräche heute noch führen. Morgen am Rande des Kongresses werde ich Sie informieren, wie es weitergeht.«

Er stand auf. Auch Martin Winkler erhob sich. Die beiden Männer schüttelten sich die Hände, nickten einander zu und gingen auseinander.

Der Mann lächelte ins Telefon, als er die Nummer wählte. »Das Gespräch ist gut gelaufen. Ich denke, wir haben gute Chancen, Schuster zuvorzukommen.«

»Das sind tolle Neuigkeiten«, rief Natalie, die gerade zwischen Kellerregalen einen Safe suchte. »Ich bin noch nicht weitergekommen. Ich melde mich, wenn es etwas Neues gibt«, sagte sie und steckte ihr Handy zurück in die Hosentasche.

Motiviert setzte sie ihre Suche fort, während Emilie fest schlief. Natalie war sich sicher, auf der richtigen Spur zu sein. Der Safe. Die Papiere. Die Beweise. Sie atmete tief durch.

Alles schien wie am Schnürchen zu laufen.

48

Natalie hatte Katja untergehakt und schlenderte mit ihr durch den kleinen Park, der sich ans Senninger Schloss reihte. Sie hatte der Patientin ein paar Tage Ruhe gelassen, allein mit ihren Gedanken, ihren Erinnerungen. Nun taute sie auf. Sie fasste Zutrauen zu der Tochter ihrer besten Freundin. Sie wusste, was mit ihr passiert war, warum sie auf die schiefe Bahn geraten war, Drogen genommen, in der Gosse gelegen hatte und schließlich als Anna in die Klinik eingeliefert wurde.

Lange Zeit war die Realität verschüttet, hing sie verborgen tief in ihr drin. Sie war Anna ohne Vergangenheit, ohne Zuhause. Natalie hatte sie zurück in die Realität geführt, ihre Narben waren aufgebrochen, bluteten, ihr Gedächtnis schlug Purzelbaum.

»An jenem Tag wollte ich Mary besuchen. Ich hatte sie schon länger nicht mehr gesehen. Als ich mich eurer Wohnung näherte, bemerkte ich, dass die Wohnungstür offenstand. Ich schlich hinein, hörte Stimmen, Schreie. Mary saß am Tisch. Hinter ihr stand ein älterer Mann, der ihre Arme festhielt und mit ihr stritt. Nein, lass mich los, rief Mary panisch. Gib es mir, rief er. Er fuchtelte vor ihr herum. Mary wehrte sich krampfhaft, doch er war stärker. Marys Kräfte schwanden, ihr Widerstand brach und …«

Natalie schluckte und nahm auf der Parkbank Platz. Katja blieb vor ihr stehen. »Und dann?«, fragte Natalie nervös.

»Er muss etwas gehört haben. Unverhofft drehte er sich um, ohne dass ich ihn erkannte. Ich bekam Angst. Er hatte mich nicht entdeckt, ließ aber von Mary ab und wandte sich zur Tür.«

Natalie horchte auf.

»Ich drehte mich um, stolperte gegen einen Stuhl und lief, so schnell ich konnte, aus der Wohnung, die Treppe hinab und versteckte mich im Keller. Ich hörte, wie er fluchend hinter mir herkam, das Haus verließ. Zum Glück bekam er nicht mit, dass ich mich im Keller versteckt hielt.«

»Weiter?«

Katja schluckte. »Ich verharrte eine Zeit lang, ohne mich zu rühren. Es dauerte eine Weile, bis ich mein Versteck verließ. Ich hoffte, dass du nicht aus der Schule kommst und ihm in die Hände läufst. Ich wollte das Haus verlassen, doch was war mit Mary? Ich schlich die Treppe hoch. Die Tür zu eurer Wohnung war verschlossen.«

Natalie hing gebannt an ihren Lippen. Katja trank einen Schluck vom Wasser, das perlend vor ihr stand.

»Ich stand komplett neben mir. Als ich das Haus verließ, ergriff mich plötzlich eine Hand so fest am Arm, dass ich aufschrie.«

»Wer war es?«

»Paul. Mein Halbbruder. Paul Schuster.«

›Was hast du gemacht?‹, schrie ich ihn an, doch Paul hielt mir die Hand vor den Mund. ›Hör gut zu, kleine Stiefschwester‹, sagte er mit ernster Stimme. »Du warst nicht hier. Du hast mich nicht gesehen. Du weißt von nichts. Ist das klar? Ich hatte keine Chance und solche Angst. Ich nickte nur noch. ›Ein Wort und deine Tage sind gezählt‹. Er zerrte mich ins Auto und fuhr mich wortlos zu meiner Wohnung. Dort warf er mich raus, hob warnend den Zeigefinger. Ich fühlte mich ohnmächtig, apathisch.«

»Warum hast du dich nicht gemeldet, als Mama im Krankenhaus war? Bei der Beerdigung? Nach der Beerdigung? Du warst spurlos verschwunden.«

Katja schaute auf, Tränen in den Augen. Ihr verschlug es die Sprache. »Natalie, ich konnte nicht. Ich war am Ende. Mein Stiefbruder hatte mich bedroht. Ich wusste auch nicht, ob er ihr die Tabletten mit Gewalt in den Mund geschoben hatte, oder ob sich Mary vor lauter Verzweiflung selbst aus dem

Leben verabschiedet hatte. Ich hatte Angst, vergrub mich in meiner Absteige.«

Beide schwiegen, während draußen ein Flugzeug den blauen Himmel durchquerte und eine weiße Spur hinterließ. Ein ruhiger Tag. Die Welt schien friedlich im Schaukelstuhl zu liegen und den Tag zu genießen.

»Dieser Schweinehund. Dafür werden sie büßen«, sagte Natalie und stand auf.

»Was hast du vor?«

»Ich werde den Tod meiner Mutter rächen. Katja?« Sie sah die Freundin ihrer Mutter mit ernstem Blick an.

»Ja?«

»Du musst mir dabei helfen. Tust du das?«

Katja blickte sie an und sah doch an ihr vorbei. Vorbei, hinaus in den Himmel, an dem das Blau den weißen Streifen bereits wieder übermalt hatte.

49

»Artur, was ist los?«, rief eine hektische Stimme ins Telefon.

Es antwortete ein lautes Bellen. »Du hattest recht, Jo«, sagte Artur Silva so monoton, als würde er aus der Zeitung vorlesen.

»Jetzt spann mich nicht auf die Folter, mein Gott.«

»Mein Gott?« Rosso grinste. »Ich mag es, wenn man mich so nennt. Jetzt bereits zweimal in kurzer Zeit. Die Anrede gefällt mir ganz gut. Schließlich bin ich der Gott der Detektive«, prahlte er und genoss es, sein Gegenüber auf die Folter zu spannen.

Joachim platzte der Kragen. Doch statt einer klaren Antwort quälte sich Hundegejaule durch den Hörer.

»Ruhig, Mimo. Ich telefoniere gerade, wie du siehst. Du musst noch anhalten. Gassi gehen kommt später. Übe schon mal Beinheben, dann geht's nachher schneller.«

Aus dem Jaulen wurde beleidigtes Knurren.

»Ich habe keine Zeit für solche Späßchen. Schließlich habe ich heute Abend einen wichtigen Termin«, sagte Joachim genervt.

»Ist schon gut, alter Schulfreund«, gab Rosso klein bei. »Natalie ist ins Wasser gegangen.«

»Was?«

»Nein, nicht was du denkst. Sie ist in den Teich gestiegen und hat eine Truhe ans Tageslicht befördert.«

»Oh Gott«, war das Einzige, was Joachim sagen konnte.

»Nicht schon wieder Gott. Bleib bei Rosso«, schmunzelte er. Bevor Joachim etwas sagen konnte, fuhr Rosso fort. »Ich konnte natürlich nicht erkennen, was in der Truhe drin ist. Möglicherweise Papiere, keine Ahnung. Aber Natalie hat anschließend jemanden angerufen und ihm gesagt, was sie über Paul Schuster weiß und dass sie sich und ihre Familie rächen wird.«

In der Leitung herrschte Stille, als wäre sie tot. »Also doch«, sagte Joachim endlich. »Es ist also doch etwas dran an den Gerüchten über die Machenschaften meines Vaters, die ich nie glauben wollte.«

Der Detektiv schwieg. Er wartete auf neue Anweisungen.

»Wenn Natalie diese Beweise in Händen hält, dann hat sie auch was gegen mich in der Hand. Wir müssen unbedingt in den Besitz der Papiere kommen.«

Rosso grinste. »Nichts leichter als das. Ich mache mich unsichtbar, schwebe durch dein Haus und schwupps …«

»Unsinn«, unterbrach ihn Joachim. »Du musst deinen Urlaub abbrechen.«

»Welchen Urlaub?«

»Ich habe Natalie natürlich gesagt, dass du Urlaub hast, damit sie sich unbeobachtet fühlt. Aber wir können ja nicht warten, bis die angebliche Woche Urlaub vorbei ist. Dann ist sie mit den Unterlagen über die sieben Berge.«

»So viele Berge gibt es hier gar nicht.«

»Ist doch egal. Jedenfalls kehrst du heute Nachmittag ganz offiziell in den Dienst zurück. Du musst nur einen Weg finden, in Ruhe suchen zu können.«

»Mach dir darüber mal keine Sorgen, da fällt mir schon was ein.«

Als die beiden das Gespräch beendeten, stand Rosso auf, griff die Hundeleine, legte sie dem wild wippenden Vierbeiner um den Hals und verließ mit ihm die Wohnung. Bereits nach wenigen Schritten entschied sich Mimo für den erstbesten Baum, hob gekonnt das Bein und – kippte um.

»Du bist noch zu dumm zum Pinkeln«, entfuhr es Rosso. Er stellte den Hund auf seine vier Beine, gab ihm eine zweite Chance und diesmal klappte es vorbildlich. »Du musst das Bein hochheben«, zeigte Rosso mit der Hand in die Höhe. »So hoch. Je höher, desto besser. Dann bist du der Chef im Revier, verstehst du?«

Mimo verstand nicht.

»So findest du nie eine Hündin.« Rosso strich dem Hund

übers Fell. »Wir müssen zurück zur Arbeit«, sagte er nach einer Weile. Der Hund sah ihn fragend an. »Ich verwandele mich wieder in den Gärtner und du darfst mir beim Heckenschneiden helfen.« Die beiden kehrten um, taten, was zu tun war, und verließen die Wohnung. Der Straßenverkehr hatte zugenommen. Rosso rutschte in seinem grünen Gärtner-Outfit nervös auf dem Fahrersitz herum, während Mimo gelassen auf der Rückbank lag und die Autofahrt genoss. Nach kurzer Zeit erreichten sie das Anwesen von Joachim Schuster. ›Nun denn‹, dachte Rosso, das Spiel geht weiter.

50

Als es klingelte, erschrak Natalie. Ein Klingeln, das nach Hundegebell klang.

Hektisch rückte sie den Inhalt der Regale zurecht, hinter denen sie bisher vergeblich nach einem Safe gesucht hatte. Sie ließ den Safeschlüssel in ihre Hosentasche gleiten und schritt rasch die Treppen hoch zur Tür.

Als sie öffnete, stand der Gärtner vor ihr. »Ach, Sie sind es«, sagte sie kurz angebunden und überrascht. »Ich denke, Sie haben Urlaub?«

Der Gärtner trat ein, obwohl sie ihn gar nicht darum gebeten hatte. »Eigentlich ja«, antwortete er und machte einen sichtlich enttäuschten Eindruck. »Meine Frau ist leider krank geworden. Sie liegt mit Fieber im Bett. Nichts mit Campingurlaub.«

»Das ist aber schade«, sagte Natalie und meinte dabei weniger die Erkrankung seiner Frau als sein Erscheinen. »Würden Sie dann nicht besser bei ihr bleiben?«

Er schüttelte den Kopf. »Der Arzt war bei ihr und hat ihr Medikamente gegeben. Jetzt schläft sie. Dann kann ich auch arbeiten. Meine Anwesenheit beschleunigt offenbar den Heilungsprozess nicht sonderlich«, lachte er.

Ohne ein weiteres Wort ging er an ihr vorbei, die Kellertreppe hinab, wo er aus einer Ecke der Garage den Rasenmäher hervorholte und sich sich an die Arbeit machte, auch wenn die Trockenheit der letzten Zeit dem Graswuchs nicht förderlich gewesen und das einstmals grüne Gras längst verbrannt in der Sonne lag. Aber, sei's drum. Natalie blieb nichts anderes übrig, als dies zu akzeptieren. Sie würde ihre Suche nach dem Safe verschieben müssen.

Missmutig begab sie sich in die Wohnung von Emilie, die immer noch schlief. Sie räumte ein wenig auf, hörte das Summen des Rasenmähers und dachte über das weitere Vorgehen nach. Ein lauter Schrei riss sie aus ihren Gedanken. »Was ist passiert?«, eilte sie über die Terrasse ins Freie und sah einen blutüberströmten Gärtner schmerzverzerrt auf dem Boden sitzen und sich den Fuß halten.

»Ich bin wohl mit der Schere des Mähers zu nah an meinen Fuß gekommen«, stöhnte er und hielt den roten Fuß in ihre Nähe, damit sie es auch genau sehen konnte.

»Ich bringe schnell Desinfektionsmittel aus meiner Tasche«, sagte Natalie, vergaß ihre Gedanken und lief in ihr Zimmer.

Glücklicherweise hatte Artur dafür gesorgt, dass sich das gesuchte Mittel nicht mehr in der Tasche befand.

»Komisch«, sagte Natalie, als sie zurückkam, und wirkte irritiert. »Ich dachte, dass ich Desinfektionsmittel habe.« Sie zog die Schultern hoch. »Ich fahre schnell in die Apotheke. Bin gleich wieder da«, sagte sie verärgert, verließ den Gärtner hektisch und stieg in ihr Auto.

Als sie wegbrauste, stand Artur auf, wischte sich das künstliche Blut vom Fuß, um keine Spuren zu machen, und beeilte sich, ins Haus zu kommen.

»Es ist doch wichtig für einen Detektiv, Blut nicht nur im Körper, sondern auch im Koffer zu haben«, lachte er in sich hinein. »Diese Flasche Blut habe ich zwar schon lange nicht mehr gebraucht, so lange, dass das Haltbarkeitsdatum bereits abgelaufen ist. Aber meinem Fuß schadet das nicht. Wer ist älter, das Blut oder mein Fuß? Der aufdringliche Käsegeruch sprach eine deutliche Sprache.« Doch er hatte keine Zeit, sich weiter mit detektivischen Besonderheiten zu beschäftigen. Er musste schnell handeln. Flugs erreichte er das Zimmer von Natalie, während Emilie immer noch schlief. Die Tür war verschlossen. Für einen Detektiv wie ihn das kleinste Problem. Ein paar Drehungen mit einer Haarklammer und schwupps sprang das Schloss auf. Rosso hatte gelernt, mit wenigen Blicken ein Zimmer zu erfassen. Er schaute unter Bett und Matratze, schließlich durchforstete er den Kleiderschrank. »Siehe da«, triumphierte er, als zwischen Pullis eine kleine Truhe zum Vorschein kam. Sie war nicht verschlossen. Aber leer. Artur blickte enttäuscht.

Im Inneren bildeten sich die Umrisse eines Schlüssels ab. Doch einen Schlüssel fand er nicht. Schon hörte er das Summen eines Motors, stellte die Truhe zurück an ihren Platz und eilte aus dem Zimmer zu seinem Rasenmäher, der unverrichteter Dinge auf der Wiese stand.

Als Natalie um die Ecke bog, lag Artur schmerzverzerrt mit seinem blutverschmierten Fuß auf dem Boden.

»Können Sie aufstehen?«, sagte sie und half dem verletzten Gärtner auf die Beine. Sie stützte ihn, als er auf einem Bein zum Gästebad im Keller humpelte. Natalie wollte die desinfizierende Flüssigkeit auftragen.

»Lassen Sie, ich mache das schon selbst«, nahm er ihr die Flasche aus der Hand, säuberte den Fuß, trug die Flüssigkeit auf und legte sich kunstvoll einen Verband um den Fuß, so schnell, dass sie gar nicht bemerken konnte, dass weder dem Fuß noch seinen Zehen irgendetwas fehlte.

»Jetzt kann ich mich neben meine Frau legen«, sagte Artur. Natalie wunderte sich, dass der Gärtner schon zum Scherzen aufgelegt war. »Wo wollen Sie hin?«, fragte Natalie. »Arbeiten geht nicht mehr heute. Ich werde nach Hause fahren und meinen Fuß sprichwörtlich hochlegen, bis die Schwellung zurückgeht.« »Warten Sie, ich fahre Sie. So können Sie doch unmöglich Auto fahren.«

Sie fuhr ihn zu seinem fiktiven Zuhause und war froh, dass sie wieder allein war, als sie ins Haus zurückkehrte.

Derweil legte der Gärtner keineswegs die Füße hoch. Allein in seiner angemieteten Wohnung löste er fachmännisch den Verband, ließ ihn in seinem Koffer verschwinden. Leider wartete in der Wohnung keine Frau auf ihn, noch nicht einmal eine mit Fieber. Er duschte die letzten Blutreste von seinem Körper, zog sich frische Sachen an und griff zum Handy. Artur wählte die bekannte Nummer. Ein bekannter Ton hallte durch das Gerät. Doch Joachim meldete sich nicht.

51

Im Hotel herrschte reges Treiben. Die meisten Besucher des Kongresses schienen hier abzusteigen. Buntes Stimmengewirr erfüllte das Restaurant beim Abendessen. Joachim Schuster musste nicht lange suchen, bis er den Tisch fand, an dem sein Gesprächspartner bereits mit dem Salat kämpfte. Er ließ sich dabei nicht unterbrechen, schnappte Joachim kurz zu, Platz zu nehmen, kaute genüsslich und putzte sich den Mund ab.

»Ja, ja. Sie sind Herr Schuster?« Es war mehr eine rhetorische Frage, denn nach den drei Gesprächen, die er bereits geführt hatte, stand nur noch das Gespräch mit dem Sanitätshaus Schusterei aus.

»Schusterei. Das Sanitätshaus«, korrigierte Joachim sein Gegenüber und bereute es sofort wieder.

Dr. Fischer schaute verärgert. »Ja, ja, ich weiß schon. Wir machen Ihnen Beine. Wir halten Sie auf Trab. Lustige Sprüche. Dabei ist Ihre Lage doch sehr ernst.«

»Was meinen Sie?«, frgte Joachim verdutzt.

»Hat Ihr Unternehmen überhaupt Geld, um Produkte zu kaufen und Lizenzen zu erwerben?«

Joachim schaute verlegen unter sich. »Ich hatte vor wenigen Tagen ein Gespräch mit meiner Bank. Sie ist bereit, mir einen Investitionskredit zu geben«, sagte er, ohne selbst zu glauben, was er da sagte.

»Ja, ja«, sagte Dr. Fischer.

»Für alle Produkte?«

»Nun«, räusperte sich Joachim. »Ich dachte, dass ich zunächst mal den Exklusivvertrag für einen neuen Rollstuhl erwerbe mit einer Option für weitere Produkte.«

»Option?«, fragte Dr. Fischer. »Ja, Option. Eine Option auch für andere Produkte.«

»Und die Lizenz?«

Joachim schwieg. Der Erwerb von Lizenzen war teuer.

»Das ist mir zu vage«, gab Dr. Fischer schließlich unumwunden zu. »Ich habe einen Käufer für alle Produkte mit Lizenzen.«

Joachim wurde blass. »Das heißt?«

»Das heißt, dass ich jetzt mein Abendessen genießen werde. Morgen wird ein langer Tag. Schönen Abend, Herr Schuster.«

Betroffen verließ Joachim das Restaurant. Ihm war der Hunger vergangen. Er setzte sich an die Bar, bestellte sich einen Whiskey, den er in einem Zug leerte, und den zweiten gleich hinterher. Benommen sah er auf sein Handy und bemerkte einen verpassten Anruf. Ihm war nicht nach Reden zumute. Er schob das Handy auf den Tresen und bestellte sich einen weiteren Drink. War dies das Ende der Firma?

Bilder liefen vor ihm ab. Bilder glücklicher Tage. Er sah seinen Vater an der Baustelle stehen, mit Plänen in der Hand und dem Helm auf dem Kopf. Mit leuchtenden Augen durchschritt er die Räumlichkeiten, seinen Sohn Joachim auf dem Arm, und zeigte dem Filius die neue Schusterei. Joachim sah Bilder, als das Sanitätshaus eröffnet wurde. Landrat, Bürgermeister, alle gaben sich die Ehre und scharten sich um den erfolgreichen Unternehmer Paul Schuster. Joachim war beeindruckt vom Mut seines Vaters, seiner Entschlossenheit, seinem Willen. Seiner Durchsetzungsfähigkeit. Es hatte nie einen Zweifel gegeben, dass sein Vater von ihm erwartete, in seine Fußstapfen zu treten, das Sanitätshaus zu übernehmen.

Nun, dachte Joachim bitter und leerte das Whiskeyglas. Sein Leben glich einem Scherbenhaufen. Ironie des Schicksals, dass sein Vater dies nicht mehr erlebte und dass auch seine Mutter es nicht mehr mitbekam. Selbst seine Frau bekam es nicht mit. Tränen stiegen ihm in die Augen. Er nahm ein Taschentuch, wischte sich damit die Tränen ab und bemerkte, dass immer mehr Besucher des Restaurants sich um den Tresen scharten. Teilweise in lockeren Gesprächen mit dem Bierglas in der Hand, lachend und scherzend. Teilweise ernsthaft in Vorbereitung des Kongresses mit einem Espresso zum Nachtisch, um einen klaren Kopf zu behalten. Aber auch entspannt nach dem anstrengenden Tag der Herfahrt, mit einem Weinglas den Abend ausklingen lassend, gespannt auf den morgen früh beginnenden Kongress.

Joachim stand auf, schwankte kurz, hielt sich am Tresen fest, und verließ das Restaurant. Ihm schwirrte der Kopf. Der morgige Kongress konnte ihm egal sein.

Dr. Fischer stand am anderen Ende des Tresens, umringt von Händlern, die sich offenbar über seine Produkte informierten. Er sah kein bekanntes Gesicht. Auch nicht das verhasste Gesicht von Martin Winkler. Wenigstens war er es offensichtlich nicht, der ihm alles vor der Nase wegschnappte. Er schlich in sein Zimmer, legte sich mit Hose und Schuhen aufs Bett, nahm sein Handy und wählte die Nummer des verpassten Anrufs.

»Rosso? Was gibt's?«, plätscherte seine Stimme in das Gerät, als sich auf der anderen Seite der Leitung eine männliche Stimme meldete. Er ließ seiner Stimme anmerken, dass ihm überhaupt nicht zum Reden war.

»Wo steckst du denn? Ich versuche seit längerem, dich zu erreichen.«

Joachim beantwortete die Frage nicht.

»Es gibt gute Neuigkeiten«, frohlockte eine Stimme, deren Besitzer es wesentlich besser zu gehen schien.

»Dann lass mal hören«, seufzte Joachim.

»Nun, ich habe keine Dokumente gefunden.«

»Was? Das sollen gute Neuigkeiten sein? Du willst mich wohl veräppeln. Scheiß Tag! Nur schlechte Nachrichten.«

»Moment mal. Welche Laus ist dir denn über die Leber gelaufen? Deiner Tonlage nach zu urteilen war es die Alkohollaus. Bist du betrunken?«

Joachim beantwortete auch diese Frage nicht.

»Was ist denn los bei dir?«, insistierte Artur. »Funktioniert der Whirlpool in deinem Hotel nicht oder schmeckt das Essen fad?«

»Viel schlimmer«, wimmerte sein Gegenüber und holte tief Luft. »Die Produkte kann ich mir abschminken. Offenbar gibt es einen Interessenten, der alles erwirbt. Das finanziert mir meine Bank nicht, schon gar nicht, wenn sie von den Machenschaften meines Vaters erfährt.«

Rosso schwieg verlegen. »Das hört sich nicht gut an für deine Firma. Vielleicht kann ich deine Stimmung dennoch ein wenig aufheitern. Die Papiere habe ich nicht gefunden, aber …«

»Aber?«

»Natalie hat eine kleine Truhe aus dem Teich gefischt, wie ich dir schon sagte.«

»Und?«

»In dieser Truhe muss ein Schlüssel gelegen haben. Ich gehe davon aus, dass es irgendwo im Haus einen Safe gibt. Wenn ich den finde …«

»… dann hast du keinen Schlüssel, um ihn zu öffnen.«

»Stimmt. Aber da fällt deinem alten Meisterdetektiv bestimmt was ein. Kannst du dich noch an den Safe im Senninger Schloss erinnern?«

Joachim stöhnte überrascht. »Oh Rosso! Meinst du den Safe, den du damals einfach mal geöffnet hast? Du wurdest vom Rektor überrascht.«

»Genau«, grinste Rosso. »Eigentlich hatte ich gehofft, dass sich damals in dem Safe alle Beichtgeheimnisse des Ordens befinden. Leider fand ich nur einen Rosenkranz und ein paar welke Blätter, die lateinisch beschriftet waren.«

Joachim schüttelte den Kopf. »Ja und zur Strafe musstest du ein zweites Mal nach St. Wendel ins Saarland.«

»Stimmt. Aber heute sage ich dir: Das war keine Bestrafung! St. Wendel ist ein reizendes Städtchen mit netten Menschen. Da lebt es sich gut und wenn ich mal in Rente bin, dann …«

»…Ja, schon gut. Bevor du nach St. Wendel ziehst, musst

du mir aus der Scheiße helfen.«

»Klar, aber du hast ja von St. Wendel angefangen. Darauf wollte ich überhaupt nicht hinaus.«

»Sondern?«

»Sondern darauf, dass ich dir damals einen Trick zum Öffnen des Safes gezeigt habe.«

Joachim erinnerte sich und musste lachen, obwohl ihm eigentlich gar nicht danach war. »Meinst du, Rosso, der Trick funktioniert auch hier?«

»Wer weiß?« Rosso zwinkerte mit seinem linken Auge, doch Joachim konnte dies durchs Handy nicht sehen.

»Dann finde erst mal den Safe.« »Du weißt nichts von einem Safe?«

Joachim schüttelte den Kopf. »Nein, davon weiß ich nichts. Vater hat mir nie etwas von einem Safe erzählt.«

»Gibt es denn Anhaltspunkte?«

»Der Safe kann überall sein. Im Haus, im Garten, im Büro. Was weiß ich!«

Beide schwiegen.

»Nun gut«, sagte Rosso schließlich. »Ich werde ihn schon finden, wenn nicht Natalie ihn vor mir entdeckt hat.«

»Natalie?«

»Ja, Natalie. Sie ist sehr geschäftig. Da ist was im Busch. Ich muss mich beeilen.«

»Dann tu das.«

»Schlafe du deinen Rausch aus. Wenn du wieder bei Verstand bist, werden wir deiner netten Krankenschwester das Handwerk legen, versprochen.«

Beide legten auf. Während Rosso zufrieden ein Bad nahm, Mimo im frischen Badewasser einschäumte und anschließend föhnte, ein Glas Wein genoss und dann zu Bett ging, lag Joachim noch länger in voller Montur wach und unruhig auf seinem Bett und sinnierte. Irgendwann schlief er widerwillig ein.

Mit einem dicken Kopf wachte er am nächsten Morgen

in seinem Hotelbett auf. Der Schädel brummte, während ihn strahlender Sonnenschein durchs offene Fenster besuchte. Er stand auf, zog sich die zerknitterten Sachen aus, nahm eine Dusche und stärkte sich mit einem Frühstück. Er war entschlossen, nach Hause zu fahren, doch als er am Messegelände in Zürich vorbeifuhr, trat er auf die Bremse, setzte den Blinker und reihte sich ein in die Schlange derer, die einen Parkplatz suchten.

Neugierig verließ er sein Auto, betrat mit dem Händlerausweis die Messe und sah sich um. Unzählige Aussteller mit einer breiten Palette von Hilfsmitteln für pflegebedürftige Menschen säumten die Flure der Messehalle. Überall bildeten sich Grüppchen, die sich um ein neuartiges Gerät versammelten und sich informieren ließen.

Joachim schlenderte unentschlossen durch die Gänge. Nur halbherzig besah er sich die Geräte und Utensilien. Eine neue individuelle Pflegebox erregte seine Aufmerksamkeit. Bedarfsgenau enthielt sie die Medikamente und Hilfsmittel für die jeweilige Person, um ihr den Lebensalltag zu erleichtern.

Am nächsten Stand informierte eine Wohnungsbaugesellschaft über behindertengerechtes Bauen. Er setzte sich in einen neuartigen Rollstuhl, bediente die neueste Generation an Treppenliften, Umsetz- und Hebehilfen.

Die Zeit verging. Joachim sah gerade auf die Uhr und entschied sich, den Rückweg anzutreten, als er bekannte Stimmen hörte. Nur wenige Meter weiter sah er den Stand von Dr. Fischer. Eine Videopräsentation zeigte den Einsatz seiner neuesten Produkte. Er war in intensive Gespräche mit Händlern und Vertretern von Sanitätshäusern und Pflegediensten verwickelt.

Joachim schlich näher, blieb stehen und erstarrte. Neben Dr. Fischer stand Martin Winkler. So, als sei er sein Partner, unterstützte er ihn bei der Präsentation. Also doch! Gestern hatte er noch gehofft, irgendein anderer habe ihm alles vor der Nase weggeschnappt. Jetzt hatte er Gewissheit, dass es nicht irgendein anderer war. Es war Martin Winkler. Sein Totengräber.

52

Emilie rieb sich die Augen. Sie schien verwundert zu sein, so lange geschlafen zu haben. Verwirrt blickte sie sich um. Ihre Spannung löste sich erst, als sie das vertraute Gesicht von Natalie sah. »Hallo Susanne«, flüsterte sie. »Gibst du mir was zu trinken?«

Natalie nahm ein Glas Wasser, setzte sich zu der alten Dame und nahm ihre Hand. »Mutter«, sagte sie unverhohlen. »Ich muss unbedingt deinen Schmuck aus dem Safe holen für den Tanzabend.«

»Tanzabend mit Paul«, erwiderte Emilie. »Ja, schön. Ich freue mich. Paul tanzt wie ein junger Gott.«

Natalie schmunzelte. Der Trick funktionierte. Glücklicherweise hatte sie in den Alben Fotos entdeckt, die Emilie und Paul in schicker Abendgarderobe auf Bällen zeigten. Die feine Gesellschaft eben, dachte Natalie voller Hass.

Sie zeigte Emilie den Safeschlüssel.

»Ah, da ist er ja«, sagte die alte Frau. »Ich habe ihn schon überall gesucht.« Sie nahm Natalie den Schlüssel aus der Hand, stand aus ihrem Sessel auf und blieb wie angewurzelt stehen.

»Wo ist dein Schmuck, Emilie?«

Die alte Dame setzte sich wieder und antwortete nicht.

Natalie nahm enttäuscht den Schlüssel wieder an sich und verließ den Wohnraum. Neben der kleinen Einliegerwohnung, in der Emilie ihre Altersdemenz verbrachte, lagen vier weitere Räume. In einem wohnte Natalie, es folgte ein Lagerraum mit Vorräten, ein Werkraum mit Geräten für den Gärtner und die Garage. Natalie durchforstete alle Räume, stellte alles auf den Kopf. Vergeblich. Vielleicht befand sich der Safe gar nicht im Haus? Vielleicht in der Firma?

Natalie wollte schon aufgeben, als sie den Werkraum betrat.

Unzählige Werkzeuge stapelten sich auf einer Werkbank.

Reste von bearbeitetem Holz lagen auf dem Boden, als habe Paul Schuster noch soeben hier gearbeitet. Natalie stöhnte. An den Wänden hingen Regale mit kleinen Kästchen, in denen sich Nägel und Schrauben tummelten. Und ein alter Schinken.

Ein Schinken? Dass Bilder irgendwann in den Keller wanderten und dort, wenn sie Glück hatten, nicht im Sperrmüll verschwanden, sondern aufgehängt wurden, das war ihr bekannt. Aber ein solcher Schinken? Also kein echter Schinken. Ein Gemälde, das einen röhrenden Hirsch zeigte und einen Jäger mit Jagdgewehr. Das Bild hing schief. Selten hässlich. Vielleicht war die Hässlichkeit der Grund, dass Joachim für dieses Familienerbstück keinen schöneren Platz gefunden hatte als den Werkraum, der seit Pauls Tod kaum noch genutzt wurde, außer neuerdings vom Gärtner, wenn er Werkzeuge brauchte.

Dem Gärtner schien der Hirsch zu gefallen. »Das erinnert mich an meine Jagdtrophäen«, hatte er gesagt, als ihm Joachim bei seiner Einstellung im Beisein von Natalie die Räume im Keller gezeigt hatte. »Sie sind Jäger?«, hatte sich Joachim erstaunt gezeigt.

»Der größte Jäger seit Caligula«, antwortete Rosso. »Wobei Caligula noch keine modernen Jagdgewehre hatte«, räumte er kleinmütig ein.

Jetzt stand Natalie vor diesem Hirsch und sah ihn an, als sei Paul der Jäger auf dem Gemälde. Sie erinnerte sich an das, was Emilie ihr von der Jagdleidenschaft ihres Mannes erzählt hatte. Noch einmal ließ sie den Blick durch den Raum schweifen, verließ ihn unverrichteter Dinge, verschloss die Tür und ging zurück zu Emilie, die verträumt und wortlos auf den schwarzen Bildschirm des nicht eingeschalteten Fernsehers starrte.

53

»Na, ist Ihr Fuß wieder gesund?«, fragte eine kurz angebundene Natalie den Gärtner, als dieser wenige Tage nach seinem schlimmen Unfall die Arbeit wieder aufnahm.

»Bestens«, strotzte er. »Meiner Frau geht es noch nicht halb so gut wie mir. Sie muss jetzt wieder ohne meine Jammerei klarkommen.« Sprach's und schritt, – nein, vorsichtshalber humpelte er ein wenig – zur Werkstatt.

Natalie schaute ihm nach und ging zurück in ihr Zimmer. Das passte ihr überhaupt nicht in den Kram, dass der Gärtner ausgerechnet heute auftauchte. Sie erwartete Besuch.

Als Artur den Weg zur Werkstatt einschlug, stand Emilie im Flur, offenbar im Unklaren, wohin sie wollte.

»Oh, Frau Schuster, guten Tag.«

Die alte Dame sah ihn irritiert an. »Sie kenne ich gar nicht. Wer sind Sie?«

»Ich? Ich bin der Rasenmäher, äh, besser gesagt, der Mann, der mit dem Rasenmäher den Rasen mäht, also …«

»Junger Mann, jetzt aber«, echauffierte sich die alte Dame. »Das macht doch der Paul selbst. So eine Lüge.«

»Paul hat mich gebeten, ihm ein wenig zu helfen, wissen Sie? Ich arbeite bei ihm in der Firma. Selbstverständlich helfe ich ihm da auch zu Hause. Ist doch Ehrensache.«

Emilie schien beruhigt. Sie lächelte. »Das ist schön. Dann tun Sie das, ich will Sie nicht aufhalten.«

Artur ging am Werkraum vorbei, um sich diesmal der Heckenschere zu widmen. Er ließ sie laut vernehmlich aufheulen, stellte den Leerlauf ein und ging zurück ins Haus. Die Suche schien hoffnungslos. Wo sollte er den Safe finden, falls es einen gab? Wo sollte er zuerst suchen?

Er schlich auf leisen Zehen nach oben, besah sich die Bilder an der Wand in Joachims Wohnung und öffnete gerade einen

Gläserschrank, als ihn eine Stimme erschrecken ließ.

»Was machen Sie denn da?«

Artur drehte sich um und sah einer misstrauischen Natalie in die Augen. »Ich? Ich, mir ...«, er hüstelte, »durstig. Trinken.« Die Worte kamen nur noch bruchstückhaft. »Ich wollte mir Wasser holen«, griff er geistesgegenwärtig nach einem Glas, trat an den Wasserhahn, füllte das Glas und leerte es in einem Zug, als müsse er seinen Durst unter Beweis stellen.

Natalie sah ihn skeptisch an. »Der Gärtner hat hier nichts verloren. Unten im Kellerraum steht Sprudel.«

»Oh, das hat mir Herr Schuster gar nicht gesagt.«

»Dann sage ich es Ihnen jetzt. Sie machen noch die ganze Wohnung schmutzig. Und außerdem«, ragte sie ihr Ohr nach draußen, »sie haben die Heckenschere liegen lassen. Sehr leichtsinnig.«

»Nein, sehr durstig«, rief Artur und verschwand humpelnden Schrittes aus der Wohnung, zurück an seine Arbeit.

So ein Mist, dachte er.

So ein Mist, dachte sie.

54

Es war ein grauer Morgen, als Emilie einschlief und nicht mehr aufwachte.

Natalie hatte ihr das Frühstück gebracht an jenem Morgen und versucht, sie zu wecken. Vergeblich, wie sich später herausstellte.

Der Himmel war verhangen, die Sonne schwieg. Auch die Vögel hatten sich in ihre Nester zurückgezogen, als wollten sie diesen Moment nicht durch ihre Anwesenheit stören.

»Ich muss los«, sagte Joachim, noch an einem Brötchen kauend, den letzten Schluck Kaffee hinterher schüttend.

»Ist gut«, antwortete Natalie kurz und knapp. Ihr war unbehaglich. Joachim schien seit einiger Zeit abweisend und kurz angebunden ihr gegenüber zu sein. Ob er etwas ahnte? Misstrauisch schaute sie ihn an.

»Sie denken daran, dass nachher der Pflegedienst zur Begutachtung kommt?«

»Ja, ja. Kein Problem.«

»Ich schaue noch kurz bei Mutter rein.«

Joachim ging zur Wohnung seiner Mutter, die offenbar wieder eingeschlafen war. Das Frühstück stand unberührt auf der Kommode. Seine Mutter rührte sich nicht. Sie war blass geworden. Joachim setzte sich hektisch an ihre Seite. »Mutter, Mutter!«, rief er und schüttelte leicht ihre Schultern. »Oh, mein Gott. Nein.«

Eilig hastete er die Treppe hoch. »Schnell, kommen Sie«, rief er durch den Flur. »Da stimmt was nicht.«

Gemeinsam mit Natalie versuchte er, Mutter zu wecken. Aus ihrem Gesicht war jede Lebensfarbe gewichen. Ihr Atem war nicht zu vernehmen. »Rufen Sie den Notarzt, schnell!«, forderte er Natalie auf.

Es schien eine Ewigkeit zu vergehen, doch es waren nur

wenige Minuten. Als der Notarzt kam, kullerten bei Joachim die ersten Tränen. Wie in Trance sah er, dass sich die Rettungskräfte hektisch über seine Mutter beugten, den Puls fühlten, die Herztöne. Dann kehrte Stille ein.

Emilie Schuster war friedlich eingeschlafen.

In aller Stille wurde Emilie Schuster im Familiengrab beigesetzt. Abwesend lauschte Joachim den Worten des Pfarrers, der auf die Rolle der Unternehmerfrau einging, die zurückstecken und ihrem Mann sprichwörtlich den Rücken freihalten musste. ›Sie hätte sich besser manchmal vor meinen Vater gestellt und ihn von seinem Tun abgehalten, anstatt in seinem Rücken zu stehen‹, sinnierte Joachim.

»Der Mensch / vom Weib geboren / knapp an Tagen, unruhvoll / er geht wie die Blume auf und welkt / flieht wie ein Schatten und bleibt nicht bestehen / Doch über ihm hältst du dein Auge offen / und ihn bringst du ins Gericht mit dir / Die Wasser schwinden aus dem Meer / der Strom vertrocknet und versiegt«, las der Pfarrer aus der Bibel. Aus Hiob und der Sehnsucht nach Gott angesichts todnahen Leidens.

Leichter Regen zwang die Friedhofsbesucher dazu, den Schirm zu öffnen. Viele Menschen aus Senningen hatten den Weg zum Friedhof gefunden. Joachim sah Mitarbeiter der Firma, Frauen von Geschäftspartnern, ältere Damen im Alter seiner Mutter. Sehen und gesehen werden. In der Zeit ihrer Krankheit hatte sie keine der feinen Damen besucht. Nun standen sie alle Seite an Seite in dunkle Jacken gehüllt, mit Schirmen bewaffnet und warteten auf Kuchen und Schnittchen. Joachim fühlte sich einsam. Keine Familie an seiner Seite. Mariannchen gesellte sich zu ihm, hakte ihn unter und gab ihm das Gefühl, nicht allein zu sein.

Auch Natalie fehlte.

Sie, deren Tätigkeit im Hause Schuster mit dem Tod von Emilie zu Ende ging, war krank im Bett geblieben. Als Joachim am Morgen verwundert feststellte, dass kein Kaffee gekocht und kein Frühstückstisch gedeckt war, fand er eine verschnupfte Krankenschwester vor, als er an ihre Zimmertür klopfte. »Bleiben Sie im Bett«, sagte er, bevor er das Haus verließ. »Bei diesem Wetter holen Sie sich den Tod auf dem Friedhof.«

Innerlich musste er über dieses makabre Wortspiel schmunzeln. Sie holen sich den Tod auf dem Friedhof. Kurze Wege.

»Aber Emilie …«

»… Natalie, bleiben Sie im Bett. Sie können später den Friedhof besuchen. Sie waren eine große Hilfe für meine Mutter. Zurückholen kann sie keiner. Sie wird Ihnen verzeihen, wenn Sie heute nicht dabei sind.«

Natalie legte den Kopf aufs Kopfkissen, schloss die Augen und hörte, wie ihre Zimmertür wieder zufiel.

Natalie blieb nicht im Bett. Als die Haustür ins Schloss gefallen war und Joachim das Grundstück verlassen hatte, stand sie auf, zog sich etwas über, nahm die Truhe aus ihrem Schrank, den Schlüssel an sich und huschte aus ihrem Zimmer. Dann tippte sie etwas in ihr Handy und wartete eine Weile.

Es war gespenstisch still. Natalie lief die Treppenstufen hoch und verharrte an der Haustür, bis ein männlicher Schatten auftauchte. Sie ließ ihn herein.

»Schön, dich zu sehen«, sagte der Mann und drückte sie. »Eine bessere Gelegenheit als die Beerdigung kann es nicht geben. Zeig mir mal den Schlüssel.«

Natalie gab ihm den Schlüssel.

»Ein normaler Safeschlüssel.«

»Wenn ich nur wüsste, wo sich der Safe befindet.«

»Hilft alles nichts, wir müssen suchen. Du kennst die Wohnräume doch zur Genüge.«

»Da ist mir bisher nichts aufgefallen. Hinter keinem Bild, in keinem Schrank habe ich einen Safe gesehen.«

»Trotzdem. Durchsuche du noch einmal alle Räume hier

oben, ich gehe in den Keller.« »Im Keller sind vier Räume und die Wohnung von Emilie. Beeile dich.«

Hektisch lief Natalie durch die Wohnräume, drehte Bilder um, durchstöberte Schränke, tastete sogar den Teppich ab. Nichts. »Hier oben ist nichts«, rief sie und lief nach unten, wo der männliche Besucher gerade den Werkraum betrat.

»Da habe ich schon überall gesucht«, wiegelte sie ab. »Wahrscheinlich ist der verdammte Safe gar nicht im Haus.«

»Du hast doch mit seiner Mutter gesprochen. Hat sie denn gar nichts gesagt?«

»Wirres Zeug. Von Joachim am Teich, ja, und dass er mal ein großer Jäger wird.«

»Ein Jäger?«

»Ja, sie erzählte von ihrem Paul, der auf die Jagd ging, und dass er keine Trophäen sammelte.«

»Keine Trophäen«, wiederholte der Mann und suchte unentwegt weiter.

»Stell dir vor, er hat nicht nur Rehe und Hasen, sondern offenbar auch große Hunde gejagt.«

Der Mann sah irritiert hoch. »Große Hunde? Da hat dir die alte verwirrte Dame aber einen Bären aufgebunden. Was für große Hunde?«

In diesem Moment fiel sein Blick auf ein hässliches Gemälde. Ein Gemälde im Werkraum? Ungewöhnlich genug. »Hat sie sonst noch was über die Hunde gesagt?«

Natalie winkte ab. »Eine demente alte Frau. Große Hunde, angeblich mit Hörnern. Sie war schon sehr verwirrt.«

Der Mann betrachtete das Gemälde. »Kann es sein, dass die großen Hunde mit Hörnern gar keine Hunde sind?«

Natalie sah ihn fragend an.

»Schau mal hier, dieses Gemälde. Was siehst du da?«

»Einen … mein Gott!« »Ja, einen Hirsch. Einen großen Hund mit Hörnern, oder?«

Aufgeregt ging Natalie nach vorne, nahm das Gemälde

von der Wand und blieb wie angewurzelt stehen. Es dauerte ein paar Momente, bis ihr klar wurde, was sie entdeckt hatte. Gespenstische Stille. Da war er: der Safe! Zitternd steckte sie den Schlüssel hinein, drehte ihn um und die Safetür öffnete sich wie von Geisterhand. Zum Vorschein kam eine Schatulle. Natalie öffnete sie und entnahm eine Papierrolle, ein dickes Bündel Geld und eine verschlossene Dokumentenmappe. Ob Joachim auch davon nichts wusste? Sie schloss ab, hängte den Hirsch wieder vor den Safe und beide schlichen in Natalies Zimmer, obwohl keiner im Haus war, der ihre Schritte vernommen hätte.

Hektisch öffneten sie die Papierrolle und zogen eine Urkunde heraus.

»Meine Geburtsurkunde«, triumphierte sie, »mit dem Stammbaum. Und der Vaterschaftstest. Jetzt kann ich alles beweisen.«

Sie besah sich das Bündel Geld. Das mochte ein sechsstelliger Betrag sein. Sie öffnete die Dokumentenmappe. Diese enthielt notarielle Abschriften über mehrere Immobilien in Senningen. Sie wollte die Mappe gerade schließen, als ein Schreiben herausfiel. Es stammte von der Staatsanwaltschaft und enthielt ein Urteil über Paul Schuster. Wegen strafbarer Handlungen war er zu einer Freiheitsstrafe verurteilt worden, allerdings auf Bewährung und gegen Zahlung eines hohen Betrags.

Für einen Moment blieb sie wie angewurzelt stehen. »Mein Gott«, seufzte sie. »Wir haben gefunden, wonach wir gesucht haben«, triumphierte sie.

Der Mann lächelte zufrieden.

»Geburtsurkunde, Geld, Immobilienverträge. Wir können alles beweisen und – wir sind reich. Endlich sind wir am Ziel.«, frohlockte Natalie.

»Großartig. Das sind gute Neuigkeiten.«

»Und dieser Strafbefehl. Paul Schuster ist verurteilt worden. Beweis für seine Verbrechen.«

»Wir dürfen jetzt keinen Fehler machen. Ich nehme die Dokumente an mich.«

»Wie ist es eigentlich bei dir gelaufen?«, fragte Natalie den Mann jetzt, nachdem dieser die Unterlagen vorsichtig in seiner Tasche verstaut hatte.

»Auch bestens. Alles unter Dach und Fach. Ich denke, wir sind wirklich am Ziel. Das Grande Finale kann beginnen.«

Der Mann verließ im Nieselregen das Haus, während sich Natalie zufrieden in ihr Bett fallen ließ. Als Joachim von der Beerdigung zurückkam, leise ihre Tür öffnete, um nach ihr zu sehen, schlief sie wie ein Lämmchen. Es schien ihr wieder besser zu gehen.

Schlaf wirkt manchmal Wunder.

55

Die Sonnenstrahlen brachen sich an den scharfen Kanten der Felsen.

Es war ein einsamer Ort im Senninger Bruch. Schon oft hatte sich Joachim in diese Einöde zurückgezogen, wenn er nachdenken oder abschalten wollte. Viele Momente gab es in seinem Leben, in denen er sich am Scheideweg gewähnt hatte. Nun war er sich sicher, dass er dort angelangt war.

Zögernd tastete er sich an den Felsvorsprung heran und blickte in die Tiefe. Ein mutiger Sprung. Alles wäre vorbei. Er wäre erlöst.

Wie konnte all dies nur geschehen? Er hatte seine Familie verloren. Sein geliebtes Annchen, sein Kind Tina. Ihr Kind. Seine Mutter war nach jahrelangem dementem Siechtum gestorben. Sein Vater war ein Verbrecher gewesen. Natalie, von der er sich Unterstützung und Hilfe erwartet hatte, wollte auch ihn vernichten. Zerstören. Gaslighting und Quetapur. Begriffe, die er nie mehr vergessen würde.

Ihm kamen die Gerüchte über seinen Vater in den Sinn. Offenbar hatte sie etwas herausgefunden, über die Familie, über sich. Joachim lachte in sich hinein. »Ich bin am Ende«, sagte er so laut zu sich, dass die Vögel aufschreckten. »Weiter kann ich nicht. Es ist aus. Ich kann keine Hilfe mehr erwarten«. Er lugte in die Tiefe.

»Doch. Ich helfe dir. Alles wird gut«, sagte plötzlich hinter ihm eine feste Stimme.

Joachim zuckte zusammen. Die Stimme gehörte einer Frau. Natalie? Versetzte sie ihm nun den Todesstoß? Wollte sie einen Deal?

Er schäumte vor Wut und Scham. Die Stimme war vertraut, kam ihm bekannt vor. Aber es war nicht die Stimme von

Natalie, deren Tonlage in seinen Ohren schmerzte. Es war eine zarte Stimme, weich und verständnisvoll.

Erschrocken drehte er sich um. Geblendet von der Sonne nahm er zunächst nur einen Schatten wahr.

Als die Frau aus dem Schatten ans Licht trat und sich ihm langsam näherte, gefror ihm das Blut in den Adern. Joachim zitterte, rieb sich die Augen, versuchte aufzuwachen. Doch er schlief nicht und er träumte nicht. Er saß hier am Felsvorsprung im Senninger Bruch. Ungläubig und mechanisch stand er auf, machte einen Schritt auf die Frau zu.

»Alles wird wieder gut«, wiederholte sie und sah ihn mit festem Blick an. Er griff ihre Hand, mehr um sich zu vergewissern, dass sie real war und keine Fata Morgana.

»Annchen?«, fragte er leise, obwohl er die Antwort kannte. »Susanne! Wie kann das sein? Wo kommst du her? Wo warst du?«

»Viele Fragen auf einmal«, lächelte sie. »Ich war auf dem Weg zu dir und sah dich in die Straße zum Bruch einbiegen. Also bin ich dir gefolgt.«

Sie hatte ihre Schönheit zurückgewonnen, die nach dem Tod von Tina aus ihrem Gesicht gewichen war.

»Es ist mir klar, dass du nicht verstehen kannst, was geschehen ist. Und dass ich jetzt plötzlich auftauche, als sei nichts geschehen. Ich habe dir viel zu erklären.«

Joachim blickte unter sich und blieb stumm.

»Komm zu mir«, streckte sie ihre Arme aus, um ihn vom gefährlichen Felsvorsprung zu ziehen. »Du musst nicht springen. Wir beide schaffen das.«

Joachim nahm sie in den Arm und drückte sie fest. Minutenlang. Eine halbe Ewigkeit. Nur das Zwitschern einiger Vögel, die den beiden aufmerksam zusahen, durchbrach die Stille. Selbst der Wind hatte sich gelegt, war zur Ruhe gekommen.

»Weißt du, als Tina starb, hatte mein Leben keinen Sinn mehr. Ich stand neben mir und musste einfach raus aus dieser

Umklammerung, aus dieser Enge. Aus diesem Leben«, sagte sie, als beide sich vom Felsen zurückzogen und in einer kleinen Lichtung nebeneinander im Gras saßen.

»Was meinst du wohl, wie es mir ergangen ist, als unsere Tochter gestorben war?«, antwortete er entrüstet. Die Wiedersehensfreude wich einer vorwurfsvollen Aufarbeitung. »In dieser schwersten Stunde unseres Lebens hätte ich dich gebraucht. Doch du hast mich im Stich gelassen. Einfach im Stich gelassen.«

»Ich weiß«, resignierte sie und ihre Stimme wurde leiser. »Ich weiß. Es ist lange her. Viel ist geschehen seitdem. Ich bin wieder da, weil ich glaube, dass wir noch eine Chance haben.«

»Du tauchst einfach aus dem Nichts auf und glaubst, alles sei wie früher?«

Joachim stand auf. Wandte sich zum Gehen.

»Bleib hier! Lass dir Zeit! Gib uns Zeit!«, bettelte sie.

Er zögerte, zauderte. Ihr Verschwinden konnte er ihr nicht verzeihen. Doch er brauchte sie, um weiterzuleben. Joachim ließ sich auf sie ein.

»Wohin bist du denn so plötzlich verschwunden nach der Beerdigung?«

»Ich saß im Auto und wollte nur weg. Ich fuhr plan- und ziellos durch die Gegend. Irgendwann war ich an der Schweizer Grenze.«

»Du warst die ganze Zeit in der Schweiz?«

»Ich wollte neu anfangen. Alles vergessen. Glücklicherweise hatte ich durch Horst einen alten Kontakt zu einer Buchhandlung in Winterthur.«

»Winterthur? Das ist ja nicht weit von Zürich entfernt.«

»Ja, ich konnte bei diesem Bekannten in der Buchhandlung arbeiten und habe in einem kleinen Dorf zur Miete gewohnt. Unter anderem Namen.«

»Aha. Und der Bekannte war nicht überrascht?«

»Doch, natürlich. Ich habe ihn gebeten, Horst nicht zu informieren. Ich brauchte die Auszeit.«

»Und mit dem Bekannten hast du dir einen schönen Lenz gemacht, während über mir die Welt zusammenbrach?«

»Nein«, senkte sie den Kopf. »Wo denkst du hin? Dieser Bekannte hat seine eigene Familie. Oft habe ich darüber nachgedacht, nach Hause zu kommen.«

»Hast es aber nicht getan.«

»Nein, ich traute mich nicht. Bis jetzt.«

Joachim brauchte eine Zeit, um das Gehörte zu verdauen. Verstehen konnte er es nach wie vor nicht. »Und du hast dich nie gefragt, was mit mir ist?«

Susanne sah unter sich. »Doch, natürlich. Ich war in mir selbst gefangen. Der Neuanfang ist mir auch nicht geglückt.«

»Und warum bist du ausgerechnet jetzt wieder zurückgekommen?«

Susanne ergriff seine Hand.

»Ich habe bei einem Besuch in Zürich einen Mann kennengelernt.«

Joachim verkniff sich eine Bemerkung.

»Nicht, was du denkst«, erahnte sie seine Gedanken. »Eigentlich kannte ich ihn schon.«

Joachim riss die Augen auf.

»Doch das merkte ich nicht gleich. Er hätte auch mich kennen müssen. Doch eine andere Haarfarbe und ein anderes Erscheinungsbild verändern den Menschen offensichtlich. So oft hatte er mich auch noch nicht an deiner Seite gesehen.«

»An meiner Seite?« Joachim erschien das Gesagte immer mysteriöser.

»Ich saß in einem Kaffeehaus, das ziemlich überfüllt war. Er fragte, ob er sich auf den letzten freien Platz setzen könne. Ein Geschäftsmann in Anzug und Krawatte. Dann nahm er Unterlagen heraus, in denen er las. Als ich das Firmenlogo erkannte, stutzte ich.«

Die Vögel hatten aufgehört zu zwitschern. Sie schienen

den Atem anzuhalten. Irgendwo in der Nähe brach ein Stück Felsen und schleuderte sich selbst in die Tiefe, wo es mit lautem Knall aufprallte und in einer Staubwolke verging.

»Ja, und weiter?«, fragte Joachim.

»Es war das Logo von WinSan. Als er sich mir vorstellte, war mir alles klar. Martin Winkler.«

»Martin Winkler? Der Geschäftsführer unseres größten Konkurrenten?« Joachim wurde blass. »Und er hat dich nicht erkannt?«

»Nein. Er hat mich sicherlich auch nicht in Zürich vermutet. Und mal ehrlich. Er hat mich vielleicht zwei-, dreimal gesehen auf irgendeiner Veranstaltung, die wir gemeinsam besucht haben. Gesprochen habe ich nie mit ihm.«

Joachim hörte gebannt zu und hing an ihren Lippen.

»Wir sind ins Gespräch gekommen. Er hat mich offenbar sympathisch gefunden. Wir haben über belanglose Dinge geredet. Ich habe ihn nach seiner Beschäftigung gefragt. Er hat mir von einem Kongress erzählt, den er in Zürich besucht hat.«

»Auf diesem Kongress war ich auch«, unterbrach er sie.

Susanne sprach weiter. »Er ist nicht auf Details eingegangen, sondern hat das Thema gewechselt. Er hat mich gefragt, ob ich in Zürich lebe und wie ich die Stadt finde.«

»Und?«

»Nichts und, belanglos. Dann musste er zur Toilette, bat mich, einen Moment auf seine Sachen aufzupassen, und verschwand um die Ecke.«

Joachim schwieg.

»Ich konnte es mir nicht verkneifen, einen Blick in seinen Laptop zu werfen.«

»Den hat er einfach so stehen lassen?«

»Ja, er fühlte sich offenbar sehr sicher.«

»Und? Du hattest doch kein Passwort.«

»Der Bildschirm auf dem Laptop war noch geöffnet. Auf dem Desktop entdeckte ich ein Dokument, dass dich umhauen wird. Winkler arbeitet offenbar mit einer Schleuserbande zusammen, die osteuropäische Pflegekräfte nach Deutschland karrt, sie an Pflegebedürftige verscherbelt, ihr Gehalt abkassiert und sie auch noch kostenlos bei den Pflegebedürftigen wohnen lässt.«

Joachim war sprachlos. »Ich dachte, er beliefert die Pflegeheime mit seinen sanitären Produkten?«

»Das tut er auch. Er kassiert doppelt ab. Dank eines neuen Vertrags mit Dr. Fischer hat er dessen Produkte gekauft. Exklusiv.«

»Das weiß ich«, schluckte Joachim.

»Er vertreibt die neuesten Produkte und liefert noch unter der Hand Pflegekräfte für den privaten Markt.«

»Und keiner merkt was?«

»Die Menschen sind froh, weil die Pflegekräfte günstig sind.«

»Das heißt, jeder profitiert. Die Heime von den neuesten Produkten. Die Pflegebedürftigen von geringeren Kosten. Winkler vom Gehalt der Pflegekräfte und dem Verkauf seiner Produkte.«

»Ja, die Leidtragenden sind natürlich die ausgebeuteten Frauen. Nach wenigen Monaten werden sie zurückgebracht, dann bringen die Schleuser neue nach Deutschland.«

»Und das hast du alles gelesen, während Winkler auf der Toilette war?«, fragte Joachim ungläubig.

»Aber nein«, lächelte Susanne. »Er hatte in seiner Laptop-Tasche einen Stick. Ich habe mir auf die Schnelle die Dateien vom Desktop kopiert und erst nachher gelesen.«

»Du hast das alles gemacht, während er auf dem Klo war?«

Susanne schmunzelte. »Es dauerte einige Zeit, bis er zeternd von der Toilette zurückkam und sich über das Kaffeehaus beschwerte. Offenbar klemmte die Toilettentür und ein Ober musste ihn befreien.«

»Offenbar?«, sagte Joachim. »Ich verstehe. Du kennst den

Besitzer des Kaffeehauses und die Bedienungen nicht zufällig?«

»Ich bin dort Stammgast.« Zum ersten Mal lachten beide.

»Jedenfalls hatte er nach dem Zwischenfall auf der Toilette die Lust am Kaffeeplausch verloren. Er bezahlte hektisch, auch meinen Kaffee, packte seine Papiere und seinen Laptop in die Tasche, verabschiedete sich und verschwand.

»Dann hast du ja Beweise gegen ihn in der Hand?«

»In der Tat. Da ich weiß, dass er unser, äh dein größter Konkurrent ist, deine Firma kurz vor der Übernahme steht, habe ich mich entschlossen, zurückzukommen, um dir zu helfen.«

Joachim wusste nicht, was er sagen sollte. »Du bist solange weg und doch auf dem neuesten Stand, wie mir scheint.«

»Joachim, schon als ich noch da war, schwebte das Damoklesschwert der Übernahme über deinem Sanitätshaus. Schon damals ging es deiner Firma nicht gut, und das ist leider nicht besser geworden. Wer die Presse aufmerksam verfolgt, der weiß, was am Markt los ist.« Joachim war verbittert. »Dieser Scheißkerl hat mir in Zürich die Produkte von Dr. Fischer vor der Nase weggeschnappt.«

»Du wolltest sie auch erwerben?«

»Klar, ich hatte kürzlich ein Gespräch mit Fischer beim Kongress. Da war er schon kurz angebunden. Ich konnte natürlich nicht für alle Produkte bieten, da mir die Bank gar nicht genug Geld leiht.«

»Und Winkler hat ihm alles exklusiv abgekauft. Das war Fischer natürlich sehr viel lieber.«

»Aber Winkler muss doch Verbindungsleute haben, damit der ganze Schwindel nicht auffliegt«, sinnierte Joachim. »Es muss doch Leute im Krankenhaus und in den Heimen geben, die mit ihm unter einer Decke stecken.«

»Natürlich hat er Verbindungsleute. Ich habe interessante Namen gelesen. Dr. Thomas Lochner beispielsweise. Der Name sagt dir was.«

»Lochner? Bei dem wir im Krankenhaus mit Mutter waren?«

»Genau der Lochner. Offensichtlich schiebt er Krankenhauspatienten in die Pflegeheime, stellt Diagnosen und gibt Medikamente, die Hilfsmittel notwendig machen. Er arbeitet auch mit Pflegediensten zusammen.«

»Unglaublich. Ich fasse es nicht.«

»Auch die Namen von Heimleitern habe ich gelesen.«

»Was haben denn die Heimleiter von den osteuropäischen Pflegekräften, die eingeschleust werden?«

»Winkler und Lochner sind die Hauptdrahtzieher. Sie schicken Lockvögel nach Osteuropa, die dort wehrlose junge Frauen mit Geld und Aussicht auf ein besseres Leben locken, mit nach Deutschland zu kommen. Versteckt in Lieferwagen werden sie über die Grenze gebracht und hier irgendwo versteckt.«

»Ja und die Heime?«

»Die Mädchen werden an Privatpersonen geliefert, zu einem günstigen Preis, aber teuer abgerechnet. Sie heuern aber auch als billige Arbeitskräfte in den Heimen an und werden dort weiter unter Tarif bezahlt und nach einiger Zeit wieder ausgetauscht.«

Joachim verstand. »Das heißt also, Lochner veranlasste, dass pflegebedürftige Menschen nach Hause geschickt wurden. Winkler hat dann die private Pflegeperson vermittelt sowie Hilfsmittel für die Pflege zu Hause.«

»Ja, und natürlich hat er auch die Heime beliefert und ihnen im Gegenzug billige Arbeitskräfte vermittelt.«

Joachim verstummte. Sein Kopf schwirrte.

»Es kommt noch schlimmer. Sagt dir der Name Meyer was?«

»Meyer? Meyer. Mmh. So heißen ziemlich viele Leute. Mit e oder a? Mit y oder i?« Joachim überlegte. »Beim besten Willen nicht. Ich kenne keinen Mann namens Meyer.«

»Es geht auch nicht um einen Mann.«

»Ich kenne auch keine Frau Meyer«, sagte Joachim gereizt.

»Auch nicht Natalie Meyer?« Joachim stutzte. Es entstand eine längere Pause. In Joachims Kopf ging es drunter und drüber. »Natalie? Natalie Meyer?«, stammelte er und blies seinen Atem vernehmbar in die warme Luft. »Klar, Natalie Meyer. Natürlich. Die Krankenschwester, die sich um Mutter kümmerte. Die heißt Meyer. Natalie Meyer. Mein Gott, so viele Menschen heißen Meyer, Meier oder Maier. In der Firma arbeiten ein paar Meiers, in der Nachbarschaft wohnen Meiers. Natalie war für mich immer nur Natalie. Ihr Nachname war mir gar nicht bewusst. Aber was ist mit der?«

»Zum Team von Winkler und Lochner gehört auch eine Frau Meyer.«

»Was sagt das schon?«, wehrte sich Joachim gegen das Gehörte. »Das kann ja jede Frau Meyer sein.«

Susanne nahm eine Handvoll Ausdrucke aus ihrer Tasche. »Diese Bilder waren auf dem Laptop. Ich habe sie auf dem Stick gespeichert und zu Hause ausgedruckt.«

Sie hielt Joachim ein Foto unter die Nase. »Hier auf dem Foto. Erkennst du die Menschen?«

Joachim nahm das Foto in die Hand, erkannte darauf Winkler, Lochner und – Natalie. Er hätte sich am liebsten selbst geohrfeigt. »Du hast recht. Es ist die Natalie, die meine Mutter betreut hat. So langsam wird ein Bild daraus«, sagte er schließlich. »Sie hat sich mir förmlich aufgedrängt. Sie wollte unbedingt den Job als Pflegekraft meiner Mutter. Ich war allein, du warst nicht mehr da. Die Firma. Alles wuchs mir über den Kopf. Ich konnte Mutter auch nicht mehr ins Heim geben. Die Kosten hätte ich gar nicht bewältigt, nachdem es mit der Firma so schlecht lief.«

Susanne hörte aufmerksam zu.

»Klar, sie kam ganz bewusst ins Bistro, um mich kennenzulernen. Und: Sie war Krankenschwester bei Dr. Lochner. Ich fasse es nicht! Als Mutter starb, war ihre Aufgabe eigentlich erledigt. Am Tag von Emilies Beerdigung war sie plötzlich krank und blieb mit Grippe im Bett. Das fand ich schon merkwürdig. Ich fand auch merkwürdig, dass sie nicht sofort nach Mutters Tod ausziehen wollte. Sie müsse sich erst was Neues suchen, war ihre Ausrede.«

Susanne legte ihren Arm um ihn. »Da schließt sich der Kreis.«

»Aber was habe ich mit den Machenschaften von Winkler und Lochner zu tun? Warum hat Natalie mich mit hineingezogen und wollte mich in den Wahnsinn treiben?«

Susanne blickte hoch. »In den Wahnsinn?«

»Ja. Sie hat mein Leben manipuliert. In meiner Wohnung Dinge verändert, um mich in den Wahnsinn zu treiben. Gaslighting. Mir Tropfen ins Getränk gemacht. Quetapur.«

»Gaslighting? Quetapur? Was ist das denn um Himmels willen? Wieso hat sie das getan?«

»Das weiß ich auch nicht. Aber sie hat in unserem Haus offenbar wichtige Dokumente gesucht und wohl auch gefunden. Ich habe einen Detektiv angeheuert, der sie dabei beobachtet hat.«

»Oh, einen Detektiv?«

Jetzt musste Joachim schmunzeln. »Den kennst du sogar ganz gut. Aber dazu später.«

»Spann mich doch nicht so auf die Folter«, wehrte sich Susanne, doch Joachim war bereits einen Schritt weiter.

»Die Dokumente beweisen offenbar, dass mein Vater Menschen Hilfsmittel angedreht hat. Es gibt sogar einen Strafbefehl, zur Bewährung ausgesetzt.«

»Dann war er ja keinen Deut besser als Winkler«, warf Susanne ein.

»Das mag sein«, wehrte sich Joachim gegen das ungute Gefühl, dass sein Vater so etwas getan hagen könnte. Er lebte nicht mehr. Und er, Joachim, wusste davon nichts.

»Du kannst dafür zwar nichts«, erriet Susanne seine Gedanken. »Aber der Firma wird es enorm schaden, wenn das ans Tageslicht kommt. Der Aktienkurs rauscht in den Keller. Winkler bekommt das Sanitätshaus fast geschenkt. Verstehst du?«

Joachim verstand nur zu gut. »Mein Detektiv hat Natalie beobachtet, als sie die Truhe aus dem Teich barg. Ob da noch mehr drin war, weiß ich nicht. In ihrem Kleiderschrank war wohl die Truhe, aber leer. Offenbar enthielt sie einen Safeschlüssel.«

Susanne nickte. »Wir müssen in die Offensive gehen.«

»Wir?« Joachim schaute sie erstaunt an.

»Ja, wir«, antwortete Susanne. »Meinst du, ich lasse dich noch einmal allein? Gemeinsam werden wir das Miststück schon auf Eis legen. Sie steckt mit Winkler unter einer Decke.«

Joachim hatte seine Frau nie so kämpferisch erlebt.

»Es sei denn«, sagte sie und machte eine Pause, »es sei denn, du willst von mir nichts mehr wissen, nach allem, was ich dir angetan habe.«

»Na-natürlich will ich, dass du bei mir bleibst. Du bist doch die Einzige, die ich habe. Jetzt, wo Mutter tot ist.«

Susanne nahm seine Hand. »Jetzt sag schon, wer ist dein großer Detektiv?«

Joachim sah sie an. »Du musst vorsichtig sein. Er hat einen gefährlichen Hund. Der beißt.«

56

Joachim und Susanne saßen in einem kleinen Café am Rande der Altstadt im benachbarten Heimstadt und sprachen von alten Zeiten. Sie waren die einzigen Gäste. In Senningen wollten sie nicht zusammen gesehen werden. Noch nicht.

Wo der Kerl nur wieder bleibt, dachte Joachim nervös. Pünktlichkeit war noch nie seine Stärke. In diesem Moment flog die Tür auf, ein kleiner schwarzer Mops wippte durch das Lokal und nahm neben Joachims Beinen artig Platz.

»Hallo Mimo«, rief Joachim erfreut.

»Mimo?« Susanne blickte nach unten, wo der Hund sie mit großen Augen anglubschte.

»Mimo«, wiederholte Joachim. »Mister Mops. Der Meisterhund des Meisterdetektivs.«

Wie auf Befehl kam Artur Silva ums Eck und steuerte zielstrebig auf ihren Tisch zu. »Mein Hund ist einfach schneller als sein Herrchen«, japste er verlegen. »Ich bin auch nicht mehr …«

Der Jüngste, wollte er sagen, doch das Wort blieb ihm im Halse stecken.

Susanne und Artur sahen sich mit offenem Mund an. Joachim durchbrach die Stille. »Vorstellen muss ich dir den Meister aller Detektive sicherlich nicht. Das ist Rosso.«

»Rosso? Der Rosso?«

»Ja, Rosso. Unser Rosso. Artur Silva alias Rosso.«

»Unser Rosso? Mein Gott! Wie lange ist das denn her?«

Artur strahlte sie an. »Tja, die Schulzeit liegt schon eine Weile hinter uns. Leider hat dich Joachim mir vor der Nase weggeschnappt«, gab er den Beleidigten.

Susanne musste lachen. »Die Sonnenfinsternis war im Weg.« Susanne erinnerte sich. »Ja, die Sonnenfinsternis an der Nordsee. Da war die Welt noch in Ordnung.«

»Wie man sieht«, sagte Artur.

Susanne ging nicht darauf ein. »Und du bist Detektiv geworden?«

»Erst, als es mir bei der Polizei zu langweilig wurde.«

Joachim rutschte nervös auf seinem Stuhl hin und her, während Artur seiner Verehrerin aus Schulzeiten die Litanei seines beruflichen Werdegangs vorbetete. Als er schließlich seinen Ur-Ur-Ur-Großvater ins Spiel brachte, schnitt ihm Joachim das Wort ab.

»Dafür haben wir jetzt keine Zeit. Kommen wir zur Sache«, ging er dazwischen.

»Nun gut«, lenkte Rosso ein. »Ich denke, unsere Chancen stehen nicht schlecht, wenn wir Natalie und Martin Winkler anzeigen und einen Prozess anstreben.«

»Genau«, pflichtete Susanne ihm bei. »Wir müssen in die Offensive gehen und dürfen nicht warten, bis sie vor Gericht ziehen.«

Joachim sah nicht überzeugt aus. »Sie werden die Machenschaften meines Vaters aufdecken.«

»Das müssen wir ertragen. Vor allem du, Joachim, musst das ertragen. Die Taten sind verjährt. Du hast nichts davon gewusst. Keiner kann dich dafür belangen. Aber wir können die Machenschaften von Winkler, Lochner und Natalie beweisen. Die sind nicht verjährt.«, erklärte Rosso.

Susanne nickte. »Ja, und die anderen Dokumente?«

Rosso nippte an seinem Kaffee und holte tief Luft. »Wir müssen Natalie zuvorkommen. Ich bin mir sicher, sie will ihren Plan vollenden.«

»Welchen Plan?«

»Sie versucht, Joachim zu manipulieren, ihn als unglaubwürdig und krank zu entlarven. Das habe ich herausgefunden.«
»Das hast du herausgefunden?«

»Ja, ich bin eben ein aufmerksamer Gärtner, nicht wahr Mimo?«

Der Mops bellte kurz und legte sich wieder zu seinen Füßen.

»Es ist doch nicht nachvollziehbar, dass sie immer noch keine neue Wohnung bezogen hat.«

»Du hättest sie vor die Tür setzen sollen«, sagte Susanne zu Joachim.

Rosso schüttelte den Kopf. »Warum? Sie weiß nicht, was wir wissen, über sie wissen, verstehst du? Joachim spielt das Spiel mit. Sie soll ihre Manipulationen fortsetzen. So lange wir nichts tun und Joachim weiterhin den Verwirrten spielt, wähnt sie sich in Sicherheit und wartet auf den entscheidenden Moment, bis sie Joachims Verwirrtheit ärztlich bestätigen lassen kann.«

»Lass mich raten, welcher Arzt das tun wird.«

57

Richter Gerd Kempf war ein in Ehren ergrauter alter Herr. Er wirkte gutmütig, solange er seine saloppe Jeans und das kurzärmelige Hemd über der Hose trug. Er mochte keine Anzüge. Aber wehe, er hatte die Robe des Richters übergezogen und den Hammer in der Hand, mit dem er um Ruhe im Gerichtssaal bat und damit seiner Stimme Nachdruck verlieh.

Während sich der Richter auf den Weg zum Gerichtssaal machte, standen Joachim und Susanne vor dem Eingang und warteten.

»Er wird sicher gleich kommen«, sagte Joachim nervös.

Menschen strömten in den Gerichtssaal. Der Prozess mit dem bekannten Unternehmer Joachim Schuster sorgte in Senningen für Aufmerksamkeit. Drei Minuten vor 9 Uhr wedelte ein winziges Etwas um die Ecke. Joachim atmete erleichtert auf. »Mister Mops. Dann kann sein Herrchen ja nicht mehr weit sein. Es kann sich nur noch um Stunden handeln.«

Als auch Rosso um die Ecke bog, die beiden begrüßt und den Mops in der Hundetasche verstaut hatte, betraten sie das ehrwürdige Gericht und folgten den letzten Besuchern, die durch die Tür in Saal 101 drängten.

Natalie Meyer hatte bereits Platz genommen und würdigte Joachim keines Blickes. Joachim und Rosso nahmen auf der Klägerbank Platz, während sich Susanne mit dem Mops auf einen freien Platz in der vorletzten Reihe drängelte.

Als alle Platz genommen hatten, blickte sich Richter Kempf im Saal langsam um und blieb mit seinem Blick bei Artur Silva hängen. »Herr Silva, lange nicht mehr gesehen«.

Artur stand auf. »Sehr wohl, Herr Richter. Es gab offensichtlich keinen Anlass dazu.«

Leises Gemurmel strich durch den Saal. Erst der Hammer des Richters sorgte für Ruhe. »Dann lassen Sie mal hören, was

Sie uns zu sagen haben.« »Nun«, begann Rosso und zupfte an seinem Jackett, das er eben erst aus der Reinigung abgeholt hatte. »Ich bin zwar kein Jurist, kein Rechtsanwalt. Aber ich war lange Zeit Polizist und bin Privatdetektiv.«

Der Richter trommelte nervös auf seinen Tisch. »Ihren Lebenslauf kenne ich. Wenn Sie uns begründen wollen, warum sie einen Freund verteidigen, auch wenn sie kein Rechtsanwalt sind, dann reicht mir das. Der Kläger kann sich als Beistand nehmen, wen er will. Auf eigene Gefahr natürlich. Ich will nicht verhehlen, dass Juristen für gewöhnlich eher in der Lage sind, Gerichtsverfahren rechtlich sauber zu beurteilen und entsprechend zu argumentieren.«

Rosso nickte ehrfürchtig. »Das ist mir sehr wohl bewusst, Herr Richter.«

»Sie stehen immerhin nicht zum ersten Mal vor mir und haben mich in der Vergangenheit durchaus beeindruckt. Manchmal ist der klare Menschenverstand mindestens genauso gut wie der scharfe Juristenblick. Herr Schuster scheint Ihnen zu vertrauen, und ich schätze Sie, wie Sie wissen. Also schießen sie los!«

Artur öffnete den Mund und schloss ihn gleich wieder.

»Was ist das denn?«, fragte ihn der Richter. »Das? Oh das ist Mimo.«

»Mimo?«

»Mister Mops, mein Hund.«

»Hunde sind im Gericht nicht zugelassen, sofern sie nicht als Zeuge gebraucht werden.«

»Mimo ist mein Partner, Herr Richter.«

»Herr Silva, es reicht.« »Ich würde freundlichst darum bitten, dass der Hund neben mir Platz nehmen darf. Wir werden ihn noch brauchen.«

»So, so«, sagte Kempf und verdrehte die Augen. »Saaldiener! Stellen Sie einen weiteren Stuhl neben Herrn Silva, damit der werte Herr Mops Platz nehmen kann.«

»Mister Mops, bitte.«

»Ja dann, Mister Mops.«

Mimo machte es sich neben seinem Herrchen bequem, streckte alle Viere von sich und lauschte dem, was nun folgte.

Sehr ausführlich schilderte Artur dem Gericht, wie Joachim Schuster ihn aufgesucht hatte, weil er sich von der hier anwesenden Natalie Meyer manipuliert fühlte.

Natalie blickte nicht auf.

»Fühlte?«, fragte der Richter. »Gefühle helfen uns nicht weiter.«

Artur winkte ab. »Schon klar. Herr Schuster schilderte mir Vorfälle, die vermuten ließen, dass die Beklagte, nachdem sie ihren Job als Pflegekraft seiner Mutter angetreten hatte, gezielt sein Leben manipulierte. Dinge verschwanden, Herr Schuster war plötzlich vergesslich, Schwindelanfälle. Alles erst, nachdem Frau Meyer eingezogen war.«

»Nun«, sagte der Richter. »Das ist doch eine recht dünne Suppe. Vergesslichkeit und Schwindelanfälle, das kommt vor.«

»Jedenfalls habe ich mich überreden, nein überzeugen lassen, die Frau zu beschatten. Ich heuerte als Gärtner im Hause Schuster an.«

Während der Richter schmunzelte, hob Natalie zum ersten Mal den Kopf und sah Artur mit stechenden Augen an.

»In der Tat. Ich habe genug Material, das die Vermutung beweist. Frau Meyer hat bewusst das Inventar in der Wohnung verändert, um Herrn Schuster zu verunsichern, und, was noch gravierender ist, sie hat Substanzen in seine Getränke gefüllt.«

»Welche Substanzen?«, fragte Kempf.

»Quetapur.«

Im Saal entstand Unruhe. Natalie rutschte nervös neben ihrem Verteidiger auf dem ohnehin unbequemen Stuhl hin und her. Der Verteidiger beugte sich zu ihr und flüsterte ihr etwas ins Ohr.

Kempf zeigte Artur an, sich hinzusetzen.

»Nun, Frau Meyer«, hob der Richter an, »dann tragen Sie mal vor, was Sie dazu zu sagen haben. Oder überlassen Sie das Reden Ihrem Verteidiger?«

Nervös, aber entschlossen stand Natalie auf. »Das tue ich sehr gerne, Herr Richter.« Sie trat vor den Tisch und umklammerte ihn mit ihrer rechten Hand. »Die Vorwürfe sind vollkommen absurd. Ich bin eine anerkannte Krankenschwester und Pflegekraft. Fragen sie das Krankenhaus in Senningen, fragen Sie Chefarzt Dr. Lochner, bei dem ich jahrelang gearbeitet habe. Fragen Sie die Drogenklinik im Schloss, fragen Sie Gerhard Feld, bei dem ich dort gearbeitet habe. Ich habe einen guten Leumund, wissen Sie?«

»Das mag sein«, reagierte der Richter genervt. »Weiter, kommen Sie zur Sache.«

»Sofort, Herr Richter. Ich habe mich liebevoll um Emilie gekümmert, sie betreut, gepflegt«, drückte Natalie auf die Tränendrüse, und in der Tat kullerte ihr auch die eine oder andere Träne die Wange herab. »Warum sollte ich so etwas tun?«

»Das ist mir allerdings auch schleierhaft«, sagte jetzt ihr Verteidiger, erhob sich und wandte sich an die Gegenseite. »Warum sollte meine Mandantin so etwas tun? Aus welchem Grund?«

Rosso stand auf. »Das kann ich Ihnen gerne sagen, Herr Anwalt. Aus Habgier. Aus Hass. Sie wollte die Familie Schuster vernichten und das Familienvermögen erben.«

Der Anwalt lachte. »Erben? Erben kann doch zunächst nur ein Familienmitglied.«

»Eben«, sagte Artur, und im Saal tuschelten die Zuhörer lauter als zuvor.

Während sich ihr Anwalt setzte, blieb Natalie stehen und ging zum Gegenangriff über.

»Ich habe Beweise, dass der Vater von Joachim Schuster Menschen betrogen hat, um sie ins Pflegeheim zu bringen und seine Sanitätsprodukte zu verkaufen.«

Der Richter schaute auf. »So, so …«

Im Gerichtssaal entstand laute Unruhe, da zahlreiche Zuschauer sich für diese Auseinandersetzung interessierten. Viele kannten Paul Schuster noch, den herrischen Unternehmer, den großzügigen Mäzen, den strengen Arbeitgeber, den geselligen Menschen dieser Stadt.

Horst und Elisabeth hatten sich eingefunden, mehr froh darüber, dass Susanne wiederaufgetaucht war. In einer Ecke entdeckte Joachim auch Martin Winkler, seinen Kontrahenten, der offenbar nicht zu erkennen geben wollte, dass er mit Natalie unter einer Decke steckte. Ein paar Pressevertreter hofften auf Schlagzeilen für die morgige Ausgabe ihrer Zeitung.

Als der Richter wieder das Wort ergriff, schaute Joachim nach vorne. »Dann zeigen Sie dem Gericht mal Ihre Beweise, Frau Meyer.«

Natalie trat nach vorne und händigte dem Richter eine Urkundenrolle aus.

»Eine Urkunde?«

»Ja, eine Urkunde. Sie befand sich im Safe des Hauses von Herrn Schuster.«

»Und zu diesem Safe haben Sie einen Schlüssel?«

»Nicht direkt.«

»Wie, nicht direkt?«

»Der Schlüssel lag in einer Truhe. Diese Truhe ruhte seit ewigen Zeiten auf dem Grund des Teiches hinter ihrem Haus.«

»Und diese Truhe haben Sie einfach so gefunden? Zufällig? Beim Schwimmen?«, ulkte der Richter.

Natalie zögerte. »Ich wollte den Teich ablassen, um ihn zu reinigen, und da …«

»Einspruch, Euer Ehren«, rief Joachim dazwischen. »Das ist gelogen. Die Reinigung des Teiches war gar nicht ihre Aufgabe. Außerdem musste er gar nicht gereinigt werden.«

»Doch, er musste«, fuhr ihm Artur in die Parade.

Joachim sah ihn betroffen an.

»Er war ganz schön schmutzig. Die armen Fische. Er musste gereinigt werden. Aber nicht von Frau Meyer. Das war in der Tat nicht ihre Aufgabe.«

Der Richter zweifelte. »Sie können aber nicht widerlegen, dass Frau Meyer trotzdem den Teich reinigen wollte, auch wenn es nicht ihre Aufgabe war, oder?«

Joachim setzte sich wieder.

»Fahren Sie fort, Frau Meyer.«

Natalie wagte einen triumphierenden Blick in Richtung Joachim.

»Frau Meyer?«, sagte der Richter.

»Ja, ja, Herr Richter. Jedenfalls habe ich im Teich das Ventil gesucht und bin dabei an einen Stein gestoßen.«

Wie zum Beleg wollte sie dem Richter ihr angeblich geschwollenes Knie zeigen, doch Herr Kempf wehrte ab.

»Ich dachte, unter dem Stein sei das Ventil und habe ihn angehoben.«

»Er war nicht zu schwer? Vielleicht lag ja irgendwo eine Eisenstange. Zufällig natürlich.«

»Doch, er war schon schwer, aber irgendwie habe ich es geschafft. Doch statt des Ventils befand sich unter dem Stein diese Truhe.«

»Selten so einen Unfug gehört«, rief Joachim dazwischen.

Rosso legte seine Hand auf Joachims Arm und flüsterte ihm etwas ins Ohr. Der Richter warf ihm einen bösen Blick zu. Auch Mimo sah ihn böse an und knurrte.

»Und dann haben Sie einfach so beschlossen, diese Truhe an sich zu nehmen, die Ihnen gar nicht gehört?«

Natalie nickte. »Ja, okay. Das war vielleicht nicht ganz in Ordnung. Aber ich fand das doch sehr ungewöhnlich und wollte Herrn Schuster diese Truhe zeigen, wenn er von der Arbeit kommt.«

»Dann haben Sie aber doch selbst hineingeschaut«, rügte der Richter.

»Als ich die Truhe zum Haus trug, stolperte ich über den Absatz an der Terrasse. Die Truhe fiel hin, sprang auf und der Schlüssel fiel auf den Boden.«

»Abenteuerlich«, rief Joachim dazwischen.

»Herr Schuster, ich bitte Sie«, warf ihm der Richter erneut einen scharfen Blick zu.

Joachim lehnte sich resigniert zurück.

»Und dann haben Sie den Schlüssel an sich genommen?«, fragte der Richter weiter.

»Emilie, die Mutter von Herrn Schuster, war wach geworden, als der Schlüssel zu Boden fiel. Als ich ihr den Schlüssel zeigte, strahlte sie.

Joachim schüttelte den Kopf.

»Ja und?«, fragte der Richter.

»Sie nahm mir den Schlüssel aus der Hand, verließ ihre Wohnung, ging zum Werkraum, und ich folgte ihr.«

»Das heißt, sie hat ihnen den Weg zum Safe gezeigt, zu dem dieser Schlüssel passte?«

»Genau.«

»Kennen Sie den Safe, Herr Schuster?«, wandte sich der Richter nun an Joachim.

Dieser schreckte auf. »Äh, nein. Das ist wohl der Safe meiner Eltern. Mir war seine Existenz nicht bekannt.«

»Fahren Sie fort, Frau Meyer.«

»Nun, der Safe befindet sich hinter einem Gemälde mit einem hässlichen Hirsch und …«

»Ersparen Sie uns Einzelheiten über den Hirsch. Das tut hier nichts zur Sache.«

»Also, ich habe den Safe geöffnet. Darin befand sich eine Schmuckschatulle, die Emilie direkt an sich nahm und mit ihr den Raum verließ. Alles andere schien sie nicht zu interessieren.«

»Alles andere?«

»Ich war schon sehr überrascht, was ich da entdeckt habe.«

»Was denn?«

Natalie holte einen Stapel Papiere aus ihrer Tasche und trug sie aufreizend langsam nach vorne. »Diese Schriftstücke beweisen eindeutig, dass Paul Schuster, der Vater von Joachim Schuster, in einen Betrug verwickelt war. Er hat nicht nur Patente geklaut. Er hat auch die Kassen betrogen. Es geht um Millionen, Herr Richter.«

Richter Kempf nahm sich Zeit, die Papiere durchzublättern. »Das sind schwere Vorwürfe. Wir werden die Echtheit der Papiere prüfen. Herr Schuster, was sagen Sie dazu?«

Joachim wollte sich erheben, doch Rosso kam ihm zuvor.

»Herr Silva, sollten wir nicht mal den Kläger zu Wort kommen lassen?«

»Gestatten Sie, dass ich das für ihn übernehme. Er ist innerlich sehr aufgewühlt, verstehen Sie.«

Der Richter nickte wohlgefällig.

Rosso hatte Glück, dass ein guter Freund des Richters bei der Polizei beschäftigt war und den ulkigen Detektiven aus früheren Zeiten kannte, was Rosso offenbar nicht zum Nachteil gereichte. Er musste dem Richter von wahren Heldentaten geschwärmt haben, als dieser ihm erzählt hatte, dass ein gewisser Detektiv Artur Silva den Kläger in diesem Prozess als Rechtsbeistand begleitet hatte. Außerdem hatte Rosso dem Polizisten in einer brenzligen Situation geholfen.«

Ich will mal Gnade walten lassen«, lächelte der Richter und Rosso lächelte zurück. »Nun, kehren wir zur Sache zurück. Ich höre?«

Rosso ging ein paar Meter auf und ab, ehe er sich räusperte, erst Natalie anblickte, die seinen Blick genervt erwiderte, dann Joachim aufmunternd zunickte und schließlich zum Richter sah. »Ich kann die Echtheit der Papiere, die Frau Meyer vorgelegt hat, nicht beurteilen. Vielleicht sind sie echt, vielleicht hat sie recht.«

Natalie schmunzelte.

»Paul Schuster ist tot. Es mag sein, dass er Dinge getan hat, die nicht rechtens waren. Aber was bringt es uns, einen Toten zu verurteilen?«

»Was ist mit seinem Sohn, mit Joachim?«, rief nun Natalie dazwischen und erwirkte einen rügenden Blick des Richters. »Der wusste doch davon!«

»Was erst noch zu beweisen wäre«, sagte Richter Kempf. »Herr Silva, fahren Sie fort.«

»Danke, Herr Richter. Sehr viel gravierender als mögliche Machenschaften eines Toten, von denen nach meinem Kenntnisstand sein Sohn nichts wusste, der im Übrigen hier als Kläger und nicht als Angeklagter sitzt, sind doch Machenschaften von Lebenden.«

Der Richter schaute ihn überrascht an. »Welche Machenschaften von welchen Lebenden denn, Herr Silva?«

»Ich kann beweisen, dass eben jene Natalie Meyer, die hier so schwere Anklage erhebt, selbst in einen Abrechnungsbetrug verwickelt ist.«

Natalie sprang auf.

»Oh, das sieht nach Gegenangriff aus«, sagte Kempf und deutete Natalie, sich wieder hinzusetzen. »Da bin ich mal gespannt.«

»Frau Meyer ist Teil einer Schleuserbande, die sich als mobiler Pflegedienst ausgibt. Dieser Dienst schleust illegal osteuropäische Frauen ein, vermittelt sie an private Pflegepatienten, kassiert doppelt und betrügt die Kassen. Entführung, Verschleppung, Freiheitsberaubung, Betrug.«

Natalie war kreidebleich geworden. Als sie sich Artur Silva genauer betrachtete, schien sie den alten Herrn wieder zu erkennen, dem sie eine Pflegekraft vermittelt hatte. Sie glaubte zu träumen. Dass es kein Traum war, sondern ein Albtraum, wurde ihr klar, als Artur seine Zeugin aufrief.

Svetlana wurde hereingeführt, an ihrer Seite Tonia.

»Nun?«, fragte Richter Kempf neugierig und bat die beiden Frauen in den Zeugenstand.

Tonia redete auf Svetlana ein und schien ihr zu erklären, worum es hier geht.

»Dann erzählen Sie mal, was Ihnen zugestoßen ist.«

»Einspruch, euer Ehren«, rief der Anwalt, der Natalie begleitete. »Uns sind diese Zeugen überhaupt nicht bekannt. Können Sie sich überhaupt ausweisen?«

Tonia ging zum Richtertisch und legte ihren Ausweis vor.

»Herr Silva, den ich seit langem kenne, hat mich gebeten, als Dolmetscher zu fungieren. Ich komme aus Rumänien, bin aus einer Aussiedlerfamilie und seit langem hier in Senningen ansässig«.

Der Richter nickte, als er ihre Adresse las.

»Ich arbeite in der Gastronomie und wohne in der Stadt.«

»Das kann ich bestätigen«, schmunzelte Kempf und dachte an sein letztes kühles Bierchen, das er auf dem Marktplatz genossen hatte. Tonia hatte ihn bedient.

»Svetlana stammt auch aus Osteuropa. Sie wurde hierher verschleppt«, sagte Tonia. »Aber sie kann Ihnen ihre Geschichte selbst erzählen.«

Bevor der Anwalt von Natalie etwas sagen konnte, fragte sie der Richter: »Kennen Sie das junge Mädchen, Frau Meyer?«

Natalie schaute verlegen unter sich und gab keine Antwort.

»Wenn ich Sie unter Eid nehme, müssen Sie etwas sagen«, mahnte Kempf. »Am besten die Wahrheit.«

Svetlana breitete in aller Ausführlichkeit aus, wie sie in einer kleinen Stadt zunächst auf dem Marktplatz dem geheimnisvollen Mann begegnet war, der Frauen für den Pflegedienst in Deutschland anwarb. Zunächst hatte sie dem Ganzen keine weitere Beachtung geschenkt, hatte ihre Einkäufe auf dem Markt getätigt und sich dann eine kleine Pause auf einer Parkbank gegönnt. Dort hatten sie zwei Männer angesprochen. Sie hatten ihr ein Leben in Deutschland versprochen, einen tollen Job und hatten sie um den Finger gewickelt. Erst mal zur Probe, für ein paar Wochen. Alles freiwillig.

Sie hatte mit ihrer Familie darüber gesprochen, gezweifelt, nachgedacht. Schließlich war sie zwei Tage später zu der mit den Männern vereinbarten Stelle gegangen. »Wenn du dabei bist, kannst du kommen. Wenn nicht, dann bleibst du hier in deinem trostlosen Leben«, hatten sie ihr gesagt.

Als sie am Treffpunkt eingetroffen war, hatte sie zu ihrer Verwunderung festgestellt, dass sich auch eine Reihe anderer Mädchen dort eingefunden hatten. Die Männer nahmen ihr den Ausweis ab und drängten sie mit den anderen Mädchen in den Fonds eines Lieferwagens. Der Wagen setzte sich irgendwann in Bewegung und fuhr stundenlang durch die Nacht.

Schließlich hielt er auf einer Raststätte kurz vor der Grenze an. Während der eine Mann sie in Schach hielt, machte sich der zweite Mann im Lieferwagen zu schaffen. Als sie wieder einstiegen, waren im Fond einige Kisten aufgetürmt. Der zweite Mann hob den Boden des Fahrzeugs an, unter dem ein Hohlraum sichtbar wurde und deutete den Frauen an, sich dort hinein zu begeben. Dann schloss er den Boden, stapelte die Kisten mit der Aufschrift Plodove darüber und schloss den Wagen ab.

Svetlana stoppte kurz in ihrer Schilderung und holte tief Luft, so als säße sie in dem dunklen Verließ unter dem Fahrzeugboden.

Im Gerichtssaal hätte man eine Stecknadel fallen hören können.

Svetlana hörte, dass der Lieferwagen weiterfuhr, irgendwann anhielt und ein Stimmengewirr entstand. Männer öffneten den Wagen, rückten die Kisten, redeten und schlossen den Wagen wieder. Dann fuhren sie weiter. Es war stickig in dem engen Gefängnis und es schien eine Ewigkeit zu vergehen, bis irgendwann der Wagen wieder anhielt, die Tür sich öffnete, Kisten geschoben und der Boden geöffnet wurde. Es war wieder dunkle Nacht, als die Frauen aus ihrem Versteck befreit, aber im Fahrzeug verblieben, während die beiden Männer an dieser Raststätte offenbar eine Pause machten.

Die Teilnehmer der Gerichtsverhandlung lauschten gebannt der Schilderung. Richter Kempf musterte die junge Frau aufmerksam. Sie schien ihm sehr glaubwürdig zu sein. Warum sollte sie auch lügen?

»Was geschah dann, Frau Svetlana?«

Tonia nickte ihr aufmunternd zu, und die junge Osteuropäerin fuhr fort.

»Von der Raststätte ging die Fahrt weiter bis zu einer Hütte im Wald«, übersetzte Tonia. »Dort übergaben die beiden Männer ihre Fracht an andere Männer. Sie mussten in der Hütte bleiben, bis ein weiteres Fahrzeug sie abholte. Einer der Männer redete Deutsch, ein zweiter konnte Russisch und machte ihnen deutlich, warum sie hier seien. Sie würden zu alten Menschen als Hilfskraft vermittelt, um denen im Haushalt zu helfen. Dafür dürften sie dort wohnen und schlafen und bekämen am Ende Geld dafür.«

Svetlana schilderte, wie sie anschließend von einer Frau – dabei zeigte sie auf Natalie – zu einer Privatwohnung gefahren wurde, um dort als Hilfskraft einem alten Mann – Artur zuckte bei dieser Bezeichnung – zur Verfügung zu stehen.

Als Svetlana ihre Schilderung beendete, entstand betroffenes Schweigen.

»Sie wollen damit sagen, dass es sich dabei um die hier anwesende Natalie Meyer handelte?«, durchbrach der Richter die Stille.

Svetlana nickte.

»Nun, wir werden natürlich den Wahrheitsgehalt dieser Räuberpistole und natürlich auch die Herkunft von Frau Svetlana überprüfen. Wären Sie bereit, Ihre Aussage zu beeiden?«

Als Tonia übersetzte, nickte Svetlana entschlossen.

Kempf sah zu Natalie. »Frau Meyer, was sagen Sie dazu?«

Natalie schwieg.

»Diese Frau lügt«, ereiferte sich ihr Anwalt. »Sie ist von Herrn Schuster gekauft.«

»Nun mal langsam, Herr Kollege«, beruhigte Kempf. »Wir werden das alles überprüfen.«

Er bemerkte, wie Natalie einen verstohlenen Blick in die letzte Reihe der Zuschauerbänke warf. Martin Winkler blickte versteinert vor sich hin und rutschte immer tiefer von seinem Stuhl, als würde ihn dann keiner mehr sehen.

»Nun gut, dann müssen wir uns vertagen, bis wir die Richtigkeit der Aussagen dieser Frau überprüft haben«, sagte der Richter. »Ich schlage vor …«

»Moment«, unterbrach ihn Natalies Anwalt.

Kempf sah ihn an.

»Es gibt einen Punkt, über den wir auch reden müssen.«

»Welchen Punkt? Ihre Mandantin wird des Gaslightings bezichtigt. Dem wird das Gericht nachgehen müssen. Dann reden wir plötzlich über Schleuserkriminalität. Was denn noch?«

Der Richter blätterte sichtlich desorientiert in seinen Unterlagen.

»Meine Mandantin hat Beweise, dass Paul Schuster nicht nur betrogen hat«, holte Natalies Anwalt zum nächsten Gegenschlag aus. »Die Mutter meiner Mandantin, Maria Weiherstätt, wurde von Paul Schuster vergewaltigt und umgebracht. Sie hat keinen Selbstmord begangen.«

Ein Raunen ging durch den Saal.

»Natalie Meyer ist die Tochter von Paul Schuster. Ihr Halbbruder Joachim ist nachweislich erkrankt und nicht zurechnungsfähig. Damit ist sie die rechtmäßige Erbin des Unternehmens und hat Anspruch auf den Familienbesitz.«

Im Gerichtssaal entstand ein Tumult. Auch Joachim sprang auf und wollte sich auf Natalie stürzen. Artur und Susanne, die nach vorne eilte, hielten ihn nur mit Mühe zurück. Mimo stellte sich ihm in den Weg und kläffte entschlossen.

»Ruhe bitte, Ruhe!«, rief der Saaldiener.

Richter Kempf klopfte auf den Tisch. »Die Sitzung ist vertagt.«

58

Es war Mittag geworden. In der Stadt tummelten sich die Menschen. Die einen strichen hektisch von einem Geschäft zum nächsten, um in der Mittagspause keine Zeit zu verlieren und die notwendigen Einkäufe zu erledigen. Andere schlenderten gemütlich mit einem Eis in der Hand und genossen die wärmende Sonne. In den Cafés waren kaum noch Plätze frei. Die drei Schulfreunde hatten gerade noch ein schattiges Plätzchen gefunden, an dem sie alles überblickten und gleichzeitig in Ruhe reden konnten.

»Das sind schwere Vorwürfe«, sprach Rosso vor sich hin, während Joachim und Susanne wortlos daneben saßen.

»Natalie soll meine Schwester sein?«, fragte Joachim bestürzt.

»Halbschwester«, korrigierte Susanne, machte es dadurch aber auch nicht besser.

»Ja, Halbschwester. Ich glaube einfach nicht, dass mein Vater so etwas getan hat. Vergewaltigung, Mord. Das stellt alle anderen Vorwürfe mehr als in den Schatten.«

Verbittert nippte er an seinem Kaffee, der fade schmeckte.

»Was tun wir nun?«, fragte Joachim. Susanne sah ihn ratlos an.

»Mich überraschen die Vorwürfe nicht«, schmunzelte Rosso.

Auch die Gesichtszüge von Mister Mops schienen ein Schmunzeln erkennen zu lassen, so als sei er eingeweiht in das, was sein Herrchen wusste.

»Was?«, riefen Joachim und Susanne unisono und starrten den Detektiv an.

»Ihr habt richtig gehört. Mich überraschen die Vorwürfe nicht. Ich habe damit gerechnet.«

»Wieso? Warum hast du nichts gesagt?«

»Es war meine Absicht, dass ihr das nicht vorher wisst. Ihr

hättet auf den Vorwurf des Anwalts völlig anders reagiert, wenn ihr vorher Bescheid gewusst hättet. Eure Empörung hat den Richter beeindruckt. Sie war nicht gespielt, sie war echt. Ich glaube, er weiß, dass ihr von all dem keine Ahnung habt. Weder vom Vorwurf der Manipulation durch deinen Vater, Joachim, noch vom schwerwiegenderen Vorwurf der Vergewaltigung, der Vaterschaft und des angeblichen Mordes an Natalies Mutter.«

Joachim schaute ihn verdutzt an.

Rosso fasste ihn an den Schultern. »Hör zu. Glücklicherweise hat mich deine Mutter zu dem ominösen Safe in eurem Haus geführt.«

»Emilie? Also gibt es den Safe, von dem im Gericht die Rede war?«, flüsterte Susanne überrascht.

»Ja, den Safe gibt es. Er befindet sich hinter dem Hirsch, also dem tollen Gemälde im Werkraum. Auch ohne Schlüssel ist es mir gelungen, den Safe zu öffnen.« Rosso grinste. »In der Schule hat mich das eine Mathe-Arbeit gekostet, weil ich bei der Wahrscheinlichkeitsrechnung nicht aufgepasst, sondern lieber das Öffnen von Schlössern geübt habe. Die Wahrscheinlichkeit, Schlösser, insbesondere an einem Safe, öffnen zu können, war viel größer als eine gute Note in der Mathearbeit.«

»Ja, und weiter?«, drängte Joachim seinen Schulfreund und erinnerte sich an das hässliche Bild an der Wand im Werkraum.

Rosso lehnte sich provokativ zurück und nahm einen Schluck aus seiner Kaffeetasse. Dann stellte er sie zurück, rührte ein Stück Zucker hinein und räusperte sich.

»Nun, in dem Safe befanden sich in der Tat neben einem dicken Geldbündel eine Papierrolle, in der sich eine Geburtsurkunde und ein Vaterschaftstest befanden. Außerdem eine Dokumentenmappe mit notariellen Verträgen über den Immobilienbesitz deines Vaters.«

»Also stimmen die Vorwürfe.«

Wieder grinste Rosso. »Beruhige dich Joachim, alles wird gut.«

»Wie? Alles wird gut? Was ist los?«

»Beruhige dich! Ich erzähle euch jetzt alles haarklein und schlage dir dann eine Strategie für den nächsten Gerichtstag vor.«

Die Hektik war aus der Stadt verschwunden, als sich Rosso, Joachim und Susanne nach ungezählten Tassen Kaffee endlich erhoben, das Café verließen und auseinandergingen. Die Menschen waren längst wieder in ihren Büros verschwunden. Eine leichte Sommerbrise wehte über den zentralen Platz.

Rosso schob seinen Astralkörper in die alte Limousine, die keinen ökologischen Ansprüchen gerecht wurde, weder ihn noch das Klima schützte und glücklicherweise noch nicht von Klimaaktivisten entdeckt worden war. Er warf den Motor an und tuckerte in seine Mansardenwohnung zurück. Dahin gönnte er sich sogar einen kleinen Umweg und steuerte die Waschstraße an, um endlich mal wieder unterscheiden zu können, welche Flecken am Auto auf Schmutz und welche auf Rost zurückzuführen waren.

Lässig kurbelte er die Scheibe nach unten, löhnte nach einem kurzen Smalltalk das Kleingeld und fuhr in die Waschstraße ein. Entspannt schaltete er das Fahrzeug aus, legte den Leerlauf ein, lehnte sich zurück und blickte auf sein Handy, als ein Schwall klebrigen und schäumenden Wassers durchs Fahrzeug schoss und sein Gesicht durchnässte. Rosso schüttelte sich kurz, bis er merkte, dass er vergessen hatte, das Seitenfenster wieder zu schließen.

Jaulend schüttelte sich der vollkommen durchnässte Mister Mops auf dem Beifahrersitz und wirbelte das klebrige Reinigungswasser durch den Wagen.

Leider ersparte ihm diese unerwartete Dusche nicht die richtige Dusche, denn Schweiß zog sich wie eine zweite Haut über ihn, und das zerknitterte Hemd klebte an seinem Rücken.

In seiner Wohnung angekommen, hatte er den feuchten

Zwischenfall schon wieder vergessen. Zufrieden entledigte er sich der Textilien, stellte sich unter den Strahl der Dusche und ließ sich minutenlang bewegungslos berieseln. ›Mein Gott‹, dachte er. ›Hätte ich gedacht, dass ich jemals einen solchen Fall aufkläre‹.

Nach der Dusche kleidete er sich in einen bequemen Frotteemantel, trocknete seinen Hund, entzündete genüsslich seine Pfeife und dachte über das Geschehen nach.

Eifrig kritzelte er unleserliche Notizen in seinen Block und brachte die nächsten Schritte zu Papier. ›Hasta la vista, du alter Pfundskerl‹ prostete er sich schließlich mit einem Glas Rotwein zu, nahm einen großen Schluck, den er im Mund von links nach rechts und von rechts nach links schwenkte und wartete auf den nächsten Tag, während der kleine Mops die Sonderration in seinem Napf genoss, die er sich wahrlich verdient hatte.

59

»Ruhe bitte!«

Über dem Gerichtsgebäude hatten sich dunkle Wolken zusammengezogen, so als sollte sich ein kräftiges Gewitter ausschließlich hier ausregnen. Passend zu dem Donnergrollen im Gerichtsgebäude. Das Grummeln übertönte das friedliche Plätschern des kleinen Brunnens auf dem Vorplatz des Gerichts. Drinnen merkte keiner, dass es heftig zu regnen begann und Blitze durch den Tag zogen.

»Ruhe bitte! Ich bitte um Ruhe!«

Richter Kempf hatte Mühe, den Saal zur Ruhe zu bringen. Als er zu Beginn der Sitzung noch einmal den Stand der Dinge Revue passieren ließ und am Ende erneut die Vorwürfe von Natalies Anwalt ansprach, war das gleiche Stimmengewirr aufgebrochen wie zum Ende der letzten Sitzung.

Das Senninger Tageblatt hatte den Aufmacher diesem ungeheuerlichen Vorwurf gewidmet. Paul Schuster. Ein Vergewaltiger, Mörder und Betrüger?

Joachim war erschüttert. Eigentlich war er doch der Kläger, war er das Opfer. Davon war keine Rede. Mit Gaslighting konnte offenbar kein Journalist etwas anfangen. Stattdessen stand nun das Todesurteil über seine Familie in breiten Lettern in den Zeitungen.

Allmählich beruhigten sich die Zuhörer, Stille kehrte ein. Trotz der Schlagzeilen saß Joachim nun erstaunlich ruhig und gelassen neben seinem Schulfreund Artur Silva alias Rosso. Verstohlen und fixierend schaute Natalie zu ihnen herüber, beunruhigt über die zur Schau getragene Gelassenheit der Gegenseite.

»Nun«, durchbrach der Richter die Stille. »Das sind schwere Vorwürfe, Herr Anwalt. Aber ich nehme an, Sie erheben diese Vorwürfe nicht ohne entsprechende Beweise.«

»Natürlich, Herr Richter«, beeilte sich Natalies Anwalt

zu antworten und zog eine Papierrolle hervor. Er entnahm ihr mehrere Papiere und reichte sie dem Richter. »Dieses beglaubigte Schreiben bestätigt die Schwangerschaft von Maria Weiherstätt und liefert den Nachweis, dass Paul Schuster der Vater von Marias Tochter ist, also meiner Mandantin Natalie Meyer.«

»Warum heißt sie nicht auch Weiherstätt?«

Jetzt erhob sich Natalie. »Meine Mutter war mit Peter Weiherstätt verheiratet, aber nur kurz. Sie gab mir ihren Mädchennamen.«

»Und dieser Peter Weiherstätt ist nicht Ihr Vater?«

»Nein, Herr Richter«, sagte nun der Anwalt wieder. »Wie Sie den Papieren entnehmen können, ist Paul Schuster der Vater und meine Mandantin das Ergebnis einer Vergewaltigung.«

»Dieser vermeintliche Nachweis ist aber kein Beleg für eine Vergewaltigung«, wandte der Richter ein. »Dieses, sagen wir mal, zwischenmenschliche Techtelmechtel zwischen Paul Schuster und Maria Weiherstätt, sofern es stattfand, könnte ja auch freiwillig passiert sein.«

»Wir haben eine Zeugin für die Vergewaltigung.«

»Eine Zeugin?«, fragte Kempf überrascht und sah prüfend zu Joachim Schuster, der nach wie vor ungerührt neben Artur saß.

Zwischenzeitlich hatte auch Mister Mops wieder neben Artur Platz genommen, nachdem Susanne mit ihm kurz vor der Tür war. »Eine Zeugin der Vergewaltigung?«, fragte der Richter noch einmal.

Natalies Anwalt trat einen Schritt vom Richterstuhl zurück und blickte triumphierend in den Saal. »Ich bitte darum, die Zeugin Katja Schuster in den Zeugenstand zu rufen.«

Jetzt zuckte Joachim zusammen. Katja Schuster? Tante Katja? Die verstoßene Schwester seines Vaters?

Der Saaldiener öffnete die Tür und ließ eine abgemagerte Frau hereintreten, die mit hohlem Blick und unsicherem Schritt durch den Gerichtssaal schlurfte.

Wenn Joachim seine Mutter Emilie in ihren letzten lichten Tagen nach ihr gefragt hatte, war sie ihm stets ausgewichen. Angeblich sei Katja vor längerer Zeit in einer Drogenentzugsklinik gestorben. Joachim hatte sie längst vergessen und für tot gehalten. Nun stand sie vor ihm. Leibhaftig. Sie wich seinem Blick aus. Dunkel erkannte er ihre Gesichtszüge. In seiner Studentenzeit hatte er sie besucht in einer kümmerlichen Sozialwohnung in der Stadt. Als sein Vater davon erfahren hatte, hatte er ihm den Umgang mit Katja verboten. Irgendwann hatte es geheißen, sie sei in eine Entzugsklinik eingewiesen worden.

Öfters war Joachim früher auf dem Weg zur Schule an der Klinik vorbeigefahren, hatte angehalten, gezaudert und war weitergefahren. Nur einmal war er tatsächlich ausgestiegen. Als er am Besuchsschalter nach Katja Schuster gefragt hatte, erntete er irritiertes Achselzucken. Eine Katja Schuster war keinem bekannt. Wie konnte das sein? Er hatte es vermieden, seinen Vater nach der Stiefschwester zu fragen und hatte die Sache schließlich auf sich beruhen lassen. Danach hatte er seine Tante nie mehr zu Gesicht bekommen.

Bis heute. Hier im Gerichtssaal.

Sie sah sich zögernd um, bis Natalies Anwalt auf sie zuging und aufmunterte, im Zeugenstand Platz zu nehmen.

Der Richter musterte die Zeugin nachdenklich. »Sagen Sie uns Ihren Namen und woher Sie kommen?«

Katja schwieg und blickte unsicher zu Natalie, die aufmunternd nickte.

»Ich bin Katja. Katja Schuster, die jüngere Schwester von Paul Schuster, also seine Halbschwester, die Tante von Joachim Schuster.«

Ein Raunen ging durch den Saal.

»Halbschwester?«

»Ja, der Vater von Paul und mir hatte eine Affäre mit meiner Mutter.«

»Ich verstehe. Und weiter?«

»Mary war meine beste Freundin.«

»Sie meinen Maria Weiherstätt?«

Katja nickte.

»Erzählen Sie von ihrer Freundschaft.«

Katja fasste Mut.

»Wir waren damals eine wilde Clique, Sie wissen schon. Hippiezeit. 70er Jahre eben.«

Der Richter nickte, als wäre er selbst auch langhaarig mit Joint durch die Kneipen gezogen. Vorstellen konnte man sich das freilich nicht.

»Wir waren unbekümmert, frei und hatten viel Spaß«, geriet Katja ins Schwärmen, während ihre Stimme immer wieder stockte und kurzzeitig versagte. »Mit Mary, äh Maria freundete ich mich am meisten an. Wir verbrachten auch ohne die Clique viel Zeit miteinander.«

»Ein unkonventionelles Leben als Schwester eines bekannten und erfolgreichen Unternehmers«, unterbrach sie der Richter.

Katjas Blick trübte sich ein. »Paul war mein Stiefbruder. Er hat mich nie akzeptiert als Teil der Familie. Als unsere Eltern starben, machte er kurzen Prozess. Er schmiss mich aus dem Haus.«

»Und dann?«

»Ich fand Unterschlupf bei Maria in der kleinen Sozialwohnung, in der sie mit ihrer Mutter lebte, bis diese starb. Sie war froh, eine Freundin zu haben.«

»Wusste Ihr Bruder davon?«

»Er kannte die Leute unserer Clique. Irgendwann, als wir mit der Clique durch die Kneipen zogen, sah ich ihn am Tresen stehen. Ich wollte umkehren, doch die anderen hatten längst von einem Tisch Besitz ergriffen und Bier bestellt. Ich sah, wie er Maria ansprach, während wir uns auf der Tanzfläche vergnügten. Ich wäre gerne hingegangen, hätte sie weggezerrt.«

»Aber?«

»Aber ich wollte nicht, dass Paul mich sieht. Ich hatte Angst vor ihm.«

Katja schnäuzte in ihr Taschentuch.

»Kam es dort zur Vergewaltigung?«, fragte der Richter unbeeindruckt.

»Ich habe nur gesehen, dass er sich angeregt mit Maria am Tresen unterhalten und ihr Champagner eingeschenkt hat.«

»Ja, und weiter nichts?«

»Irgendwann sah ich sie auch auf der Tanzfläche und dann waren sie in der Toilette verschwunden.«

»In der Toilette?«

»Ich machte mir Sorgen um Maria, als sie nicht mehr auftauchte. Die anderen aus der Clique wiegelten ab. ›Die hat sich bestimmt einen Lover geangelt‹, lachten sie und zogen weiter in die nächste Kneipe. Doch ich suchte Maria und fand sie schließlich gekrümmt am Waschbecken in der Toilette. Sie blutete und krümmte sich vor Schmerzen. Ich brachte sie mühsam nach Hause, legte sie ins Bett. Sie heulte wie ein Schlosshund, beruhigte sich gar nicht mehr.«

Der Richter ließ die Pause zu, die entstand, als Katja nicht mehr weiterredete. Kempf beobachtete die Zeugin, wie sie zitternd auf ihrem Stuhl rutschte, als habe sie einen Entzug.

Nervös kratzte sie sich am Unterarm.

Dann hob er den Blick und nickte Silva zu, der sich erhob.

»Sehen Sie mich an, Frau Schuster«, trat er vor Katja und ließ ihr Zeit, sich zu beruhigen.

Katja blickte hoch.

»Wenn ich Sie richtig verstehe, haben Sie Ihre Freundin munter plaudernd, tanzend und trinkend mit Paul Schuster in der Kneipe gesehen? Die beiden haben sich amüsiert?«

»Glücklich sah Mary nicht aus«, erwiderte sie.

»Sie hat sich aber nicht zur Wehr gesetzt oder um Hilfe gerufen?«

Katja schüttelte den Kopf.

»Einspruch, euer Ehren«, rief Natalies Anwalt dazwischen. »Was hat das mit der Vergewaltigung zu tun?«

»Sehr viel, Herr Anwalt«, entgegnete Rosso.

»Einspruch abgelehnt«, sagte Kempf. »Fahren Sie fort, Silva.«

»Sehr viel, Herr Anwalt, sehr viel«, wiederholte Rosso. »Beide haben getrunken, gelacht. Hatten offensichtlich Spaß. Dann waren sie verschwunden. Wohin? Die Zeugin hat nicht gesehen, dass Paul Schuster ihre Freundin in die Toilette gezerrt hat. Sie hat nicht gesehen, was dort angeblich passierte. Als sie ihre Freundin fand, war diese allein. Paul Schuster war nicht dabei. Es kann also durchaus sein, dass er das Lokal verlassen hat, als Maria die Toilette aufsuchte, und sie sich einfach nur elend gefühlt hat, weil sie betrunken war.«

»Das ist doch aberwitzig«, konterte Natalies Anwalt. Ein Blick des Richters genügte und der Anwalt nahm wieder Platz.

»Das stimmt nicht, sie wurde vergewaltigt. Sie hat geblutet«, rief jetzt Katja aus dem Zeugenstand.

Der Richter ließ den Dialog zu.

»Sie hatte Verletzungen im Intimbereich. Der Arzt, der sie untersuchte, bestätigte später ihre Schwangerschaft.«

»Das mag ja alles sein«, beruhigte Artur, während Mister Mops selig seinem Herrchen lauschte. »Aber sie haben nicht gesehen, dass Herr Schuster Ihre Freundin vergewaltigt hat.«

Katja blickte suchend zu Natalie. »Er hat es getan. Schließlich hat er auch mich vergewaltigt wie eine Nutte. Mich, seine Halbschwester.«

Mimo bellte kurz, doch es genügte, um sich einen strafenden Blick des Richters einzuhandeln. Reumütig legte er den Kopf zurück auf den gepolsterten Stuhl.

Katja brach weinend zusammen. Doch Artur hakte nach und der Richter ließ ihn gewähren.

»Sie wollen also sagen, dass Ihr Stiefbruder nicht nur Ihre Freundin, sondern auch Sie vergewaltigt hat? Ist das nicht alles ein bisschen viel Vergewaltigung?«

Katja wollte etwas sagen, doch Artur ließ sie nicht zu Wort kommen.

»Deshalb kann es gar nicht anders sein, als dass er auch Ihre Freundin vergewaltigt hat? Kann es sein, dass Sie ein Trauma mit sich herumtragen und hinter jeder Begegnung zweier Menschen beiderlei Geschlechts eine Vergewaltigung sehen?«

»Einspruch, euer Ehren«, rief der Anwalt. »Frau Schuster ist Zeugin, nicht Angeklagte.«

»Einspruch stattgegeben. Herr Silva, zur Sache. Das sind Mutmaßungen.«

»Entschuldigung, euer Ehren.« Artur ging auf und ab.

»Wenn das stimmt, was Frau Schuster sagt, dass nämlich ihr Stiefbruder sie vergewaltigte, was nicht mehr zu beweisen ist, dann hat sie natürlich großen Groll, ja Hass auf ihren Stiefbruder. Er hat sie offenbar behandelt wie den letzten Dreck und nicht als Familienmitglied akzeptiert.«

»Worauf wollen Sie hinaus, Herr Silva?«, fragte Richter Kempf.

Artur fuhr fort. »Dann hat er auch noch mit ihrer Freundin geflirtet und gefeiert, ob mehr, wissen wir nicht. Ist es da nicht auch denkbar, dass sie ihren Halbbruder aus Hass belasten will? Ihm eine Vergewaltigung in die Schuhe schiebt, weil die angebliche Vergewaltigung an ihr ungesühnt blieb? Rache?«

»Einspruch, euer Ehren. Das geht entschieden zu weit. Sehen Sie sich die Zeugin an. Sie sieht nicht aus, als habe sie sich das alles nur ausgedacht.«

Der Richter beugte sich nach vorne. »Ich sehe die Zeugin sehr genau, Herr Anwalt.«

Während er Artur stets beim Namen nannte, sagte er zu seinem Gegenüber nur Anwalt. Ein Indiz, wem das Wohlwollen des Richters galt? »Keiner vermag auszuschließen, dass der Zeugin Schlimmes widerfahren ist. Aber Zeugin einer Vergewaltigung war sie offenbar nicht. Die Beweislage scheint mir sehr dünn zu sein. Im Übrigen leidet sie massiv unter Entzugserscheinungen.«

Zitternd verließ Katja den Zeugenstand. Ohne einen Blick nach links oder rechts zu werfen, ließ sie sich von einem Justizbeamten hinausbegleiten. Eine Zeugin ohne Wert.

Der Richter zögerte und überlegte, wie es nun weiterging. Am besten, er vertagte die Verhandlung auf den nächsten Morgen. Schließlich wartete sein Abendessen auf ihn. Er brauchte Ruhe zum Nachdenken. Das Verfahren nahm ihn mit. Er war eben auch nicht mehr der Jüngste. Schon hatte er den Hammer in der Hand, um lauthals das Ende der heutigen Verhandlung zu verkünden.

60

In diesem Moment erhob sich in der hinteren Reihe ein älterer Herr.

»Es gibt doch Beweise, Herr Richter«, rief er. »Natalies Anwalt hat Ihnen doch sowohl den Nachweis über die Schwangerschaft als auch den Vaterschaftstest ausgehändigt, der eindeutig belegt, dass Natalie das Ergebnis dieser Vergewaltigung und damit die Schwester von Joachim Schuster ist. Außerdem haben Sie doch gehört, dass ihr Bruder nicht mehr alle Tassen im Schrank hat, eine beginnende Demenz wie seine Mutter. Was gibt es denn da noch zu diskutieren?«

Joachim wollte aufspringen, doch Mimo hielt ihn am Hosenbein zurück.

Der Richter sah verärgert hoch.

Wer wagte es, ihm in die Parade zu fahren und einfach in die Verhandlung hineinzuplärren? Gerade jetzt, wo er die Verhandlung unterbrechen und sich seinem heiß geliebten Abendessen widmen wollte?

»Jetzt mal langsam. Wer sind Sie überhaupt? Was haben Sie mit dem Prozess zu tun? Zuschauer schauen bekanntlich zu und reden nicht in die Verhandlung hinein.«

Auch Natalie und ihr Anwalt blickten irritiert und verwundert nach hinten, wo sich der Herr wieder setzen wollte.

»Bleiben Sie nur stehen«, sagte nun Rosso und zeigte mit dem Finger auf den Herrn in der letzten Reihe. »Der seriöse Herr da hinten mit der hässlichen Krawatte und dem frisch gebügelten Hemd, Herr Richter, das ist Martin Winkler.«

»Martin Winkler?«, fragte der Richter. »Der Geschäftsführer von WinSan, dem Konkurrenzunternehmen des Sanitätshauses Schuster hier in Senningen?«

»Genau dieser Herr Winkler. Und nicht nur das. Er ist zufälligerweise auch der Onkel von Natalie Meyer, der Bruder der verstorbenen Maria Weiherstätt, Natalies Mutter.«

Zum wiederholten Mal ging ein Raunen durch den Saal. Jetzt verloren auch Joachim und Susanne die Fassung und starrten Artur an.

Dieser zuckte entschuldigend mit den Schultern. »Oh sorry, ihr Lieben. Hatte ich euch das nicht erzählt?«

»Nein«, raunte Joachim und verlor fast die Beherrschung.

»Was ist denn nun, Herr Silva«, unterbrach Kempf den Privatdisput.

Rosso verließ die erste Reihe und trat entschlossen auf die große Bühne vor den Richter.

»Herr Richter, Sie gestatten.«

Kempf nickte resigniert. Sein Abendessen konnte er vergessen. Oder dem kleinen Mops geben, der aufschaute, als sein Herrchen nach vorne trat.

Natalie und ihr Anwalt setzten sich geräuschlos.

»Wir haben es hier mit mehreren Vorwürfen und damit auch Verfahren zu tun, wie wir alle wissen. Fast schon vergessen ist das Verfahren über die Manipulationsvorwürfe.«

»Stimmt«, fiel ihm der Richter ins Wort. »Die Betrugsvorwürfe gegen Paul Schuster. Unsere Nachforschungen haben ergeben, dass die Dokumente echt sind. Es entspricht den Tatsachen, dass Paul Schuster Patente geklaut und die Kassen um Millionen betrogen hat.«

Erstmals seit langem zog ein Lächeln um Natalies Mundwinkel.

»Allerdings lebt er nicht mehr. Einen Beweis, dass sein Sohn Joachim von diesen Machenschaften wusste, gibt es nicht. Insofern gibt es auch keinen Grund, Joachim Schuster in Haftung zu nehmen für das, was sein Vater getan hat. Die Angelegenheit ist verjährt. Eine Erbschuld gibt es nicht.«

Joachim blickte verschämt unter sich.

»Aber Herr Richter«, rief Natalie erbost, ehe ihr Anwalt sie zurückhalten konnte. »Das kann doch nicht wahr sein. Joachim muss für das Verbrechen seines Vaters büßen!«

Artur Silva ging nicht auf das ein, was Natalie sagte, sondern nickte dem Richter zustimmend zu.

»Schön, Herr Richter, das sehe ich genauso. Allerdings gilt dies nicht für die Manipulationsvorwürfe, die sich gegen Natalie Meyer und ihren Onkel Martin Winkler richten. Als Maria starb, ob freiwillig oder nicht, haben ihre Tochter Natalie und ihr Bruder Martin beschlossen, die Familie Schuster zu zerstören. Paul Schuster war sicherlich kein Held. Er war ein Patriarch, der über Leichen ging.«

Rosso schaute kurz zu Joachim, der nach wie vor den Blick gesenkt hielt, bevor er fortfuhr.

»Er hat sein Unternehmen mit allen Mitteln zu dem gemacht, was es war – ein erfolgreiches Sanitätshaus. Er hat auch sicherlich keine Lebensfreuden ausgeschlagen, wenn Sie wissen, was ich meine. Er hat seine Stiefschwester behandelt wie den letzten Dreck, sie in einer Sozialwohnung vegetieren lassen, bis sie schließlich in einer Entzugsklinik landete, wo keiner wusste, wer sie ist. Ob der Vorwurf der Vergewaltigung gegenüber seiner Stiefschwester stimmt, wissen wir nicht. Dafür gibt es keine Zeugen und keine Beweise. Anders ist es sicherlich mit Blick auf seinen Umgang mit Maria Weiherstätt.«

Natalie schaute ihn irritiert an. Worauf wollte er hinaus?

»Es ist richtig, Paul Schuster hat an jenem verhängnisvollen Abend in der Kneipe mit Maria Weiherstätt geflirtet. Er folgte ihr wohl auch, betrunken wie er war, in die Damentoilette.«

Also doch! Natalie sah ihn mit funkelnden Augen an. Worauf wollte dieser komische Rotschopf hinaus?

»Aber«, gab Rosso ihr die Antwort. »Er war nicht derjenige, der an diesem Abend mit Maria etwas hatte.«

Ein erneutes Raunen erfüllte den Gerichtssaal.

»Offenbar hat sich einer der Jungs aus der Clique aufgemacht, Maria zu suchen, als sie mit Paul verschwunden war. Er fand sie benommen in der Damentoilette. Oh, dachte er sich, welch eine Gelegenheit. Maria wurde von ihm vergewaltigt. Von einem ihrer Freunde aus der Clique.«

Erneut hätte man im Saal eine Stecknadel fallen hören können. Gebannt hingen alle an den Lippen von Artur Silva alias Rosso.

»Einer ihrer Freunde hat diese Situation schamlos ausgenutzt. Er wurde von einer Bedienung der Kneipe beobachtet und verließ fluchtartig das Lokal, als er ertappt wurde.«

»Dann rufen Sie ihn doch in den Zeugenstand«, höhnte Natalies Anwalt.

»Das wird leider nicht möglich sein«, erwiderte Rosso. »Ralf, besagter Freund aus der Clique, kam vor einigen Jahren bei einem Autounfall ums Leben. Die DNA-Spuren belegen aber eindeutig, dass er der Vater von Natalie ist, nicht Paul.«

Richter Kempf räusperte sich. Im Saal war es still geworden. »Das hört sich abenteuerlich an, Herr Silva. Haben Sie denn Belege für das, was Sie hier behaupten?«

Rosso lächelte. »Ich bitte darum, erst Frau Veronika Melchior und dann Dr. Reiner Heinemann in den Zeugenstand zu rufen.«

Kempf nickte. »Hier geht es zu wie auf dem Bahnhof. Wer um Himmels willen ist das nun wieder?«

»Das kann ich Ihnen sagen, Herr Richter«, erwiderte Rosso genüsslich. »Frau Melchior ist die Bedienung der Kneipe, Dr. Reiner Heinemann ist ein exzellenter Chemiker und arbeitet für verschiedene Ärzte in Senningen im Labor.«

61

Veronika Melchior war in die Jahre gekommen. Als junge Frau hatte sie in den Semesterferien häufig in der Kneipe ausgeholfen und bedient. Es war für Rosso nicht leicht gewesen, sie ausfindig zu machen. Die Kneipe hatte längst den Besitzer gewechselt. Glücklicherweise war Frau Melchior auch beim Nachbesitzer noch tätig gewesen und er konnte sich gut an sie erinnern. Sie wohnte längst nicht mehr in Senningen. Über diverse Kanäle hatte Rosso sie in Berlin ausfindig gemacht und angerufen. Sie konnte sich noch gut an den Vorfall erinnern. Jetzt saß sie selbstsicher im Gerichtssaal und rief ihr Gedächtnis in Erinnerung. Sie beschrieb den jungen Mann, der hektisch und schweißgebadet aus der Damentoilette lief und ihr ins Gesicht starrte.

»Warum haben Sie damals nichts unternommen?«, fragte der Richter.

»Ich, ich war verunsichert«, stotterte sie und verlor zum ersten Mal ihre Ruhe. »Ich bin zu Walter gelaufen, also dem Barkeeper. Er ging mit mir zur Toilette, doch Maria war verschwunden. Der Boden war verschmiert. Wie hätte ich das erklären sollen? Offenbar wollte das Opfer davon auch nichts wissen. Der Barkeeper hat mich davon abgehalten, unserem Chef etwas zu erzählen. Wir haben die Toilette gereinigt. Ich habe die beiden danach nicht mehr gesehen.«

»Sie können unter Eid schwören, dass dieser Mann« – Rosso hielt ein Jugendfoto von Ralf hoch – »an diesem Abend aus der Toilette kam, während Frau Weiherstätt weinend in der Ecke saß?«

Veronika Melchior nickte. »Ja, das kann ich. Ich kann sogar bezeugen, dass er keuchend von Maria ließ, als er mich hörte, schnell seine Hose hochzog und an mir vorbei zum Ausgang lief.«

Artur Silva trat an den Richtertisch und hielt ihm ein beglaubigtes Papier unter die Nase. »Gestatten Sie, Herr Richter«, sagte er feierlich. »Dieser Laborbericht enthält die DNA von Natalie, ihrer Mutter Maria und von Ralf Stein.«

Natalie sprang auf. »Woher haben Sie meine DNA, Sie Schwein?«

»Mäßigen Sie sich«, sagte der Richter in Richtung Natalie. »Vor allem aber: Setzen Sie sich!«

Er blickte Artur streng an. »In der Tat ist es datenschutzrechtlich bedenklich, was Sie tun, Herr Privatdetektiv.«

Artur blickte unschuldig. »Wieso?«, fragte er wie ein kleines Kind.

»Sie sind ja wohl nicht auf legalem Weg in den Besitz dieser Daten gekommen.«

»Nun, jedenfalls sind es offiziell anerkannte Befunde aus dem Labor.«

»Und Sie kennen nicht zufällig den Leiter des Labors?«

»Sie meinen Reiner? Äh, Herrn Dr. Heinemann? Okay, wir haben zusammen die Schulbank gedrückt. Ehrenwort, Herr Richter. Ich habe ihn lediglich gebeten, die Flüssigkeit zu untersuchen.«

»Und die DNA-Werte lagen zufällig im Labor herum?«

Rosso schwieg.

»Nun gut, wir werden sehen, ob wir dieses Beweismittel anerkennen können oder nicht. Wir werden es jedenfalls vom Fachmann des Gerichts prüfen lassen.«

Als Artur dem Richter zuzwinkerte, wandte dieser sich wieder der Zeugin zu und nickte. Das hatte er in den letzten Minuten häufiger getan. »Danke, Frau Melchior. Das wär's fürs Erste. Herr Silva, Ihr nächster Zeuge.«

Als Dr. Heinemann selbstsicher im Zeugenstand Platz nahm und seine persönlichen Daten aufsagte, rutschte Natalie unruhig auf ihrem Stuhl hin und her. Sie kannte diesen Menschen nicht, aber ihr schwante nichts Gutes.

Joachim und Susanne hielten sich an den Händen und blieben ruhig, waren sie doch nicht überrascht, den alten Schulfreund Reiner hier im Gerichtssaal wieder zu treffen, nachdem Rosso ihnen wenigstens das erzählt hatte. Schön, ihn wieder zu sehen, wenn auch unter unangenehmen Umständen.

In der Schulzeit hatten sie ihn stets belächelt für seine Chemiekenntnisse, jetzt waren sie froh, dass er da war.

»Nun, Herr Dr. Heinemann«, unterbrach der Richter die Stille, »wir hören. Was haben Sie uns zu sagen?«

Heinemann hielt ein versiegeltes Reagenzglas in die Höhe. »Ich habe diese Flüssigkeit dieser Bierflasche entnommen. Sie stand im Kühlschrank von Joachim Schuster und – wie Fotoaufnahmen belegen – hat diese Frau« – er zeigte auf Natalie – »die Flasche manipuliert.«

»Überlassen Sie Bewertungen und Schlussfolgerungen bitte dem Gericht. Nur die Fakten, Herr Dr. Heinemann.«

Reiner hielt inne und fuhr dann fort. »In der Flüssigkeit befindet sich nicht nur Bier, sondern eine extrem gefährliche Mischung aus Medikamenten, die zum einen halluzinogene und aggressive Wirkungen erzeugen, zum anderen bei gesunden Menschen demente Wahrnehmungen hervorrufen können. Gaslighting, wenn Sie verstehen, was ich meine.«

»Ich verstehe«, sagte der Richter mürrisch, weil es ihn störte, dass jemand dem gebildeten Juristen Unkenntnis unterstellte, nur, weil er selbst Akademiker war und promoviert hatte.

In den Zuschauerreihen flüsterten die Zuschauer. Mit diesem Begriff konnten offenbar nicht viele etwas anfangen.

»Gaslighting …«, fuhr Heinemann fort, doch der Richter fuhr ihm in die Parade: »heißt eigentlich Gasbeleuchtung, ist in der Psychologie allerdings eine Form psychischer Gewalt, mit der Opfer gezielt desorientiert, manipuliert und zutiefst verunsichert werden und womit ihr Realitäts- und Selbstbewusstsein allmählich deformiert oder zerstört wird.«

Alle schauten den Richter beeindruckt, der zunehmend verlegen wirkte.

»Wikipedia«, räumte er ein. »Wikipedia kann schon eine Hilfe sein. Es gibt sogar einen berühmten Film zu diesem Thema mit …, mit …, wie heißt die Schauspielerin noch?«

Alle sahen den Richter sprachlos an.

»Egal, jedenfalls weiß ich, was Sie meinen. Fahren Sie fort, Herr Doktor.«

»Die beglaubigten Ausdrucke des Labors habe ich ebenso dabei«, schloss Heinemann seine Ausführungen ab.

Der Richter nahm die flüssigen und schriftlichen Belege entgegen und besah sich die trübe Flüssigkeit mit Abscheu. Die Lust aufs abendliche Bier nach der Verhandlung war ihm vergangen. Kein Abendessen, kein Bier. Scheiß Job.

»Hier sind die Foto- und Videoaufnahmen«, trat Rosso nach vorne. »Sie zeigen Natalie Meyer beim Manipulieren der Flasche und beim Manipulieren der Wohnung. Und hier: Komm Mimo!«

Der kleine Mops sprang vom Stuhl und hielt ein kleines Fläschchen im Maul mit seinen Zähnen fest. Er brachte es dem Richter, setzte sich artig vor ihm hin, und der Richter nahm das Fläschchen an sich.

»Wir sind doch hier nicht im Zirkus, Silva!«

»Stimmt«, sagte Artur entschuldigend. »Aber diesen Auftritt hat sich Mister Mops verdient. Schließlich hat er die kleine Flasche geschnuppert und in der Wohnung gefunden.«

Mimo wedelte aufgeregt mit dem Schwanz.

Kempf stellte das Fläschchen mit einer durchsichtigen Flüssigkeit vor sich ab und sah sich die Fotoaufnahmen in aller Ruhe an. Dann rief er Natalies Anwalt nach vorne.

»Herr Anwalt, sehen Sie sich das an. Was sagen Sie dazu?«

Dem Anwalt fehlten die Worte, als er seine Mandantin auf den Bildern wiedererkannte.

»Das sind erdrückende Beweise, die wir allerdings noch einmal nachprüfen werden«, sagte der Richter.

Ehe der Richter zum Ende der Sitzung für diesen Tag kommen konnte, trat der Privatdetektiv erneut zum Richter. Der gegnerische Anwalt sah ihn mit großen und feindseligen Augen an.

»Lieber Herr Richter, ich will nur noch einmal festhalten, dass es erdrückende Beweise dafür gibt, dass die Angeklagte versucht hat, den Kläger in den Wahnsinn zu treiben, um ihn – das ist unsere Schlussfolgerung – für unzurechnungsfähig erklären zu lassen und das Familienvermögen zu erben, weil sie gleichzeitig vortäuscht, sie sei die uneheliche Tochter von Paul Schuster und damit Stiefschwester von Joachim. Allerdings kann ihre Zeugin, die uneheliche Schwester von Paul Schuster und damit Tante von Joachim, dies nicht bezeugen, zumal sie selbst Grund genug hat, ihre Familie zu belasten. Damit ist sie unglaubwürdig.

Im Übrigen …« Artur Silva nahm tief Luft und blickte Natalie tief in die Augen. »… liebe Frau Meyer. Ich war leider etwas schneller am Safe als Sie.«

Natalie hielt sich krampfhaft am Tisch fest.

»Ihre angebliche Geburtsurkunde und der Vaterschaftstest, die sie im Safe gefunden haben, sind billige unbeglaubigte Kopien, die ich erstellt habe, damit Sie sich in Sicherheit fühlen und in die Falle gehen.«

»In die Falle?«, fragte Kempf.

»In die Falle«, wiederholte Artur. »Sie sollte glauben, dass Sie die tatsächlichen Beweise in der Hand halte und nur noch einen Schritt vom Ziel entfernt sei. Ansonsten wäre dieser Prozess nicht möglich gewesen. Sie hätte keine Beweise gefunden und wir hätten sie nicht überführen können.«

Natalie blickte entsetzt in die Augen ihres Onkels, der in der hinteren Reihe kauerte.

»Ja, und was war nun wirklich im Safe?«

Artur zelebrierte das nächste Papier aus seinen Unterlagen und reichte es dem Richter. »Bitte schön, Herr Richter.«

»Aber das sind doch eine Geburtsurkunde und ein Vaterschaftstest.«

»In der Tat. Dabei geht es aber nicht um Natalie. Es handelt sich um die Geburtsurkunde von Katja Schuster und den Test, der belegt, dass sie die uneheliche Stieftochter von Pauls Vater und damit uneheliche Schwester von Paul Schuster und Tante von Joachim Schuster ist. Paul Schuster hat dieses Erbstück seines Vaters an sich genommen und gut im Safe versteckt, damit er Katja nicht als Familienmitglied anerkennen musste.«

»Ich beantrage Sitzungsunterbrechung«, war alles, was Natalies Anwalt hervorbrachte.

»Einspruch«, rief Rosso, der sich gerade schön in Fahrt redete.

»Nichts Einspruch«, fiel ihm jetzt der Richter energisch ins Wort. »Es gibt Sitzungsunterbrechung bis morgen früh. Ich bin hungrig.«

62

»Mensch Rosso, warum hast du uns nichts davon gesagt!«

Silva blickte die beiden Freunde irritiert an. »Gesagt? Was?«

»Na, dass Martin Winkler der Onkel von Natalie Meyer ist«, antwortete Joachim und hielt Susannes Hand.

Die drei Schulfreunde saßen im Gerichtsrestaurant Justitia, in das man sowohl vom Gericht aus gelangen konnte, ohne das Gebäude zu verlassen, als auch am Abend von außen, wenn das Gerichtsgebäude verschlossen war.

Vor dem Treppenaufgang stand eine metergroße Justitia, die Göttin der Gerechtigkeit. Nach welcher Seite würde ihre Waage wohl ausschlagen?, sinnierte Susanne, als sich die drei bei einem kleinen Abendessen und einem Glas Wein vom Prozessverlauf erholten und auf den nächsten Morgen vorbereiteten.

Um diese Zeit herrschte viel Betrieb im Restaurant, auch Zuschauer des Prozesses nutzten die Gelegenheit, den aufregenden Tag hier ausklingen zu lassen.

Susanne erkannte das eine oder andere Gesicht. Von der Gegenseite war niemand zu sehen. Um die Ecke sah sie Horst und Elisabeth sitzen.

»Jungs, ich setze mich eben mal kurz zu den beiden«, sagte sie und verschwand im hintersten Winkel des Restaurants, wo Horst und Elisabeth ihre Freundin drückten und ihr Mut zusprachen.

»Stimmt, das vergaß ich wohl in der Hektik«, bekannte Artur reumütig, und auch Mister Mops schaute betroffen nach unten.

»Wie kann man so etwas vergessen?«, echauffierte sich Joachim. »Egal, wie stehen unsere Chancen?«

Artur ging nicht auf die Frage seines Freundes ein. »Also,

mein Lieber, die Sache liegt doch klar auf der Hand. Natalie und Martin geben deiner Familie die Schuld am Tod von Maria Weiherstätt. Ein fürwahr tragischer Tod, ein entsetzliches Schicksal. Dein Vater hat betrügerische Machenschaften begangen, das ist nicht zu leugnen. Paul Schuster hat seine Stiefschwester schändlich behandelt. Er hat auch Maria schändlich behandelt. Aber es gibt keinen Beweis dafür, dass er sie vergewaltigt hat – weder die eine noch die andere – und auch nicht dafür, dass Natalie das Ergebnis davon wäre. Insofern ist ihr Versuch, sich in die Familie einzuschleichen, misslungen.«

»Was heißt das nun? Wie geht es jetzt weiter?«, fragte Joachim ungeduldig.

»Ich denke, wir werden den beiden morgen den Genickschuss verpassen.«

»Genickschuss?« In diesem Moment kam Susanne zurück an den Tisch. Ihr Essen war kalt geworden. Im Gegensatz zum Richter hatte sie ohnehin keinen Hunger.

Die Justitia hatte sich bereits geleert, als die drei Freunde aufstanden und das Gebäude verließen. Während Artur mit Mister Mops an der Leine Gassi ging, schlenderten Joachim und Susanne Hand in Hand wie zwei frisch Verliebte durch die Gassen der Altstadt. Schweigend folgten sie dem Klappern der Schuhe auf dem Pflaster, beobachteten übermütige junge Menschen, die sich die nächste Kneipe suchten, sogen die klare Abendluft ein und ließen die Seele baumeln. Es bedurfte keiner Worte. Beide wünschten sich nicht mehr, als die schrecklichen Ereignisse der letzten beiden Jahre endgültig hinter sich zu lassen und neu anzufangen. Ein neues Leben, ein neuer Sonnenaufgang. Licht am Ende der Sonnenfinsternis.

63

»Wir haben mehrere Anschuldigungen. Es geht nicht nur darum, den Vorwurf zu entkräften, Joachim Schuster sei dement, aggressiv und unzurechnungsfähig und müsse daher einem rechtlichen Betreuer unterstellt und enterbt werden. Es geht um den noch schwerwiegenderen Vorwurf der Vaterschaft von Paul Schuster gegenüber der hier anwesenden Angeklagten. Dr. Heinemann hat im Laborarchiv die Spuren der Vergewaltigung aus jener Nacht gefunden.«

Artur Silva dominierte mit seiner Wortmeldung den Auftakt des nächsten Prozesstages.

Richter Kempf wirkte erholt und voller Tatendrang. Offenbar hatte ihm das späte Abendessen am gestrigen Tag gemundet und auch der tiefe Schlaf und die ausgiebige Dusche hatten seinem Wohlbefinden gutgetan.

Reiner Heinemann, der in der ersten Reihe Platz genommen hatte, stand erneut auf. Er öffnete seine Aktentasche, entnahm ihr verschiedene Röhrchen, die dazu gehörigen Papiere und brachte sie dem Richter.

»Das Labor vergisst nichts. Wie Sie den Unterlagen entnehmen können, gab es keine Spermaspuren von Paul Schuster am Tatort, aber von einem anderen Menschen. Der Computertest hat ergeben, dass diese Spuren, die auch bei Maria Weiherstätt gefunden wurden, zu Ralf Stein gehören. Wir konnten sie mit der DNA vom Unfall vergleichen. Auch aus der DNA von Natalie Meyer ergibt sich eindeutig, dass Ralf Stein ihre Mutter vergewaltigt hat und der wirkliche Vater von Natalie ist.«

»Wie kommen Sie zur DNA meiner Mandantin?«, rief ihr Anwalt mit hochrotem Kopf.

Rosso lächelte. »Aber Herr Anwalt«, sagte er süffisant. »In der Wohnung von Joachim Schuster gibt es so viele DNA-Spuren, die reichen für mehrere Verfahren.«

Während sich der Chemiker wieder auf seinen Platz in der ersten Reihe zurückzog, blieb der Detektiv stehen. »Ich denke, das Gericht wird sehr sorgfältig die Beweise prüfen, die wir vorgelegt haben.«

Der Richter nickte zustimmend.

»Es geht aber nicht nur um die behauptete Vergewaltigung und Vaterschaft sowie um den Tod von Maria Weiherstätt, der bedauerlicherweise wohl doch eher ein Suizid war.«

»Meine Mutter hat sich nicht umgebracht«, rief Natalie dazwischen, doch ihre Stimme klang längst nicht mehr so laut und eindringlich wie noch zu Beginn des Prozesses. Eher jämmerlich wie ein Häufchen Elend war sie in ihrem Stuhl zusammengesackt und blickte vor sich hin, während ihr Anwalt resigniert neben ihr saß.

»Wie dem auch sei. Dass sie von Paul Schuster ermordet wurde, lässt sich jedenfalls nicht beweisen. Die Betrügereien von Paul Schuster sind nicht nur verjährt, es gibt auch keinen Angeklagten mehr. Dies sieht allerdings anders aus bei den Betrugsvorwürfen gegen Martin Winkler und Natalie Meyer.«

Als Winkler seinen Namen hörte, zuckte er zunächst zusammen, und versuchte dann, unerkannt die Ausgangstür zu erreichen.

»Herr Winkler, Sie wollen schon gehen?«, rief ihm der Privatdetektiv hinterher.

Die Menschen in den inzwischen ausgedünnten Zuschauerreihen – offenbar hatten viele der Besucher der letzten Tage ihr Urteil schon gefällt – drehten den Kopf und alle Blicke fielen auf Winkler. Der Saaldiener hakte ihn unter.

»Herr Winkler, nehmen Sie bitte hier vorne Platz«, sagte der Richter.

Widerwillig ließ sich Winkler in die erste Reihe neben seine Nichte führen. Zur Bewachung trabte Mister Mops von einer Seite zur anderen, legte sich quer vor die beiden und achtete darauf, dass keiner der beiden den Saal verlassen konnte.

Silva fuhr fort. »Falsche Anschuldigungen und Erbschleicherei sind das eine, der Betrug mit illegalen osteuropäischen Pflegekräften ist das andere. Schleuserkriminalität, die dürfen wir nicht vergessen. Herr Richter, ich möchte dazu einen Zeugen in den Zeugenstand bitten.«

Die Gegenseite wirkte überrascht, Richter Kempf dagegen nicht. Joachims Privatdetektiv hatte ihm unter vier Augen von seinem Vorhaben erzählt, um zu verhindern, dass der Zeuge untertauchte.

»Herr Richter …«, rief Natalies Anwalt, »… ist dies zulässig?«

Kempf wirkte ruhig und gelassen. »Alles, was der Wahrheitsfindung dient, ist zulässig. Herr Silva hatte mich über den Zeugen informiert. Das Gericht war mit der Vorladung einverstanden.«

Am frühen Morgen hatten Justizbeamte den Zeugen zu Hause beim Frühstück überrascht und mit einer Sonderladung zum Gericht gebracht. Vor Sitzungsbeginn hatte Silva Gelegenheit, unter vier Augen den Zeugen auf seine Rolle vorzubereiten. Er könne mit einer wahrheitsgemäßen Aussage seine Situation nur verbessern, hatte Silva ihm erklärt. Nun harrte er vor der Tür unter Beobachtung auf seinen Einsatz.

Rosso blickte zur Eingangstür. »Ich rufe Herrn Dr. Lochner in den Zeugenstand.«

Der Krankenhaus-Arzt betrat gemächlich den Raum, als könnte er dadurch den Moment der Aussage möglichst lange hinauszögern.

Natalie und ihrem Onkel fiel der letzte Rest an Farbe aus dem Gesicht. Tränen kullerten ihre Wangen herab, als Thomas Lochner im Zeugenstand Platz nahm.

»Nun, Herr Dr. Lochner«, sagte Silva, sobald dieser seine Personalien angegeben und nicht ohne Stolz von seiner Tätigkeit als Arzt in der Psychiatrie des Senninger Krankenhauses berichtete.

»Nun, Herr Dr. Lochner«, wiederholte Silva, nachdem er sich vom Richter mit einem Blick die Zustimmung eingeholt hatte. »Sie sind Arzt im Krankenhaus, wie wir wissen. Kennen Sie die Angeklagten Natalie Meyer und ihren Onkel Martin Winkler?«

Lochner zögerte.

»Ich kann Sie gern unter Eid nehmen lassen«, sagte der Detektiv, der in seiner Rolle zur Hochform auflief.

Doch Lochner schwieg. Er sah sich um, erkannte Joachim Schuster, der mit seiner Mutter bei ihm in der Psychiatrie vorstellig geworden war. Dann blickte er zu Natalie und Martin, die ihn regungslos anstarrten.

»Ja«, begann er schließlich zögerlich. Das Selbstbewusstsein, mit dem er seine Personalien zu Protokoll gegeben hatte, war verflogen.

»… natürlich. Frau Meyer hat lange bei mir gearbeitet und Herrn Winkler kenne ich von seinem Sanitätshaus. Was ist daran schlimm?«

»Grundsätzlich nichts«, sagte Silva. »Sehr viel mehr interessieren mich die illegalen Geschäfte, die sie miteinander betreiben.«

»Welche Geschäfte? Ich weiß gar nicht, was Sie von mir wollen.«

»Sie wissen also nichts von illegalen Schleuseraktivitäten mit osteuropäischer Frauen? Sie kennen auch nicht die hier anwesende Zeugin Svetlana?«

»Im Fernsehen kommen hin und wieder Berichte über Schleuser, was weiß ich davon«, beschwichtigte der Arzt.

»Sie wollen uns wohl für dumm verkaufen?«, echauffierte sich Artur. »Sie helfen auch nicht nach, damit Patienten schneller in die Pflegeheime überwiesen werden?«

Lochner lief rot an. »Sie wagen es, mir als ehrenwertem Arzt so etwas zu unterstellen?«

»Bleiben Sie sitzen, Herr Zeuge«, beruhigte der Richter.

»Kommen Sie zum Punkt, Herrn Silva.«

»Sehr wohl, Herr Richter.«

»Sie wissen also von alldem nichts? Davon, dass Paul Schuster bereits mit Ihrem Vorgänger im Krankenhaus krumme Geschäfte machte? Dass Sie mit den hier anwesenden Martin Winkler und Natalie Meyer einen Deal geschlossen haben?«

Lochner schwieg.

Richter Kempf wurde unruhig. »Herr Silva«, griff er ein. »Ihre Zeugin Svetlana hat Frau Meyer identifiziert, gut. Mehr aber nicht. Es ist nicht verboten, einen privaten Pflegedienst zu betreiben.«

»Sicherlich, Herr Richter. Aber Frau Svetlana hat keine gültigen Papiere dafür. Der Pflegedienst von Natalie Meyer namens Mobiler Pflegedienst Senningen ist nicht angemeldet. Ich habe Bild- und Tonmaterial, das belegt, dass Frau Meyer die Osteuropäerinnen an gutgläubige alte Menschen für wenig Geld verscherbelt und gleichzeitig mit der Kasse überhöht abgerechnet hat. Ich bin selbst eines ihrer Opfer.«

Die wenigen Zuschauer lachten.

Der Richter lachte nicht. »So alt sind Sie nun auch wieder nicht.«

Artur Silva schmunzelte, ging aber nicht auf die Details seiner Aussage ein. »Nun gut«, sagte er schließlich. »Wenn Herr Lochner nicht reden will, dann helfen wir ihm ein wenig auf die Sprünge. Herr Moretti, bitte.«

»Was? Herr Moretti? Wer ist das denn nun schon wieder?« Der Richter war am Ende seiner Nerven.

»Ein weiterer Zeuge«, triumphierte Artur. »Mein letzter Zeuge«, fügte er beschwichtigend hinzu, bevor der Richter etwas einwerfen konnte. »Alles, was der Wahrheitsfindung dient …,«

»Schon gut«, brummte Kempf.

Herr Moretti war ein etwa 40-jähriger schlanker, dunkelhaariger Mann mit Bartstoppeln. Offenbar hatte er noch nie ein Gericht von innen gesehen. Verhalten trat er auf den Richter zu, bis dieser ihn bat, vorne im Zeugenstuhl Platz zu nehmen. Schüchtern schaute er sich um.

»Herr Moretti«, durchbrach Artur die Stille. »Erzählen Sie dem Gericht, wer Sie sind und was Sie tun.«

Herr Moretti räusperte sich, hüstelte, bis der Richter grimmig zu ihm blickte, und fuhr sich nervös durch die ohnehin ungekämmten Haare.

»Nun, mein Name ist Salvatore Moretti. Ich bin Angestellter im Ristorante bei Valentino hier in Senningen.«

»Was haben Sie mit unserem Fall zu tun?«

»Nun, eigentlich nichts.«

Der Richter zog die Augenbrauen hoch.

»Ich helfe Herrn Silva in seiner Detektei hin und wieder aus.«

»In welcher Hinsicht?«

»Nun, ich erledige Aufträge für ihn.«

»Die da wären?« Die Ungeduld des Richters wuchs.

Artur merkte dies und ging dazwischen. »Herr Richter, da ich weiß, dass sich die Drahtzieher des Ganzen hin und wieder bei Valentino im Ristorante treffen, habe ich meinem Freund Salvatore eine Anstellung bei Valentino vermittelt. Seit ein paar Wochen kellnert er im Ristorante.«

»Ja und?«

»Er hatte Gelegenheit, Gespräche der hier anwesenden Herren Winkler und Lochner nicht nur zu belauschen, sondern abzuhören.«

»Abzuhören?«

»Einspruch, euer Ehren«, erwachte Natalies Anwalt zu neuem Leben. »Abhören ist verboten. Das angebliche Beweismaterial können Sie in die Tonne treten.«

»Nicht ganz, Herr Anwalt«, korrigierte Artur. »Valentino hat vor längerer Zeit bei den Behörden eine Sondergenehmigung erhalten, Gäste abzuhören.«

»So ein Schmarren«, rief der Anwalt und lachte gekünstelt.

»Er kooperiert sehr eng mit den Behörden, die einer mafiösen Verbindung auf der Spur sind. Deshalb war das Abhören erlaubt, was ich allerdings nicht wusste. Eigentlich sollte mein Freund Moretti die Lage sondieren, mir Hinweise geben, wer sich mit wem trifft, vielleicht auch mitbekommen, worüber gesprochen wird. Dass Valentino aber ganze Gespräche aufgezeichnet hat, das entdeckte Moretti erst, als ihm beim Tisch- und Stühlerücken ein Glas auf den Boden fiel und er unter dem Tisch das Abhörgerät entdeckte. Dummerweise saß an diesem Tisch tags zuvor zuerst Herr Lochner mit Frau Meyer und anschließend Herr Lochner mit Herrn Winkler. Hier ist das Material.«

»Stimmt das, Herr Moretti?«

Der Zeuge nickte, froh darüber, dass Artur ihm den ganzen Vortrag abgenommen hatte.

»Nun«, sagte der Richter. »Ganz schön viele Neuigkeiten auf einmal.«

Eine Pause entstand, die lähmend über dem Gerichtssaal lag.

»Herr Anwalt, haben Sie noch etwas dazu zu sagen?«

Natalies Anwalt schwieg.

»Nun gut. Sie werden in Ihren Schlussplädoyers noch einmal die Gelegenheit dazu haben. Alle Zeugen sind gehört, alle Fakten vorgetragen, alles an angeblichem Beweismaterial ist vorgelegt. Das Gericht wird sich zur Sichtung des Beweismaterials und zur Beratung zurückziehen. Wir treffen uns nächsten Montag um neun Uhr zur Urteilsverkündung. Bis dahin stehen die Angeklagte Natalie Meyer und die Herren Winkler und Lochner unter Arrest.

»Aber …« riefen Winkler und Lochner wie aus einem Mund.

»Nichts aber«, fuhr ihnen der Richter über den Mund. »Bis Montag.«

64

Es kam der Tag der Tage.

Der Tag der Urteilsverkündung. Ein grauer Montag. Die Wolken hingen tief über dem Gerichtsgebäude in Senningen. Die Menschen, die am Gerichtsgebäude vorbei in die Innenstadt strebten, hatten die Regenschirme aufgespannt. Nur Justitia stand regungslos vor dem Gericht und wurde nass. Wen hatte sie schon alles in dieses Gebäude hineingehen und wieder herauskommen gesehen? Menschenschicksale. Tragödien. Verurteilungen und Freisprüche. Generationen von Richtern und Rechtsanwälten hatten dicke Aktenordner über die Flure geschleppt, deren große Fenster auch an einem solch grauen Tag genügend Licht ins Gebäude warfen.

Als die Turmuhr der nahen Stadtkirche zweimal kurz einen Ton von sich gab und andeutete, dass es halb neun Uhr war, nahm der Betrieb vor und im Gerichtsgebäude hektisch zu. Mitarbeiter kamen aus Büros gelaufen, tauschten Ordner und Informationen, machten Kopien und telefonierten. Nur in einem Raum herrschte ungewöhnliche Ruhe.

Richter Gerd Kempf gönnte sich einen tiefen Zug aus seiner Pfeife. Eigentlich hatte er sich das Rauchen abgewöhnt, nachdem sein Bruder an Lungenkrebs erkrankt war. Aber an Tagen wie diesen, unmittelbar vor einem Urteilsspruch, brauchte er den süßen Geschmack des Tabaks auf den Lippen, den verfliegenden Rauch in der Nase und die wärmende Pfeife in der Hand, um aus allem, was er im Laufe des Prozesses hörte, was echte und vermeintliche Beweise aussagten, was er mit Kollegen diskutierte, um aus all dem ein einziges Wort zu formen. Schuldig oder Nichtschuldig. Kempf hatte schon viel erlebt in seiner langjährigen Laufbahn am Gericht in Senningen. Freisprüche und Verurteilungen, die sich als falsch erwiesen. Klare Beweislagen. Unklare Beweislagen. Indizienprozesse.

Gute und ungute Bauchgefühle.

Selten fand er eine derartig komplexe Gemengelage vor wie in diesem Prozess.

Es ging um Mord oder Selbstmord, Vergewaltigung und Vaterschaft, Betrug auf der einen und Betrug auf der anderen Seite, um Familienstreit und Schleuserkriminalität. Eine Vielzahl unterschiedlicher Delikte. Ein wenig viel für einen Prozess. Dennoch ging der Richter in aller Ruhe die Zusammenhänge durch und machte sich ein klares Bild von den Familien, die vor ihm in den Bänken der Klage und Anklage saßen. Als federführender Richter legte er Wert darauf, dass neben dem Protokollführer auf Grund der Komplexität des Prozesses zwei weitere Richter an seiner Seite Platz nahmen. Sie verfolgten die Prozesstage schweigend, gaben Richter Kempf in der abschließenden internen Besprechung allerdings wichtige Tipps und Hinweise.

Es klopfte.

Die Tür öffnete sich und eine ältere Dame wagte einen Blick ins Büro des Richters, der im Pfeifenqualm fast nicht mehr zu erkennen war.

»Herr Kempf?«, fragte sie in den Nebel. »Es ist gleich neun Uhr.«

»Schön, Frau Martin. Ich komme.«

Gut gelaunt stand er auf, legte seine Robe an, richtete die neue Krawatte, die ihm seine Frau zum Geburtstag geschenkt hatte, und verließ festen Schrittes sein Büro. Mit einer Mappe unterm Arm betrat er gemeinsam mit seinen beiden Kollegen Punkt neun Uhr den Gerichtssaal, in dem sich alle erhoben. »Bitte Platz nehmen«, sagte er ruhig und bestimmt.

»Meine Damen, meine Herren«, begann er feierlich. »Wir haben in einer umfangreichen Beweisaufnahme in zahlreichen Prozesstagen gehört, was der Kläger Joachim Schuster gegenüber der Angeklagten Natalie Meyer, beide anwesend, vorgetragen hat. Im Laufe des Prozesses wurden weitere Delikte aufgedeckt. Das Gericht hat die letzten Tage genutzt, sich in aller Ruhe mit den Aussagen und vorgelegten Beweismaterialien auseinanderzusetzen. Bevor wir jedoch zu einem Urteilsspruch kommen, haben beide Seiten Gelegenheit, noch einmal ihr Schlussplädoyer zu halten. Dazu rufe ich als ersten Herrn Artur Silva, Privatdetektiv, und vertretungsberechtigt für Herrn Schuster, auf. Bitte schön.«

Artur Silva erhob sich. Letzte Nacht hatte er kein Auge zugetan. Immer und immer wieder hatte er sein Schlussplädoyer geübt. Er durfte nicht überziehen, aber auch nicht untertreiben. Selbstbewusst und selbstsicher, aber nicht selbstgefällig und überheblich.

Und so fasste er noch einmal sehr nachdrücklich die Vorwürfe zusammen, räumte das Verfehlen von Schusters Vater ein, ein Patriarch, der über Leichen ging, aber nicht selbst für Leichen sorgte. Ein herrischer Schwerenöter, aber nicht unbedingt Vergewaltiger. Ein Betrüger, aber auch jemand, der in schwierigen wirtschaftlichen Zeiten den Mut hatte, ein Unternehmen aufzubauen, das vielen Menschen Arbeit und anderen Menschen Hilfe bot.

Dann erläuterte er den Werdegang seines Sohnes Joachim, wie er unter dem väterlichen Druck aufwuchs, nichts von dessen Machenschaften wusste, sich aber durchbiss und entschloss, dem Willen des Vaters gerecht zu werden, und die Firma zu übernehmen. Eine normale Familie mit Ecken und Kanten, mit Höhen und Tiefen.

Dann zeichnete Artur das Gegenbild. Die rachsüchtige Natalie Meyer, aufgewachsen in ärmlichen Verhältnissen. Eine Mutter, die offenbar dem Job im Sanitätshaus nicht gewachsen war und gehen musste – so ist das nun einmal im harten Business –, nicht schön, aber auch nicht strafbar. Eine Mutter, der das Leben über den Kopf wuchs, die sich das Leben nahm. Ein Umstand, für den ihre Tochter und ihr Bruder letztlich die Firma Schuster verantwortlich machten. Zufälligerweise nutzte der Komplott, die Familie Schuster zu zerstören, auch Natalies Onkel, um sein eigenes Sanitätshaus, auch mit der Hilfe von Dr. Lochner, besser am Markt zu platzieren.

»Hohes Gericht«, sagte Silva abschließend. »Für alle Vorwürfe der Gegenseite gibt es keinen nachvollziehbaren Beweis. Dem gegenüber können wir allerdings beweisen, dass die Gegenseite versucht hat, Joachim Schuster physisch und psychisch zu zerstören, sich das Familienerbe zu erschleichen und gleichzeitig das Sanitätshaus Schuster in den Ruin zu führen. Aus diesen Gründen beantrage ich, die hier anwesende Natalie Meyer schuldig zu sprechen.«

Er betonte den Namen der Angeklagten und zeigte, um ganz sicher zu gehen, dass der Richter wusste, wen er meinte, mit dem Finger in Richtung Anklagebank.

Artur setzte sich neben Joachim. Im Gerichtssaal entstand peinliche Ruhe. Kein Getuschel, kein Gemurmel.

»Danke, Herr Silva. Herr Anwalt, Sie haben das Wort«, wandte sich der Richter nun an den juristischen Beistand von Natalie Meyer.

Dieser stand auf, hielt sich an seinem Tisch fest, anstatt nach vorne zu treten, und wies die Anschuldigungen der Gegenseite mit Entschiedenheit zurück. Dabei zeichnete er das Bild eines erfolgreichen Geschäftsmannes Martin Winkler, dem Schuster es neidete, dass er ihn überholte und mit neuen kreativen Ideen den Rang ablief.

Daneben seine Nichte, die schon als Kind ihre arme kranke Mutter betreuen musste. Eine Mutter, die in der harten Arbeitswelt gemobbt und ausgenutzt wurde.

Natalie als eine junge Frau, die sich durchbeißen musste, Krankenschwester lernte, um anderen zu helfen, ein liebenswerter Mensch mit hehren Ansprüchen. Warum sollten zwei so erfolgreiche und liebenswerte Menschen all dies erfinden?

»Hohes Gericht«, sagte der Anwalt abschließend. »Aus diesem Grund beantrage ich Freispruch in allen Anklagepunkten. Meine Mandantin hat sich nichts vorzuwerfen. Ihr Onkel ist zudem formal überhaupt nicht angeklagt.«

Auf Anerkennung der Vaterschaft plädierte er nicht mehr.

Das Plädoyer des Anwalts war kurz und prägnant, allerdings weder leidenschaftlich noch emotional. Die Beweise, die in jeder Sitzung aufgetaucht waren, schienen ihn mehr zu verunsichern.

Jetzt tuschelten die Zuschauer, bis der Richter den Hammer hob. »Ruhe, bitte«, sagte er. »Wir haben die Plädoyers gehört. Das Gericht zieht sich zur Beratung zurück. Wir sehen uns zur Urteilsverkündung um zehn Uhr.«

Der Zeiger der Uhr schlich. Keiner verließ den Gerichtssaal. Joachim, Artur und Susanne saßen nebeneinander, angespannt und nervös.

»Macht euch keine Sorgen«, war es Rosso, der aller Anspannung zum Trotz versuchte, die Stimmung zu lockern.

»Du hast gut reden«, sagte Susanne. »Was, wenn Joachim verurteilt wird?«

»Dann besuchen wir ihn jeden Tag.«

Was ein Scherz sein sollte, erstarb in der Luft und hinterließ wütende Blicke. Susanne wollte gerade etwas erwidern, als der Gerichtsdiener den Saal betrat. Die Uhr schlug zehn.

»Bitte erheben Sie sich! Das hohe Gericht!«

Die drei Richter betraten den Saal erneut, nahmen Platz und Richter Kempf schlug seine Mappe auf. Zuvor fixierte er die beiden Parteien.

»Im Namen des Volkes ergeht folgendes Urteil«, begann er. Knisternde Spannung lag in der Luft. Richter Kempf rückte seine Kopfbedeckung zurecht, durchkämmte den Saal mit seinem Blick und räusperte sich.

»Wir haben ein komplexes Verfahren, über das es zu urteilen gilt. Verschiedene Sachverhalte. Und doch haben sich alle Steinchen wie zu einem Puzzle zusammengefügt. Ein klares Bild, das vor mir liegt.«

Kempf sah eindringlich zu Natalie.

Bevor der Richter weiterreden konnte, sprang plötzlich Natalie wie von Sinnen von ihrem Sitz auf und rannte zur Tür.

Die Anwesenden waren so perplex, dass ihr zunächst keiner folgte. Erst als Joachim aufsprang, um ihr hinterherzulaufen, setzten sich auch die Justizwachtmeister an der Tür in Bewegung und folgten der Frau keuchend die Treppenstufen hinauf.

Als Natalie schließlich das Dachgeschoss erreichte und auf das bemooste Flachdach hinaus an den Rand des Gebäudes trat, hörte sie hektisches Stimmengewirr hinter sich. Am Rande des Daches blieb sie abrupt stehen und blickte in die Tiefe.

»Lassen Sie mich!«, rief sie tonlos, als die Beamten die Tür zum Dach erreichten und sich auf sie zubewegten.

»Natalie«, rief jetzt Joachim. »Tu das nicht.«

»Lass mich in Ruhe. Dein Vater hat meiner Mutter Leid angetan. Dein Vater hat ihrer besten Freundin, seiner Schwester Katja, Leid angetan. Er hat uns allen Leid angetan. Und du bist auch nicht besser.«

»Aber Natalie, das ist doch überhaupt nicht wahr.«

»Mein Onkel Martin hat nie eine Chance gehabt, weil dein Vater über Leichen ging.«

»Komm zurück. Wir kriegen das alles auf die Reihe.«

»Nichts kriegen wir auf die Reihe.«

Joachim wollte sich ihr nähern.

»Bleib stehen, oder ich springe.«

»Tu das nicht.«

Rosso fuhr Joachim in den Arm.

»Kommen Sie zur Vernunft, Frau Weiherstätt«, rief einer der Justizwachtmeister.

»Vernunft?« Natalie lachte höhnisch und jonglierte auf dem Rand des Daches. »Geht alle weg! Lasst mich allein! Ich will keinen sehen und hören.«

»Wir müssen Zeit gewinnen, bis die Psychologin da ist«, flüsterte Rosso und blickte zu den Wachtmeistern.

»Wir gehen jetzt, Frau Weiherstätt«, sagte Rosso in ruhigem Ton und hatte das Gefühl, dass sich Natalie beruhigte.

Verängstigt blickte sie sich um und sah, wie alle das Dach geräuschlos verließen.

Sie war allein. Mit sich und der Welt. Der leichte Regen hatte aufgehört. Es war windstill. Unten auf den Straßen hatten die Menschen von der Tragödie, die sich auf dem Dach des Gerichtsgebäudes abspielte, noch nichts mitbekommen. In der Ferne waren erste Feuerwehrfahrzeuge zu hören, die sich mit Blaulicht und Martinshorn dem Gebäude näherten. Menschen blieben abrupt stehen, schauten irritiert um sich und dann nach oben. Einzelne hielten sich die Hand vor den Mund.

»Platz da!«, riefen Feuerwehrleute und begannen damit, ein Tuch zu entrollen.

»Was sollen wir nur tun?«, fragte Joachim, der mit den anderen am Dachausgang kauerte und Natalie beobachtete, die sich hinsetzte und offenbar mit sich selbst haderte.

»Wir können nichts tun«, antwortete Artur. »Wir müssen warten, bis die Feuerwehr ihr Tuch gespannt hat. Dann kann die Psychologin versuchen, mit ihr zu reden.«

Plötzlich stürmte ein Mann an ihnen vorbei aufs Dach und lief auf Natalie zu. Artur wollte ihn zurückhalten, doch zu spät. »Bleiben Sie hier!«, rief er ihm hinterher, doch der Ruf verhallte.

»Natalie, tu das nicht«, schrie Martin Winkler und näherte sich ihr weiter.

Natalie drehte sich um. »Lass mich. Alles ist aus. Ich bin keine Schuster und du bist ein Betrüger.«

»Jetzt lass uns doch reden. Wir finden eine Lösung.«

»Eine Lösung? Dass ich nicht lache. Es gab noch nie eine Lösung für meine Familie.«

Sekunden gähnender Leere vergingen.

Benommen stürzte Winkler auf sie zu und fasste nach ihrem Arm. Natalie erschrak, verlor das Gleichgewicht, versuchte mit den Händen, sich am Dachfirst festzuhalten, bekam aber lediglich einen Stofffetzen seiner Anzugjacke zu fassen und zog ihn mit in die Tiefe.

Quälende Stille breitete sich aus. Alle verharrten regungslos.

Dann wurde es dunkel. Dunkelheit. Keine Sonnenfinsternis.

65

Beklommen betrat Susanne das Haus, das sie nach dem Tod ihrer Tochter wie in Trance fluchtartig verlassen hatte. Sie hatte Joachim im Stich gelassen. Allein mit seinem Schmerz über den gemeinsamen Verlust. Ja, sie hatte ihm zusätzlichen Schmerz zugefügt. Wäre sie geblieben, hätte nicht Natalie ihr Unwesen getrieben, hätte nicht Natalie ihn an den Rand der Demenz gebracht, hätten nicht schmutzige Vorwürfe Natalie vor Gericht gezerrt, hätte sie nicht ein so grausames Ende gefunden.

»Komm«, sagte Joachim. Susanne schreckte aus ihren Gedanken. Behutsam, als sei es ihr erster Besuch in diesem Haus, schritten sie über die Schwelle, vorbei an Tinas Kinderzimmer, hinein in den Wohnraum.

Joachim ging zur Balkontür und sah auf den Teich hinab, dessen Wasser unschuldig in der Sonne lag. Es war totenstill. Aus dem Kinderzimmer drang kein Kinderlärm. Von unten waren nicht die Rufe von Emilie zu hören. In der Küche surrte keine Spülmaschine. Selbst der Zeiger der Uhr war stehengeblieben.

»Wir sollten das Haus verkaufen und neu anfangen.«

»Neu?«

»Ja, neu. Wir haben durch die Erbschaft genug Geld, um uns einen neuen Lebensmittelpunkt zu suchen.«

»Und das Sanitätshaus?«

Joachim schwieg einen Moment. »Ich kann mir nicht vorstellen, das Sanitätshaus meines Vaters weiterzuführen, als sei nichts geschehen. Über seinem Erbe liegt schwere Schuld. Nach dem Tod von Martin Winkler kann unser Sanitätshaus sicherlich die WinSan übernehmen und wird finanziell wieder auf die Beine kommen. Es gibt in der Geschäftsführung tüchtige Leute, die das Haus weiterführen werden.«

Er nahm sein Annchen in den Arm. »Wenn wir umgezogen

sind und eine neue Wohnung bezogen haben, dann wird endlich geheiratet.«

Susanne lachte.

Schon lange hatte er sie nicht mehr so herzhaft lachen sehen.

»Und wo sollen wir hinziehen?«

Joachim schmunzelte. »Die Uni Freiburg hat eine interessante Stelle als Bibliothekarin zu besetzen. Horst hat mit dem Dekan gesprochen. Horst wäre es zwar lieber, wenn du bei ihm in der Buchhandlung bleiben könntest, aber schweren Herzens hat er eingeräumt, dass du gute Chancen hast, diese Stelle zu bekommen.«

Susanne blickte ihn mit offenem Mund an. »Freiburg? Uni? Bibliothek?«

»Ja, alte Schinken den ganzen Tag. Und ich kümmere mich um den Haushalt.« Er sah sie verschmitzt an. »Und wenn du irgendwann pflegebedürftig bist, kann ich dir gute Tipps für Pflegebedarf geben.«

Es war Wochen her, dass Joachim zuletzt sein Büro betrat. Als die Gerichtsverhandlung anstand, hatte er sein Amt als Vorstandsvorsitzender ruhen lassen und hatte die Geschäfte kommissarisch seinem Stellvertreter übertragen. Mit Wehmut drückte er den Knopf des Aufzugs, um dann doch bedächtig die Treppenstufen in den zweiten Stock hochzugehen, als wolle er Zeit gewinnen. Er hörte laute Stimmen, als er sich seinem Vorzimmer näherte.

Mariannchen war da.

Als sie ihn sah, vergaß sie ihr Alter, lief schnellen Schrittes auf ihn zu, herzte und umarmte ihn.

»Glückwunsch, Joachim«, rief nun sein Stellvertreter mit fester Stimme und trat zu den beiden. Er klopfte seinem Chef auf die Schultern. »Ich bin froh, dass dieses unwürdige Schauspiel ein Ende hat, wenn auch ein tragisches. Nichtsdestotrotz sind wir diesen Konkurrenten los. Die Bank hat schon mit mir telefoniert. WinSan hat Insolvenzantrag gestellt. Die Bank wird uns unterstützen, wenn wir beide Unternehmen zu einem schlagkräftigen Betrieb zusammenführen. Du musst natürlich deinen Kumpel Schumacher beim Tennis gewinnen lassen«, lachte er.

Joachim lachte nicht. »Lassen Sie mich bitte mit Frau Liebermann allein«, war seine Antwort.

Irritiert kehrte sein Stellvertreter ins Büro zurück und schloss die Tür.

Joachim ging bedächtig auf und ab, ehe er nah an Frau Liebermann herantrat, sie an den Händen fasste und ihr fest in die Augen sah.

»Mariannchen?«

»Ja, Herr Chef?«

»Sie haben alles gewusst, nicht wahr?«

Frau Liebermann zauderte. »Nicht alles.«

»Nein, nicht alles. Sie wussten von den Machenschaften meines Vaters. Sie wussten von den Depressionen meiner Mutter. Sie wussten von Maria …«

»Hören Sie auf, Joachim«, hielt sie ihre Hand auf seinen Mund. »Ich bin eine alte Frau. Ich habe jahrzehntelang Ihrem Vater gedient, habe alles dafür getan, dass er im Büro den Rücken freihatte. Natürlich bleibt einem Vorzimmer selten etwas verborgen. Er konnte sich immer auf mich verlassen. Es war mein Job. Mein Zuhause.«

Joachim sah sie an und sagte nichts.

»Ich hatte mir vorgenommen, Ihnen alles zu sagen. Doch Sie haben die Nachfolge Ihres Vaters mit so viel Ehrgeiz, Energie und guter Laune angetreten, dass ich es nicht übers Herz brachte. Sehen Sie …«

Marianne Liebermann hielt inne und sah in die Vergangenheit.

»… ich kenne Sie als kleines Kind. Wie oft waren Sie hier

im Vorzimmer und haben gespielt. Wie oft haben Sie mich von der Arbeit abgehalten, haben Unsinn gemacht. Sie waren für mich immer wie ein eigenes …« Ihre Stimme erstarb.

Joachim lehnte sich an den Schreibtisch und sah sie eindringlich an. »Sie kennen mich nicht erst als Kind, stimmt es?«

Marianne Liebermann hatte Tränen in den Augen. »Ihr Vater war ein stolzer Mann, Joachim. Gutaussehend zudem, ein Mann mit Geld und Ansehen. Ich war eine kleine Sekretärin, ohne Familie. Er wollte unbedingt einen Thronfolger. Ich habe Ihren Vater geliebt. Ich konnte ihm nicht widerstehen, wie so viele andere wahrscheinlich auch nicht. Er hat mehr Zeit im Büro mit mir verbracht als mit seiner Frau. Und dann ist es passiert.«

»Sie sind meine Mutter?«

Marianne Liebermann schwieg, doch ihr Schweigen sagte alles.

»Ihre Mutter Emilie konnte keine Kinder bekommen.«

Dieser Satz traf Joachim wie eine Keule. Benommen lehnte er am Schreibtisch und wusste nicht, was er tun sollte.

Marianne griff seinen Arm. Er ließ es geschehen.

»Emilie konnte Paul keine Kinder schenken, keinen Sohn als Nachfolger für den Betrieb. Sie können sich vorstellen, dass sie bei Paul keinen leichten Stand hatte. Dann hat er ihr erzählt, dass ich ihm den ersehnten Sohn gebäre, weil sie dazu nicht fähig sei. Mit dieser Situation ist sie nie fertiggeworden. Es folgte eine tiefe Depression, von der sie sich nie mehr erholte.«

Joachim konnte nicht fassen, dass seine Eltern ihm Theater vorgespielt hatten und Emilie ihn wie selbstverständlich als Sohn behandelt und aufzogen hatte. Wieso hatte er nie spürte, dass sie gar nicht seine Mutter war?

»Keiner hat etwas mitbekommen?«

»Ich habe die letzten Monate der Schwangerschaft nicht gearbeitet. Paul hatte mir eine Wohnung besorgt und ließ mich von zu Hause die Büroarbeiten erledigen. Im Betrieb wurde getuschelt, aber keiner hat etwas gewusst und gesagt.«

»Und meine Mutter? Emilie?«

»Die hat natürlich gewusst, dass ich ein Kind bekam, und sie wusste auch, dass Paul der Vater war. Aber sie schwieg ihr Leben lang.«

»Dann gehört dir ein Teil des Erbes meines Vaters und ein Teil des Betriebs«, sagte Joachim trocken und wurde geschäftlich, um Emotionen aus dem Weg zu gehen.

»Ich bin eine alte Frau, Joachim. Ich brauche keinen Betrieb und keine Erbschaft. Dein Vater hat für mich gesorgt. Ich habe eine Wohnung und genug zum Leben. Mehr will ich nicht. Ich will nur, dass du mir verzeihst.«

Zum ersten Mal hatte sie ihren Sohn geduzt.

»Dann bleibt das unser kleines Geheimnis, Mutter?«, sagte Joachim in die bedrückende Stille.

»Kannst du mit diesem Geheimnis leben und die Geschäfte weiterführen?«, sah ihn seine Mutter fragend an.

»Ich werde die Geschäfte nicht weiterführen.«

Marianne blickte ihn ungläubig an.

»Ich werde mit Susanne ein neues Leben beginnen. In Freiburg.«

»In Freiburg?«

»Ja. Susanne bekommt dort eine Stelle an der Uni. Ich kann nicht länger in dem Haus leben, in dem unsere kleine Tina ums Leben kam. Ich kann nicht ständig auf den unseligen Teich blicken. Ich kann nicht länger in dem Haus herumlaufen, in dem ich ständig an Natalie erinnert werde. Und …« – er machte eine Pause – »… ich kann nicht länger das Sanitätshaus führen, über dem die Machenschaften meines Vaters wie ein Damoklesschwert schweben.«

»Das verstehe ich.«

»Heute Nachmittag werde ich die Mitglieder des Vorstandes informieren. Sie können entscheiden, wer die Anteile unserer Familie übernimmt und wer den Vorstand künftig führt. Die Zusammenführung mit WinSan bietet gute Chancen für eine sichere Zukunft des Unternehmens und aller Arbeitsplätze. Das war es dann mit der Schusterei. Die Familie Schuster zieht sich aus dem Sanitätshaus zurück.«

Er drückte seine Mutter und holte tief Luft.

»Sehen wir uns dann nie wieder?«, fragte sie beklommen.

»Mach dir keine Sorgen. Lassen wir die Toten ruhen. Lassen wir die alten Geschichten hinter uns. Emilie bleibt offiziell meine Mutter und du die beste Sekretärin der Welt.«

Jetzt musste Marianne Liebermann befreit lachen.

»Ich werde dich besuchen. Unter einer Bedingung!«

»Die wäre?«

»Du backst einen deiner tollen Kuchen. Darauf freue ich mich jetzt schon.«

Joachim Schuster ließ Mariannchen stehen, klopfte an sein eigenes Büro und zog sich zum Gespräch mit seinem Stellvertreter zurück, um ihn über seine Pläne zu informieren.

Wie befreit verließ er danach das Haus, lief – zum Glück brauchte er weder Treppenlifter noch sonstige Hilfsmittel – hastig die Treppenstufen hinunter, als könne er nicht schnell genug das Gebäude und seine alte Aufgabe hinter sich lassen.

Ohne einen Blick nach hinten überquerte er die Straße. Sein Schritt entfernte sich rasch, so rasch, dass er fast ein Kind übersehen hätte, das mit dem Fahrrad seinen Weg kreuzte.

»Passen Sie doch auf«, rief eine junge Frau. »Haben Sie denn das Kind nicht gesehen?«

Entschuldigend hob Joachim die Arme, hielt aber nicht an, sondern beschleunigte seine Schritte, überquerte unmittelbar die Straße, obwohl nur wenige Meter entfernt ein Zebrastreifen auf den Fußgänger wartete, stieg in sein Auto, warf den Motor an und brauste davon.

Nur schematisch nahm er die Häuser links und rechts wahr. Er fuhr weg, entfernte sich, beschleunigte, ließ alles hinter sich.

Als er seinen Wagen in die vertraute Straße in Weidental lenkte, zum letzten Mal, wurde ihm doch ein wenig wehmütig ums Herz. Die altbekannten Häuser und Vorgärten zogen an ihm vorbei, die Straßenlaterne, die abends flackerte, der einzelne Baum in der unbebauten Wiese, die Einfahrt zum Elternhaus. Nun nahm er endlich den Fuß vom Gaspedal.

Vor der Tür standen Koffer.

Als Joachim ausstieg, kam ihm Susanne entgegen und fiel ihm in die Arme.

»Komm, lass uns fahren«, sagte sie leise.

Beide stiegen ein, noch ein letzter Blick zurück, dann brachte sie das Auto in eine neue Welt, ein neues Leben. Ins Morgen.

66

Die Sonne stand noch hoch, als sich der Mond unaufhaltsam näherte. Nur das Rauschen des Wassers durchzog die merkwürdige Stille an diesem besonderen Ort. Wellen unterspülten den Sand und verschlangen kleine Burgen, die Kinder gebaut hatten. Triefend nass blieb der Sand zurück. Sechs Füße und dreißig Zehen gruben sich in den warmen Sand und sie sahen zum Himmel.

»Dass wir dies noch einmal gemeinsam erleben dürfen. An diesem Ort«, sagte einer, zu dem zwei der sechs Füße gehörten. »Genau wie damals. Erinnert ihr euch?«

Ganz in der Nähe leuchtete das rote Licht eines Windrades, das sich gemächlich drehte. Der Leuchtturm am Ende des Landarms, der in die Nordsee ragte, blinkte ohne Unterlass und wies den Schiffen den Weg.

Ja, das wäre es. Auf einem Schiff durch die Weltmeere zu treiben, ohne Ziel, ohne Ende, bis an den Rand der Welt. Verträumt blickten sie hinaus auf das unendliche Meer, dessen Wellen sich in den Sand gruben, und das am anderen Ende eins wurde mit dem blauen Himmel und am Horizont verschwand.

Little Jo, Hoss Rosso und Annchen lachten sich zu, hier am Nordseestrand, wo sie gemeinsam den Schulausflug erlebt hatten und nun im Sand saßen und die Sonne beobachteten, die sich langsam am helllichten Tag verdunkelte. Sonnenfinsternis? Na, zumindest eine kleine Sonnenfinsternis. Es waren nur ein paar harmlose Wolken, die sich vor die Sonne schoben.

Rosso machte es nichts aus, dass Joachim und Susanne Arm in Arm wie frisch Verliebte im Sand saßen, er allein daneben. Das gewohnte Bild eben. Diese Schlacht hatte er schon in der Jugend verloren. Eigentlich ungerecht. Er schloss die Augen.

Im Sand tollte Mister Mops wie ein ungezogener Junge. Er warf Sand in die Höhe und jagte ihm spielend nach.

»Hör auf, Mimo«, rief Artur, doch ehe er den Mund schließen konnte, ließ sich eine Ladung Sand in seinem Gesicht nieder, die Mimo durch die Luft gewirbelt hatte.

»Du verdammter Köter! Warte, wenn ich dich kriege …« Er wollte aufspringen.

»Ich kann das immer noch nicht fassen«, brach Joachim die Stille und sorgte dafür, dass Rosso stehenblieb und dem Hund hinterhersah, der über den Strand lief und sich sein Fell im Wasser wusch.

»Ein tragisches Ende. Nie werde ich den Anblick vergessen, wie Natalie den Halt verloren hat, vom Gebäude stürzte und ihren Onkel mit in den Tod gerissen hat.«

Susanne drückte seine Hand. »Der Spuk ist vorbei. Ich freue mich nach dieser Auszeit an der Nordsee auf unser neues Leben in Freiburg. Geld haben wir dank der Erbschaft genug.«

Jetzt strahlte auch Rosso. Der erfolgreiche Auftrag brachte auch ihm genügend Geld ein, um die nächste Zeit ohne Sorgen zu überleben.

Joachim blickte hoch. »Ob mich das Dasein als Hausmann ausfüllt?«

»Du kannst ja bei mir als Detektiv anfangen«, gluckste Rosso. »Im Übrigen. Wenn ihr mein Honorar bezahlt habt, dann ist die Erbschaft futsch.«

»Honorar? Ich dachte, es war dir eine Ehre, deinen alten Klassenkameraden zu helfen?«

Rosso gab sich entrüstet. »Wenn ihr so weitermacht, verlege ich meine Detektei nach Freiburg. Da gibt es ohnehin mehr zu tun.«

»Das wäre schön«, sagte Susanne. »Dann könnten wir uns öfters sehen.«

»Nee, nee, ich bleibe in Senningen, bis ich meinen Lebensabend in St. Wendel verbringe. Dort hättet ihr doch auch hinziehen können. Freiburg, dass ich nicht lache!«

Susanne nahm den Rotschopf in den Arm. Das hätte sich

Rosso damals gewünscht, als ihm die Sonnenfinsternis einen Strich durch die Rechnung gemacht hatte. Er genoss den Augenblick, den letzten gemeinsamen Abend an der Nordsee und sog den Duft des salzigen Wassers ein, das der Wind über den Strand vor sich hertrieb.

EPILOG

Weit und breit war kein Wasser zu sehen.

Die Sonne warf bunte Bilder durchs Fensterglas. Gepuderte Bergspitzen glitzerten ringsum und schimmerten milchig im diesigen Sonnenlicht. Der Tag lag still im Tal. Nur das zufriedene Muhen der Kühe auf der grünen Wiese durchbrach die Stille. Idyllisch reihten sich die Häuser aneinander und schmiegten sich in die saftigen Wiesen, auf denen sich Bäume in den Himmel reckten und geschäftige Bienen um blühende Sträucher schwirrten. Vereinzelt wagten sich neugierige weiße Wolken hervor und versahen den dunkelblauen Himmel mit weißen Tupfen. Die Bergluft tat gut, hier in dem kleinen Schweizer Tal, fernab des hektischen Treibens der großen Städte. Die Zeit blieb stehen, hier in der ländlichen Idylle, dem kleinen Dorf, das vor wenigen Jahren in Gottes freier Natur aus dem Boden gewachsen war.

Zwei ältere Menschen saßen hinter dem frisch geputzten Fenster des Wintergartens, die faltigen Hände ineinander verschlungen und genossen die Nähe und Vertrautheit.

»Ist der Mensch böse oder gut, was meinst du?«, fragte er, ohne den Blick von der Landschaft zu lassen, die nun, nachdem sich die Schleier der Wolken verzogen, in der Abendsonne Schattenspiele zelebrierte.

»Es gibt böse und gute Menschen«, antwortete sie und schien nicht überrascht über seine Frage.

»Ja schon«, ließ er nicht locker und sah sie jetzt doch eindringlich an. »Glaubst du denn, dass ein Mensch erst im Laufe seines Lebens böse oder gut wird? Ob er sich ändert? Ändern kann?«

»An dieser Frage haben sich schon zahlreiche Philosophen versucht. Ich habe einiges darüber gelesen und maße mir nicht an, es wirklich zu wissen«, antwortete sie ruhig und überlegt.

Nach einer kleinen Pause fuhr sie fort. »Ich glaube, dass der Mensch, wenn er geboren wird, nicht determiniert ist. Sozusagen neutral.«

»Ja, aber er hat doch bestimmt genetische Veranlagungen, die ihn prägen?«

»Klar, seine DNA ist schon bestimmt durch seine Eltern. Gewisse Veranlagungen werden ihm in die Wiege gelegt. Aber nicht jeder Mensch entwickelt sich auch danach.«

»Stimmt. Ich bin schon einigen begegnet, die so gar nicht dem Naturell ihres Vaters oder ihrer Mutter entsprochen haben.«

»Es stellt sich die Frage, wie sie mit diesen Voraussetzungen umgehen, was sie letztlich beeinflusst, welche Sozialisation sie erfahren. Dazu gibt es spannende Experimente mit überraschenden Ergebnissen.«

Er sah sie fasziniert an. »Babys aus wohlhabenden und gut bürgerlichen Familien wurden getauscht mit Babys aus einem sozial schwachen, ja gar kriminellen Umfeld.«

»Mit welchem Ergebnis?«

»Das soziale Umfeld hat die Babys sehr viel stärker beeinflusst in ihrem Leben als die genetische Veranlagung. Letztlich ist entscheidend, wie stark sich die Veranlagung gegenüber der Realität durchsetzen kann.«

»Das heißt also: Wenn ich aus einem anständigen Haus komme, in ein kriminelles Umfeld gesetzt werde, dann kämpft mein schlechtes Gewissen dagegen an, auch kriminell zu werden?«

»Im Grunde merkt das Kind, das es etwas tut, was nicht seiner Wesensart entspricht. Tief in seinem Innern sozusagen. Die entscheidende Frage ist dann, ob es seinem Gewissen oder seiner sozialen Umgebung folgt.« Er sah sie bewundernd an. »Seit ich dich kenne, bin ich fasziniert von deiner Fähigkeit, den Dingen auf den Grund zu gehen.«

»Philosophie ist faszinierend. Das Leben zu hinterfragen,

sich selbst zu hinterfragen. Wissen wir denn, ob wir tatsächlich leben und die Welt um uns herum wirklich existiert, oder ist es nur eine Vision?«

»Ich finde diese Gedanken bedrückend«, gab er zu und hielt ihre Hand fester als zuvor. »Genauso wie die Vorstellung, zu sterben und nicht mehr zu sein. In Luft aufgelöst. Ob der Mensch im Leben gut oder böse ist, hängt demnach davon ab, was die ihn beeinflussende Sozialisation aus ihm macht, sofern er von seiner Wesensart her nicht in der Lage ist, dem zu widerstehen.«

»Du hast es schön auf den Punkt gebracht. Das heißt aber nicht nur, dass ein böse veranlagter Mensch gut werden kann …«

»… sondern auch, dass ein guter Mensch böse sein kann.«

»Sieh dir die Welt an, in der wir leben. Höher, schneller, weiter. Es zählt nur der Erfolg. Der Gemeinsinn geht verloren. Viele Menschen kümmern sich nur noch um sich selbst nach dem Motto: Wenn jeder an sich denkt, dann ist an jeden gedacht. Soziale Kälte. Wer nicht funktioniert, fliegt aus dem Spielfeld.«

Er nickte nachdenklich. »Erinnerst du dich noch daran, als wir Mutter ins Krankenhaus bringen mussten? Die Erfahrungen mit dem Krankenhaus, dem Pflegeheim und dem Pflegedienst?«

»Ja, klar. Da herrschte ein rauer Umgangston. Von menschlicher Wärme war nicht viel zu spüren. Kein Pfleger kann die eigene Familie ersetzen. Dennoch. Die meisten kümmern sich rührend um die alten Menschen. Sie meistern keine leichte Aufgabe. Der Job ist verdammt hart, weil auch die Patienten nicht einfach sind. Das verlangt viel Fingerspitzengefühl.«

»Das stimmt sicherlich. Der Pflegekraft fehlt auch die emotionale Nähe zu den Betroffenen, die Familienangehörige haben. Für sie ist es zunächst einmal bloß ihre Arbeit, eine schwierige dazu. Es bringt auch nichts, den Berufsalltag zu nah an sich heranzulassen und mit nach Hause zu nehmen. Das steht keiner durch.«

»Pflegekräfte haben es in der Tat verdammt schwer. Sie können das Zuhause nicht ersetzen, auch nicht mit menschlicher Wärme. Es bleibt Fremdheit. Die Arbeit ist hart, die Patienten sind oft undankbar. Wer will nicht zu Hause alt werden, alt sein und sterben, umgeben und betreut von seiner Familie? Aber unsere Gesellschaft schafft das nicht. Die Familien schaffen das nicht. Immer mehr Menschen werden immer älter. Schau dir an, wie viele Menschen unter demenziellen Veränderungen leiden? Wie sollen Angehörige damit zu zurechtkommen? Das geht nicht ohne Heime und Dienste.«

»Aber es ist gut, dass es inzwischen andere Wohnformen gibt, die den Menschen das Gefühl von Zuhause vermitteln. Vieles hat sich in den letzten Jahrzehnten verbessert. Ohne Frage.«

»Ich denke, unsere Gesellschaft war damals nicht soweit. Sie war nicht vorbereitet darauf, dass die Großfamilie nicht mehr funktioniert, obwohl dieser Zustand nicht plötzlich vom Himmel fiel. Sie war nicht vorbereitet auf den Umgang mit Demenz.«

Die Sonne schickte letzte Strahlen zwischen den Bergzügen ins Tal. Eine junge Frau lief über den Hof. Sie trug lange, blonde Haare, zu einem Pferdeschwanz gebunden, T-Shirt und Jeans. Die Frau hielt einen silbernen Koffer in der Hand und schritt die Wohnungen ab, die sich in verschiedenen Häusergruppen im Tal befanden.

Vor zwei Jahren war hier ein neues Dorf entstanden. Wo zuvor Wiesen das Bild bestimmten, Natur unter sich war, standen nun kleine Häuser mit mehreren Wohnungen. Die Häuserzeilen waren farbig unterschiedlich gestaltet.

Die junge Frau war zwischen den blauen Häusern unterwegs. Menschen aus dem nahen Deutschland, aber auch aus der Schweiz waren hier eingezogen. Ältere Menschen, die ihr

Zuhause verkauften, weil sie nicht mehr in der Lage waren, ihr Leben allein zu organisieren. Eine besondere Gemeinschaft war entstanden. Ein Dorf älterer Menschen, die sich umeinander kümmerten, die im Rahmen ihrer Möglichkeiten handwerklich anpackten, Rasen mähten, Kuchen buken, Gesellschaftsabende organisierten. Oder einfach nur Zeit schenkten, zusammensaßen zum Zeitvertreib. Fünf Häuserzeilen mit jeweils zehn Häusern, in jedem Haus drei Wohnungen, ein Gemeinschaftsraum. Innenhöfe, ein Café, ein Geschäft, Kommunikationsplätze. Konzerte fanden hier statt, Lesungen oder Theater. In einer Straße waren die Häuser hergerichtet wie früher, die Einrichtung erinnerte an Nachkriegszeiten. Bilder aus vergangenen Zeiten hingen in den Fluren. Hier wohnten demenzkranke Menschen.

Die junge Frau brauchte eine Weile, bis sie an jeder Tür in ihrer blauen Straße geklingelt hatte, nach dem Rechten gesehen und sich nach dem Befinden erkundigt hatte. Es dämmerte bereits, als sie das letzte Haus verließ und zielstrebig auf eine Häuserzeile zuging, für die sie gar nicht zuständig war. Hier, in einem der roten Häuser, läutete sie, ließ sich öffnen und betrat wie selbstverständlich den Raum.

»Antonia, mein Engel«, sagte die alte Dame. »Schön, dass du noch Zeit gefunden hast, bei deinen alten Eltern vorbeizuschauen.

»Na, wie geht's euch?«

»Alles gut. Wir saßen den ganzen Nachmittag im Wintergarten und haben das schöne Panorama bewundert.«

Schwester Antonia, die seit der Eröffnung des Seniorendorfes in den Schweizer Bergen als Pflegekraft hier arbeitete, nahm ihre Eltern an der Hand und setzte sich zu ihnen. Schweigend saßen die drei nebeneinander und genossen das Zusammensein. Ihnen war bewusst geworden, worauf es wirklich im Leben ankommt. Jemanden an seiner Seite zu wissen, den man liebt, dem man vertraut, der für einen da ist.

Joachim Schuster holte tief Luft und genoss den Augenblick. »Weißt du, Antonia«, sagte er zu seiner Tochter und suchte nach Worten, »weißt du, als du zur Welt gekommen bist, begann für deine Mutter und mich ein neues Leben. Der Verlust unserer Tina lag wie ein Mühlstein um unseren Hals. Deine Geburt hat uns das Leben und das Lachen zurückgebracht.«

Antonia legte den Arm um ihren Vater.

»Und nun, wo wir älter geworden sind, sitzen wir in diesem Seniorendorf in den Schweizer Bergen, fernab der hektischen Großstadt und genießen jeden Tag, als wäre es der letzte«, ergänzte Susanne und lächelte. »Hättest du das für möglich gehalten, mein Schatz?«

»Nach unseren Erfahrungen in Senningen mit Krankenhaus, Pflegedienst und Pflegeheim? Keinen Pfifferling hätte ich darauf gewettet.«

»Dieses Seniorendorf ist ein Segen für alte Menschen. Hier ist man nicht abgeschoben und mit Medikamenten ruhiggestellt. Hier lebt man in netter Gesellschaft, kann Pflege beanspruchen, wenn man sie braucht, aber auch sein eigenes Leben gestalten. Ja, es ist ein Zuhause.«

»Es ist schon eine Ironie des Schicksals, dass ausgerechnet wir dies noch erleben dürfen …«

»… und dass eure Tochter als Pflegerin hier arbeitet«, ergänzte Antonia. »Wie gut, dass Papa sein Handwerk nicht verlernt hat und tagsüber beim Reparieren von Rollstühlen und Rollatoren hilft.«

Sie mussten lauthals lachen.

»Unvorstellbar, er würde den ganzen Tag um mich herumlaufen und mir auf die Nerven gehen«, flachste Susanne. »Da ist es gut, dass er im Sanitätshaus aushilft.«

»Wie in alten Zeiten«, sinnierte Joachim.

Die Sonne war endgültig hinter den Bergen verschwunden. Die Nacht senkte sich übers Tal.

»Schade«, sagte Joachim, als er durchs Fenster in die Dunkelheit blickte.

»Was ist schade?«, fragten Susanne und Antonia und sahen ihn erwartungsvoll an.

»Schade. Es ist so ein schönes Dorf …«

»Aber?«

»… aber eine Sonnenfinsternis wie an der Nordsee, das habt ihr noch nicht hingekriegt.«

Antonia nickte. »Hier ist die Sonne ständig hinter den Bergen verschwunden.«

Antonia wandte sich zum Gehen, blieb aber noch einmal stehen. »Übrigens, was ich noch sagen wollte, Papa …«

Joachim drehte sich zu seiner Tochter um.

»Morgen haben wir endlich die Vorstellungsgespräche für den neuen Chefarzt unserer Psychiatrie.«

»Ja, ich finde es toll, dass die Ärzte auch hier direkt auf dem Seniorencampus arbeiten. Dadurch entsteht ein Team.«

»Der bisherige Chefarzt hat gute Arbeit geleistet und geht in den wohlverdienten Ruhestand.«

»Und wer wird sein Nachfolger?«

»Drei werden sich morgen vorstellen. Ein Arzt aus der Nähe von Zürich, ein Arzt aus Basel und, da wirst du staunen, ein Arzt aus Senningen.«

Joachim Schuster horchte auf. »Ein Arzt aus Senningen? Schau mal einer an.«

»Ja, aus dem Senninger Krankenhaus. Hier, ich wollte dir, obwohl ich das eigentlich gar nicht darf, die Bewerbung zeigen. Vielleicht kennst du ihn, oder seine Familie. Er heißt Jochen.«

Joachim nahm die Bewerbungsunterlagen zur Hand, blätterte sie durch, bis ihm der Lebenslauf des Bewerbers ins Auge fiel.

Dann stockte ihm der Atem. Er bekam keine Luft.

Hektisch nahm Antonia den Arm ihres Vaters und auch Susanne legte den Arm um ihn.

»Joachim, was ist los?«

»Papa, Papa.«

Joachim röchelte, fuhr sich mit der zittrigen Hand ans Herz. Es dauerte lange, bis er Worte fand. »Bitte, Antonia, bitte tu mir einen Gefallen«. Die Unterlagen entglitten seiner Hand, fielen zu Boden, zerstreut lagen sie zu ihren Füßen.

»Welchen, Papa?«, stotterte Antonia und sah ihren Vater angsterfüllt an.

Joachim erhob sich mühsam aus dem Sessel, gestützt von Frau und Tochter, blutunterlaufen seine Augen. »Sorge dafür, dass dieser da nicht der neue Chefarzt …« Die Stimme versagte ihm. Joachim brach zusammen.

Der eilig herbeigerufene Rettungsarzt kniete sich auf ihn und versuchte ihn zu reanimieren. »Er hat offenbar einen Herzinfarkt erlitten«, sagte er trocken und sah Susanne hilflos an, die tränenüberströmt Hand in Hand mit ihrer Tochter am Küchentisch saß und keine Worte fand.

Die Rettungskräfte legten Joachim auf einer Bahre und trugen ihn zum Rettungswagen. Er atmete noch. Eine Zeit des Hoffens und Bangens begann. Susanne kam es vor wie Stunden.

Schließlich kam der Rettungsarzt zurück. »Wir können nichts mehr für ihn tun. Tut mir leid«, sagte der Arzt.

Susanne und Antonia blieben allein zurück. Erst in der Stille nahmen beide die Musik aus den Lautsprechern wahr. Ein düsterer Gitarrensound erfüllte den Raum, in den der Tod eingekehrt war. Susanne nahm die zu Boden gefallenen Blätter der Bewerbung auf und gab sie ihrer Tochter zurück, dort, wo eben noch Joachim gesessen und gesprochen hatte.

Antonia dachte über die letzten Worte ihres Vaters nach. Warum sollte dieser nicht der neue Chefarzt werden? Sie starrte auf den Lebenslauf des Bewerbers. Dr. Jochen Lochner aus Senningen. »Kennst du jemanden namens Lochner?«, fragte sie tonlos ihre Mutter.

Susanne starrte ihre Tochter an. »Lochner? Das muss der Enkel von Thomas Lochner sein.«

Dann verließ sie wortlos und unbemerkt den Raum, so wie damals nach dem Tod von Tina, und verschwand in den Bergen. Diesmal würde sie nicht mehr zurückkehren.

In den Bergen verabschiedet sich die Sonne früher als anderswo. Hier, wo majestätisch die Gesteinsmassen in den Himmel ragen, spielt sich immer wieder am Abend ein Naturschauspiel ab, wenn die Sonne hinter den Steintürmen verschwindet und es rasch finster wird.

Es wirkt fast so wie eine sich ständig wiederholende Sonnenfinsternis.

Jetzt ist.
Jeder Gedanke ist bereits vergangen,
wenn wir ihn denken.
Leben wir den Moment,
nicht das Gestern, nicht das Morgen.
Das Jetzt.

ENDE

Über den Autor

Udo Recktenwald, geboren am 24. August 1962, in der saarländischen Gemeinde Marpingen, wohnt und lebt heute in der Kreisstadt St. Wendel. Dort besuchte er ab 1972 eine Klosterschule und legte 1981 das Abitur ab. Nach dem Abitur studierte Recktenwald bis 1987 in Saarbrücken Germanistik und Sozialkunde für das Lehramt an Gymnasien. Während und nach dem Studium arbeitete er bis 1994 als fester freier Mitarbeiter für die Saarbrücker Zeitung und veröffentlichte als Journalist zahlreiche Artikel. Daneben leitete er die Redaktion des Monatsmagazins »City Journal«.
1989 stellte ihn die Kreisstadt St. Wendel ein, wo er vier Jahre lang im Kulturamt die Pressearbeit betreute.
1993 wechselte Udo Recktenwald als Pressesprecher nach Saarbrücken, zunächst in den Landtag, wo er die Pressearbeit einer Landtagsfraktion leitete, dann 1999 in die Staatskanzlei als Regierungssprecher des Saarlandes.
Seit 2008 ist er – zweimal direkt gewählter – Landrat des Landkreises St. Wendel.

Weitere Titel aus »Schaumbergs Schwarzer Reihe«:

Klaus Brabänder
Sumpf

Schaumbergs Schwarze Reihe I
4. Auflage, Taschenbuch 13 x 21 cm, 400 Seiten
ISBN 978-3-941095-23-6
14,80 Euro

Klaus Brabänder
Steinbruch

Schaumbergs Schwarze Reihe II
2. Auflage, Taschenbuch 13 x 21 cm, 418 Seiten
ISBN 978-3-941095-29-8
12,80 Euro

Klaus Brabänder
Für Eich

Schaumbergs Schwarze Reihe III
3. Auflage, Taschenbuch 13 x 21 cm, 232 Seiten
ISBN 978-3-941095-36-6
12,80 Euro

Klaus Brabänder
MitGift

Schaumbergs Schwarze Reihe IV
2. Auflage, Taschenbuch 13 x 21 cm, 320 Seiten
ISBN 978-3-941095-44-1
12,80 Euro

Die Reihe wird fortgesetzt!

Klaus Brabänder

Gegenwind

Schaumbergs Schwarze Reihe VI
2. Auflage, Taschenbuch 13 x 21 cm, 320 Seiten
ISBN 978-3-941095-49-6
12,80 Euro

Klaus Brabänder

Dreierpack

Schaumbergs Schwarze Reihe VIII
2. Auflage, Taschenbuch 13 x 21 cm, 288 Seiten
ISBN 978-3-941095-59-5
12,80 Euro

Klaus Brabänder

Arabella

Schaumbergs Schwarze Reihe IX
1. Auflage, Taschenbuch 13 x 21 cm, 320 Seiten
ISBN 978-3-941095-68-7
12,80 Euro

Klaus Brabänder

Bienenstich

Schaumbergs Schwarze Reihe X
1. Auflage, Taschenbuch 13 x 21 cm, 304 Seiten
ISBN 978-3-941095-72-4
12,80 Euro